Je recherche
Warren Harding

Du même auteur

Jock-straps, Balland, 2000

Robert Plunket

Je recherche Warren Harding

roman

Préface de Danzy Senna

Traduit de l'anglais (États-Unis)
par Romaric Vinet-Kammerer

Philippe Rey

Titre original : *My Search for Warren Harding*

New Directions Publishing

Pour la traduction française

7, rue Rougemont – 75009 Paris

www.philippe-rey.fr

Préface

Je n'aurais peut-être pas lu un seul roman vraiment drôle cette année-là si mon amie ne s'était pas arrêtée sous mon porche à Los Angeles un après-midi, munie d'un exemplaire épuisé de *Je recherche Warren Harding*, le chef-d'œuvre comique de Robert Plunket.

Nous étions dans la pire des périodes – plongés au plus profond de la pandémie avant l'arrivée des vaccins – et notre monde était en feu, au sens propre comme figuré. L'exemplaire du roman que mon amie, l'écrivaine Victoria Patterson, m'a donné ressemblait à l'état d'esprit que nous partagions tous à cette époque : jauni, abîmé, poussiéreux après être resté trop longtemps remisé dans un coin. Tory a soufflé, à travers le tissu feutré de son masque N95, que c'était l'un de ses romans préférés – et qu'il était foutrement drôle.

J'avais besoin de drôlerie. J'ai ouvert le livre quelques semaines plus tard – et malgré ma réaction allergique à la moisissure de l'édition, j'ai continué ma lecture tout au long des deux cent cinquante-six pages suivantes. Lorsque j'ai eu terminé, je suis restée assise, en proie à une sorte de joie silencieuse et concentrée. Je tenais entre mes mains l'un des meilleurs et des plus revigorants livres que j'aie lus depuis des années, et assurément le plus drôle – et cependant, comment se faisait-il qu'il soit épuisé ? Pourquoi n'en avais-je jamais entendu parler jusque-là ? (J'ai appris plus tard que Tory avait en fait écrit un excellent article à son propos en 2015 dans le magazine *Tin House*.) Pourquoi avait-il à ce point disparu du paysage littéraire ? Et qu'est-ce que cela disait d'un tel paysage littéraire s'il était capable d'enterrer un livre pareil ? Plus intrigant encore : qui était Robert Plunket ?

La bio imprimée sur la jaquette du second (et, à ce jour, dernier) roman de Plunket, *Jock-straps*[1], publié en 1992 et également épuisé, indique que :

> Le premier roman de Robert Plunket, *Je recherche Warren Harding*, l'a immédiatement consacré comme l'un des romanciers les plus prometteurs des États-Unis. Hélas, cette promesse s'est vite estompée, et il vit aujourd'hui dans une caravane à Sarasota, en Floride, où il gagne tant bien que mal sa vie comme chroniqueur pour la rubrique « Potins », couvrant tout, des galas de charité aux réunions du Ku Klux Klan. Il a également siégé aux conseils d'administration de l'Assistance aux malades du sida de Sarasota et de l'Association protectrice des animaux du comté de Sarasota, il est par ailleurs actuellement candidat à l'élection pour le Comité de contrôle de la prolifération des moustiques, dans le Sixième district de Floride.

Tant pis pour la gloire littéraire. Il existe peu d'entretiens en ligne avec Plunket. Dans l'un des seuls que j'ai pu trouver – paru dans un numéro de 2015 de la *Los Angeles Review of*

1. Robert Plunket, *Love Junkie*, HarperCollins, 1992 (paru en France sous le titre *Jock-straps*, traduit par Nicolas Milon, éditions Balland, « Le Rayon », 2000). *(Sauf mention contraire, toutes les notes sont du Traducteur.)*

Books –, il explique à l'écrivain Michael Leone l'inspiration du roman.

« L'idée vient évidemment des *Papiers d'Aspern* », indique Plunket.

Les Papiers d'Aspern, la célèbre novella publiée par Henry James en 1888, se déroule dans la Venise du XIXe siècle, où un narrateur anonyme séduit une jeune femme pour avoir accès au trésor de sa tante, une vieille fille : les lettres écrites par son défunt amant, qui était poète.

Plunket poursuit : « Ce texte a toujours été l'un de mes préférés, mais le plus important est qu'il m'interpellait d'une manière particulière. Je n'arrivais pas à comprendre pourquoi jusqu'à ce qu'un jour ça me frappe. Ce type est gay ! C'est évident ! Dès lors, le livre prenait tout son sens. Ses relations avec tous les personnages féminins étaient celles d'un homme gay. Pas un homme ouvertement gay, ni même un homme conscient d'être gay. Mais un homme qui, dans le fond, n'était tout simplement pas hétérosexuel. Je ne pense pas que Henry James ait pris conscience de ce qu'il avait fait, ni à quel point il l'avait bien fait, ce qui a rendu ma découverte encore plus excitante. »

Dans sa version des *Papiers d'Aspern*, Plunket situe son roman dans le Los Angeles de la fin des années 1970. L'auteur lui-même émergeait tout juste de cette époque lorsqu'il a écrit l'ouvrage. Il a été publié en 1983 : l'année même où l'engouement national pour les poupées Cabbage Patch a atteint son apogée. L'année même où Vanessa Williams a été couronnée, puis promptement découronnée, première Miss America noire. L'année même où Ronald Reagan a décrété jour férié l'anniversaire de Martin Luther King Jr et où Michael Jackson a pour la première fois exécuté un moonwalk à la télévision nationale. L'année même où le révérend Jerry Falwell a qualifié le sida de « peste gay ».

En d'autres termes, le livre de Plunket a surgi d'une culture bourrée de contradictions – d'un monde où se côtoient un apparent progrès et le retour de bâton conservateur, d'une Amérique inepte et spectaculaire. C'est peut-être la raison pour laquelle, quarante années plus tard, le roman semble si incroyablement contemporain.

Avis aux lecteurs sensibles : le protagoniste de ce roman, Elliot Weiner, est cruel, raciste, grossophobe, homophobe et profondément, terriblement mesquin. Au début du roman, nous trouvons Weiner debout sur un belvédère à Los Angeles avec son amie Eve Biersdorf, regardant aux jumelles une villa délabrée au loin. Quel que soit le coup foireux qu'il est en train de manigancer, il dit que « c'est Mme Biersdorf – Eve – qui en a eu l'idée ». Weiner, nous le découvrons rapidement, est un snob de la côte Est et un historien médiocre qui a quitté New York pour Los Angeles après avoir obtenu une bourse. Il a une haute opinion de lui-même, mais plus il se vante de sa carrière universitaire – « Il suffit de dire que j'enseigne à la fois au Mercy College et à la New School, je pense que cela se passe de commentaires » –, plus nous percevons le désespoir : « Quelques fâcheux commentaires m'ont été répétés à propos de mes "qualifications". » Elliot Weiner espère récupérer quelques-unes des lettres d'amour perdues entre le président Harding, que la tradition classe comme le pire des présidents, et sa maîtresse secrète, Rebekah Kinney, propriétaire de la demeure qui se trouve dans le champ de vision de leurs jumelles. Weiner apprend bientôt que Kinney est en vie, mais qu'elle est devenue une octogénaire grincheuse qui porte des lunettes de soleil en strass et passe ses journées dans son manoir en ruine à hurler sur sa domestique mexicaine depuis un fauteuil roulant qui grince. Weiner pense que la vieille femme possède toujours les missives amoureuses et d'autres documents relatifs à Harding, et qu'elle cache son trésor quelque part dans sa demeure décrépite. Et il est prêt à tout pour faire main basse sur ces lettres, même « violer et piller », car il espère qu'une telle découverte lui offrira la gloire universitaire.

Au fil du roman, les efforts insensés de Weiner pour obtenir ces documents animent une intrigue absurde et picaresque. Il loue l'abri de piscine délabré de Kinney et se rapproche de sa petite-fille, une jeune femme naïve appelée Jonica, dont la corpulence le dégoûte. Mais il est prêt à serrer les dents et à la séduire si cela lui permet d'atteindre l'historique correspondance cochonne de sa grand-mère.

Dès le départ Weiner se montre cruel à l'égard de Jonica, la décrivant comme « une grosse fille » qui portait « un ample pantalon vert de parachutiste » et « de nombreux bracelets en plastique qui ajoutaient au vacarme général »... Elle s'exprimait comme « une authentique Californienne : aucune inflexion et beaucoup de *r* ». Oui, Elliot est résolument cruel envers l'innocente Jonica. Il méprise tout ce qu'elle représente – l'embonpoint, la côte Ouest, la crédulité – et pourtant il commence à faire la cour à la pauvre femme, à profiter de sa détresse. Bientôt, ils ont une relation amoureuse et sexuelle – et il se rapproche encore de son but : devenir un historien de renom.

L'armature d'une intrigue n'est souvent qu'un squelette sur lequel un romancier peut fixer ses observations. Plus l'intrigue est profilée et superbement élégante – et dans le cas de *Je recherche Warren Harding*, l'intrigue se résume à un seul personnage à la poursuite d'un seul objet qui le titille –, plus l'auteur peut prendre de tangentes. Et dans ce livre, les tangentes sont tout ce qui importe. Elles nous permettent de voir Plunket – avec son esprit cinglant – s'en prendre à l'ensemble de la culture angeleno au tournant des années 1980.

Mais en dépit de toutes les parodies de la culture qui l'environne, c'est Weiner qui reste le plus risible. Pour un de leurs premiers rendez-vous, Elliot et Jonica assistent à un spectacle féministe d'avant-garde – une pièce de théâtre avec participation du public intitulée *Toutes mes sœurs ont dormi dans la poussière. Un poème choral*, jouée au théâtre des Femmes de Los Angeles. « Puis, tout à coup, des gens ont commencé à affluer comme s'ils venaient de descendre d'un bus. Principalement des femmes aux coupes de cheveux sévères et lunettes aviateur. J'ai mesuré quel moment important de la mode féministe avait été celui où Gloria Steinem était passée chez son opticien pour lâcher: "Je vais choisir *celles-ci*". » Dans cette scène, la satire est parfaite, et nous savons également qu'Elliot, qui a un problème de transpiration et porte une chemise de soie, a attaché à ses aisselles des couches Pampers découpées pour absorber la sueur. Chaque fois que l'auteur est cruel à propos des gens qu'il décrit, il humilie davantage Elliot. Après le rendez-vous, Weiner exprime sa répulsion vis-à-vis de Jonica:

> Quand je suis revenu, elle était toujours allongée sur le tapis et me regardait.
>
> Que dire? Vous pouvez deviner ce qui s'est passé ensuite.
>
> Pour ce qui est de son corps, je n'entrerai pas dans les détails, mais je dirai ceci: elle avait beaucoup de fossettes. Partout.

Et pourtant, le lecteur sait que Weiner porte des Pampers détrempées scotchées sous les bras.

De fait, Elliot Weiner est dépeint comme le plus délicieusement ignoble des célibataires névrosés de New York. Par exemple, il met ses ordures au frigo pour qu'elles ne puent pas et n'attirent pas les cafards, et la petite amie qu'il a laissée à New York, Pam, est l'archétype de la couverture. « [Quand nous nous sommes rencontrés,] nous avons découvert que nous avions beaucoup de choses en commun, notamment le fait que nos frères avaient participé au même camp de basket, bien qu'à des époques différentes. » Ils étaient manifestement faits l'un pour l'autre. Pam encourage même sa véritable passion – « la danse Morris [...] un type de danse folklorique anglaise ancienne, toujours pratiquée par des hommes. Elle peut devenir assez sauvage, car elle implique beaucoup de balancés de massues. »

Ce qui est merveilleux chez le narrateur à la première personne dans le récit de Plunket, c'est combien sa malhonnêteté est profondément enterrée. Son attirance pour les hommes est suggérée magnifiquement, et de manière hilarante, mais toujours teintée de méfiance, et jamais consommée. Il a tellement menti – si totalement – et pendant si longtemps que son attirance fuite dans des amitiés viriles emberlificotées avec des hommes hétérosexuels de la classe ouvrière. Il les déshabille du regard, s'en fait bien voir, décrit leurs biceps et la longueur de leurs shorts, mais son désir se révèle indirectement. Derrière ce mensonge originel, ses défenses se sont renforcées tandis qu'il regarde tout le monde de haut et d'abord Los Angeles. Dans les intervalles entre ses observations, ses silences, la vérité sur la véritable personnalité de Weiner émerge. Sous une couche de fanfaronnade et d'arrogance, c'est un homosexuel misanthrope et refoulé, aveugle à ses propres désirs. Si Weiner n'est pas un personnage aimable, l'histoire ne vous demande pas de l'admirer ou de sympathiser avec lui. Oui, c'est un homophobe dans le placard, superficiel et arrogant, qui appelle le seul homosexuel qu'il rencontre « le pédé ». Il se lance dans de longues tirades, y compris une théorie raciste alambiquée sur la différence entre les Portoricains de New York et les Mexicains de Los Angeles (il préfère les Mexicains). Les blagues sur les gros abondent. Mais nous ne sommes pas ici pour l'empathie.

Dans son article « La sincérité gay effraie », Paul McAdory pointe du doigt la fiction de « la sincérité gay » – ce type de roman gay contemporain humaniste et, par-dessus tout, empreint de solennité qui se délecte de ses propres caractéristiques tendres et poignantes. McAdory tique devant une telle mièvrerie, une telle sentimentalité pieuse et pseudo-transgressive, et s'interroge : « Ne sommes-nous pas lassés, après tant de tours de manège à l'eau de rose jusqu'au cœur larmoyant et fantasmatique de l'expérience humaine ? Ne souhaiterions-nous pas plutôt célébrer un déploiement plus horizontal de sincérité, de fièvre, d'ironie, d'horreur, de méchanceté, d'humour, etc. ? Au lieu de pleurer, un écrivain pourrait s'essayer à rire, à glousser, à monologuer follement devant la petite flaque de sperme sur son ventre, à l'observer froidement, à la suranalyser pour l'effet qu'elle produit, à s'amuser avec, à s'en réjouir… »

Je recherche Warren Harding est peut-être bien le roman gay insincère que McAdory espérait. Weiner est un monstre discret. Il projette sa propre haine de soi sur les femmes obèses et les hommes ouvertement gays. Ses opinions sont problématiques. Sa façon de juger les autres est réductrice, snob, cinglante et désobligeante. Bien sûr, tous les livres et toutes les œuvres d'art sont, d'une manière ou d'une autre, un symptôme de leur époque, et celui-ci intègre des angles morts et des moments embarrassants qui nous rappellent qu'il a été publié en 1983. Mais pour ceux d'entre nous qui sont avides de modèles de fiction littéraire réellement drôles, affamés de satire qui égratigne, qui ont une envie folle d'œuvres qui donnent mauvaise conscience et nous tiennent éveillés – de fictions qui n'ennuient pas –, le risque de ne pas lire ces rares œuvres l'emporte sur le risque d'être offensés.

Et au bout du compte, je ne pense pas que l'on puisse lire l'œuvre de Plunket sans broncher. Trop souvent, nous prétendons encore fermement lire la fiction d'auteurs dits « marginalisés » comme une autobiographie à peine voilée ou, pire encore, comme un outil de développement personnel. Je ne sais pourquoi, mais nous continuons à croire que le romancier queer ou l'écrivain de couleur doivent partager les fondements moraux et les opinions des personnages qu'ils créent sur la page – et lorsque le personnage dit ou fait quelque chose de mal, nous condamnons l'auteur. Mais le véritable plaisir de la fiction réside dans le non-littéral, dans l'approche de biais – dans le double langage, la malice et l'ironie, le tout incorporé dans le mensonge recherché.

Les narrateurs à la première personne sont souvent les meilleurs menteurs. Ils sont les plus intéressants lorsqu'ils mentent au monde, qu'ils nous mentent et surtout qu'ils se mentent à eux-mêmes. Weiner ne fait pas exception. Et un plaisir propre à ce roman est d'être témoin des fissures où l'aveuglement de Weiner se heurte à la réalité de son véritable moi.

Weiner n'apprend rien de son parcours. Il continue à juger, à mentir, il continue à s'accrocher, il continue à être mesquin. Une partie de ce qui est libérateur dans l'écriture de vilains personnages, de personnages grotesques qui font des choses grotesques et qui n'apprennent rien de leur quête, en particulier pour ceux d'entre nous qui écrivent depuis les marges, c'est que la sombre comédie satirique résiste au regard autobiographique. En écrivant une satire perspicace – en écrivant des personnages monstrueux, en chute libre, et qui ne remontent jamais la pente –, nous résistons à la pression d'offrir un remède et d'élever. En tant qu'artistes nous revendiquons notre droit de tout bousiller et de nous tirer, en rigolant.

La première règle en matière d'impro est de « dire oui ». Et, en effet, une partie de ce qui fait la perfection de *Je recherche*

Warren Harding réside dans l'attachement qu'il porte à son postulat de départ et à la persona d'Elliot Weiner. Plunket dit « oui » à ce personnage problématique et il dit continuellement « oui » aux circonstances absurdes dans lesquelles il le place. L'histoire ne cesse de dire « oui » à sa propre logique tordue et ne recule jamais devant la laideur ou les limitations de point de vue propres à Weiner.

Dans le monde réel, on nous dit qu'il faut faire preuve d'empathie et voir les choses du point de vue des autres. Dans un roman, c'est souvent le contraire qui est vrai : par nécessité, le point de vue est chauvin. C'est lorsqu'il est limité par son propre corps, son propre temps et sa propre perspective qu'il est le plus efficace.

Je recherche Warren Harding produit un sentiment de liberté en raison de ses limitations. En découvrant un personnage aussi aveugle et aveuglé, aussi bourré de préjugés et égocentrique, nous sommes libérés de notre propre sainteté, de notre propre arrogance. Le personnage principal est un homosexuel blanc refoulé doté du cœur mièvre d'un narcissique manquant de confiance en lui. En lisant Plunket, nous sommes libérés de notre propre fantasme, celui selon lequel nous ne serions pas tous des Weiner. Celui selon lequel nous ne serions pas tous – d'une manière ou d'une autre – dans le placard.

Son roman a devancé et influencé une grande partie de ce que la culture allait commencer à trouver drôle (et peut-être ce que certains d'entre nous attendent encore que le monde trouve drôle). Dans notre monde contemporain de selfies filtrés, de signaux de vertu et d'opinions convenables, qui se vante de son humilité, nous trouvons un surcroît de libération et de soulagement dans le comique apporté par des personnages fictifs que l'on ne nous demande pas d'admirer ou d'envier – dans des personnages si horribles, ou amoraux, ou mièvres qu'ils en sont risibles.

Le roman a connu un succès critique lors de sa publication dans les années quatre-vingt. Ann Beattie et Frank Conroy ont écrit des comptes rendus dithyrambiques. Plunket, pourtant, n'a pas publié autre chose avant de nombreuses années et, au lieu de ça, s'est essayé au métier d'acteur. Sa page IMDB indique qu'on « se souvient surtout de lui dans le rôle du gay timide » d'*After Hours*, la comédie noire de Martin Scorsese. Il a ensuite obtenu de petits rôles dans d'autres films, puis a publié un second roman, *Love Junkie* (*Jock-straps*), en 1992, sur les droits duquel Madonna a posé une option. Plunket a déménagé en Floride et n'a pas publié d'autres livres. Cependant, et sans faire de bruit, *Je recherche Warren Harding* a continué à laisser sa marque – circulant dans une sorte de discret cercle comico-littéraire au sein duquel il a été vénéré par un groupe de lecteurs triés sur le volet, parmi lesquels Amy Sedaris et Larry David.

La rumeur veut que Larry David était un tel fan du roman qu'il en gardait des exemplaires à portée de main dans la salle d'écriture de *Seinfeld* et qu'il a demandé à ses auteurs d'en imiter le ton. À la lecture du roman, il est clair qu'il en a même emprunté certains détails, comme la manière absurde qu'a Elaine, l'héroïne de *Seinfeld*, de danser – à l'évidence inspirée de la façon dont Pam, la petite amie de Weiner, se trémousse dans le roman :

> Elle fait partie de ces personnes qui « s'abandonnent » au rythme, qui frappent des mains au-dessus de leur tête et poussent de petits cris. Pour ne rien arranger, elle a étudié la danse moderne à l'université et se considère donc comme une experte du Mouvement. Les choses qu'elle fait, je ne peux que les décrire comme des chorés de Martha Graham. Ses bras s'agitent dans l'espace, elle opère des virages soudains, puis elle s'accroupit à moitié, tête rejetée en arrière en signe d'extase.

Après sa publication, ce roman a fait ce que font tant de grands romans : il a brièvement brillé sur la scène de la nouvelle fiction, assez longtemps pour être pillé et imité, suffisamment longtemps pour être absorbé par la culture qu'il allait influencer. Puis, comme tant d'autres sources, il a disparu, comme l'auteur lui-même qui s'est retiré à Sarasota, en Floride, où il s'est dédié à la chronique des ragots et à celle de l'immobilier, aux collections de diamants artificiels et de couettes en patchwork, et à l'élevage de plantes grasses.

« Le marché littéraire est volage, impitoyable et souvent injuste, il a tendance à récompenser ce qui est médiocre », écrit Victoria Patterson dans son article sur Plunket. « En riposte à cette triste réalité, il existe aussi un phénomène magnifique et porteur d'espoir, grâce auquel un livre méritant survit. »

Lorsque, ce jour-là sous mon porche, Patterson m'a tendu le roman à moitié oublié de Plunket, alors que la Californie brûlait et que le monde se désintégrait, ce livre épuisé lui avait déjà été remis de façon insistante des années auparavant par un autre écrivain. Je l'ai lu et j'ai à mon tour obligé un brillant ami qui travaille aux éditions New Directions à le lire, et nous voilà aujourd'hui – c'est un chant de rédemption.

Dans ce rare entretien publié par la *Los Angeles Review of Books*, Plunket apparaît tel que je l'aurais imaginé : sans prétention, sans filtre, doté d'un esprit vif, honnête, et totalement immunisé contre la connerie. Il est profondément littéraire, aime peut-être trop la littérature pour la souiller avec du carriérisme. Il dit du mal des livres qui sont censés être drôles mais ne le sont pas : « P. G. Wodehouse ne signifie rien pour moi. Je n'arrive pas à dépasser la première page. » Il lance une pique à Jonathan Franzen : « Je trouve les personnages tellement coincés dans cette angoisse typique de la classe moyenne que l'on est censés prendre au sérieux… » Il est également transparent quant aux règles qu'il s'efforce de suivre pour écrire un roman vraiment comique. Comme il le dit, le roman comique doit inclure « un narrateur à la première personne, légèrement maniaque et profondément imparfait » ; il doit « prêter attention au rythme – faire danser les mots », et il doit prévoir une « chute un paragraphe sur deux ».

Dans cet entretien, Plunket déplore que « les gens ne pensent pas qu'une chose "délicieuse" puisse être sérieuse. Pourtant, les œuvres d'art délicieuses sont justement celles qui durent, alors que la "profondeur" de n'importe quelle époque est rapidement datée ».

Il se trouve que c'est vrai. Le comique sidéral du délicieux roman de Plunket est toujours aussi frais aujourd'hui qu'il l'était il y a quarante ans. C'est un cadeau pour nous – lecteurs dévoués à la littérature de Los Angeles, à la comédie, à la littérature queer, et à la littérature de la haine de soi – qu'il soit enfin réédité aujourd'hui. Vous tenez entre vos mains un exemple suprême de roman comique. Lecteurs et écrivains avides, profitez de la balade.

Danzy Senna, Los Angeles, 2022

Avant-propos de l'auteur

Chère lectrice, cher lecteur,

J'ai du mal à croire que quarante années se sont écoulées depuis la publication de *Je recherche Warren Harding*. Qui aurait pu penser qu'il deviendrait, comme l'a dit ma mère peu avant d'être atteinte de démence sénile, « un véritable classique de la littérature » ? Certainement pas tous ces critiques qui sont totalement passés à côté de mon travail. Avec les insultes dont ils l'ont accablé : « mou », « flasque », « dysfonctionnel ». Ces mots piquent encore. Et certainement pas le beau linge snobinard qui dirige l'establishment littéraire. Tout le monde s'accorde là-dessus : une conspiration du silence semble entourer mon livre bien-aimé.

Cette toute nouvelle édition est donc vouée aux seuls « critiques » qui importent réellement : mes merveilleux fans. Ceux qui me découvrent, poussiéreux et en piteux état, dans une brocante de l'Armée du Salut, ceux qui me traquent dans les coins les plus reculés de l'Internet. Des gens comme le reclus du Queens qui m'envoie par la poste des dessins qu'il réalise inspirés des personnages. Ou le type originaire de l'Oklahoma qui a fait la route pour dîner avec moi. Ou encore la charmante femme entre deux âges qui, à chaque anniversaire, le lit toute seule dans son meublé londonien, comme on s'offre une friandise. Ou Karen, infirmière dans un hospice. Elle, c'est ma préférée. Elle lit souvent des passages à ses patients pour qu'ils puissent profiter d'un dernier éclat de rire réconfortant.

Bien, je veux que mes fans sachent que j'ai trouvé la paix et la satisfaction dans un adorable parc pour caravanes en Floride. Ma carrière en tant que Mr. Chatterbox[1], chroniqueur de ragots du *Sarasota Magazine*, est terminée. Il est exact que mes années y ont été marquées par des scandales et des litiges, mais c'est aujourd'hui du passé. Tout comme Warren Harding et son époque s'évanouissent rapidement dans le passé, il en va ainsi pour moi et la mienne.

L'affaire Pee-wee Herman[2] a été mon premier baptême du feu. Incroyable coup de chance, j'étais un client régulier du cinéma pour adultes (le personnel m'avait même invité à sa fête de Noël annuelle) où il a été arrêté, de sorte que, lorsque Pee-wee a été traîné dehors pour attentat à la pudeur, j'ai eu la primeur du scoop et j'étais disposé à « tout déballer » si le prix était à la hauteur. Mon histoire a fait grand bruit et s'est même retrouvée dans les manuels universitaires de journalisme, au chapitre « Déontologie ».

En 2000, j'ai atterri sur une scène encore plus importante lors de l'élection présidentielle contestée de Bush contre Gore. La secrétaire d'État de Floride Katherine Harris – dont le devoir consistait à certifier l'élection – était une amie très chère, et elle l'est toujours. Elle a même participé avec moi à

1. « M. Pipelette ».

2. Le personnage d'homme-enfant excentrique Pee-wee Herman, créé et interprété par l'humoriste Paul Reubens pour la scène, puis adapté au cinéma avec un tel succès qu'il sera ensuite décliné dans plusieurs suites et une émission pour le jeune public, connaît une fin brutale à l'été 1991, lorsque Reubens est arrêté à Sarasota pour s'être masturbé dans un cinéma porno.

un numéro dans une boîte de nuit que je testais pour élargir ma fan-base. Durant ce numéro nous avions entraîné le public dans une « danse des canards ». Au plus fort de la crise du recomptage, il a fuité que j'avais une cassette vidéo de cette performance qui, bien qu'elle soit drôlement sympa, a mis tout le monde d'accord sur le fait qu'elle détruirait toute prétention de Katherine à apparaître comme une personne sérieuse. Le *National Enquirer* m'a offert cinquante mille dollars. J'ai refusé. La loyauté envers ceux qui me sont chers passe toujours en premier. Je suis fier de pouvoir dire : « On ne m'achète pas ! »

Je suis convaincu que c'est pour me remercier de lui avoir ouvert la voie vers la Maison Blanche qu'en 2001 le président Bush m'a invité à l'accompagner dans sa tournée à travers la Floride pour l'éducation. J'ai même pu monter dans l'avion que la Maison Blanche réserve à la presse ! Le premier jour à Jacksonville, il y a eu toutes sortes de discours et de séminaires au cours desquels je voyais le président scruter la foule, pensant sans nul doute : « Est-ce que c'est lui, Robert Plunket ? Est-ce que c'est *lui*, Robert Plunket ? » Finalement, en fin d'après-midi, son regard a croisé le mien et je l'ai salué d'un pouce levé. Il a souri et m'a fait un grand clin d'œil au moment même où il promettait d'augmenter les dépenses pour les écoles publiques du pays.

Le lendemain, à Sarasota, alors qu'il écoutait les enfants lire le livre à propos de cette chèvre, Andrew Card est entré précipitamment pour lui chuchoter à l'oreille qu'un autre avion avait percuté la seconde tour. Le sang s'est retiré de son visage et il a scruté la salle. Les gens se sont demandé ce qu'il cherchait. Eh bien, c'est moi qu'il cherchait. Nos yeux se sont croisés et j'aime à penser que, à ce moment-là, c'est mon sourire rassurant qui lui a donné le courage de tenir bon alors que, pour invoquer Céline Dion, ne subsistait plus rien d'autre en lui que la volonté qui lui intimait de tenir bon.

Mais tout cela appartient désormais au passé. Il vit une retraite heureuse au Texas, comme moi en Floride. Le grand Huit-Zéro approche rapidement pour nous deux. Il a son ranch bien-aimé, j'ai ma chère caravane. Il a sa Laura, j'ai mon Kyle, un jeune homme que j'ai rencontré alors qu'il participait à un concours de shorts mouillés dans un bar des Keys.

Kyle, qui s'est classé à une respectable cinquième place, était entre deux « dates » de sa tournée. Je l'ai donc invité à s'installer chez moi pour quelques jours. Ces journées se sont transformées en années et Kyle a pris une place de plus en plus importante dans ma vie. Son aide a été cruciale lors de mes récentes alertes de santé : deux AVC, une crise cardiaque, un quadruple pontage, un cancer de la prostate, une fissure anale et un diabète de type trois. Je compte aujourd'hui sur lui pour une myriade de choses : faire le ménage, les courses, la comptabilité, me conduire à mes rendez-vous chez le médecin et à l'Amicale du troisième âge pour une partie de canasta. Il s'est montré si utile que je lui ai même signé une procuration. Il plaisante souvent en disant qu'il est étonné que j'aie tenu aussi longtemps.

Ce qui fait que, s'il semble parfois quelque peu chafouin et impatient avec moi – comme c'est le cas dernièrement –, je lui pardonne rapidement. Il sait encore me réserver de merveilleuses surprises. Cet après-midi, par exemple, il nous a prévu une sortie spéciale. Nous partons faire du kayak ! Oui, je lui ai récemment acheté un kayak gonflable flambant neuf de la marque Itiwit et nous allons l'essayer à la réserve naturelle de Moccasin Wallow, près d'Everglades City. C'est un endroit exceptionnel. La Floride éternelle dans ce qu'elle a de meilleur : l'isolement total, rien que des palmiers et la mangrove, des criques cachées et des voies d'eau inaccessibles – et surtout, des alligators par centaines.

J'entends le klaxon. Je vous dis donc adieu. Ma course est presque terminée, mes jours sont presque tous passés. Je répète sans cesse que la vie est une aventure. J'ai eu la mienne. Et maintenant, chère lectrice et cher lecteur, il est temps de vivre la vôtre. Il vous suffit de prendre une profonde inspiration et de tourner la page…

R. P.,
Englewood, Floride,
27 septembre 2022

Je recherche Warren Harding

Remerciements

L'auteur tient à exprimer sa gratitude à la Fondation Reed qui, en mars 1980, m'a accordé une bourse de sept mille cinq cents dollars afin que je puisse poursuivre l'effort de recherche qui culmine avec cet ouvrage. Si modeste que soit cette somme d'argent, elle s'est toutefois révélée inestimable, et j'en suis reconnaissant – je tiens à le dire. Pourtant, compte tenu de son soutien et de ses encouragements initiaux, je suis aujourd'hui dérouté d'apprendre que la Fondation Reed a choisi de ne pas être associée à ce projet et au texte qui en représente l'achèvement, une situation que je commenterais plus avant si certains événements liés à mes recherches n'avaient pas conduit à une série de litiges sordides. Jusqu'à ce que les tribunaux se prononcent, je dois hélas garder le silence.

Je m'empresse également de remercier mon avocat et agent littéraire, M. Bruce Pinsky, de Beverly Hills, en Californie. Merci, Bruce.

Enfin, je tiens à remercier tout particulièrement mon père et ma mère, M. et Mme D. Ballard Weiner, de Pittsburgh, en Pennsylvanie – merci, maman, merci, papa –, sans oublier Amy Robinson, Doris Baizley et Paul Corrigan, qui ont stocké quelques cartons pour moi pendant la période que j'ai été obligé de passer en Californie.

C'est à toutes ces merveilleuses personnes, ainsi qu'à mes bienfaiteurs de la Fondation Reed, que ce livre est respectueusement et sincèrement dédié.

Elliot Weiner, New York, 1983

1

Je dois admettre que c'est Mme Biersdorf – Eve – qui en a eu l'idée. Sans sa contribution, qui sait combien de temps ça m'aurait pris ? J'aurais sans doute erré tout l'été à travers Los Angeles, jusqu'à épuiser l'intégralité de ma bourse et en être quitte pour rien de plus qu'un bronzage réussi.

Nous devions avoir l'air d'un drôle de couple, plantés là sur le belvédère panoramique, à une petite cinquantaine de mètres en contrebas de la maison Kinney. C'était un matin étouffant typique de la Californie du Sud, la température dépassant trente degrés et continuant à grimper. Ils appellent ça « chaleur sèche », mais ça ne m'empêchait pas de sentir ma chemise en coton épais me coller le dos. J'ai desserré ma cravate. Eve s'en sortait mieux. Elle au moins était habituée au climat et vêtue d'un élégant ensemble de tennis.

Nous étions occupés à tripoter le « kit d'espionnage » que nous avions réuni à partir de tous les gadgets qui traînaient dans le bureau de Pete. Eve regardait à travers les jumelles pendant que j'essayais de comprendre comment charger le Polaroid. Je n'avais aucune idée de ce que j'allais prendre en photo, mais Eve avait insisté pour que j'apporte l'appareil.

Parce que la vérité est que, les trois jours précédents, j'étais passé devant la maison tant de fois que j'avais tout mémorisé. Il n'y avait pas grand-chose à voir : uniquement un long mur de stuc écaillé avec un portail en fer forgé rouillé. À côté de la porte, un petit bâtiment – une maison d'hôte, avais-je imaginé –, mais la demeure principale était invisible à travers la végétation envahissante, à l'exception d'un toit de tuiles rouges que l'on apercevait de temps à autre.

Eve focalisait son attention – et les jumelles – sur la maison d'hôte.

« Tous les rideaux ont été retirés », a-t-elle constaté.

Je l'avais remarqué le tout premier jour, bien entendu. En fait, ils étaient ouverts le matin, puis, quand j'étais revenu après déjeuner pour reprendre ma surveillance, ils n'étaient plus là. Je n'y avais alors pas pensé plus que ça.

« Je vois des cartons empilés, a-t-elle continué. Et il y a un truc au milieu de la pièce. On dirait une échelle. »

En bas de la colline, j'ai remarqué une voiture. Elle se dirigeait vers nous. Dieu sait que j'avais suffisamment de raisons d'être paranoïaque après avoir tant rôdé dans le quartier. J'avais lu quelque part que le secteur, qui avait certes l'air cher (« très branché mais pas très chic », m'avait dit Eve), était patrouillé par des voitures de police privée, dont certaines transportaient de féroces chiens d'attaque.

« Tu sais à quoi ça ressemble, a dit Eve en baissant les jumelles et en fronçant les sourcils. Ça ressemble à quelqu'un qui déménage. »

La voiture se rapprochait, empruntant le virage en épingle à cheveux dans des nuages de poussière jaune. J'allais suggérer que nous passions à autre chose pour un moment quand Eve a poussé un cri perçant et attrapé mon bras avec une telle force que j'ai eu peur qu'elle y laisse un bleu. J'ai sursauté, craignant qu'elle n'ait vu un serpent à sonnette.

« J'ai trouvé, j'ai trouvé ! a-t-elle hurlé.

– Trouvé quoi ? »

Elle est restée immobile et m'a regardé, la mine excitée.

« T'as qu'à demander à louer la maison d'hôte. À l'évidence, quelqu'un est en train de déménager. Comme ça tu seras aux premières loges ! »

C'était l'une de ces idées de génie qui semblent immédiatement tomber juste. La solution parfaite, simple et limpide. Qui réglait un million de problèmes. Doux Jésus, quand je pensais à certains des plans que j'avais échafaudés – le parent perdu de vue, le contrôleur des impôts…

Nous sommes remontés dans la Mustang que j'avais louée et nous sommes partis, suffoquant d'excitation. Nous avons tourné un moment sans but, étudiant l'idée à la recherche de failles. Évidemment, ça pouvait ne pas fonctionner – il y avait tant de variables – *mais si ça marchait…*

Traîner avec Eve augurait du meilleur. Non seulement elle débordait d'idées, mais il se trouve qu'elle avait rencontré la vieille ! Avant son dernier mariage, elle avait semble-t-il été l'assistante de direction d'un gros bonnet de la création à la Paramount. On parle de l'époque où ils tournaient *Chinatown*. Eve passait l'essentiel de son temps à répartir des budgets, mais elle ne cessait de casser les pieds pour qu'on la laisse aussi faire des repérages. Le problème principal était la demeure de Faye Dunaway – tout ce qu'ils allaient visiter semblait trop moderne, trop rénové. Puis quelqu'un s'est rappelé cette immense et ancienne villa espagnole dans les hauteurs, juste en dessous du panneau Hollywood. L'éminente vedette Norma Talmadge l'avait fait construire en 1929 juste avant que ses débuts dans le cinéma parlant (avec *Madame du Barry*) ne révèlent un accent de Brooklyn tellement au-delà des compétences de l'orthophonie qu'elle fut forcée de prendre une retraite précoce, suivie d'un mariage orageux avec le maître de cérémonie en chef George Jessel[1].

Eve a déniché des photos de la villa dans un vieux magazine d'architecture. Ça collait parfaitement – « Style hispanique hollywoodien classique », disait-elle. Après avoir tiré quelques ficelles, elle a appris qu'elle appartenait à une vieille dame nommée Rebekah Kinney. Eve me l'a décrite ainsi : « Vraiment âgée, vraiment méchante et finaude – aussi finaude qu'un renard. » Mais Mme Kinney en voulait trop cher, et après plusieurs rendez-vous décevants ils trouvèrent un autre endroit presque aussi bien à Pasadena et sautèrent dessus.

Quant à Eve, elle habitait la Californie depuis une quinzaine d'années. C'était la plus vieille et la plus chère amie de ma mère ; ma mère l'adorait et avait entretenu cette amitié malgré tous les mariages, jobs et liftings d'Eve (liftings qu'Eve était la première à admettre), etc. D'après ma mère, Eve était la personne la plus glamour qu'elle ait eu l'occasion de rencontrer, ce en quoi elle n'avait probablement pas tort.

Et aujourd'hui, Eve était parvenue au sommet – mariage avec un producteur de cinéma, maison à Beverly Hills, style de vie étincelant incluant déjeuners avec les stars, et j'en passe. À présent qu'Eve avait réussi, ma mère se sentait reconnue, et elle collectionnait les coupures de presse sur tous les films de son mari. Après tout, elle avait soutenu Eve contre vents et marées et cela avait porté ses fruits.

Et des marées, il y en a eu. Il y a eu la fois où Eve est partie au Guatemala pour l'hiver afin d'étudier l'archéologie avec

1. Acteur, chanteur, auteur-compositeur et producteur de films, George Jessel est resté largement connu sous le surnom de « Toastmaster General of the United States » (maître de cérémonie général des États-Unis) en raison de son rôle fréquent de maître de cérémonie lors de rassemblements politiques ou de divertissement.

l'argent d'un divorce, et où elle s'est mise à fréquenter un comptable autochtone qui a détourné les fonds de son entreprise pour lui acheter une Lincoln. Mon père, qui n'a jamais pu supporter Eve, dut lui virer le prix de son vol retour en avion pour Pittsburgh, et elle a fait irruption chez nous au milieu de la nuit, au bord de la crise de nerfs, Interpol aux trousses. L'incident a été mis sous le tapis et, après un peu de repos, Eve est partie pour New York avec l'intention de percer dans l'édition.

Comme la seule autre personne que je connaissais dans le « Southland[1] » était un étudiant en chimie barbant avec qui j'avais fait de l'athlétisme à Harvard, j'ai appelé Eve à mon arrivée et elle m'a invité à dîner. Rien qu'elle et moi – le quatrième mari, ce fameux Pete, était « allé faire un tour aux Sources[2] » – et, bien que nous ne nous soyons pas vus depuis vingt ans, nous nous sommes tout de suite entendus. Après une deuxième bouteille de vin, je l'ai mise dans la confidence.

Quelque résidu de déception que j'aie pu nourrir devant l'absence de stars autour de la table, il a entièrement disparu lorsque j'ai découvert qu'Eve avait en réalité rencontré la raison de ma venue en Californie du Sud. Et elle a été épatée d'apprendre que cette bonne vieille Mme Kinney, avec ses lunettes de soleil en strass et son fauteuil roulant qui grinçait, avait non seulement été la maîtresse d'un président mais lui avait fait un enfant illégitime, puis, cerise sur le gâteau, avait écrit un best-seller inspiré de toute l'histoire.

1. La région du Grand Los Angeles, ou Southland: appellation locale utilisée pour désigner l'ensemble des zones métropolitaines situées dans cinq comtés du sud de la Californie, à l'ouest des montagnes qui séparent les zones urbaines du désert.
2. Dénomination familière de Palm Springs, lieu de villégiature apprécié des Californiens et notamment réputé pour ses sources (*springs*) thermales.

Eve s'est empressée de souligner que Warren Harding était d'une époque « bien, bien » avant son temps. Je n'en étais pas si sûr. Il est mort en fonctions en 1923. Quant à Mme Kinney – « Mon Dieu, elle doit avoir plus de cent ans !

– Elle en a à peine quatre-vingts », ai-je corrigé. En fait, elle avait quelques années de moins que mon propre grand-père qui, aux dernières nouvelles, vivait heureux dans une maison de retraite près de Worcester, dans le Massachusetts.

« Mais comment ai-je pu l'ignorer ? » a gémi Eve. J'ai pris conscience que c'était ce ragot alléchant dont elle n'avait pas eu connaissance qui était la véritable cause de sa contrariété. « Je sais où tous les corps sont enterrés », avait-elle plus d'une fois tenu à préciser au cours de la soirée.

L'ignorance d'Eve concernant la vieille dame était un signe encourageant. « Au moins, personne d'autre n'est au courant », m'a-t-elle dit, ce qui nous a l'un et l'autre consolés. Plus grand est le secret, plus le scoop l'est aussi.

Parce que découvrir que la vieille était toujours en vie risquait de mettre à mal le livre que j'avais prévu d'écrire. Elle était la dernière intime de Harding. Elle seule pourrait réfuter toutes mes théories méticuleusement élaborées. Elle seule connaissait la vérité. Elle seule avait toutes les réponses.

Or il s'agissait de réponses à des questions de la plus haute importance. Qu'était-il advenu de la fille qu'elle avait eue avec Harding, Blanche Marie, dont la sécurité financière était le motif supposé de l'écriture du *Prix de l'amour*, le best-seller vendu sous le manteau qui a scandalisé la seconde moitié des années 1920 ? Était-elle encore en vie ? Qu'avait-elle à dire de tout ça ? Après tout, elle était la fille d'un président américain. Enfin, si l'on en croyait la vieille dame.

Et on la croyait. De meilleurs historiens que moi acceptaient son histoire. Il y avait des lettres (pas beaucoup) et quelques admissions réticentes et officieuses de la liaison par des copains de Harding morts depuis longtemps. Mais si elle avait autrefois réclamé avec tant de véhémence que la naissance de sa fille soit reconnue, pourquoi avait-elle à présent tourné le dos à tout ça ? Et que savait-elle des scandales qui avaient gangrené la présidence de Harding ? Ou de ses bizarres derniers jours et de sa mort mystérieuse ?

Et par-dessus tout, possédait-elle des documents, des lettres, des papiers ? « La Duchesse », l'impérieuse épouse de Harding, avait détruit tant de choses que sa signature était de loin la plus cotée parmi celles de tous les présidents depuis Lincoln.

C'est mon principal rival, Paterson Decker, de Yale, qui l'a retrouvée (ou plutôt, qui est tombé sur elle par hasard et sans qu'il y soit pour quelque chose). Harding n'a jamais été une spécialité à la mode chez les historiens ; en conséquence Decker et moi avons, pour ainsi dire, le champ libre. Notre relation est cordiale mais concurrentielle. Je sens bien qu'il m'en veut pour ma jeunesse et mon ambition. Quelques fâcheux commentaires m'ont été répétés à propos de mes « qualifications ». Je n'ai pas l'intention d'ennuyer le lecteur avec une querelle mesquine entre deux universitaires en mal de reconnaissance, ni de m'attarder sur mon parcours éducatif. Il suffit de dire que j'enseigne à la fois au Mercy College et à la New School, je pense que cela se passe de commentaires. Et je serai le premier à admettre que les contributions de Decker à la geste hardinguienne ont été considérables, et que les accusations de spéciosité qui sont parfois portées contre son travail sont en grande partie injustifiées.

Decker a écrit une monographie intéressante (*Revue de la recherche historique*, juin 1970) mais (à mon avis) mal bâtie, dans laquelle il qualifie Rebekah Kinney d'« intruse historique [qui] a claironné et joué des coudes pour tracer [son] chemin jusqu'aux livres d'histoire », et exige qu'on reconnaisse les « personnages historiques » qui y ont réellement leur place. Sa théorie, si je la comprends correctement, est que ces « intrus » obscurcissent et brouillent les faits, et que, tandis que certains importent suffisamment pour mériter une étude restreinte, ils ne sont dans le fond que nuisances faciles à écarter. Quelques-uns des autres fauteurs de troubles historiques qu'il identifie sont Whittaker Chambers, le pape Urbain III, John Wilkes Booth, et Lord Birchall, médecin personnel et confident de la reine Elizabeth, dont l'arrestation en 1601 pour proxénétisme a conduit à la première définition juridique du terme.

Je ne serais donc pas surpris que, fait exceptionnel, Decker retrouve de nouveau Mme Kinney. Ce qui est le plus embarrassant pour lui, c'est déjà qu'elle est dans l'annuaire ! Il l'a dans le passé localisée à Dover, dans le Delaware, où elle tenait en 1937 un petit établissement de nettoyage à sec appelé Tact Cleaners. Mais pendant les quarante et quelques années qui ont suivi, rien.

Jusqu'à l'année dernière, alors qu'il participait à une conférence à l'université de Californie du Sud. En feuilletant l'annuaire de Los Angeles à la recherche du numéro d'un collègue (un certain professeur Kinsey lui avait proposé de le déposer à l'aéroport), il est tombé sur le nom facilement reconnaissable de Rebekah Kinney. Une enquête précipitée et, d'après ce que j'ai entendu dire, très coûteuse, menée par un « détective privé » a confirmé que la Rebekah Kinney résidant au 6701 Casino Drive était bien une dame de plus de quatre-vingts ans.

J'ai cuisiné Eve pour obtenir davantage d'informations, mais elle n'a pas été d'une grande aide. Elle n'avait jamais pénétré dans la maison principale. Ses négociations avec la vieille dame s'étaient déroulées dans une véranda complètement calfeutrée, et tout ce dont elle se souvenait c'était « beaucoup de meubles de jardin en piteux état et un ventilateur qui faisait le bruit d'un DC-3 ».

« Paterson Decker l'a déjà rencontrée ? » a demandé Eve.

Je lui ai raconté ce que j'avais entendu dire : deux lettres restées sans réponse et finalement, après la troisième, un mot de deux phrases disant qu'elle n'avait aucune idée de ce dont il parlait – et voulait-il bien cesser de la déranger parce qu'elle était veuve et vivait seule ?

Eve a considéré la chose. « Peut-être que c'est une autre Rebekah Kinney, a-t-elle dit. J'imagine que c'est possible.

– Non, c'était bien elle. Nous en avons la preuve.

– La preuve ? »

J'ai marqué une pause pour l'effet dramatique. « Juste après la dernière lettre, elle s'est mise sur liste rouge.

– Ooooh », s'est exclamée Eve, le visage illuminé. Voilà une tactique avec laquelle elle pouvait s'identifier. « Mais pourquoi Decker a-t-il abandonné ?

– Que pouvait-il faire d'autre ? Elle a refusé tout contact avec lui. Et ce n'est pas le genre de personne capable de se pointer là et de mentir.

– Et toi oui ?

– Mentir ? Écoute, je violerais et pillerais pour mettre la main sur ces papiers.

– Mon Dieu », s'est-elle écriée, et l'espace d'un instant j'ai cru qu'elle m'avait pris au sérieux.

Mon premier emploi à la sortie de l'université, je l'ai occupé dans un zoo réputé de la côte Est. Théoriquement, j'étais « assistant de direction », mais en réalité j'effectuais surtout des tâches administratives, plus quelques week-ends de baby-sitting pour de coûteux animaux en gestation qui devaient être surveillés en permanence. Heureusement, mes supérieurs m'ont pris en affection et j'ai rapidement été l'enfant chéri du zoo. Après plusieurs années de promotions régulières, je me suis retrouvé directeur du développement, doté d'un compte de dépenses bien garni et d'un accès facilité aux voitures du zoo. C'était un travail assez agréable. Cinq personnes travaillaient sous mes ordres : un autre jeune homme chargé des campagnes de publipostage, une femme plus âgée qui s'occupait des subventions du gouvernement et des fondations, et trois secrétaires. Nous n'avions besoin que de deux secrétaires, mais la troisième était la fille d'un politicien local, engagée pour des raisons évidentes même si ses compétences n'étaient pas exceptionnelles.

Je supervisais les opérations de l'ensemble du département, bien sûr, mais ma spécialité était de parler aux gens riches, aux héritiers de grandes fortunes en particulier. Une fois, j'ai reçu une somme importante d'un chef d'orchestre, mais l'essentiel de l'argent que nous percevions provenait de si vieilles fortunes qu'il fallait le dépoussiérer avant de l'encaisser. Mon plus beau coup s'est produit alors que j'avais à peine vingt-cinq ans. J'ai déjeuné avec une certaine Mme X (que je ne peux nommer pour des raisons d'éthique en matière de collecte de fonds) et reçu un chèque de cinquante mille dollars en guise de dessert. Ce chèque était destiné à donner à une partie de la pelouse l'aspect d'une savane africaine. Pour ce petit exploit, j'ai été élu Employé de l'Année et on m'a remis une plaque que j'ai toujours quelque part.

Alors que je me tenais dans le salon de la demeure en attendant de rencontrer la maîtresse de Warren Harding, ce déjeuner avec Mme X m'est revenu à l'esprit. Quelle partie de plaisir ! Avouons-le, j'étais mort de peur.

Eve m'avait déposé devant le portail cinq minutes plus tôt. Elle m'avait abreuvé d'une foule de conseils de dernière minute sur les usages locatifs en Californie. Puis, indiquant qu'elle me retrouverait sous un arbuste tropical luxuriant à peine visible à travers le smog, elle est partie, agitant la main par la vitre dans un dernier geste d'adieu jusqu'à ce qu'un virage serré l'oblige à la ramener sur le volant.

J'ai appuyé sur la sonnette rouillée et j'ai attendu. Il n'y avait pas d'interphone, et j'ai trouvé un prospectus décoloré par le soleil dans une anfractuosité du mur qui proposait des promotions pour l'entretien de la piscine. Passé un moment, j'ai commencé à me dire que la sonnette ne fonctionnait pas.

Mais une femme est apparue et mon cœur a fait un petit bond. Elle se précipitait dans l'allée, bras croisés sur sa poitrine pour l'empêcher de ballotter tandis qu'elle courait. Elle était vêtue d'un pantalon et d'un chemisier rouges. Presque assortis, mais pas tout à fait, ce qui la rendait un peu difficile à regarder de face. Je me suis demandé quelle était sa place parmi les habitants de la maisonnée, puis à mesure qu'elle s'approchait sa peau mate l'a trahie : elle devait être une sorte de bonne mexicaine.

Nous avons eu une conversation embarrassée à travers la grille. À en juger par sa maîtrise de l'anglais, je dirais qu'elle était descendue du bus en provenance de Guadalajara sept heures plus tôt environ. Mais elle paraissait sympathique, et lorsque j'ai mentionné « Señora Kinney » ses yeux se sont illuminés et elle a déverrouillé le portail. J'ai eu l'impression que les visiteurs inopinés n'étaient pas légion et que j'étais probablement le clou de sa journée, sinon de sa semaine.

Je l'ai suivie jusqu'en haut de l'allée et j'ai pu voir la propriété pour la première fois. Elle était différente de ce que j'imaginais. L'allée bifurquait vers la droite, contournant, je suppose, un garage situé derrière la villa. Directement à notre gauche, derrière un muret de stuc, se trouvait une belle piscine. Ou plutôt les restes d'une belle piscine. Elle semblait n'avoir pas été remplie depuis dix ans. Le fond était jonché de feuilles d'eucalyptus et de palmier brunies. Une grosse grenouille verte en céramique occupait une extrémité. À un moment donné de l'eau avait dû jaillir de sa bouche, mais elle était maintenant couverte de poussière et il lui manquait une oreille.

La maison d'hôte se trouvait derrière nous sur la gauche. Sous cet angle, elle était charmante – une minuscule villa comme celles que l'on trouve à Grenade – quoique dans un sale état. Elle avait besoin d'une couche de peinture et il faudrait se débarrasser du nid de guêpes au-dessus de la porte d'entrée avant que je ne m'aventure à l'intérieur. Mais elle avait un joli porche, en fait une sorte de terrasse, qui donnait sur la piscine. Sur cette terrasse se trouvait un parc rempli de jouets.

À contrecœur, il faut maintenant nous intéresser à la maison principale. Il se trouve que je m'y connais un peu en design, et je pense donc être sur un terrain assez sûr lorsque j'affirme que ce n'était pas le joyau qu'Eve m'avait fait miroiter. En fait, permettez-moi d'affirmer que cette maison était une grave erreur d'interprétation de tous les éléments de l'architecture espagnole auxquels vous pouvez penser.

La forme, tout d'abord. Ce n'était qu'une longue boîte à chaussures agrémentée d'un grand nombre de gadgets. Une loggia à piliers dominait le rez-de-chaussée, si mal proportionnée qu'elle bloquait toute lumière naturelle. Les grilles en fer forgé au-dessus des fenêtres du premier étage se disputaient l'attention avec un balcon en bois pittoresque et incroyablement étroit qui courait sur toute la longueur du bâtiment. Je ne sais pas ce qu'ils pensaient faire sur ce balcon – de longues promenades en file indienne, peut-être. Des lanternes rouillées et ce qu'il me semble que l'on nomme des torchères parsemaient la façade à intervalles réguliers, et à l'une des extrémités se trouvait un porche à moustiquaire conçu pour ressembler à une petite chapelle.

La servante m'a fait franchir une porte en bois sculpté si massive que j'ai dû l'aider à la pousser. Nous nous sommes retrouvés dans un hall d'entrée obscur. Un escalier de pierre incurvé vers le premier étage passait devant un vitrail sur lequel plusieurs Mexicains exécutaient une sorte de danse folklorique incluant un poulet.

Nous avons traversé le hall et descendu quelques marches pour arriver dans un salon encore plus sombre. Avant que mes yeux ne s'habituent à la pénombre, je me suis rendu compte que la bonne était partie et que j'étais seul.

Quelques rayons de lumière parvenaient à percer sous les lourdes tentures de velours rouge suspendues à des lances. J'ai fini par distinguer quelques meubles dispersés à travers la pièce, plus ou moins au hasard. Ils étaient de ce style très populaire dans les années cinquante : canapés sans bras tapissés d'un tissu rêche strié de fils métalliques qui ne se sont jamais vraiment imposés en Californie, probablement parce que s'y asseoir en short provoque une éruption cutanée à l'arrière des cuisses. Au-dessus de la cheminée, un galion en bas-relief voguait vers l'ouest, direction Santa Monica. Un lustre en forme de roue de chariot était suspendu au plafond aux poutres apparentes. Le sol était recouvert d'un grand tapis oriental. J'ai pu identifier que c'était un tapis oriental parce qu'il était entièrement décoré de représentations du Taj Mahal.

Il n'y avait rien d'autre à faire que rester immobile à guetter un bruit. Au bout d'un long moment, plusieurs se firent entendre : des claquements sonores provenant du carrelage de l'entrée. Aucune octogénaire ne pouvait être à l'origine d'un tel vacarme ; j'ai décidé que ce devait être la femme de chambre qui revenait, porteuse de mauvaises nouvelles (après avoir changé de chaussures, probablement en accord avec un usage mexicain que j'ignorais).

Mais un instant plus tard, le mystère a été résolu. Une paire de sabots est entrée dans la pièce en trébuchant et s'est postée en haut des marches. Ils étaient chaussés par une grosse fille aux cheveux roux en bataille. Elle agitait dans les airs deux mains grassouillettes, comme si elle essayait de les sécher.

Qui diable cela peut-il bien être ? ai-je pensé. Mon Dieu, cette tenue. Elle portait un ample pantalon vert de parachutiste, le modèle qui se noue à la cheville, un T-shirt jaune arborant une publicité pour un bar à Ensenada, un collier de perles et quelques foulards autour du cou, et à ses poignets de nombreux bracelets en plastique qui ajoutaient au vacarme général.

« Désolée d'avoir été si longue, a-t-elle dit, plissant les yeux et révélant des gencives proéminentes. J'étais à l'arrière en train de couler du polyuréthane sur un cactus mort. Venez, je vais vous montrer où se trouve le barda. »

Nous avons eu une conversation brève et confuse. Elle semblait m'avoir pris pour un employé de la société de déménagement Bekins, venu pour un devis de stockage. J'ai tenté de rétablir la vérité.

« Mon nom est Elliot Weiner », ai-je commencé avant d'oublier le reste de mon baratin. Par comparaison, le déjeuner avec Mme X avait été un pique-nique. J'ai saisi ma chance dès que j'ai pu.

« Votre piscine est magnifique.

– *Cette* piscine ? Cette piscine est un dépotoir.

– Mais elle pourrait être magnifique. Avec un peu de travail.

– Eh bien, ce n'est pas *moi* qui vais m'en charger. »

J'ai eu l'impression qu'elle testait sur moi un exercice de confiance en soi. J'ai tenté une autre approche.

« Donc vous déménagez ?

– Oui, je déménage.

– En ce cas… je me demandais si la maison d'hôte était à louer ? »

Ça lui a coupé la chique. « La maison d'hôte ? Nous n'avons pas de maison d'hôte.

– La maisonnette, là-bas, ai-je dit en la montrant du doigt.

– Oh, *l'abri de piscine*. C'est un abri de piscine, pas une maison d'hôte.

– Mais vous en déménagez ?

– Je n'en déménage pas. Je déménage d'*ici*. » Elle a désigné le sol du salon.

« Mais l'abri de piscine est inoccupé ? Personne n'y habite ? »

Elle m'a regardé comme si j'étais cinglé. « Bien sûr que personne n'y habite. C'est un *abri de piscine*. » Elle a roulé les yeux et secoué la tête, comme on le fait quand on est obligé de traiter avec un imbécile.

Je ne me débrouillais pas très bien et je le savais. Heureusement, comme il arrive parfois durant une crise, c'est à ce moment qu'un grand calme s'est emparé de moi et qu'au lieu de m'effondrer je suis devenu lucide, rationnel et absolument charmant. Je lui ai raconté que je venais d'emménager en ville, que je faisais des études supérieures à UCLA (au département d'*anglais*), que je passais par hasard devant la villa, que j'avais eu le coup de foudre, remarqué les rideaux, sonné, et me voilà. J'ai poursuivi : combien je détestais la musique forte, ne recevais presque jamais, avais besoin d'un endroit calme pour rédiger mes dissertations et articles, comment un locataire masculin apporterait davantage de sécurité. Je pouvais voir sa petite cervelle travailler. Sans vergogne, j'ai tout donné : références impeccables d'un producteur de cinéma de Beverly Hills…

Elle mordillait un de ses ongles. « Nous n'avons jamais rien fait de ce genre. Louer, je veux dire. » Mais la possibilité semblait l'intriguer. Elle s'exprimait comme une authentique Californienne : aucune inflexion et beaucoup de *r*.

« Moi non plus ! ai-je lancé. Imaginez donc, sonner à l'improviste ! » J'ai fait un geste signifiant après-moi-le-déluge en claquant les deux mains en l'air. Ça a dû la charmer car elle a ri.

« Et d'abord, à qui appartient cette maison ? ai-je demandé.

– Ma grand-mère. Mais elle est très vieille. Elle ne sort jamais.

– Peut-être que vous pourriez lui demander. Vous pourriez dire un mot en ma faveur. »

Elle m'a regardé. « Peut-être, oui. »

Il a été convenu que je reviendrais le lendemain à midi pour entendre ce que Mère-Grand avait à dire. Nos affaires terminées, la fille s'est rapidement adoucie. Je lui ai demandé où elle déménageait.

« Dans un mobile home à Torrance.

– Torrance ? C'est où ?

– Loin après l'aéroport. »

Il y a eu un moment de pause. Elle était vraiment très timide.

« J'espère que vous ne serez pas trop à l'étroit. » Ce n'était pas la bonne chose à dire à une personne obèse. « Je veux dire, après cette villa.

– Oh non, c'est un joli mobile home. Moquette et nombreux éléments encastrés. Les voisins élèvent des canards, mais on s'y habitue. »

Alors que nous revenions dans le hall en direction de la porte d'entrée, un nourrisson pâle et replet s'est approché de nous en rampant sur le sol. Il était vêtu de Pampers et d'un T-shirt miteux portant l'inscription « Jusqu'ici tout va bien ».

La fille s'est penchée et l'a pris dans ses bras. Ils ont roucoulé et gazouillé ensemble un moment, puis elle a déposé un baiser sur son front, évitant sa bouche parce qu'il bavait tout ce qu'il pouvait. L'enfant a réagi en faisant quelques mouvements saccadés, puis en lui donnant un coup de son petit poing dans l'oreille.

« Quel charmant bébé, ai-je dit en reculant d'un pas. C'est le vôtre ? »

La fille a répondu que oui et lui a tapoté fièrement le derrière. « Oh, oh, je crois qu'il a besoin d'être changé. » Elle l'a reniflé. « *Aucun doute*, il a besoin d'être changé.

– Comment s'appelle-t-il ? » ai-je poliment demandé, en espérant que lui aussi déménageait dans le mobile home à Torrance.

Elle lui a donné encore un baiser.

« C'est le petit Warren », a-t-elle répondu.

Mes amis me voient comme un excentrique. Ne me demandez pas pourquoi. Je me dis parfois que c'est parce qu'ils aiment l'idée d'avoir un ami excentrique. Même si je peux admettre que certaines de mes habitudes sont un tantinet étranges, elles ont toujours une raison logique. Par exemple, si je garde mes déchets dans le réfrigérateur, c'est pour qu'ils ne restent pas sous l'évier à pourrir, et pour que les cafards n'y aient pas accès. Bien sûr, je ne garde pas dans le réfrigérateur ce qui est à recycler, uniquement les déchets alimentaires. Les déchets à recycler, je les entrepose dans la chambre d'amis.

Mais ma plus grande passion dans la vie, c'est la danse Morris[1]. La danse Morris, au cas où un ou deux d'entre vous n'en auraient jamais entendu parler, est un type de danse folklorique anglaise ancienne, toujours pratiquée par des hommes. Elle peut devenir assez sauvage, car elle implique beaucoup de balancés de massues. Un merveilleux sentiment

1. Danse folklorique anglaise qui faisait autrefois partie des processions célébrant le printemps. Elle repose sur des pas rythmés et l'exécution de figures chorégraphiées par un groupe de danseurs maquillés et déguisés. Arborant généralement rubans, pompons et grelots cousus sur leurs costumes, les danseurs Morris agitent massues, épées et grands mouchoirs.

de camaraderie s'installe chez les hommes qui dansent le Morris et nous prenons généralement quelques verres ensemble après. Parfois trop. Alistair Cooke a un jour qualifié la danse Morris de « rugby pour les efféminés », mais je trouve ce qualificatif injuste.

Aucun des hommes de mon groupe de danse Morris n'est particulièrement efféminé. La plupart sont très ordinaires : un dentiste, deux avocats (dont un est employé par la Legal Aid[1]), quatre ou cinq étudiants diplômés, un bibliothécaire spécialisé dans les microfilms au Brooklyn College, un violoncelliste coréen. Les danses sont extrêmement complexes. Toutes ces massues impliquent qu'un faux mouvement peut aboutir à un nez ensanglanté ou pire, c'est pourquoi nous consacrons de nombreuses heures aux répétitions. Pendant la saison (d'avril à octobre, bien que nous soyons surtout demandés autour du 1er mai), nous sommes connus pour nous produire jusqu'à trois fois par week-end, généralement à l'occasion de festivals artistiques, de fêtes de quartier, de concours de danse folklorique, etc. Nous nous appelons les Stratford Morris Men, groupe à but non lucratif, ce qui nous permet d'obtenir des subventions. Jusqu'à présent, nous n'avons cependant pas eu de chance. L'année dernière, nous avons déposé une demande auprès du Conseil des arts de l'État de New York, qui a envoyé une femme pour « auditer » l'une de nos représentations. Tout ce qu'elle a fait, c'est s'asseoir dans le fond de la salle et glousser quand il y avait des erreurs.

Comme je suis à la fois vice-président et imprésario des SMM, j'ai eu quelques réticences à partir passer l'été à Los Angeles, où il n'existe même pas de branche de la Société

1. Organisation à but non lucratif fondée en 1876, la Legal Aid Society est aux États-Unis le plus ancien et le plus important fournisseur de services juridiques aux familles et personnes à faibles revenus.

américaine de danse Morris. Sans compter que j'ai été obligé d'enseigner mon solo – un numéro sensationnel qui plaît énormément au public – au Coréen qui, à mon avis, ne lui rend pas vraiment justice. Et pour couronner le tout, j'ai dû sous-louer mon appartement, une de ces immenses « raretés » que l'on trouve dans le West Side, à trois filles du Texas qui ne changeront probablement jamais les draps. Vous auriez dû les entendre hurler lorsque j'ai exigé une caution de deux cent cinquante dollars pour le téléphone. Au premier coup d'œil, j'ai su que c'étaient des bavardes.

Et bien sûr, Pam allait me manquer. Pam, c'est ma copine. Elle travaille pour la Fondation Ford, où elle chapeaute des programmes liés aux personnes âgées, aux questions concernant les femmes et à la maltraitance des enfants. Un job de rêve, mais elle le déteste.

Pam a trente-cinq ans, elle est un peu plus âgée que moi. Elle est terrifiée à l'idée de devenir l'une de ces femmes que l'on voit tout le temps dans le Village, vêtues d'un col roulé noir avec une ribambelle de bijoux navajos, les cheveux en chignon, assistant à des réunions sur les changements sociaux. Et sincèrement, moi aussi.

Malgré tout, elle a beaucoup de merveilleuses qualités. Nous avons envisagé de vivre ensemble, mais nous avons décidé de ne pas le faire. C'est drôle comme il s'agit toujours des petites choses. Par exemple, je n'arrive pas à m'endormir si la télévision n'est pas allumée et elle ne peut pas s'endormir si elle l'est. Nous gardons donc des appartements séparés.

Nous nous sommes rencontrés au cours d'un séminaire sur la collecte de fonds à Niagara Falls. J'y présentais une communication sur l'utilisation efficace des bénévoles et elle sur ce qu'il faut mettre dans un prospectus. Nous nous sommes d'abord détestés. Elle a dit à quelqu'un que je lui faisais penser à George Hamilton. Puis, par un enchaînement de circonstances, nous avons été amenés à coprésider un panel sur les tirages au sort et les loteries. Nous avons été si mauvais que nous sommes ensuite allés boire un verre pour nous apitoyer sur notre sort et nous avons découvert que nous avions beaucoup de choses en commun, notamment le fait que nos frères avaient participé au même camp de basket, bien qu'à des époques différentes. Son frère s'appelle Ira et leur nom de famille est Berger. Je l'appelle Irascible Berger, un surnom dont il prétend qu'il le rend dingue. Nous ne le voyons pas autant que nous le devrions.

J'ai appelé Pam ce soir-là pour la tenir au courant et lui demander son avis. La découverte d'un arrière-petit-fils Harding était une nouvelle en soi, qui justifiait peut-être tout le voyage. Comment devais-je réagir ?

Eve n'avait pas été très impressionnée. Elle m'a dit que ce n'était pas bon signe que toute l'affaire n'ait pas été réglée tout de suite. Mme Kinney allait rejeter l'idée, m'a-t-elle annoncé, suffit d'attendre, tu verras. La partie de l'histoire qui l'intéressait le plus était le tapis oriental. « Ce n'est pas un tapis oriental, c'est un tapis chinois, a-t-elle dit, et je connais un marchand sur Melrose qui tuerait pour l'avoir. » Elle a même suggéré qu'il m'accompagne le lendemain. J'ai fini par lui intimer poliment de se taire.

Pam, au moins, réalisait l'importance de ma découverte. « Mais reste discret pour l'instant, m'a-t-elle conseillé. Rappelle-toi ce qui est arrivé à Paterson Decker. »

Craignant le montant de la facture de téléphone, nous nous sommes dit au revoir. Les barres chocolatées que j'avais achetées au distributeur du motel me faisaient horriblement mal au ventre et j'ai passé les trois quarts de la nuit allongé sur le sol de la salle de bains à souffrir de crampes.

Je suppose que les nerfs n'y étaient pas pour rien. L'idée de rencontrer une légende vivante n'est pas vraiment propice au sommeil. D'autant qu'elle était terriblement âgée – ce qui m'inquiétait beaucoup. Et si elle n'était plus en pleine possession de ses moyens ? Et si elle avait des problèmes d'audition ? Tant de choses pouvaient mal tourner avant même que je n'atteigne la première base.

Je n'avais pas de Valium, j'ai donc avalé deux Sinutabs avec un peu de Pepto-Bismol. Ce truc réussit toujours à me mettre hors d'état de nuire. Puis j'ai repassé une chemise sur la commode et me suis remis au lit.

J'avais beaucoup réfléchi à ce que j'allais porter et j'ai fini par me décider pour ma veste de sport en tweed. Elle m'avait coûté plus de deux cent cinquante dollars et j'en étais extrêmement fier ; en outre, elle était d'allure très classique et bien élevée. En ce qui concerne les propriétaires, les entretiens d'embauche et les comparutions au tribunal, je pense qu'on n'est jamais trop classique ou bien élevé.

De plus, j'avais lu *Le Prix de l'amour* à plusieurs reprises, donc je savais combien Rebekah Kinney était obsédée par les vêtements. Chaque fois qu'il se passait quelque chose d'important elle décrivait ce qu'elle portait, précisait où elle l'avait acheté et son prix. H. L. Mencken a qualifié l'ouvrage en ces termes : « Un livre sur les vêtements ». À en juger par les photographies, je dirais que son goût était raffiné et onéreux.

Tout ça, c'était du passé. Aujourd'hui, lorsque la petite-fille l'a conduite dans le salon du premier étage, Rebekah Kinney était vêtue d'un pantacourt blanc et d'un chemisier imprimé rouge et blanc. On aurait dit qu'elle avait été mise à contribution pour nettoyer après un grave accident de la route. Elle était coiffée d'une casquette de golf avec quatre tees en plastique – rouge, vert, bleu et jaune – cousus sur le rebord.

J'étais un peu déçu. C'était elle, la femme pour qui j'avais parcouru trois mille kilomètres ? Elle, la très glamour Rebekah

Kinney, que tout le parterre du Sénat des États-Unis avait condamnée en la qualifiant d'« aventurière délurée » ?

« T'as franchement l'air d'avoir chaud, habillé comme ça, a-t-elle coassé.

– Oh non, ça va », ai-je répondu. Mes yeux restaient fixés sur ses tibias. Ils étaient d'un blanc laiteux avec des veines bleues et la peau qui s'écaillait.

« On dirait que t'es sur le point de bouillir.

– Mamie, laisse-le tranquille.

– Moi, j'adapte mes vêtements à la chaleur, a-t-elle continué à radoter. Assieds-toi. »

Me sentant complètement humilié, j'ai cherché autour de moi un endroit où m'asseoir. Il y avait une banquette contre un mur. Je me suis perché sur le bord.

Dieu, qu'elle était vieille. Je n'arrivais à déceler aucune ressemblance entre les photographies de la jeune Rebekah Kinney – qui avait été une beauté – et la vieille bique dans le fauteuil roulant.

D'abord, elle était *minuscule*. Squelettique. Elle avait dû rétrécir au fil des ans. Sa tête en particulier – ses oreilles paraissaient énormes. Ses bras et ses jambes ressemblaient à de petites allumettes.

Mais il y avait quelque chose que je reconnaissais dans les yeux. Ils étaient toujours bleus, brillants et vifs – et (ai-je soudain réalisé) *méchants*. La pauvre petite-fille. Vivre avec elle avait dû être un calvaire.

Très mal à l'aise, j'ai attendu qu'elle prenne la parole. Elle semblait sur le point de dire quelque chose. Chaque seconde s'écoulait comme une éternité.

« Il y a une famille de couleur plus bas dans la rue », a-t-elle commencé. Je me suis un peu détendu – au moins nous parlions immobilier. « Ils ont cinq voitures. M. Klotter s'est tiré une balle dans le crâne. Ne me demande pas pourquoi. Ce genre de chose arrive constamment.

– Effectivement, ai-je opiné.

– Nous avons des glissements de terrain… » Elle s'est interrompue et a commencé à cueillir une violette africaine. La petite-fille, apparemment habituée à ce comportement, feuilletait un magazine télé.

Eh bien, voilà un fantasme qui s'envole, me suis-je dit – nous n'allons pas multiplier les discussions légères autour d'un thé.

« Tu conduis ? » a-t-elle soudain lancé. Il est révélateur de mon état d'esprit à ce moment-là que j'aie craint qu'elle ne demande à être emmenée quelque part.

J'ai répondu que oui.

« Gare-la à l'arrière. Près du garage. Jamais dans l'allée. Je n'aime pas l'image que ça donne. »

Est-ce que ça signifiait que la maisonnette était à moi ? Je n'ai pas osé demander. J'ai jeté un coup d'œil à la petite-fille pour savoir à quoi m'en tenir. Elle fixait son magazine, impassible.

« J'attends le loyer le premier de chaque mois, a continué la vieille dame. Tu peux le déposer dans la boîte aux lettres ou le donner à Guadalupe. »

J'ai eu l'impression d'avoir loupé un truc, que quelque chose de très subtil m'était passé au-dessus de la tête. C'était trop rapide, trop soudain. Et tous les mensonges que j'avais passé la nuit à répéter ? Ne souhaitait-elle pas des références ? N'allais-je pas devoir me vendre ?

« Eh bien, ai-je dit sur le ton agréablement sonné de quelqu'un qui vient de gagner une partie de poker avec une paire de deux, je suppose que tout est réglé.

– Ouaip, a fait la vieille dame, tout est réglé. »

Je me suis mis debout sans raison particulière.

« Au fait, quel est le loyer ?

– Huit cents dollars par mois, a-t-elle répondu d'une voix claire comme du cristal.

– Huit *cents* ? » Je me suis rassis.

« Électricité incluse. »

J'ai regardé autour de moi, impuissant. Huit cents dollars par mois ! Seul un imbécile payerait cette somme. Je m'étais préparé à accepter quatre cents.

« Je ne peux pas payer un loyer de huit cents dollars par mois, ai-je lâché d'un ton catégorique.

– Comme tu veux. Elle a posé ses mains sur ses genoux. C'est ce que j'en demande.

– Mais je suis *étudiant.* »

La vieille dame a haussé les épaules. « Je ne vais pas baisser. »

J'ai regardé la petite-fille. Ses yeux fixaient l'arrière du fauteuil roulant.

Je me suis lancé dans quelques calculs mathématiques. Il n'y avait aucune chance que je puisse me le permettre. Consulter mon compte à la Bank of America l'autre jour m'avait donné à réfléchir. Une grande partie de l'argent de la bourse s'était déjà envolée, dépensée pour Dieu sait quoi…

Mais en même temps, il était hors de question que je ne me le permette *pas*. Si ça me conduisait à obtenir ce que je voulais, ce serait une aubaine. Et puis combien de temps cela prendrait-il ? Avec un peu de chance, je serais parti d'ici un mois.

« OK, ai-je dit avec un soupir. Huit cents dollars. » Le son que ça faisait m'a arraché une grimace.

« Il suffit de donner à Jonica un chèque pour le premier et le dernier mois, a ajouté la vieille dame en me plongeant plus profondément dans le désespoir. Elle va t'aider à t'installer. »

La grosse fille m'a conduit à ma nouvelle demeure. Elle n'était qu'excuses pour le comportement de sa grand-mère. « Je lui ai dit de ne pas demander tant d'argent, mais elle m'a répondu qu'elle savait ce qu'elle faisait.

– Elle le savait très bien, ai-je répondu gravement.

– Mais alors pourquoi as-tu accepté ? a demandé la fille en lançant un regard inquiet par-dessus son épaule. Ça ne les vaut pas, crois-moi. C'est un dépotoir. »

Ces mots résonnaient à mes oreilles tandis que nous nous approchions de l'abri de piscine. Quelqu'un avait balayé le porche depuis la veille et, malgré moi, j'ai été touché. Puis mon regard s'est posé sur le nid de guêpes et j'ai recommencé à enrager. Devinez qui allait devoir enlever *ça* ?

Nous avons franchi la porte et sommes entrés dans une pièce longue d'environ sept mètres. Elle était recouverte d'une moquette verte parsemée de taches. À l'une des extrémités une grande fenêtre donnait sur ce qui devait être, par un jour sans smog, une vue sur Los Angeles. Une cheminée se dressait contre le mur ouest, son manteau de plâtre noirci par la fumée. Le mur d'en face était recouvert par une fresque composée d'un photomontage fait maison représentant des stars du rock 'n' roll. Mon cœur s'est serré. J'ai déambulé, cherchant à voir si la pièce avait meilleure allure vue sous d'autres angles. Ce n'était pas le cas.

La fille – Jonica – m'observait du coin de l'œil. Elle semblait terrifiée à l'idée que je change d'avis. « Il y a plein d'aménagements possibles », a-t-elle dit après un moment.

J'ai baissé les yeux en direction du seul élément d'ameublement présent dans la pièce, un matelas.

« Ce matelas est plus propre qu'il n'en a l'air. »

Je l'ai poussé avec mon pied.

« Tu peux l'utiliser si tu veux.

– Non merci », ai-je répondu.

Jonica a suggéré que nous regardions « le reste de la maison ». Deux portes conduisaient hors de la grande salle ; nous avons pris celle qui se trouvait près de la cheminée. J'ai suivi Jonica dans un passage étroit jusqu'à une paire de portes peintes dans un style festif. Chacune portait un signe. Sur l'une d'elles, on pouvait lire *pepe* et sur l'autre *maria*. À l'intérieur se trouvaient des vestiaires – une rangée de crochets, un banc, une douche et des toilettes (chacun dans une petite cabine) et, pour Pepe, un urinoir. Les vestiaires étaient décorés de carreaux aux couleurs les plus virulentes qui soient.

Pendant que je testais la pression de l'eau, Jonica a découvert un rat mort flottant dans l'une des toilettes. Avec tact, elle a essayé de tirer la chasse avant que je ne m'en aperçoive, mais l'eau a continué à monter. Médusés, nous avons regardé le rat atteindre le rebord de la cuvette.

« C'est à la limite du répugnant », s'est exclamée Jonica.

Au bout d'une dizaine de secondes nerveuses, l'eau a commencé à baisser et le rat a disparu, avant d'être de nouveau expulsé dans un rot.

« Allons voir la cuisine », a lancé Jonica.

Elle se trouvait de l'autre côté de la maison. Nous sommes revenus sur nos pas en passant par le salon. Chaque fois que Jonica posait un pied par terre, la bâtisse tremblait jusque dans ses fondations.

La cuisine était longue, étroite et obscure. Les appareils étaient si vieux qu'ils ressemblaient à des reliques d'une antique civilisation. Je n'arrivais même pas à savoir à quoi ils pouvaient servir.

« Tu peux utiliser ces plats », a indiqué Jonica en désignant un set de vaisselle en plastique gondolé posé dans le placard.

« Où sont les chambres ? » ai-je demandé.

Un éclair de panique a traversé le visage de Jonica. « Les chambres ? a-t-elle répondu. Il n'y a pas de chambres.

– Alors c'est tout, hein ?

– Il y a une chaufferie au sous-sol, a-t-elle murmuré.

– Une chaufferie ?

– Pour chauffer la piscine…

– Comme c'est intéressant. »

Nous sommes retournés dans le salon, cette fois c'est moi qui ouvrais la voie. J'ai examiné la fresque. Elle était polyuréthanisée.

Incapable de croire ce qui était en train de m'arriver, j'ai rédigé un chèque de mille six cents dollars. Une sorte de torpeur a commencé à s'emparer de moi pendant que Jonica me confiait les différentes clés. Je les ai regardées d'un air morne, toutes les informations sur la façon d'ouvrir la porte d'entrée pénétrant dans une oreille pour ressortir par l'autre.

Après son départ, je me suis écroulé sur le sol. Quand je me suis rendu compte que je me balançais d'avant en arrière dans une orgie d'apitoiement, je me suis forcé à me lever. J'ai ensuite pris la voiture et suis descendu jusqu'à Standard Brands, où j'ai acheté pour cent dollars de peinture blanche et une ventouse destinée à déboucher les toilettes. Ce n'est qu'une fois revenu à la maison que je me suis aperçu que j'avais oublié la mort-aux-rats.

2

Rebekah Kinney est née le 13 juin 1898 près de la ville de Marion, dans le centre de l'Ohio. La famille Kinney, originaire du Vermont, résidait en Ohio depuis plusieurs générations, assez pour être considérée comme autochtone, et disposait d'une certaine importance au niveau local : Franklin Kinney, un cousin, possédait une banque dans la ville voisine d'Owensboro, et un autre parent, le révérend Howard Kinney, avait acquis une certaine notoriété grâce à la publication d'un livre de sermons, *Le Chemin parcouru*, qui aurait eu une grande influence sur le jeune Billy Graham[1].

Mais toutes les familles ont leur branche pourrie, et c'est dans celle-ci que Rebekah a vu le jour. Son père, Mahlon, avait hérité d'un élevage de poulets prospère ; or, à la suite d'une mauvaise gestion et de négligence, l'élevage fut finalement vendu pour régularisation fiscale en 1904. Par la suite, la famille s'installa à Marion même, où l'infortuné M. Kinney devint partenaire d'une entreprise de médicaments pour le bétail, puis vendeur de quincaillerie, et enfin ce que Rebekah

1. Pasteur et télévangéliste qui fut également conseiller auprès de plusieurs présidents américains, dont Richard Nixon.

appelle de façon énigmatique un « spécialiste de l'acheminement » pour la Poste des États-Unis.

Mme Kinney, fille de fermiers très futés qui pensait épouser un homme d'argent, s'est aigrie au fur et à mesure que, les années passant, son mari subissait de nouveaux revers commerciaux. Elle a décidé d'ouvrir une bibliothèque de prêt pour compléter les revenus de la famille; elle y a bientôt adjoint un kiosque à journaux et une fontaine à sodas, et fini par gagner plus que son époux. Mais même ce succès ne lui a pas apporté le bonheur. Obsédée par l'ascension sociale, elle s'est rendu compte que le fait de travailler pour gagner sa vie l'empêchait d'être acceptée par les Kling, les Abbott, les Steinmuller et les autres familles qui formaient la crème de la société de Marion.

Mahlon Kinney ne s'intéressait absolument pas à la scène sociale de Marion, car c'était un homme de passion. « Mon père était fou de chats », écrira plus tard Rebekah. Une voisine, Mme Naomi Wetszal, se rappelle d'ailleurs que « la seule fois où l'on voyait Mahlon Kinney éméché, c'était chaque année le lendemain de Thanksgiving, lorsqu'il revenait de la grande exposition féline de Cleveland ».

Même si au cours de sa carrière il a élevé toutes sortes de chats à poil long, les persans étaient sa race préférée. Grâce à un accord spécial avec le nouveau propriétaire de son élevage de poulets en faillite, il a conservé un « enclos à chats » sur la propriété, car Mme Kinney refusait que plus de six d'entre eux habitent la maison familiale en même temps. Malgré une enfance passée au milieu des poulets et des chats, Rebekah a développé une telle aversion pour les animaux qu'elle a donné un jour cinq dollars au livreur de l'épicier pour se « débarrasser » d'un chiot que Harding lui avait offert. Elle a dit à Harding qu'il avait été écrasé.

Ainsi, les schémas de la jeune vie de Rebekah étaient établis : un père raté et excentrique, une mère amère et sévère. Son frère Fred n'arrangeait pas le tableau. Il avait constamment des ennuis avec la police, tandis que son autre frère, Walter, contracta la polio et devint hémiplégique jusqu'à ce qu'un accident mette fin à ses jours en 1919.

De manière compréhensible, Rebekah et sa sœur Amelia se sont réfugiées dans l'imaginaire :

> Nous passions des heures déguisées dans les vieux vêtements de Maman, à faire semblant que nous étions riches et célèbres. Notre jeu favori, qui s'appelait « Les Riches », consistait à donner des garden-parties somptueuses mais imaginaires dans notre jardin pour les têtes couronnées européennes et les « 400 » de la haute société new-yorkaise. En général, Amelia faisait le service tandis que j'incarnais Mme Stuyvesant Fish des heures durant.

Malgré une enfance tout sauf ensoleillée, Rebekah disposait de pas mal d'atouts. C'était une bonne élève, une excellente pianiste et, après s'être remise d'une teigne récurrente, une beauté en devenir. À l'âge de douze ans, elle était plutôt bien développée physiquement et commençait à être remarquée par les garçons.

Et pas seulement par les garçons. Au cours des paisibles après-midi d'été, lorsque l'école était terminée, de nombreux jeunes citadins se rendaient en cachette à Elm Thicket, une zone boisée adjacente au quartier noir de la ville. Il leur était bien entendu strictement défendu de jouer à cet endroit, mais cet interdit ne faisait que le rendre plus attirant. Rebekah raconte que par une chaude journée du mois d'août, alors qu'elle jouait à cache-cache avec ses amis, elle s'aperçut qu'elle s'était perdue dans les sous-bois. Après avoir erré, effrayée et sans but, dans les ronces, elle est finalement arrivée à un sentier qu'elle a suivi jusqu'à une petite clairière.

Dans la clairière, je fus très étonnée de trouver nul autre que M. Harding, occupé à batifoler avec deux de ses vendeurs de journaux. Ce trio insolite sembla encore plus surpris que moi, en particulier les garçons qui venaient de se baigner dans un étang voisin et qui étaient tout à fait nus. Ils disparurent immédiatement dans les bois, si gênés que moi, une simple jeune fille, je les surprenne dans un tel état. M. Harding, passé son étonnement initial, n'a plus arrêté de rire. Comme il s'est avéré impossible de faire sortir les jeunes gens désemparés de leur cachette, il m'a proposé de me ramener en ville dans son automobile.

Pour autant que nous le sachions, il s'agissait là de leur première rencontre. Mais si Harding ne savait pas qui était Rebekah, elle connaissait assurément tout de lui. Non seulement il était l'un des plus éminents citoyens de la ville, mais en tant qu'éditeur du *Star*, le quotidien de Marion, il représentait une figure avec laquelle les jeunes citadins devaient compter. Pratiquement tous les garçons avaient une tournée de distribution de journaux et Harding veillait personnellement à ce que cette partie de son activité soit menée avec la plus grande diligence. Des équipes de softball avaient été constituées, des primes d'intéressement attribuées et le Vendeur de journaux de l'Année voyait sa photo figurer en première page de l'édition spéciale du 4 juillet. Pendant un certain temps, des rumeurs avaient circulé selon lesquelles Harding s'intéressait d'un peu trop près à ses garçons. Lorsque Mme Harding prit la direction du bureau après la dépression nerveuse de son époux, c'est le premier domaine qu'elle s'est approprié pour son propre compte. Harding, grincheux et découragé, tourna alors son énergie vers la politique.

Rebekah avait trouvé son héros. Au cours du trajet retour vers la ville (son premier voyage en automobile), elle fixa l'éditeur aux cheveux argentés et prit conscience – de quoi ? Ici se trouvait l'homme qu'elle aurait aimé avoir pour père ? Une échappée hors de la banalité de sa vie vers le riche ésotérisme de ses rêves ? Qui sait ? Ce qui en revanche *est* évident, c'est que sa passion, imprimée de manière indélébile à l'orée de sa sexualité adolescente, est devenue si forte qu'elle a changé le cours de l'histoire.

Tout cela aurait pourtant semblé absurde à l'époque. La vie à Marion continuait. Le béguin de Rebekah se limitait à suivre la carrière de Harding dans les journaux. Ses années de préparation politique commencèrent à porter leurs fruits. Il devint gouverneur de l'Ohio en 1910 et son plus jeune sénateur cinq ans plus tard. Rebekah écrivit des chansons et des vers sur lui, et commença à collectionner tous les souvenirs qui lui tombaient sous la main, y compris un de ses fixe-chaussettes qu'il jeta après qu'il se fut rompu lors d'une visite à son quartier général de campagne sur Main Street, où elle travaillait en tant que cadette des bénévoles. Il semblait toujours lui réserver une salutation spéciale chaque fois que leurs chemins se croisaient, ce qui arrivait aussi souvent qu'elle parvenait à manœuvrer pour cela.

Bien qu'elle ait été ravie de son succès, c'était un triomphe doux-amer : il ne venait presque plus à Marion. Au grand soulagement de sa famille, elle commença à consacrer plus de temps à d'autres centres d'intérêt, en particulier à l'art dramatique. Au cours de sa dernière année de lycée, un rôle principal dans *L'Admirable Crichton*[1] fit sensation. Un morceau de décor s'effondra et lui tomba dessus pendant son monologue

1. Datée de 1902, cette pièce de J. M. Barrie, l'auteur de *Peter Pan*, met en scène un majordome employé par un aristocrate britannique. Ce dernier considère que les différences de classe sont artificielles, quand Crichton est d'avis qu'il faudra toujours un maître et un serviteur. À la suite d'un naufrage, les rôles sont inversés. Cecil B. DeMille en réalisera l'adaptation cinématographique en 1919.

du deuxième acte (certains anciens habitants de Marion disent que l'« Accident » avait été truqué par une cabale anti-Rebekah fomentée par certaines de ses camarades de classe), mais la présence d'esprit de Rebekah, qui termina la scène malgré sa manche déchirée et sa perruque de travers, conquit le public : elle reçut une standing ovation. Un article décrivant sa performance parut alors dans le *Star* ; or, bien que Rebekah ait été certaine qu'elle recevrait une quelconque marque de félicitation de la part du sénateur, « ceci dut lui échapper ».

Enflammée par son succès local, Rebekah décida que son futur se jouerait sur les scènes new-yorkaises. Sa famille protesta, mais ne put la dissuader. Saisissant les soixante-quinze dollars qu'elle avait économisés en travaillant à mi-temps comme pianiste dans le cinéma de la ville, elle monta dans un train pour Manhattan une semaine à peine après avoir obtenu son diplôme de fin d'études secondaires.

Comme on pouvait s'y attendre, Rebekah constata que ses talents étaient bien moins appréciés à l'est de l'Hudson. Elle s'installa dans une modeste mais respectable maison de rapport de Washington Heights, et se traîna d'audition en audition à la recherche de rôles. Rien n'y fit, à l'exception d'une journée de mannequinat pour des gants chez Saks Fifth Avenue. Elle rejetait la faute de son manque de succès sur les préjugés contre les habitants du Midwest, mais d'autres l'attribuaient à un léger défaut d'élocution (elle butait sur les consonnes, ce qui fut corrigé par la suite), ainsi qu'au fait qu'elle était tristement dépourvue de talent. Emily Frobisher, qui l'a connue à l'époque, a déclaré des années plus tard : « Rebekah était une actrice épouvantable. Chaque fois qu'elle commençait à jouer, ses yeux étaient tellement exorbités que l'on pensait qu'ils allaient sauter et atterrir au premier rang. »

Découragée, mais pas encore disposée à jeter l'éponge, Rebekah comprit qu'elle allait devoir trouver une source de revenus si elle voulait rester à New York. Un job peu approprié dans une animalerie ne dura qu'un après-midi ; elle accepta ensuite une offre pour jouer du piano dans un cours de danse où l'on enseignait les derniers pas à la mode. Cela aboutit à un contrat, rapporte Emily Frobisher, avec un orchestre exclusivement féminin au sein du légendaire Club Bohemia, salle de bal de la 38e Rue Ouest réservée aux homosexuels masculins. Il s'agissait d'un club clandestin – l'entrée se faisait en passant par une série de portes verrouillées –, mais pour les célébrités de passage il était vu comme très audacieux et chic d'y faire un tour pour regarder les jeunes hommes, certains issus des meilleures familles, d'autres criminels de droit commun, évoluer sur la piste au son des derniers morceaux en vogue.

Rebekah a dissimulé cet épisode à ses lecteurs pour des raisons évidentes ; par conséquent, nous ne savons rien de ce qu'elle éprouvait à travailler dans un milieu aussi peu recommandable. Pour une jeune fille naïve de dix-huit ans originaire de l'Ohio, l'expérience devait être grisante. Emily Frobisher nous donne un indice : « Rebekah avait une telle soif de célébrité qu'un rien suscitait son admiration. »

D'importantes figures du show-business fréquentaient le club, mais passé quelques mois Rebekah constata qu'aucune d'entre elles ne lui manifestait le moindre intérêt, pas plus qu'à n'importe laquelle des filles de l'orchestre, d'ailleurs. Un ami lui suggéra d'apprendre à taper à la machine, elle pourrait ainsi travailler où ça lui chanterait. Allez savoir pourquoi, cette pensée la déprima encore plus et elle était prête à tout plaquer pour épouser un journaliste allemand entre deux âges qu'elle avait rencontré au cours d'un trajet en autobus lorsqu'un article dans le *New York Times* attira son attention : HARDING DEMANDE DES QUOTAS PLUS STRICTS POUR LES JUIFS, était-il titré (en référence au débat qui faisait alors l'actualité sur la restriction de l'immigration), mais le corps de l'article s'intéressait à la notoriété croissante du sénateur.

Un déclic se produisit dans l'esprit de Rebekah. Pour la première fois de son existence, elle avait un plan.

L'étape numéro un a consisté en une lettre.

Cher Sénateur Harding,

Même si je pense peu probable que vous vous souveniez de qui je suis, je vous écris cette lettre pour offrir mon soutien à votre vision de l'état des affaires du monde, que j'ai suivie de près dans la presse. Je m'appelle Rebekah Kinney et ma famille est originaire de Marion, dans l'Ohio. Mon père, Mahlon Kinney, a souvent évoqué avec émotion le fait d'avoir joué aux côtés de votre sœur dans la fanfare du lycée.

Je suis particulièrement impressionnée par votre exhortation à ce que les nations s'inspirent des préceptes de la Bible dans la conduite de leurs affaires. Personnellement, je réside actuellement à New York, où j'essaie de poursuivre ma carrière d'actrice. À cette fin, j'ai obtenu un emploi de musicienne. Mais les horaires ne sont pas pratiques et j'ai du mal à faire face à mes obligations financières avec mon salaire actuel. Cependant, je suis sûre que mes problèmes sont insignifiants par rapport à ceux que connaissent les nations européennes, et cette pensée me réconforte.

Quoi qu'il en soit, ma carrière d'actrice progresse. Je joue actuellement dans une production et je serais honorée de vous obtenir des billets si vous ou des amis de l'Ohio vous trouviez à New York dans un avenir proche. En attendant, je me repose plus sereinement en sachant que mon pays est entre les mains d'hommes tels que vous.

Sincèrement,
Rebekah Kinney

Pour lui rafraîchir la mémoire, Rebekah joignit une photographie qu'elle avait récemment fait prendre à des fins d'autopromotion. Elle y apparaît en fille de ferme, distribuant de la nourriture à un groupe imaginaire de poulets. Grâce, peut-être, à des effets de lumière soigneusement contrôlés, elle paraissait incroyablement jeune : on aurait pu penser qu'elle n'avait pas plus de quatorze ans.

Rebekah a prétendu que cette lettre avait été un coup d'épée dans l'eau. Mais elle était si habilement composée, et la photographie si étrangement convaincante, que deux jours plus tard une réponse manuscrite arriva. Bien sûr, il se souvenait d'elle. Son béguin avait été le sujet de conversation de Marion des années durant. Mme Harding avait plus d'une fois menacé d'appeler la police si Rebekah ne cessait pas de rôder autour de la maison des Harding ; elle était même allée jusqu'à discuter de la situation avec son pasteur. Il recommanda que Rebekah rejoigne le groupe de jeunes de l'église. Mme Harding leva les bras au ciel en entendant cela : son mari avait été le président du comité des jeunes depuis sa création.

Le sénateur continuait en écrivant qu'il serait à New York pour affaires dix jours plus tard, et qu'il serait enchanté d'assister à sa pièce et de discuter ensuite de la manière dont il pourrait l'aider dans ses projets.

Si la lettre de Harding la propulsa aux sommets de l'extase, elle lui posait aussi un problème. La « production » à laquelle elle faisait allusion était en réalité une sorte de récital donné par sa classe à l'Académie de musique, d'art dramatique et de rhétorique d'Amos Foster. Ils jouaient une version abrégée de *La Mégère apprivoisée* et, en raison du nombre insuffisant d'étudiants masculins inscrits à l'Académie, Rebekah s'était vu confier le rôle de Petruchio. Elle avait déjà fait des essayages pour une barbe artificielle et M. Foster lui-même avait travaillé avec elle sur la manière dont elle devrait « rouler des mécaniques ». Mais les vendeurs de journaux mis à part, l'intuition de Rebekah lui disait qu'il n'était pas judicieux de laisser « l'amour de ma vie et la clé de mon avenir voir pour la première fois mes talents de comédienne voilés sous un tel rôle ».

Elle se fit du mouron des jours durant, son inquiétude vira à la panique et elle considéra que c'était la crise de sa vie. Les supplications adressées à M. Foster ne servirent à rien ; il refusa de redistribuer les rôles, d'autant que l'actrice jouant Katharina, une jeune mondaine prénommée Anne Bemis, était tout à fait satisfaite de l'état des choses.

Il est difficile de déterminer avec certitude ce qu'il s'est passé ensuite, mais il semble que le mari de Mme Bemis ait reçu une lettre anonyme l'accusant de certaines hardiesses avec M. Foster. M. Bemis retira son épouse de l'Académie et proféra de telles menaces et attaques à l'encontre de M. Foster que, accablé, le pauvre professeur d'art dramatique craignit que son entreprise ne fasse faillite.

Détectant une vacance du pouvoir, Rebekah prit les choses en main. Elle annonça qu'elle jouerait le rôle de Katharina pendant toute la durée des représentations et remania ensuite la pièce pour l'enrichir. Elle répartit également les autres élèves en équipes de travail et redécora tout l'auditorium en prévision de la visite du sénateur.

La soirée du 17 octobre arriva. La représentation se déroula sans problème, bien que l'on blâmât un orage en début de soirée pour la faible fréquentation, et la toux et les éternuements qui ponctuèrent le deuxième acte. Rebekah avoua être nerveuse et faillit manquer son entrée en scène en tentant de reposer un faux cil qui s'était détaché. L'actrice jouant Petruchio, évidemment recrutée à la dernière minute, lut son rôle script en main. La plupart des interprètes trouvent difficile de jouer face à un acteur encore « collé au texte » ; la chose perturba d'abord Rebekah, jusqu'à ce qu'elle ait la présence d'esprit de jouer ses scènes en se tournant face au public.

Mais si le sénateur remarqua la moindre imperfection, il n'en dit mot. Il ne tarit pas de compliments lorsqu'il retrouva Rebekah dans le hall une fois la pièce achevée. Il lui dit qu'il n'avait jamais vu autant d'intensité d'interprétation chez une actrice aussi jeune. Puis il l'invita à dîner.

Rebekah, qui était douée d'hypermnésie en matière de restaurants et de vêtements, raconte qu'ils dînèrent chez Childs d'un ragoût d'huîtres et de côtelettes, et que l'addition s'éleva à six dollars, « vestiaire compris ». Quant à la conversation, les affaires étrangères furent expédiées en début de soirée, ce qui laissa beaucoup de temps pour discuter de la carrière d'actrice de Rebekah (Harding pensait qu'elle ferait une excellente Jeanne d'Arc) et rappeler des souvenirs joyeux du bon vieux temps à Marion. Tous deux rirent lorsqu'elle évoqua quelques incidents oubliés depuis longtemps, notamment leur première rencontre à Elm Thicket.

Rebekah fut certaine de sentir son genou exercer une pression contre le sien sous la table.

Après le dîner, le duo se promena dans les quartiers chic et se retrouva bientôt devant l'appartement que Harding avait emprunté à un « collègue politicien ». Il l'invita à monter pour qu'ils puissent poursuivre leur conversation.

Rebekah raconte ce qui arriva ensuite :

> Il s'agissait d'un appartement charmant, bien qu'assez petit, et mon regard ne cessait de se porter sur le lit, visible à travers une paire de portes vitrées. M. Harding semblait nerveux et, étant donné les circonstances, j'ai jugé bon de lui prendre la main. Ce n'est que quelques instants plus tard que mes rêves les plus fous se sont réalisés et que j'ai cédé à son baiser.

C'est tout ce à quoi elle a cédé cette nuit-là, mais apparemment c'était bien assez excitant pour Harding. Rebekah décrit longuement ses hululements d'extase : sa respiration laborieuse, ses craintes pour son cœur, la passion dans ses gémissements stridents.

Lorsque Harding finit par se calmer, ils partagèrent une limonade et discutèrent des problèmes financiers de Rebekah. Harding était très désireux d'apporter son aide. Il avoua que rien ne lui procurerait davantage de plaisir que de faciliter l'installation de « Becky » à New York, où il pourrait venir lui rendre visite de temps en temps.

Rebekah annonça qu'il se faisait tard. Bien qu'il ait plaidé pour une heure supplémentaire, elle insista : sa pension faisait respecter un couvre-feu. Vivre là était extrêmement contraignant. Combien il serait idéal d'avoir un endroit à soi.

Le sénateur glissa vingt dollars dans son sac pour payer le taxi. Ils se souhaitèrent bonne nuit « avec de très ardents baisers ». Puis Rebekah rentra chez elle. Elle avait largement matière à réfléchir.

Au cours des deux mois suivants, Rebekah raconte qu'elle s'est débattue avec sa conscience. Devait-elle céder au sénateur ? Les conséquences pourraient s'avérer désastreuses. Mais en même temps, il était l'amour de sa vie et il ne la laisserait sûrement jamais tomber. Assurément, il était attentif : de petits cadeaux lui parvenaient (un meuble de toilette recouvert d'émail, un ours en peluche) et il venait à New York dès qu'il le pouvait. Une fois, ils se promenèrent dans un fiacre durant des heures pendant qu'il lui racontait de petites histoires allégoriques sur une jeune fille têtue et un roi puissant, histoires dont Rebekah trouvait l'intérêt d'une clarté affligeante. Une autre fois, ils visitèrent le zoo où je devais travailler des années plus tard. L'après-midi fut gâché lorsque

Rebekah claqua accidentellement la portière d'un taxi sur le doigt du sénateur. Harding, craignant la publicité, l'enveloppa dans son mouchoir plutôt que de chercher une aide médicale. En conséquence, la cicatrisation ne se fit pas correctement et altéra, selon lui, les arabesques qui caractérisaient son écriture.

Mais Rebekah n'avait toujours pas de revenus. Elle avait quitté son emploi au club et ses fonds étaient presque épuisés. Combien de temps pourrait-elle survivre avec les dons sporadiques que lui accordait Harding après chacun de leurs rendez-vous ? Ne sachant que faire, elle commença à se plaindre d'avoir du temps libre.

Harding saisit le message. Lors de sa visite suivante, il escorta une Rebekah quelque peu déroutée jusqu'au siège des Chemins de fer de New York Central. Le président de la compagnie ferroviaire les fit entrer dans son bureau, où on leur offrit des presse-papiers souvenirs en forme de locomotive avant de leur servir des rafraîchissements. Les deux hommes discutèrent des excellentes perspectives d'adoption d'un quelconque projet de loi présenté au Sénat, tandis que Rebekah contemplait les tableaux accrochés aux murs.

À la fin de cette courte et agréable visite, Rebekah fut quelque peu déconcertée d'apprendre qu'elle venait d'être engagée comme « assistante sténographique spéciale » du contrôleur de l'entreprise pour un salaire de vingt-deux dollars par semaine. Harding lui assura que son ignorance de la sténographie n'entraverait en rien l'exécution de ses tâches. Pour fêter l'événement, il l'invita à l'accompagner à Scranton, en Pennsylvanie, où il devait prononcer un discours. Elle se précipita chez elle pour faire sa valise et ils se retrouvèrent à Penn Station.

Il s'ensuivit plusieurs jours de franche rigolade au cours desquels le couple se prélassa dans sa suite de l'hôtel Callicoon, jouant aux dames tandis que le sénateur esquivait les appels des politiciens locaux et de la presse. Rebekah n'arrêtait pas de descendre chercher des beignets.

Une voiture avait été mise à leur disposition et un après-midi ils s'aventurèrent sur les routes glacées, où il lui apprit à conduire. Elle embraya immédiatement et, par la suite, il en vint à l'appeler affectueusement – avec une étonnante précision grammaticale – « ma petite *chauffeuse** [1] ».

Leurs vacances s'achevèrent le 20 décembre, lorsque le couple rentra à New York par le train du soir. Rebekah savait qu'il se passait quelque chose. Le sénateur semblait nerveux. Sa main tremblait, de même que sa voix. Dans l'intimité de leur wagon Pullman, il entama un long monologue décousu.

Elle le torturait. La tension des derniers jours avait été inimaginable : son sommeil virginal dans la chambre voisine pendant qu'il arpentait l'étage la nuit durant avec pour seule consolation une bouteille de whisky et de vieux magazines. Il était un homme, après tout. Et cela faisait des années que sa situation domestique n'avait pas été « accommodante ». Il lui avait trouvé un emploi ; que voulait-elle de plus ? D'ailleurs, tout le monde pensait déjà qu'elle était sa maîtresse. Personne ne croirait l'authentique vérité. Quelles seraient les conséquences sur sa virilité si cela venait à se savoir ?

Rebekah lissa sa robe vichy, celle qu'elle avait achetée au rayon jeunes filles d'Arnold Constable[2]. Le moment était venu. Elle était prête.

« Je me suis abandonnée à M. Harding – cette nuit-là et pour toujours – quelque part dans la vallée du Delaware. »

1. Les termes et expressions suivis d'un astérisque sont en français dans le texte.
2. Arnold Constable & Co. : chaîne de grands magasins implantés dans l'agglomération new-yorkaise jusqu'en 1975.

Maintenant qu'elle était officiellement la maîtresse d'un sénateur américain, l'existence de Rebekah commença à s'améliorer. Elle déménagea dans un meublé de la 54e Rue Ouest pour lequel Harding signa un bail d'un an. Tous deux frémirent devant la somme, mais Rebekah tomba amoureuse de la décoration – « du mobilier français habillé des plus belles soies et des plus beaux satins ». Et puis Benay Bamer, la star de cinéma, habitait juste au-dessus.

Le travail de Rebekah s'avérait assez peu contraignant. Son bureau, sur lequel des fleurs étaient chaque jour mystérieusement déposées, offrait une vue splendide sur le fleuve. Elle trouvait ses missions « variées et intéressantes ». Un jour elle pouvait s'occuper de réserver des billets de théâtre pour l'un ou l'autre des cadres supérieurs, le lendemain passer en revue les épreuves d'un document promotionnel en y corrigeant les erreurs de grammaire et de syntaxe. Elle veillait à arriver à l'heure, même si cela ne semblait guère nécessaire. En général, il n'y avait rien d'autre à faire que bavarder avec ses collègues ou passer du temps sur des slogans publicitaires qui lui posaient problème. Fin janvier, elle fit l'école buissonnière une journée entière pour profiter des ventes de blanc. Si quelqu'un remarqua son absence, rien ne fut mentionné. Elle commença à passer de plus en plus de temps éloignée du bureau et constata avec surprise que ses relations avec son employeur restaient non seulement satisfaisantes, mais s'en trouvèrent même améliorées.

Consciente qu'elle tenait un filon, Rebekah s'empressa d'obtenir des emplois pour le reste de sa famille. Sa mère devint responsable de la bibliothèque publique de Marion et son père bénéficia d'une promotion substantielle au bureau de poste. Harding rechigna cependant à nommer son frère Fred à

West Point[1], notamment en raison des poursuites pénales engagées contre le jeune homme pour le vol d'un yacht sur le lac Érié. Walter, quant à lui, atterrit dans un hôpital pour vétérans alors qu'il n'avait jamais servi – une bénédiction qui se retourna contre lui lorsqu'il finit électrocuté dans un « Équipement d'assistance pour handicapés », une forme précurseuse de bain à remous[2]. Amelia épousa un médecin ostéopathe et s'installa à Indianapolis, dédaignant la sinécure offerte par sa sœur.

Rebekah nous raconte qu'elle passait une grande partie de son temps à entretenir une volumineuse correspondance avec son amant. Bien qu'elle fût fâcheusement évasive sur leur contenu, elle nous dit que ses lettres faisaient souvent quarante pages ou plus, qu'elles étaient écrites au crayon sur du papier à en-tête « Chambre du Sénat » et scellées dans d'épaisses enveloppes bleues. Ses propres réponses étaient beaucoup plus courtes et écrites sur du papier quadrillé.

Des prouesses de Harding en tant qu'amant nous n'apprenons pas grand-chose, mis à part quelques remarques gratuites comme « Dans l'histoire de l'amour, Warren Gamaliel Harding était assurément un Michel-Ange ! » Rebekah nous dit qu'il était particulièrement agressif le matin et qu'il n'aimait rien autant que de lui faire manger du melon au lit. Il se plaignait constamment de sa femme et, à une occasion, « a facétieusement mis le feu à une photo d'elle en fredonnant un chant funèbre ».

1. Académie militaire américaine.
2. La tentative de Rebekah – par-devers Harding – de demander une pension de réversion après sa mort a occasionné l'une de leurs principales disputes. Elle prétend n'avoir fait que remplir des formulaires qui lui avaient été envoyés. *(Note de l'Auteur.)*

Mais dans l'ensemble, leur vie commune était paisible. Pour Harding, il s'agissait d'une nécessité. À cette époque (1919), il était un homme célèbre, l'un des leaders du Parti républicain, un potentiel candidat à l'investiture pour l'élection présidentielle, et il ne manquait pas d'occupation à Washington.

Rebekah, quant à elle, s'ennuyait de plus en plus. Elle aimait la vie nocturne et la gaieté ; quelle ironie que, à présent qu'elle pouvait se les offrir, elles lui soient interdites. Et même si elle ne se lassait jamais de faire le tour des boutiques de la Cinquième Avenue, ce n'était pas suffisant. Son succès avec Harding avait renouvelé sa confiance en elle – qui n'avait de toute façon jamais été l'un de ses points faibles – et elle commençait à s'impatienter. Qu'elle se l'avoue ou non, elle cherchait l'aventure.

Elle s'était mise à passer de plus en plus de temps avec sa voisine du dessus, Benay Bamer. Mlle Bamer était alors au sommet de sa carrière d'actrice. Elle incarnait le prototype de la nouvelle jeune fille moderne : intrépide, libre d'esprit, obsédée par les dernières tendances et modes ; objet de commérages parfois scandaleux mais toujours passionnants. Rebekah était ravie de cette amitié. Elle proposait même de promener le chien de Benay lorsque sa maîtresse était occupée à tourner.

Aussi, lorsque Mlle Bamer annonça qu'elle déménageait définitivement à Hollywood, Rebekah se désespéra. Elle rédigea de frénétiques notes d'adieu dans lesquelles elle promettait son amitié éternelle. Benay, qui ne pouvait ignorer l'identité du gentleman qui rendait si souvent visite à sa jeune amie, lui fit une proposition : pourquoi Rebekah ne viendrait-elle pas lui rendre visite dans l'Ouest ?

Rebekah nous dit que la décision fut difficile à prendre. En réalité, la seule difficulté était de savoir comment l'annoncer à Harding. Elle se rendit à cette fin à Washington, où la réaction du sénateur fut pire que ce qu'elle craignait : il feignit des douleurs à la poitrine et se jeta contre les meubles, la suppliant de ne pas y aller. Mais elle n'en démordit pas et il accepta ses conditions. Elle serait partie trois mois, aurait besoin d'un billet de train, d'argent de poche et d'une nouvelle garde-robe.

Elle arriva à Hollywood au début de l'année 1919, à l'aube du premier âge d'or de la capitale du cinéma. Immédiatement, elle adora la ville. « Vous n'avez pas idée de ce qu'est cet endroit, écrit-elle à Emily Frobisher. Les plus grandes stars se promènent dans la rue comme vous et moi. » Elle acheta un roadster d'occasion et s'installa dans une chambre d'amis de la somptueuse demeure de Benay Bamer à Hancock Park.

Mlle Bamer lui obtint le rôle d'une fêtarde dans le film *Little Alice Layton*. Pas moins d'une semaine plus tard, elle décrocha un rôle beaucoup plus important, celui d'une amnésique dans *Doctors and Nurses*, avec Edmund Horton et Carmel Myers. Paterson Decker, qui a vu dans des archives à Prague ce que l'on pense être la seule copie conservée, écrit que Rebekah y était magnifique mais que son rôle n'était pas très exigeant, puisqu'elle était inconsciente la majeure partie du film.

Rebekah était néanmoins ravie. La Metro voulait lui faire signer un contrat ; Edmund Horton l'emmenait danser – elle était la dernière fille arrivée en ville et elle en profitait au maximum.

Au début, elle attribua ses évanouissements à l'excitation et au surmenage. Ce n'est qu'après s'être effondrée sur le plateau et avoir été transportée d'urgence à l'hôpital qu'elle découvrit le véritable problème.

Elle allait avoir un bébé.

3

Tant bien que mal, Eve s'est débrouillée pour me faire traverser le mois suivant. Ce qui n'a pas été chose facile. Elle appelait chaque jour pour savoir comment j'allais. Lorsque je semblais particulièrement déprimé, elle m'emmenait déjeuner à Beverly Hills dans un endroit nommé Nate and Al's. Le lieu était censé ressembler à un delicatessen new-yorkais, raison pour laquelle, je suppose, elle pensait que je m'y sentirais à l'aise. À New York, je n'aurais pour rien au monde mis les pieds dans pareil endroit, avec ses sandwichs hors de prix, mais je faisais semblant d'être ravi et c'est devenu notre quartier général.

Quelques mots à propos d'Eve. C'était une grande femme d'une cinquantaine d'années qui se déplaçait avec une grâce langoureuse que j'ai plus tard soupçonnée d'être le résultat d'une dépendance aux tranquillisants. Un indice révélateur : elle n'avait aucune idée de ce qui se passait en dessous de sa ceinture. Elle trébuchait constamment au coin des trottoirs et se prenait les pieds dans les tables basses. Ses tibias étaient noirs et bleus, ce qui ne semblait jamais l'inquiéter. Elle se relevait et continuait à sourire.

Comparée aux autres matrones fortunées que je croisais à Beverly Hills, c'était une originale. Fuyant le soleil comme la peste, elle était connue pour se promener sur Rodeo Drive avec une ombrelle. Impossible d'imaginer ce qu'elle faisait sur Rodeo Drive – la mode ne l'intéressait absolument pas. Le plus souvent, elle se présentait dans un col roulé zippé dans le dos et un pantalon pattes d'éléphant à carreaux juste un peu trop court à la cheville. Ses cheveux constituaient un autre problème. Elle était ce qu'on appelle une blonde suicidaire, « teinte à la main ».

Elle et Pete étaient mariés depuis trois ans et elle n'avait qu'éloges à faire de lui. Ils s'étaient rencontrés au cours d'une croisière vers le Mexique. Eve, qui venait d'être « licenciée » par la Paramount dans des circonstances nébuleuses, avait été engagée pour enseigner le bridge sur un paquebot. Elle était au plus bas, et passa le plus clair de sa traversée à envisager de sauter par-dessus bord. C'est alors que Pete s'est inscrit à son cours. Il venait de perdre sa femme. En pleine dépression, il ne parvenait ni à manger, ni à dormir, ni à travailler. Je ne sais pas ce qui s'est passé ensuite, mais un mois plus tard ils étaient mariés.

Pete est redevenu lui-même, c'est-à-dire un accro du boulot. Il n'était jamais à la maison, toujours en vadrouille pour développer un nouveau projet. Eve s'inquiétait pour lui, car il approchait les soixante-dix ans et avait déjà subi une crise cardiaque, mais il n'y avait rien à faire. En tout cas, elle avait largement le temps de se consacrer à sa grande passion : ses amis.

Elle en avait des centaines – des présidents de studio aux stars, en passant par les scénaristes de télévision et les acteurs au chômage depuis des années. Il y a une chose que je peux porter au crédit d'Eve : elle gardait contact. Elle envoyait encore des cartes d'anniversaire (pas seulement des cartes de Noël, mais des cartes d'*anniversaire*) aux personnes avec lesquelles elle avait travaillé trente ans plus tôt. Un après-midi passé avec elle comprenait systématiquement une visite à la boutique Hallmark's pour voir les nouveautés. À côté de sa chambre, le dressing était consacré au papier d'emballage, aux rubans, boîtes vides, etc.

Les personnes qui recevaient ces cartes et ces cadeaux, très diverses, avaient toutes un point commun. Eve les avait adoptées. Elle était prête à écouter leurs soucis à n'importe quelle heure du jour ou de la nuit. Aucun n'était trop petit ou trop ennuyeux pour ne pas la passionner.

Inutile de préciser qu'elle n'avait pas d'enfants.

Mais les grands problèmes, comme celui que je lui avais présenté, faisaient ressortir le meilleur d'elle-même. Elle était toujours la plus heureuse des femmes lorsqu'elle avait l'occasion d'échafauder et de manigancer plans et intrigues. Si on la laissait le faire, elle vous nourrissait, tapait à la machine, vous emmenait faire vos courses – tout ce que vous vouliez.

Et *pourtant* je n'avançais pas d'un pouce.

Ce n'était pas faute d'efforts. Il n'y avait rien que je n'aurais accepté. Deux semaines après mon emménagement, Eve m'a appelé tôt un matin, très excitée. Avais-je examiné les poubelles ? Non, mais j'ai ajouté cette tâche à ma liste. Deux fois par semaine, à la faveur de la nuit, j'extrayais les sacs d'ordures des poubelles situées près du portail et étalais leur contenu sur le sol de la cuisine. Il me fallait porter des gants Playtex tant cette tâche était infecte. J'ai cru vomir quand je suis tombé sur les restes des enchiladas de Guadalupe.

Mais tout ce que j'ai appris était négatif : il n'y avait pas de buveurs dans la villa, on ne jetait pas de correspondance embarrassante, il n'y avait pas de maladie, personne n'était sous traitement. Cela ne veut pas dire que je n'ai pas trouvé des choses intéressantes – quelqu'un était un maniaque du coton-tige, quelqu'un jetait des cœurs de laitue en parfait état ; un jour, j'ai été assez surpris de trouver un catalogue d'haltères et de matériel de musculation, que j'ai nettoyé et mis de côté – mais dans l'ensemble, inspecter les ordures ne menait à rien.

J'ai passé le plus clair de mon temps à me familiariser avec la routine quotidienne. Elle se déroulait avec une régularité si précise qu'elle aurait pu intéresser les Aztèques comme sujet de pierre calendaire. Il n'arrivait rien d'autre que ce qui était censé arriver, et à l'heure précise où cela devait arriver. *Personne* ne débarquait à l'improviste. Le premier mois, nous avons eu exactement trois visiteurs : deux vieilles dames des Témoins de Jéhovah qui déambulaient naïvement dans le quartier en quête de nouveaux convertis et un homme affublé d'un toupet poivre et sel à la recherche d'un caniche errant qui répondait au nom de Queenie. « *No Queenie aquí, no Queenie aquí* », lui a répondu Guadalupe en le faisant déguerpir.

La journée commençait tôt. À quel point, je ne le savais pas exactement jusqu'à ce que j'émerge un jour à six heures du matin avec une migraine et que je sois sidéré de voir Guadalupe s'affairer à nettoyer la terrasse au jet. Elle ne s'arrêtait jamais. Elle passait d'une corvée à l'autre. Au début, Eve a dit que cela montrait à quel point elle était exploitée ; Guadalupe n'osait pas refuser ou ils la renverraient au Mexique. Ils la faisaient probablement dormir sur un tas de paille.

Je n'en étais pas si sûr. Pour moi, il s'agissait plutôt d'une question d'énergie. J'avais vu Guadalupe fonctionner, et développais une théorie selon laquelle elle était hyperactive. J'ai expliqué cela à Eve, qui s'est montrée très enthousiaste. « Mon fantasme ultime, s'est-elle écriée. Une bonne hyperactive ! »

Assurément, Guadalupe ne *semblait* pas exploitée. Au contraire, c'était la personne la plus joyeuse qu'il m'ait été donné de rencontrer. Chaque fois qu'elle me voyait, elle souriait et me saluait, qu'elle soit en train d'aérer des oreillers sur le balcon, de laver des vitres ou d'étendre du linge à sécher à l'arrière. La conversation, en revanche, c'était une autre histoire. Dès que je commençais à lui parler dans mon espagnol de lycée, elle se mettait à glousser, jusqu'à mordre son tablier tellement ça la faisait marrer. Il n'y a rien comme une bonne mexicaine qui se tord de rire sitôt que vous ouvrez la bouche pour vous donner l'impression d'être un véritable imbécile. Eve et moi avons exclu les cours d'espagnol, au moins pour le moment.

Vers onze heures, le facteur se présentait et déposait le courrier de chacun dans une boîte commune. Je me faisais un devoir d'être le premier sur place. La vieille dame recevait généralement quelque chose, mais il s'agissait du tout-venant réservé aux personnes âgées : magazines inspirants, échantillons de fabricants de vitamines, catalogues de vente par correspondance, tirages au sort de Publishers' Clearing House[1], un chèque du gouvernement de temps en temps. La seule pièce *a priori* prometteuse – une lettre carrée portant le cachet de Dayton, Ohio – se trouvait dans une enveloppe si épaisse que son contenu demeurait indéchiffrable, même lorsqu'on la tenait devant une ampoule de cent watts.

Jonica avait beau habiter Torrance, elle continuait à recevoir du courrier à la villa. Son nom figurait sur un grand nombre de listes de diffusion, principalement des tracts concernant l'amendement sur l'égalité des droits et des prospectus pour des cours de tai-chi. Une lettre personnelle arrivait de temps en temps – généralement une enveloppe pastel portant une écriture féminine tout en boucles. Une fois par semaine environ, une carte postale signée « B », venue d'Europe, apparemment l'œuvre d'un comédien compulsif en tournée. Permettez-moi de citer un exemple typique. Il s'agit d'une

1. Formulaires de loterie envoyés par la poste pour participer à un tirage au sort.

carte de Paris qui montre les artistes en plein air alignés le long de la Seine. Toutes les peintures sont dans le style de Keene, le type qui peint des enfants aux grands yeux tristes :

Chérie,

Ah, l'Art, c'est wonderful ! On me disait que l'Europe était pleine de vieux maîtres, mais je ne m'attendais pas à ça ! C'est moi avec le manteau à carreaux.

[Vous retournez la carte pour découvrir un petit Français en manteau à carreaux qui se cure le nez dans un coin.]

Les gens ici sont tellement grands !! Demain nous irons voir l'endroit où Marie-Antoinette a perdu la tête. Ce serait aussi ton cas si tu étais obligée de payer les prix qui se pratiquent ici – *cinq** dollars pour un bol de soupe. (sans déconner)

Affectueusement,
B.

PS. Devine quoi – j'ai rencontré les Coneheads[1] !!

Les correspondants de Jonica faisaient preuve d'un étrange désaccord quant à son nom exact. Certaines lettres étaient adressées à « Jonica Hupper », d'autres à « Jonica Fetchko », et d'autres encore à « Madame Vernon Fetchko ». Monsieur Vernon Fetchko, quel qu'il soit, ne reçut rien de l'été, si ce n'est une série de courriers intimidants envoyés par un cabinet juridique basé à Long Beach.

1. Personnages d'extraterrestres au crâne en forme de cônes dont les aventures, développées pour une série de sketches dans l'émission *Saturday Night Live*, feront l'objet d'une adaptation au cinéma réalisée par Steve Barron en 1993.

Curieusement, c'était Guadalupe qui recevait le plus de courrier. Chaque jour, il y avait au moins un Aerograma en papier de soie bleu pour elle. La plupart provenaient de Rogelio Cruz Ramos, qui possédait une machine à écrire dont il devait être assez fier ; il tapait l'adresse en majuscules rouges et soulignait « Estados Unidos » avec des étoiles.

Vers midi, il y avait une baisse d'activité pendant laquelle Guadalupe lisait vraisemblablement son courrier. Les mardis et vendredis à treize heures, je la voyais descendre l'allée en trottant, vêtue d'un tailleur pantalon rose, et sortir par le portail. Deux heures plus tard, elle revenait dans un taxi rempli de provisions et de produits d'entretien. Et une fois par semaine, le jeudi, un vieux Japonais se présentait dans une camionnette ancienne mais bien entretenue, et passait plusieurs heures à faire tout ce qui était nécessaire pour empêcher le feuillage d'engloutir complètement la villa. Comme la plupart des Orientaux, il gardait ses distances, repoussant mes offres de thé glacé en prétendant qu'il ne parlait pas anglais.

J'avais à peu près tous les après-midi pour moi. J'essayais de sortir de la maison au moins une fois par jour, sinon l'ennui était à devenir marteau. Je crois qu'ici on appelle ça la fièvre de l'abri de piscine. J'ai pris l'habitude de me rendre au motel Howard Johnson de North Hollywood pour me baigner. Je pensais être le seul à y aller en cachette. Mais au bout de quelques semaines, je me suis rendu compte que le groupe de personnes aux regards louches qui lézardaient autour de la piscine n'avait pas changé d'un iota. Néanmoins, le niveau de paranoïa était si élevé que nous ne nous saluions jamais. On reconnaissait les vrais clients : c'étaient ceux qui ne dissimulaient pas leur visage derrière un magazine chaque fois que passait un garçon d'étage.

Parfois, je me rendais à UCLA pour profiter de la bibliothèque de recherche. Leur fonds hardinguien était mince mais intéressant. Harding étant mort à San Francisco, les journaux locaux avaient bien couvert l'événement. Mais le stationnement était si mal foutu que je devais marcher plus de trois kilomètres.

Je me faisais toujours un devoir d'être de retour à la maison à cinq heures et demie pour reprendre l'observation de la villa. Mon intuition me disait que si Jonica passait, ce serait à l'heure du dîner. Mais elle ne l'a jamais fait. Pas une seule fois. J'ai regardé une carte. Nous n'étions pas *si* loin de Torrance. Penser à tout ce courrier qui s'accumulait me portait sur les nerfs.

Il ne se passait pas grand-chose en soirée. La lumière de la chambre à coucher de la vieille dame restait allumée jusqu'à vingt heures cinquante-huit ou vingt et une heures cinquante-huit. La chose m'a intrigué jusqu'à ce que je réalise qu'elle devait regarder la télévision. S'il n'y avait rien qui lui plaisait à vingt et une heures, elle éteignait le poste et allait se coucher. En consultant les programmes télévisés, j'ai pu me faire une idée assez juste, bien que pure conjecture, de ses goûts. Elle détestait les séries policières, mais si un programme médical ou un drame familial passait, elle ne le manquait pas. La seule fois où elle était restée éveillée après vingt-deux heures, c'était pour voir la fin de *Songbird*, la mini-série inspirée de la vie de Kate Smith[1], qui a remporté tant d'Emmys.

Les dimanches étaient les seuls jours qui occasionnaient un changement de rythme significatif. Guadalupe s'éclipsait vers huit heures et demie du matin, habillée pour aller à l'église. Elle revenait vers quinze heures, toujours accompagnée de

1. Contralto (1907-1986) surnommée « La Première Dame de la radio », interprète de l'hymne américain, elle acquit une immense popularité durant le second conflit mondial après plusieurs tournées destinées à soutenir l'effort de guerre.

deux Mexicaines d'âge mûr vêtues de tenues en polyester de couleur vive. Le trio remontait l'allée, bavardant en espagnol, avant de disparaître dans le quartier des domestiques situé au-dessus du garage. Au cours des heures qui suivaient, on pouvait entendre des notes de musique mariachi s'échapper par les fenêtres ouvertes. Une fois, je me suis faufilé à l'arrière pour observer ce qui se passait et, de ma cachette dans les buissons, j'ai pu voir Guadalupe et l'une de ses amies se trémousser près de la fenêtre en dansant la rumba. Au crépuscule, les femmes partaient par un chemin détourné qui leur évitait d'être vues de la maison principale, chargées de sacs de courses remplis de l'essentiel des provisions achetées par Guadalupe plus tôt dans la semaine, de citrons provenant de l'arbre planté dans l'arrière-cour et, une fois, de ce qui ressemblait à un jeu de draps.

Mais qu'en était-il de la vieille dame ? Que faisait-elle ? Tout ce que je savais, c'est ce qu'elle ne faisait *pas*. Elle ne s'asseyait jamais sous le porche, elle ne sortait jamais sur le balcon dans son fauteuil roulant, elle ne jetait même jamais un coup d'œil par la fenêtre. Je ne la voyais jamais.

Sauf une fois par semaine, et dans les circonstances les plus étranges. Chaque mercredi à treize heures quarante-cinq précises, un minibus jaune, du type de ceux utilisés pour transporter les handicapés, se présentait et se garait devant la porte d'entrée. Un jeune homme barbu en jean bleu en sortait et, aidé par Guadalupe, faisait rouler le fauteuil de la vieille dame dans le véhicule grâce à une série de rampes compliquées. Puis ils repartaient, pour revenir deux heures plus tard, où la procédure était inversée.

Deux ou trois autres personnes âgées étaient visibles à l'arrière, regardant impassiblement depuis leurs fauteuils roulants immobilisés par un sabot. Mais où allaient-ils ? J'ai un jour tenté de les suivre, mais le chauffeur m'a reconnu et m'a salué d'un coup de klaxon – je lui avais ouvert le portail –, ce qui a fichu en l'air ma couverture. Comme Mme Kinney portait toujours une visière verte lors de ces sorties, j'ai commencé à imaginer qu'il s'agissait d'une sorte de navette gratuite fournie par une maison de jeu voisine.

Mais le fait est que je n'avançais pas d'un pouce. À moins de me résoudre à aller frapper à la porte, je n'avais aucune idée de ce que je pouvais bien faire. Toutes les solutions logiques à mon problème – la petite-fille, les domestiques – s'étaient révélées être des impasses. Un mot glissé sous la porte (une idée suggérée par Eve) décrivant mes problèmes de tuyauterie a reçu pour réponse le numéro de téléphone d'un plombier. Une deuxième note demandant ouvertement un rendez-vous – dont le but n'était pas précisé – est restée sans réponse.

Mon argent disparaissait. Je détestais la chaleur. Je haïssais le smog. Il n'avait pas plu depuis mon arrivée. Los Angeles commençait à me retourner l'estomac. Pam me manquait. La danse Morris me manquait.

Bref, je me décourageais. Il fallait que j'abandonne ou que j'élabore un nouveau plan. Celui-ci ne fonctionnait pas.

Puis, trente-trois jours exactement après avoir emménagé, je suis rentré tard un soir pour trouver la maison principale illuminée (selon l'expression des gens du coin) comme une concession d'automobiles d'occasion à El Monte.

4

La situation dans laquelle Rebekah Kinney se trouvait au printemps 1919 surpassait même les mélodrames des films muets dont elle devait à présent se détourner après des débuts si prometteurs. Elle était une nouvelle venue dans une ville en pleine mutation. Elle n'avait pas de véritables amis ou de confidentes. Elle portait l'enfant d'un sénateur américain de premier plan, figure nationale connue pour sa probité et son conservatisme moral. Et il était à près de cinq mille kilomètres de là. Paniquée et déboussolée pour la première fois de son existence, elle embarqua à bord d'un train pour Washington.

Le voyage à travers le pays fut atroce. Des rumeurs lui étaient déjà revenues que Harding avait une nouvelle « amie », la célèbre Helen l'Affamée. Secrétaire âgée de dix-huit ans au Groupe de défense des intérêts agricoles, Helen Swedbord avait gagné son surnom après que des plaisantins locaux avaient remarqué qu'elle et le sénateur dînaient souvent dans un restaurant connu pour ses plats du jour à volonté. Avait-elle remplacé Rebekah dans le cœur du sénateur ? Cette question, qui avait semblé si insignifiante en Californie, devenait de plus en plus terrifiante au fil des kilomètres.

Rebekah envoya à Harding un télégramme dans lequel elle lui disait qu'elle devait le voir immédiatement. Il la retrouva à son hôtel, l'air « glacial », se doutant de ce qui allait lui tomber dessus. Après une « exclamation de surprise, suivie d'un gémissement plutôt étrange, presque un chuchotement », il sembla accepter la nouvelle calmement.

> Il fit un pas vers moi, d'abord un tantinet chancelant, et m'embrassa sur le front. Puis il s'assit à mes côtés sur le canapé et prit ma main avec douceur.
>
> « Rebekah, ma chérie, me dit-il d'une voix rassurante. Je ne veux pas que tu t'inquiètes ne serait-ce qu'une minute. Je sais exactement ce qu'il faut faire. »

Il ne fallut pas longtemps à Rebekah pour découvrir ce que Harding voulait dire. Moins d'une heure plus tard, il était de retour avec une petite bouteille de comprimés de racines indiennes du Dr Morse. Il lui demanda d'en avaler quinze avec un litre et demi d'eau tiède du robinet.

Rebekah protesta mais se rendit vite compte que Harding ne plaisantait pas. Épuisée par son voyage et intimidée par son attitude autoritaire, elle obtempéra. Mais pas complètement. Elle ne prit que la moitié de la dose recommandée, et jeta le reste dans les toilettes.

Les comprimés qu'elle avala suffirent néanmoins à provoquer une sévère nausée accompagnée d'urticaire. Prétextant un engagement à dîner, Harding partit vers dix-huit heures (Helen l'Affamée ? se demanda Rebekah, d'humeur chagrine et en proie à des haut-le-cœur). Il prit de ses nouvelles une fois par heure ou presque comme un parieur ayant une grosse somme en jeu. Elle ne quitta pas son lit, malheureuse.

Pour les lecteurs du *Prix de l'amour*, cependant, ne perduraient que douceur et légèreté. Elle se réveilla tôt le lendemain matin, plus en forme qu'elle ne l'avait été depuis des semaines et toujours enceinte. Harding prit un jour de congé. Accompagné de sa *chauffeuse**, il partit faire une promenade en voiture dans la fraîche campagne de Virginie. Elle nous dit qu'ils se jurèrent un amour éternel ; ce qui s'est réellement passé dans la voiture, nous ne pouvons que l'imaginer. Rebekah quitta Washington le lendemain. « J'avais besoin de temps pour réfléchir. »

C'est ainsi que commença l'un des épisodes les plus étranges de la carrière de Rebekah : un périple nomade et obsessionnel à travers les villégiatures de la côte Est, hors saison. Elle voyageait d'une station balnéaire à l'autre, n'y passant parfois qu'un jour ou deux, parfois jusqu'à trois semaines. Elle s'installait dans le meilleur hôtel, toujours sous un nom différent, consacrait ses journées à de grandes promenades le long des plages désertes et ses nuits à écrire des poèmes dans la solitude de sa chambre. Elle ne parlait à personne, mis à part aux serveurs et au personnel de l'hôtel, mais son esprit était constamment occupé. Elle se rendait compte qu'elle était au tournant de sa vie. Une mauvaise décision (et elle craignait de l'avoir déjà prise) la condamnerait à vivre ce qu'elle redoudait le plus : l'échec, la médiocrité et, surtout, l'anonymat. Mais la bonne décision – cette possibilité la faisait frissonner d'excitation.

Il y eut des lettres. À Benay Bamer, elle écrivit : « Penses-tu que la Metro me ferait une autre offre ? Ai-je été éloignée trop longtemps ? Comment va Edmund ? Il me manque – et toi ! Ici, tout est si humide. » Et à Emily Frobisher : « Le temps passe si lentement que je pense devenir folle. Ma vie est sens dessus dessous. Il faut que j'agisse ! »

Les circonstances prirent une décision pour elle. Harding lui écrivait quotidiennement – des lettres douces et encourageantes, mais qui aboutissaient toujours à l'objectif qui était le sien : une « opération » devait immédiatement être effectuée. En mai, une réunion politique l'amena à Kennebunkport, dans le Maine, où Rebekah séjournait. Sur le plan émotionnel, elle était au bout du rouleau, et lui-même n'était guère en meilleure forme. Le comportement de Rebekah le terrifiait. Ses lettres affolées, dans lesquelles elle implorait « un nom pour mon bébé » et menaçait d'un « double suicide, le mien et celui de notre enfant bien-aimé », lui disaient qu'il fallait faire quelque chose. Au cours d'une rencontre clandestine dans un parc d'attractions, il lui proposa dix mille dollars si elle acceptait d'avorter. Il l'aimait plus que jamais, disait-il. Lorsque Mme Harding (qui avait cinq ans de plus que lui et dont la santé était notoirement mauvaise) décéderait, il l'épouserait.

L'argent et la demande en mariage eurent un effet apaisant sur Rebekah. Elle partit immédiatement pour Norfolk, en Virginie, où Harding avait pris rendez-vous avec un certain médecin. « Aère ma chambre, écrit-elle à Benay Bamer. Je serai de retour la semaine prochaine. »

Les mésaventures de Rebekah à Norfolk, qui constituent le chapitre dix-huit du *Prix de l'amour*, sont en grande partie responsables de la réputation sulfureuse du livre et la raison principale pour laquelle il a été interdit dans de nombreux endroits du pays jusqu'à la fin des années 1930. Bien que modérée selon les critères actuels, c'était la première fois qu'une description aussi explicite d'une usine à avortement apparaissait noir sur blanc.

Son récit, qui ne serait pas complet sans quelques conciliabules aux coins des rues, une « clinique » insalubre située au-dessus d'un commerce de volailles en gros, et un médecin hirsute dont les « yeux injectés de sang m'envoyaient des poignards de terreur dans le cœur », est une lecture captivante. Après un examen sommaire, on lui expliqua qu'elle aurait dû venir bien plus tôt. Il se pouvait fort bien qu'il soit trop tard, mais le médecin s'est dit prêt à « tenter le coup ». « Comment ça, trop tard ? » demanda Rebekah, mais une « infirmière malodorante d'origine étrangère » la piqua avec une aiguille et l'abandonna seule dans une minuscule cabine dont le lambris était éclaboussé de sang. Dans la pièce voisine, une femme hurla.

Rebekah décida qu'elle en avait assez vu. Rien ne justifiait cela. Elle se glissa par la fenêtre dans la chemise de nuit flambant neuve qu'elle avait achetée pour l'occasion et descendit l'escalier de service en rampant. Pendant l'heure qui suivit, elle erra dans le plus vil des quartiers noirs de Norfolk, luttant contre l'inconscience et terrifiant les passants, jusqu'à ce qu'un conducteur de tramway ait pitié d'elle et la ramène à son hôtel.

Lorsque les effets du sédatif se furent estompés, elle trouva en s'éveillant un bouquet de roses qui l'attendait, accompagné d'une carte signée « W.G.H. ». Il espérait que tout s'était bien passé « sur le billard ».

Cette formulation malheureuse a été la goutte d'eau qui fait déborder le vase. Il n'y avait plus de retour en arrière possible. Elle poursuivrait sa grossesse et aurait ce bébé.

Ils eurent de terribles disputes. Où Rebekah devait-elle passer sa « période d'isolement » ? Harding essaya de la convaincre d'aller dans un « foyer chrétien », mais elle répugna tellement à cette idée qu'elle s'enferma dans un placard jusqu'à ce que le sénateur lui promette que le projet ne se ferait pas. Il lui proposa ensuite de s'installer à Vancouver, où ils ne connaissaient personne, mais Rebekah, faisant feu de tout bois, déclara qu'elle ne pouvait quitter le pays « si peu de temps après un conflit majeur ».

Ils se mirent finalement d'accord pour Santa Barbara, en Californie, à une cinquantaine de kilomètres de Los Angeles.

Rebekah avait visité cette paisible vieille ville missionnaire lors de son séjour sur la côte Ouest et l'avait trouvée « pittoresque et charmante, mais avec suffisamment d'occasions de se divertir ».

Un accord financier fut conclu. Nous n'en connaissons pas les détails, mais les événements ultérieurs ont prouvé qu'il ne pouvait avoir été très important – certainement pas les dix mille dollars que Rebekah aurait reçus si elle avait procédé à l'avortement. Tout porte à croire que les deux tourtereaux se sont réconciliés, conscients qu'ils étaient tous les deux dans le même bateau, pour le meilleur et pour le pire. D'une manière ou d'une autre, ils s'en sortiraient.

En accord avec ce nouvel état d'esprit, Harding lui offrit un bracelet de diamants et d'améthystes. Rebekah avait suggéré qu'une bague lui permettrait de se sentir plus à son aise en public. Après un dîner d'adieu plein d'émotion dans une suite d'hôtel, la future maman s'est mise en route vers l'Ouest, faisant halte à Indianapolis pour rendre visite à sa sœur. Les deux jeunes femmes pleurèrent dans les bras l'une de l'autre des heures durant, puis elles s'en allèrent manger chinois et réfléchir à des prénoms pour le bébé.

À son arrivée à Santa Barbara, Rebekah séjourna au Biltmore mais le trouva rapidement « impersonnel ». Il était également cher. Après quelques recherches, elle s'installa chez une certaine Mme Webster, qui accueillait les personnes souffrantes dans sa maison biscornue située sur les collines.

Rebekah, qui avait un penchant, sinon un talent, pour l'intrigue, se fit passer pour l'épouse d'un diplomate sud-américain. Elle inventa des stratagèmes élaborés impliquant des pseudonymes et des envois postaux destinés à égarer les éventuels « Fouineurs ». Elle s'arrangea également pour que la naissance du bébé soit enregistrée sous le nom de famille de Bamer, un hommage que son amie la star de cinéma n'apprécia nullement et qui entraîna une rupture permanente entre les deux femmes.

Les derniers mois de sa grossesse se caractérisèrent par une poussée d'énergie étrange et incontestée. Elle continua à écrire des poèmes ; plusieurs exemples vantant le coucher du soleil et autres phénomènes naturels furent publiés dans le journal local. Son entreprise la plus curieuse fut l'invention d'un corset extensible pour femmes enceintes. Elle était prête à se lancer en affaires avec son beau-frère et à lancer la production de cet article quand Harding, sollicité pour l'obtention des capitaux, y mit un terme.

Blanche Marie naquit le 10 novembre 1919. Elle pesait un petit peu plus de trois kilos à la naissance et surprit sa mère avec une épaisse chevelure noire qui ne tarda pas à tomber pour être remplacée par un soyeux duvet blond. « Elle a le caractère le plus doux qui soit, écrivit Rebekah à son père, et elle sourit chaque fois que je m'approche d'elle. » Mais ce qui ravit le plus sa mère, c'était son apparence : à l'âge de deux mois, c'était le portrait craché de Warren Harding.

5

Je suis allé dîner chez Eve. Comme sa femme de ménage avait une tendinite, nous avons mangé des saucisses de Francfort et des haricots dans le coin repas réservé au petit déjeuner. Elle était de mauvaise humeur – Pete (que je n'avais pas encore rencontré) venait de partir pour Munich, et il était impossible de savoir combien de temps il serait absent.

Rien de ce que je disais ne semblait intéresser Eve. Pour une fois, mes anecdotes à propos de Guadalupe et de la villa, qu'elle trouvait tordantes habituellement, tombaient dans l'oreille d'une sourde. Je trouvais cela d'autant plus navrant que, ce soir, j'avais un plan à lui proposer.

Le plan en question impliquait l'employé de piscine d'Eve, Osvaldo, un jeune Mexicain baraqué qui ne jurait que par les motos. Son rêve dans la vie était de déménager à Tucson pour ouvrir un atelier de réparation Yamaha. Mais il ne pouvait pas encore mettre les voiles, car il était en liberté conditionnelle.

Eve avait secrètement le béguin pour lui. Parfois, confiait-elle, elle montait dans sa chambre, s'étendait sur la banquette sous la fenêtre avec un sachet de chocolats Hershey's Kisses et l'observait à travers les rideaux pendant qu'il versait des détergents et aspirait la mousse à la surface du bassin. Elle pouvait rester là tout l'après-midi. Parfois son amie Betty Schwinn, qui vivait à deux pas, se joignait à elle.

Osvaldo n'était pas un très bon employé de piscine. Deux des gamins de Betty avaient attrapé la salmonelle après une baignade. Mais Eve ne se serait débarrassée de lui pour rien au monde. Un jour, je l'ai vu. Il portait un blue-jean et un bandana rouge noué autour de la tête. Il était torse nu. Arborait un tatouage de la Vierge sur un bras, un aigle sur l'autre. Quand il revenait de chez le coiffeur, Eve ne parlait que de ça des jours durant.

Après le dîner, j'ai repoussé mon assiette et commencé à lui expliquer mon plan. Bizarrement, j'étais nerveux. J'avais envie qu'Eve l'apprécie, qu'elle soit enthousiaste. Mais vu comme elle se comportait ce soir-là…

Voilà l'idée : Osvaldo passerait chez moi, soi-disant pour vérifier la piscine et voir si nous pouvions la remettre en état de marche. On pouvait compter sur le fait que Guadalupe traînerait dans les parages, et il engagerait la conversation avec elle. L'instant d'après, il l'inviterait à sortir avec lui –

« Et qui reste avec la vieille dame ? a voulu savoir Eve. Ou est-ce qu'elle se joint au rencard ? »

Elle marquait un point, mais j'ai balayé la question et continué à exposer mon plan. Je payerais la facture. Ils iraient au restaurant et commanderaient un verre. Il prendrait son temps. Au départ, ils aborderaient probablement les centres d'intérêt qu'ils avaient en commun comme la région du Mexique d'où ils venaient, ou quel type de papiers d'immigration ils possédaient. (Comme si l'un et l'autre en avaient.) Les plats arriveraient. Osvaldo recommanderait à boire. Puis, lentement mais sûrement, il l'interrogerait sur la vieille dame…

Eve commença à glousser.

« Je suis sérieux, nom de Dieu, me suis-je écrié.

– Je sais, a-t-elle répondu. C'est pour ça que c'est si drôle. » Puis elle s'est complètement écroulée, riant si fort que la table a tremblé.

« Oh, mon chéri, a-t-elle repris en essuyant ses larmes. Je suis désolée. Je crois que je commence à flancher.

– C'est bon », ai je fait, et j'ai attendu qu'elle reprenne ses esprits.

« Dans quel restaurant iront-ils ? demanda-t-elle. Chasen's[1] ? » Et elle a de nouveau explosé de rire.

Quand je suis parti, vers vingt-deux heures, c'est *moi* qui étais déprimé. Elle était à présent aussi joviale qu'une invitée dans l'émission de Carson. Et moi, je commençais à la mépriser.

J'étais dans un tel état que j'ai fait un truc que je ne fais jamais – je me suis arrêté dans un bar.

En l'occurrence le Cattle Call, sur Santa Monica. J'en avais entendu parler quelque part comme d'un lieu de rendez-vous pour les acteurs et les actrices. Une petite pancarte manuscrite dans la vitrine annonçait « Piña Colada ».

Tous les acteurs et actrices avaient dû se retrouver ailleurs ce soir-là. Peut-être qu'ils étaient simplement occupés à jouer. En tout cas, j'ai su en un coup d'œil que dans cette foule il n'y avait que des gens du coin. Si on peut appeler sept personnes une foule.

Je me suis assis sur un tabouret et j'ai commandé une Miller Lite. Pour être tout à fait honnête, je n'arrive pas à faire la différence avec une vraie bière. Tout le monde s'écharpe sur la Coors, la bière préférée par ici, mais Pam m'avait dit qu'ils étaient du mauvais côté d'un conflit social qui lui tenait à cœur, alors j'avais promis que je n'en boirais pas si c'était

1. Célèbre restaurant fréquenté par les stars de Hollywood, situé aux abords de Beverly Hills.

humainement possible. Quoi qu'il en soit, j'en ai goûté une fois lors d'un barbecue à Westhampton et, à vrai dire, je n'ai pas été très impressionné.

J'en étais à ma deuxième bière et je me sentais beaucoup mieux lorsqu'une femme est entrée dans la salle. Toutes les personnes présentes se sont retournées pour la regarder, d'abord parce qu'elles s'ennuyaient, ensuite parce qu'elle portait un si étrange chapeau. Il était violet, avec des plumes roses qui ressemblaient à des antennes d'insecte. Elles se balançaient frénétiquement à chacun de ses pas. J'ai immédiatement pensé aux chapeaux que ma grand-mère avait l'habitude de porter. Elle était folle de chapeaux – je n'exagère pas. À sa mort, elle en avait soixante-treize. Je me souviens du nombre parce que j'ai dû les apporter à l'Armée du Salut et demander un reçu.

J'ai évalué la dame en une minute : environ soixante ans, cheveux roux teints. Comme la plupart des vieilles pépées, son nez faisait des siennes et on pouvait sentir son parfum à travers toute la pièce. Elle avait environ huit verres d'avance sur tout le monde. Une espèce classique dans les bars, de celles dont je me passerais bien. J'ai eu l'horrible impression qu'elle allait s'asseoir à côté de moi, et j'avais raison.

Elle a commandé un Black Russian et jeté un regard autour d'elle. Bien que j'aie fait tout ce qui était en mon pouvoir pour l'éviter, elle a croisé mon regard. « Alors, a-t-elle dit comme si[1] elle poursuivait une conversation interrompue, d'où venez-vous ? »

---

1. La secrétaire de Bruce Pinsky, Dee Goode, qui a dactylographié ce manuscrit durant ses heures creuses à son travail, m'a fait remarquer que je « semblais confus » à propos d'un point de grammaire concernant l'utilisation de « comme » et de « comme si ». Mme Goode est peut-être une dactylo accomplie, mais elle a eu beau essayer, elle n'a pas réussi à m'expliquer exactement ce que je fais de travers, et j'ai étudié à Harvard, comme vous le savez. La question, soumise à l'arbitrage de Bruce Pinsky, a été réglée

J'avais déjà remarqué ça. Les Californiens ont tendance à penser que je suis étranger, généralement français ou hollandais. Je crois que cela a quelque chose à voir avec mes lunettes. Mais ce soir-là, je n'avais tout simplement pas l'esprit à ça.

« Flatbush[1] », ai-je répondu avant de retourner à ma bière.

Elle a réfléchi un moment à la chose, puis est revenue à la charge.

« Que savez-vous des pilotes kamikazes ?

– Absolument rien. »

Elle a semblé satisfaite, comme si j'avais donné la bonne réponse. Elle a terminé son verre et en a commandé un autre. J'ai ostensiblement regardé ma montre.

Elle s'est de nouveau retournée vers moi, très concentrée. J'ai patienté pendant qu'elle formulait sa pensée.

« J'aime le poisson cru », a-t-elle fini par annoncer.

Le type à côté de moi, qui avait suivi notre échange avec fascination, s'est exclamé : « Madame, je ne sais pas pourquoi, mais je m'en serais douté. »

Elle a alors commencé à nous raconter une longue histoire à propos de son séjour à Hawaï en 1956 et de la façon dont elle était tombée malade au cours d'un lū'au[2]. Elle s'était retrouvée tellement mal en point qu'ils avaient presque été obligés de la ramener sur le continent à bord d'un avion sanitaire spécialement réservé pour ce genre d'urgence.

L'histoire en soi était plutôt intéressante, en particulier la partie où ils avaient dû la transporter à l'hôpital dans une

---

en ma faveur, je suis heureux de le dire. Mais je suis vraiment désolé que Mme Goode ait choisi de prendre l'affaire si personnellement. Elle travaille désormais pour un autre partenaire dans le même cabinet, néanmoins je voudrais la remercier publiquement pour les efforts qu'elle a déployés en ma faveur. *(Note de l'Auteur.)*

1. Quartier de Brooklyn à New York.

2. Fête traditionnelle hawaïenne.

chaise à porteurs improvisée parce qu'il y avait une grève des taxis. L'homme à côté de moi a rapproché son tabouret. Il était grand et mince, avec une coupe de cheveux en brosse et un air abattu. Il portait un costume décontracté en tissu écossais couleur framboise constellé de taches douteuses sur le devant. On aurait dit de la graisse d'essieu. J'ai eu l'impression qu'il bénéficiait d'une autorisation de sortie de je ne sais où.

« Et vous savez quoi ? a lancé la femme.

– Quoi ? avons-nous demandé en chœur.

– Cet avion, ce même avion, appartenait à l'origine à Henry J. Kaiser. Il l'avait fait réparer et offert au peuple hawaïen.

– Un exemple à suivre, ai-je fait.

– Je me rappelle les petites voitures qu'il fabriquait, est intervenu l'homme. Comment s'appelaient-elles déjà ?

– Des Henry J.

– C'est ça ! Elles avaient de petits ailerons. N'avaient-elles pas de petits ailerons ? De minuscules petits ailerons ? »

Quand je les ai quittés, j'étais ivre et guilleret. La dame m'avait convaincu de me convertir au Black Russian, et le type nous a donné sa carte de visite. Elle indiquait « Ray Lewis » et mentionnait dans chaque coin une occupation différente : « Ingénieur en commutation téléphonique », « Prédicateur chrétien non initié », « Fondation pour la Mémoire de Rosecrans[1], relations publiques », et « Cadre international, IESC ».

« Dieu du ciel, vous êtes cadre international ! » s'est exclamée la dame.

Pas avec ce costume, ai-je pensé, impossible. Mais étrangement, je me sentais stimulé par leur compagnie. Regardons les choses en face : après un mois passé avec Eve pour seule interlocutrice, même ces clowns n'étaient pas si mal. De toute

1. Général de l'armée de l'Union pendant la guerre de Sécession.

façon, je commençais à me poser des questions sur tous ses amis huppés. Je n'avais jamais rencontré aucun d'entre eux. Elle ne cessait de répéter qu'elle m'emmènerait déjeuner avec Joan Didion, mais la promesse restait à concrétiser. À sa décharge, cependant, je dirais qu'elle m'a présenté au neveu de Joan Didion, qui est un jour passé à la maison pendant que j'y étais pour emprunter un magnétophone. Eve m'avait dit que son côté de la famille était célèbre à Beverly Hills pour avoir bénéficié d'une série de rhinoplasties ratées, mais son nez m'avait paru en bon état.

Peu importe, Ray Lewis et cette dame m'ont fait gamberger. J'avais toutes sortes d'idées et hâte de rentrer chez moi pour les noter. Eve avait eu beau m'humilier, je n'étais pas encore vaincu.

Le retour en voiture s'est avéré difficile. Je n'arrêtais pas de sous-estimer l'endroit exact où il fallait que je m'arrête aux feux rouges. La situation a pris une telle tournure que j'ai fini par stopper sur le parking d'un supermarché, où une soudaine vague de nausées m'a envahi : j'ai vomi deux fois, la première dès la portière ouverte et la seconde près du distributeur de glaçons.

Il était près d'une heure du matin lorsque j'ai quitté Beachwood pour tourner sur Casino. Quelque chose m'avait tracassé tout au long du trajet sur Beachwood – les choses ne *semblaient* tout simplement pas normales. La colline qui se profilait devant moi, parsemée ici et là de lumières – je la connaissais par cœur. Mais quelque chose ne tournait pas rond.

Avec un choc qui m'a fait dégriser jusqu'à la pointe des orteils, j'ai réalisé que toutes les lumières étaient allumées dans la demeure Kinney.

« Elle a eu une attaque ! » a été ma première réaction. J'ai appuyé sur l'accélérateur et foncé vers la villa, la Mustang zigzaguant dans les virages. Dieu merci, la route était déserte.

Mon cœur battait si fort que j'ai craint d'avoir moi-même une attaque. J'ai franchi le portail, que j'avais laissé ouvert, et me suis arrêté net devant la porte de ma cuisine en faisant hurler mes freins. J'ai sauté dehors et couru dans l'abri de piscine.

La vue à travers mes stores était d'une sérénité frustrante. La villa était parfaitement tranquille. Rien ne sortait de l'ordinaire – à l'exception des lumières qui embrasaient toute la longueur du deuxième étage.

Je me suis un peu calmé et j'ai essayé de reprendre mes esprits. L'avait-on emmenée à l'hôpital ? Avec toutes ces lumières, elle ne pouvait pas dormir. Peut-être attendait-on encore l'ambulance.

J'ai pris un Coca dans le réfrigérateur – j'avais un horrible goût dans la bouche – et j'ai fait les cent pas dans l'obscurité. Il fallait que je découvre ce qui se passait.

Mais comment ? Je ne pouvais pas aller sonner à la porte juste parce qu'il y avait des lumières allumées. Je me suis maudit. Pourquoi n'étais-je pas sur place quand c'était arrivé, quoi que ce soit ? L'ironie de la chose – la seule nuit où je n'étais pas resté assis à la maison avec mes jumelles, la seule nuit où j'étais sorti faire la nouba avec quelques piliers de bar…

Dommage que je n'aie pas un chien. Ce serait idéal. Je pourrais l'emmener se promener, et en profiter pour me rapprocher de plus en plus de la villa…

Alors j'ai eu une idée qui, même si elle n'était pas parfaite, me permettrait d'arriver à mes fins.

J'allais sortir les poubelles.

Or j'avais déjà sorti les ordures une fois ce jour-là. J'ai donc dû improviser une nouvelle poubelle. J'ai sorti un sac en papier brun de sous l'évier et l'ai rempli de tout ce que j'ai pu trouver : une boîte de biscuits vide, le *New York Times* du dimanche précédent (délesté des mots croisés, sur lesquels je travaillais encore), quelques oranges pourries, un pot de cornichons acheté sur un coup de tête et que je détestais, une chemise que la blanchisserie avait abîmée et un magazine porno trouvé dans une cabine téléphonique à UCLA, que j'avais l'intention de jeter depuis des semaines. J'ai ajouté quelques serviettes en papier roulées en boule pour bourrer le sac.

Tout cela avait l'air vraiment authentique. J'ai placé la bouteille de Coca vide au sommet (la touche finale) et je suis sorti par la porte de la cuisine, tentant d'afficher un air nonchalant en sifflotant un air. Je crois que c'était « I Won't Dance, Don't Ask Me ».

Ce que j'allais faire exactement n'était pas très clair. Il ne faut pas oublier que j'avais siroté quelques verres et que mon esprit, même s'il avait des éclairs de génie, n'était pas au mieux de ses performances analytiques. J'espérais, je suppose, que quelqu'un dans la villa me remarquerait et me demanderait de l'aide, quelle que soit la situation d'urgence. À défaut, je me disais que je pourrais toujours m'approcher et écouter aux portes.

Je l'admets: j'étais ivre et sans scrupule. Toujours une mauvaise combinaison. Ajoutez-y un peu de stupidité et votre carrière est mal barrée, voire pire. Je peux en rire à présent. Il est toutefois difficile de rire quand on entend une sirène de police en sachant que c'est vous qu'on cherche.

Mais je brûle les étapes. Les poubelles étaient censées être déposées à l'arrière, près du garage. J'avais tout le temps d'observer l'avant de la villa. Les stores étaient tirés dans le salon de la vieille dame. Quant aux pièces nouvellement éclairées, je ne pouvais en dire grand-chose. Elles semblaient vides.

J'ai fait le tour de la bâtisse et vu quelque chose qui a fait mourir l'air sur mes lèvres et arrêté mes pas.

La petite Datsun rouge de Jonica était là, devant le garage.

Elle était donc là, l'explication. Ça ne m'avait à aucun moment traversé l'esprit.

Jonica avait fini par revenir.

Je suis resté planté dans l'obscurité, cramponné à la poubelle et réfléchissant aux implications de ce nouveau revirement. Dans l'ensemble, la situation me paraissait très favorable. Mis à part un petit malaise initial, Jonica semblait m'apprécier. J'avais d'ailleurs décelé les signes d'un béguin naissant. Même si elle n'était revenue que temporairement –

Un son a interrompu mes pensées. Un son que l'on pourrait, au mieux, décrire comme un grognement étouffé. Le genre de grognement utilisé pour mettre de l'emphase au cours d'une discussion. Comme dans « Ah ? C'est ce que vous pensez ! » Pour autant que je puisse en juger, il provenait de la villa.

Je me suis glissé plus loin à l'arrière, évitant par pure chance d'entrer en collision avec une chaise de jardin. Le son semblait provenir d'une chambre au deuxième étage à l'autre bout de la villa ; c'était la seule pièce éclairée de ce côté. Je l'avais déjà remarquée. Elle avait un porche mauresque d'où un escalier de bois branlant descendait vers une roseraie abandonnée.

La nuit était douce ; la porte du porche ouverte. En m'approchant, j'ai entendu des voix s'échapper. Ou plutôt, *une* voix. Il devait s'agir de Jonica.

J'étais maintenant au bas de l'escalier. Je me suis efforcé d'écouter. Mais l'acoustique des collines de Hollywood est réputée pour son caractère imprévisible. Un exemple typique : Sharon Tate et consorts. D'après les experts, ils avaient fait un boucan du tonnerre pendant qu'on les massacrait, mais la végétation a tout englouti.

Je ne parvenais à distinguer que quelques mots ou phrases. Mais qui mettaient l'eau à la bouche. « Mille dollars », « Comment vous le savez ? » et « Vernon a un système » ou « Vernon a une sœur » ou peut-être « Vernon a une citerne ».

J'ai levé les yeux vers le rideau blanc qui couvrait la porte – du nylon, semble-t-il. J'ai réalisé que personne dans la pièce ne pouvait voir à l'extérieur.

Sur la pointe des pieds, j'ai monté les trois premières marches. La voix de Jonica a dit : « Je ne sais pas et je ne veux pas savoir. C'est son affaire. » Un frisson m'a parcouru tout le corps. Nous y voilà. J'allais apprendre quelque chose.

Je n'ai pas compris la réponse étouffée. Jonica s'est alors écriée : « Tu veux bien le laisser tranquille ? Il se trouve que nous sommes au vingtième siècle, au cas où tu ne serais pas au courant. »

Je me suis dit que, si je m'approchais un peu plus, je pourrais entendre l'autre personne. J'ai monté encore trois marches et fait une pause. Toujours pas. Une marche de plus devrait suffire.

Je n'aurais pu mieux faire. Alors que je plaçais mon pied sur la septième marche, j'ai entendu un craquement bizarre. Avant de comprendre ce qui était en train de se produire, ma jambe droite s'est élancée vers le sol, me projetant contre la balustrade en bois qui s'est effondrée à son tour. J'ai heurté la terre avec une telle force que ça m'a coupé le souffle. Je crois que l'espace d'une seconde, j'ai dû m'évanouir. Puis les cris provenant de l'étage m'ont ranimé.

Ma première – que dis-je, ma *seule* – pensée a été de sortir de là. Ne me demandez pas comment j'ai fait pour regagner l'abri de piscine. Tout est flou. La seule chose dont je me souviens, c'est d'avoir tourné au coin et regardé par-dessus mon épaule. Jonica était là, debout sur le balcon, vêtue d'une chemise de nuit orange qui lui donnait l'air d'un moine bouddhiste en surpoids, me montrant du doigt en poussant de petits glapissements stridents de terreur et d'indignation.

Avant toute chose, j'ai fermé la porte à clé. Puis j'ai couru dans le vestiaire pour dames. J'utilise en général le vestiaire réservé aux hommes, mais celui des femmes a de meilleurs miroirs. J'ai allumé la lumière. Et ça a été à mon tour de hurler.

J'étais littéralement couvert de sang. Ma barbe, mon menton, ma chemise, mes mains. La vision était si effrayante que je me suis effondré sur un banc ; quelqu'un qui a perdu autant de sang ne devrait pas tenir debout. J'ai alors entamé la redoutée mais nécessaire recherche de mes blessures.

Heureusement, tout le sang semblait provenir de mon nez. J'ai des antécédents de saignements du nez, probablement aggravés par le fait qu'à l'âge de trois ans j'ai enfoncé un flacon entier d'aspirine dans mes narines (juste l'aspirine, pas le flacon). Dieu seul sait ce qui avait pu me passer par la tête.

Ce n'est qu'en me levant pour aller au lavabo que j'ai découvert que ma cheville était foulée ou, Dieu m'en garde, cassée. Je ne veux plus jamais revivre cette sensation. Ce fut l'une des pires nuits de ma vie.

Je dois dire une chose à propos de la police de Los Angeles – elle est très rapide. Moins de cinq minutes plus tard, une voiture de patrouille a franchi le portail. Guadalupe est descendue en courant pour la guider. Son allure était très théâtrale : pieds nus, elle était enveloppée dans une couverture et trimbalait – sans doute pour se défendre – un râteau. Les policiers ont d'abord pensé qu'elle était la victime et se sont mis à l'interroger ; mais elle a gesticulé de manière frénétique en direction de la villa et ils ont remonté l'allée au pas de course, la laissant à la traîne, comme les villageois à la poursuite de Frankenstein.

Jonica attendait près de la porte d'entrée. Elle avait enfilé un kimono et n'en pouvait plus d'excitation. Sa poitrine se gonflait, elle serrait et desserrait les mains. « Par ici, par ici ! » criait-elle aux flics avant même que leur voiture ne s'arrête.

Je me suis alors rendu compte que j'étais dans une situation délicate. J'en ai conclu que j'avais trois options.

Premièrement, je pouvais monter dans ma voiture et me faire la malle. J'ai immédiatement rejeté cette possibilité. C'était trop risqué. Les personnes présentes dans la villa couraient sans doute dans tous les sens, regardaient par les fenêtres, etc. Une voiture qui s'éloigne serait la première chose qu'ils remarqueraient.

Deuxièmement, je pouvais faire un aveu partiel de culpabilité. Un enchaînement de circonstances inhabituelles, mais crédibles, qui m'auraient conduit sur l'escalier. Comme s'il y en avait un. J'avais beau essayer, je n'arrivais pas à trouver d'explication à l'ensemble de mes actes, en particulier à ma fuite panique.

J'étais donc contraint de choisir ma troisième option. Lorsque ça a toqué – je m'y attendais assurément – j'étais prêt.

J'ai pris mon temps pour répondre à la porte, lançant des « Juste une minute » et des « J'arrive, j'arrive ». Quand j'ai fini par ouvrir, Jonica et les flics se sont retrouvés face à un universitaire mal réveillé, vêtu d'un pyjama, reniflant dans un paquet de Kleenex à cause d'un rhume d'été. J'ai laissé mes paupières tomber de manière convaincante et gardé la mâchoire desserrée, non seulement pour sauver les apparences, mais aussi parce que je devais respirer par la bouche.

« Oui ? » ai-je fait en tentant de communiquer par ce simple mot les humeurs contradictoires que commandait la situation – épuisement, mécontentement, curiosité, désir d'aider, et par-dessus tout, totale ignorance.

« Nous avons eu la visite d'un rôdeur, a lâché Jonica avant que les policiers ne puissent ouvrir leurs bouches. Tu as vu quelqu'un ?

– Un rôdeur ! ai-je répondu, pure incarnation de l'étonnement. Il a pris quelque chose ?

– Non, a dit l'un des policiers. Mais il a laissé ça. » Il a soulevé mon sac-poubelle.

Mon Dieu. Mon Dieu. J'avais complètement oublié la poubelle.

J'ai regardé le sac comme s'il s'agissait d'une bombe prête à exploser.

« Ça vous dit quelque chose ? » m'a demandé l'autre flic.

Tant bien que mal, j'ai retrouvé ma voix. « Quoi par exemple ?

– Est-ce que ce sont vos ordures ? »

J'ai considéré le sac d'un air incertain. « Je… je ne sais pas. »

Il a commencé à plonger la main dans le sac.

« Attendez une minute. Je crois que c'est ma poubelle. »

J'ai attrapé le sac et me suis mis à fouiller dedans.

« Oui, c'est ma poubelle. En fait, j'en suis même certain.

– Où l'avez-vous laissée ?

– Devant la porte de ma cuisine.

– T'es censé aller la déposer à l'arrière, a dit Jonica.

– J'avais prévu de le faire demain matin. »

Le flic a tendu la main pour récupérer le sac et mon cœur s'est arrêté. Je le lui ai donné – que pouvais-je faire d'autre, jouer au tir à la corde ? – puis dans une muette horreur je l'ai regardé qui se mettait à extraire ce qu'il y trouvait pour l'examiner.

« C'est votre chemise ?

– Oui. » J'ai à peine réussi à prononcer le mot.

« Pourquoi avoir jeté une chemise en parfait état ? »

J'avais une réponse toute prête mais elle n'a pas été nécessaire.

« Qu'est-ce que c'est que ça ? »

Il a sorti l'exemplaire de *Ligotée et bâillonnée*. Sur la couverture, on pouvait voir une femme blonde attachée à un fauteuil de dentiste, vêtue d'un porte-jarretelles, de bas noirs et d'une coiffe d'infirmière. Une autre femme, vêtue de la même manière, la menaçait avec une cravache. Une accroche promettait « Petites annonces échangistes et photos à l'intérieur ».

Le policier a ouvert le magazine.

« Doux Jésus. »

Il l'a refermé et me l'a rendu.

« Je l'ai trouvé dans une cabine téléphonique.

– C'est ça. »

Je ne me rappelle pas grand-chose du reste de l'entretien. Ils ont posé des questions – à quelle heure étais-je allé me coucher ? Est-ce que j'avais entendu quoi que ce soit ? – et allez savoir comment, j'ai réussi à répondre. Mais d'horribles pensées ne cessaient de me traverser la tête. Allaient-ils m'ajouter à une liste secrète de délinquants sexuels ? Allais-je être convoqué chaque fois qu'un gamin disparaissait ? Je me rappelle que, pendant mon enfance à Mount Lebanon, il y avait un type qui tenait la confiserie locale, il s'appelait Murray l'Homo. Il avait des cheveux orange et on le soupçonnait de s'épiler les sourcils. Je savais à présent ce qu'il avait dû ressentir. La pauvre Jonica était tellement gênée qu'elle se contentait de regarder le sol et de jouer avec la ceinture de son kimono.

Ils ont fini par repartir. Après une brève conversation devant la voiture de patrouille, les policiers ont remis des formulaires à Jonica. Puis ils sont sortis de l'allée. Elle a verrouillé le portail et est remontée vers la villa, jetant de temps à autre un coup d'œil nerveux dans les buissons.

Plus trace d'excitation. Elle semblait fatiguée, voire pensive. Elle s'est arrêtée un instant devant la porte d'entrée et s'est retournée pour jeter un coup d'œil vers l'abri de piscine. Puis, brusquement, elle est entrée et a fermé la porte. Un peu comme si elle savait que j'étais en train de la regarder fixement.

6

J'ai passé les trois jours suivants à récupérer chez Eve. Son docteur a déclaré que la cheville n'était pas cassée, que je devais simplement ne pas trop la solliciter pendant quelque temps. Ce qui me convenait – la traversée de sa chambre d'amis de style Campagne française jusqu'à la salle de bains déclenchait de telles vagues de douleur qu'Eve s'est mise à me donner des comprimés de codéine pour me faire taire. Elle disait ne pas supporter de me voir souffrir un tel martyre.

Naturellement, la moitié était d'ordre mental. Trois jours au lit m'ont donné tout le temps de réfléchir à mon idiotie. Il ne fait aucun doute que je serais retourné à New York sur-le-champ si j'avais pu voyager. Je me moquais de savoir si les Texanes étaient toujours dans mon appartement. Je pouvais m'installer chez Pam.

J'ai bien sûr raconté à Eve ce qu'il s'était passé. Mais j'ai omis la partie concernant *Ligotée et bâillonnée*. Cet épisode, j'avais l'intention de l'emporter dans ma tombe.

« Si seulement… » ne cessais-je de me dire. Si seulement je ne m'étais pas arrêté à ce foutu Cattle Call. Si seulement je n'avais pas grimpé ce foutu escalier. Et le principal « si seulement » – je n'avais pas mis ce foutu magazine dans cette foutue poubelle.

Que m'était-il passé par la tête ? Mon Dieu, le soin, la préparation, l'*habileté* avec lesquels je me débarrasse habituellement de la pornographie – les concepteurs de centrales nucléaires pourraient s'inspirer de moi. Solution de repli après solution de repli. Rien n'est laissé au hasard. Voici comme je procède : à l'aide d'une paire de robustes ciseaux de cuisine, je coupe le bazar en carrés de trois centimètres de côté, en y mélangeant quelque chose de totalement inoffensif, comme le magazine *People*. Je verse ensuite ce mélange dans un sac de courses et je pars, à la nuit tombée, en m'arrêtant à chaque poubelle que je croise et y jette une poignée. Je continue jusqu'à ce que le sac soit vide, puis je prends le bus pour rentrer chez moi. Une fois, je suis allé jusqu'à la gare de Grand Central.

Eve n'était pas d'une grande aide. En apparence elle était vive et enjouée, mais c'était ce bavardage sans intérêt que l'on utilise pour réconforter quelqu'un dont la famille a été emportée par une inondation. Le troisième matin elle est entrée dans ma chambre en bondissant, vêtue d'une tenue jaune vif parsemée de petites marguerites blanches. Elle s'est assise sur le bord de mon lit et a lissé sa jupe.

« Je vais à un enterrement », m'a-t-elle annoncé. C'étaient des « funérailles d'affaires » – le comptable de Pete avait trouvé la mort lors d'une collision frontale sur l'autoroute de la côte Pacifique. Elle m'a montré l'article du *Los Angeles Times* – QUATRE RÉSIDENTS DE MILLE CHÊNES TUÉS DANS UN ACCIDENT DE VOITURE.

J'avais beau être sous l'emprise de la codéine, n'empêche que j'ai été abasourdi. « Quatre mille personnes ont été tuées dans un accident de voiture ? » C'en était assez. Fallait que je me tire. Que l'on appelle l'aéroport.

« Non, non. Mille Chênes est un *lieu*. C'est près de Tarzana.

– Oh.

– Et j'ai ensuite un rendez-vous au musée. Ils veulent un de nos tableaux pour une expo. Je suis excitée à mort, mais c'est encore top secret.

– Tu veux dire que je dois rester ici tout seul ? » Je détestais l'idée d'être laissé à moi-même dans l'état d'esprit où je me trouvais.

« Les chiens vont te tenir compagnie. Et Osvaldo passe aujourd'hui. Tu peux aller l'espionner depuis ma chambre.

– Ah, ah, très drôle. »

Un mot à propos de la villa de douze pièces des Biersdorf, d'une valeur d'un million cent cinquante mille dollars, située dans l'un des meilleurs quartiers de Beverly Hills : elle était tout sauf prétentieuse. Pas de parquet élégant pour eux. Oh, non. D'un bout à l'autre, tout était recouvert de moquette beige. Même les escaliers et la salle d'eau. Les fauteuils Louis XV du salon étaient tapissés de housses antitaches à carreaux teinte chocolat. Sur la table basse circulaire en marbre se trouvaient des piles de magazines raffinés, comme *Sunset* et *Arizona Highways*. Sans oublier un plat en argent rempli de bonbons au citron enveloppés dans de petits emballages en cellophane, et la vaste collection de trois tabatières anglaises appartenant à Eve.

Bert et LaBelle Lance[1] n'auraient eu qu'à se munir de leurs brosses à dents pour emménager.

1. Banquier originaire de Géorgie, nommé directeur du Bureau de la gestion et du budget au début de la présidence de son ami Jimmy Carter, Bert Lance (1931-2013) démissionne peu de temps après à la suite d'un scandale pour fraudes (dont il sera plus tard blanchi). Robert Plunket fait peut-être ici référence à l'expression empreinte de placidité « *If it ain't broke, don't fix it* » (« Si ce n'est pas cassé, inutile de le réparer ») dont on attribue la popularisation à Bert Lance dans un article de *Nation's Business* en 1977.

Bert aurait adoré le bureau de Pete. L'imagination du décorateur s'en était donné à cœur joie. Il avait créé une fantaisie bavaroise, un parfait petit *Bierstub* avec toutes sortes de touches *gemütlich*[1] : rangées après rangées de chopes de bière, lapin empaillé au-dessus de la cheminée et meubles en cuir si masculins que j'ai été surpris d'apprendre qu'un décorateur était impliqué dans ce choix. C'est là, m'a dit Eve, que Pete aimait s'installer pour lire des scénarios en écoutant sur la chaîne stéréo de la musique *Studentenfest*, accompagné de ses bergers allemands Heidi et Panzer. Le duo canin était si féroce qu'il fallait l'enfermer dans la cave avant que quiconque ne soit autorisé à ouvrir la porte.

Et LaBelle se serait extasiée devant la chambre à coucher principale, décorée, m'a dit Eve, « de onze nuances de bleu différentes ». Et de poursuivre : « C'est moi qui ai eu l'idée de teindre le ciel de lit du baldaquin de la même couleur qu'un paquet de cigarettes Gauloises. Original, tu ne trouves pas ? » Oui, je trouvais. Mais pas aussi original que les bibliothèques à peu près vides alignées le long d'un mur. À l'époque, l'idée avait semblé bonne, mais aucun des Biersdorf n'était grand lecteur. Tout ce qu'elles contenaient, c'était quelques romans de Harold Robbins et une série complète de livres sur un certain Seth.

Et la cuisine, où je me suis rapidement retrouvé à me faire cuire un œuf à la coque. Elle était si nette et bien organisée. Successions de fours, micro-ondes et autres équipements. Toutes sortes de petits gadgets gourmands en énergie. Des étagères et des étagères d'épices, toutes classées par ordre alphabétique. Je faisais ma propre cuisine parce que Freda, la gouvernante allemande (surprise !), passait ses journées dans sa chambre à regarder des séries télé. Eve était terrifiée à l'idée

1. Douillet, confortable, chaleureux.

de lui demander quoi que ce soit à cause des rumeurs selon lesquelles elle avait survécu à Auschwitz. Et *pas* en tant que détenue, si vous voyez ce que je veux dire.

Mais Eve adorait la maison. Elle avait grandi au-dessus d'une boucherie dans le sud de Chicago. Et aujourd'hui, regardez-la qui vivait dans « les beaux quartiers » et collectionnait des tabatières anglaises. « Shelley Winters m'a donné ces tabatières – toutes ces tabatières. Je ne sais d'où elle s'est mis dans la tête que je les collectionnais. Je crois qu'elle me confond avec la femme de Leo Jaffe. Chaque fois qu'elle me voit, elle me lance : "Ça avance, la collection de tabatières ?" Qu'est-ce que je peux y faire ? Impossible de répondre à Shelley Winters qu'elle n'a pas toutes les cartes. »

Bref, j'ai pris mon œuf et des pastilles à la menthe que j'avais trouvées dans le garde-manger et j'ai boitillé jusqu'au bord de la piscine pour lézarder quelques heures au soleil. Osvaldo est arrivé tôt, ce qui n'est pas dans ses habitudes. Dès qu'il a su qu'Eve n'était pas à la maison, il a allumé un joint, tiré une autre chaise longue, enlevé ses bottes et ses chaussettes, s'est passé la main dans les cheveux, a allumé son énorme radio portable et a cherché une fréquence dominée par les percussions, avant de battre le rythme sur la petite table en métal qui se trouvait entre nous.

Ma montre était posée sur cette table. Je lui ai jeté des coups d'œil nerveux.

« Tout va bien ? a-t-il demandé.

– Ça va. » Je me suis dit que je pourrais encore tenir à peu près une minute.

« Hé, qu'est-ce que c'est que ce truc ?

– Ce sont des bonbons digestifs à la menthe, tu en veux un ?

– Je ne bouffe pas de bonbons, mec, je bouffe de la chatte.

– Ça alors, je suis justement à court de chatte. »

Osvaldo a trouvé cette remarque si désopilante qu'il a ri pendant plusieurs minutes, la répétant à voix haute avant de recommencer à se tordre de rire. « Celle-là, faut que j'm'en rappelle », a-t-il fait.

J'ai décidé de rester encore un peu dehors. C'était assurément un public enthousiaste. Je me suis mis à me creuser la cervelle pour trouver des blagues ras la foufoune.

Ça n'a pas été nécessaire. Osvaldo était en mode automatique. J'ai d'abord tout appris de sa copine, une serveuse de Santa Monica prénommée Sharon : « Des cheveux blonds, mec, qui dégringolent jusqu'à son cul, putain, et des nibards aussi gros que ta caboche. » Sharon vivait toujours chez ses parents – Sharon était en réalité toujours « une putain de lycéenne » – mais cela ne l'empêchait pas de satisfaire les « besoins » d'Osvaldo.

J'écoutais, subjugué. Il avait des besoins tout à fait inhabituels. Principalement liés à sa moto. Il aimait attacher Sharon au guidon et s'amuser avec elle. Ils faisaient ça sur le parking situé à l'arrière de Sambo's, l'endroit où elle travaillait, après la fermeture une fois minuit passé.

« Vous vous êtes déjà fait prendre ? ai-je demandé, les yeux écarquillés.

– Putain, non. Les poulets, ils viennent et ils matent, mec. Ils viennent et ils matent.

– *À Santa Monica ?*

– Et tu sais ce que je leur gueule ? Chaque fois que Sharon pousse un cri – elle passe son temps à crier, mec – je gueule : "T'entends ça, flic de mes deux ? Tu reconnais ce son ? C'est moi qui nique ta mère !" » Il a avalé un bonbon. « T'as une copine ? »

J'étais tellement fasciné par les aventures d'Osvaldo que je me suis demandé si Pam répondait à sa définition du terme. Dieu sait que nous n'avons jamais fait de galipettes dans des parkings. Aucun de nous deux n'avait même de voiture. Je me souviens cependant d'une fois où nous nous sommes mis à l'ouvrage sur la terrasse de l'appartement de sa tante à Central Park West. Mais comme je me suis cogné à une brique et écorché l'épaule, nous nous sommes arrêtés là. Et c'est une bonne chose, car sa tante est rentrée environ cinq minutes plus tard et est *directement allée sur la terrasse* pour voir si la mangeoire à oiseaux avait besoin d'être remplie. Imaginez, faire une chose pareille à une heure du matin. Ça nous a vraiment déconcertés.

« Hein ? a repris Osvaldo.

– Ouais, j'ai une copine. » Comme une marque de camaraderie masculine, j'ai sorti mon portefeuille et lui ai montré une photo de Pam prise lors d'un bain de minuit chez des amis communs à Bedford Hills.

Il a émis un sifflement quand je lui ai tendu le portrait. Il l'a examiné de si près que, l'espace d'une minute, j'ai pensé qu'il allait se mettre à le renifler.

« Hé, c'est toi qui lui as fait ce bleu ? a-t-il gloussé.

– Quel bleu ? »

Il a désigné une décoloration sur sa cuisse.

« C'est une tache de naissance, ai-je répondu avec une certaine raideur.

– Ouais, eh bien, c'est vraiment sexy. »

Mon Dieu, quel style ! Quelle finesse ! Osvaldo n'aurait pas perdu ses moyens devant *Ligotée et bâillonnée*. Aucun doute là-dessus. « Ouep, c'est mon putain de magazine, et page quarante-quatre, c'est bien moi avec l'aiguillon à bétail électrique. Ça vous pose un problème ? »

J'ai pris un peu de l'herbe d'Osvaldo. C'est marrant, je n'avais jamais pris conscience de l'efficacité du bon sens paysan. Il y avait bien des leçons à apprendre de cet homme. Bonté divine – avec ses manières et mon cerveau…

Osvaldo s'est levé et a entamé un petit cha-cha. « *Tiburón, tiburón, tiburón.* » Avec adresse, il a fait volte-face. « *Hepa, hepa* », s'est-il exclamé.

La chanson s'est achevée. Il a effectué une imitation hilarante d'Eve en train de le payer – tout en battements de paupières, coups d'œil séducteurs et mouvements du bassin. J'ai ri jusqu'à ce que les larmes me montent aux yeux. Puis il s'est rassis à côté de moi. Son attitude s'est faite confidentielle.

« Hé, mec, comment elle est ?

– Eve ? »

Je me suis essuyé les yeux.

« Ouais.

– Elle va bien.

– Non, mec, comment elle *est* ? »

J'ai alors compris : *Il croit que je suis l'amant d'Eve !* Il croit que je suis une espèce de gigolo qui a pris ses quartiers pendant que Pete est en voyage !

Je ne me suis jamais senti aussi flatté de ma vie.

Quand Eve est rentrée, elle m'a trouvé allongé sur le sol de la cuisine. Allez savoir pourquoi, Osvaldo et moi avions commencé à nous lancer des œufs et la pièce était un champ de bataille. Après son départ j'avais commencé à nettoyer, puis, ne me demandez pas comment, je m'étais endormi.

Eve s'est mise à hurler. Mais quand elle a compris que tout allait bien, elle a été tellement soulagée qu'elle ne s'est même pas fâchée. Je lui ai dit que je faisais souvent des siestes par terre.

En réalité, je me suis réveillé très excité. Mon esprit avait tourbillonné tout l'après-midi. Et une idée avait surgi comme par enchantement. J'avais enfin un plan.

J'allais organiser une fête.

7

L'idée d'une fête a laissé Eve sceptique, mais au moins elle n'a pas ri. Elle n'arrêtait pas de répéter « Mais je ne vois pas l'intérêt » d'une voix geignarde que je commençais à trouver extrêmement agaçante. L'intérêt était tellement évident – faire ami-ami avec Jonica – que je savais que son objection ne portait pas sur ce point. Elle était simplement contrariée parce qu'elle n'y avait pas pensé la première.

« À quoi tu penses ? a-t-elle demandé lorsqu'elle a compris que j'étais sérieux. Un petit barbecue ?

– Non, je pense à un vrai dîner, et j'ai besoin de ton aide. »

Le temps était compté. Je ne savais pas si Jonica comptait rester dans les environs. Dieu merci, sa voiture était toujours garée à l'arrière lorsque je suis revenu de chez Eve. Ça m'a tellement soulagé que j'ai couru vers le téléphone et composé son numéro avant de pouvoir me dégonfler.

Elle n'a en tout cas pas joué les difficiles. Sa réaction a été à la hauteur de mes espérances – ou presque. « Je serais *ravie* de venir », a-t-elle répété à maintes reprises. Elle a proposé d'apporter de la nourriture, de la salade de pommes de terre, du vin, des chaises supplémentaires, et j'en passe. C'était un peu embarrassant.

« Il y a une chose que tu pourrais apporter, ai-je dit.
– Ce que tu veux.
– Ta grand-mère. »

Il y a eu une pause soudaine. J'ai réalisé que j'avais fait une erreur. Elle était là, toute excitée par ce qu'elle pensait être une soirée glamour, et je lui avais demandé d'amener sa *grand-mère*.

OK, ai-je alors décidé, si elle veut une soirée glamour, elle aura une soirée glamour.

Par chance, j'aime recevoir. Pam et moi organisons fréquemment des petits dîners pour quatre à huit personnes. Mais c'est moi qui m'occupe de la cuisine ; pour Pam, un repas de fête se compose d'un rôti, d'une purée de pommes de terre et d'une boîte de petits pois Cassegrain.

Avec les années, j'ai développé quelques règles sur la manière de recevoir. Je les appelle PIA : Préparation, Invités, Accessoires.

Préparation : donnez-vous deux semaines. Assurez-vous que vous n'entrez pas en concurrence avec une attraction majeure, comme la représentation de *La Traviata* dans Central Park ou le spectacle télévisé inédit d'un jeune humoriste en vogue. La nourriture *ne peut* être trop spéciale. Servez *toujours* un hors-d'œuvre. Vous pouvez préparer une mousse de saumon en quelques minutes à l'aide d'un robot ménager. Quant au plat principal – qu'il sorte un peu de l'ordinaire. Par exemple, des nouilles maison avec du veau (oui, je fais mes propres nouilles). Et pour le dessert, expérimentez l'inattendu. Que diriez-vous d'une glace à la framboise faite maison ? Voilà un sujet de conversation.

Invités : toute fête a besoin d'une « star ». Les stars peuvent être les personnes les plus improbables. Une fois c'était ma tante Fran, d'Albuquerque. Elle nous a fait rire toute la soirée avec ses anecdotes sur le travail bénévole qu'elle effectuait chez les Indiens Navajos. Mais prenez garde à ne pas inviter *deux* boute-en-train. Personne ne souhaite se retrouver avec une rediffusion de *La Guerre des étoiles* sur les bras.

Accessoires : des fleurs fraîches – très important. En acheter pour une vingtaine de dollars et les disperser dans la maison. De petits ramequins de fruits secs donneront une touche agréable. La musique peut faire ou défaire une fête. Préférez quelque chose d'entraînant à l'arrivée des invités – cela les mettra de bonne humeur –, puis, par exemple, choisissez du Roberta Flack pour le dîner. Plus avant dans la soirée, j'aime passer mes cassettes de vieux big bands, ou peut-être un concert live, ou même le disque d'un spectacle comique.

Après le dîner ? Les jeux peuvent être amusants, *à condition* de s'adresser au bon public. Ici, la prudence est de mise. Et, bien sûr, il n'y a rien de mal à sortir – une représentation tardive au Thalia ou dans un club pour assister à un nouveau spectacle dont vous avez entendu parler (assurez-vous que tout le monde a apporté de l'argent avant de tenter la chose). L'important, c'est de *faire quelque chose* ! Ne restez pas assis dans le salon à regarder tout le monde s'endormir.

Le choix des invités s'est avéré plus compliqué que vous ne pourriez le penser, car je ne connaissais que sept personnes en Californie du Sud, enfants en bas âge et étrangers en situation irrégulière compris.

J'ai donc décidé d'opter pour la simplicité. Moi et Jonica, Eve et un rencard. « Comment ça, un rencard ? a-t-elle demandé nerveusement.

– Une personne séduisante qui entretiendra la conversation. »

Elle a pris un air inquiet. « Qui, par exemple ?

– Eve, un peu de jugeote. J'ai un million de choses à faire et je n'ai que deux jours. »

Je ne peux donc m'en prendre qu'à moi-même lorsqu'elle s'est présentée une demi-heure en retard, ivre, au bras d'un homme si déplaisant, si détestable, si pathétiquement en quête d'attention, qu'au bout de cinq minutes nous avions déclaré la guerre.

Il portait un jean bleu moulant et une chemise à carreaux. Les manches retroussées pour révéler une paire de biceps d'apparence pneumatique. Ses cheveux étaient courts. Sa barbe et sa moustache aussi. Ses dents brillaient dans la lumière chaque fois qu'il souriait, ce qu'il faisait à une fréquence inutile.

Hum, ai-je pensé. Son dernier orphelin sorti du ruisseau.

J'ai immédiatement soupçonné qu'il était homosexuel. Et d'un certain type – Christopher Street en regorge, ceux qui travaillent dans ces boutiques d'accessoires de bain hors de prix, de bougies de marque et de menottes.

Puis il s'est retourné.

Au cas où il y aurait eu un malentendu, juste au cas où quelqu'un aurait eu le moindre doute, si *par hasard* un ivrogne ou un aveugle s'était demandé de quel côté de la barrière il se trouvait, il avait des *clés* accrochées à sa ceinture et un *bandana rouge dans sa poche arrière*[1].

« J'adore ta cuisine, s'est-il extasié en tournant sur lui-même à travers la pièce. Elle est presque aussi grande que la mienne. » Il a achevé sa chorégraphie devant l'évier. « Je peux te donner un petit truc ? Ça ne te dérange pas, n'est-ce pas ?

1. Référence au « Hanky Code » (« code bandana ») : conçu comme un moyen de contourner les lois pénalisant la sodomie, il s'agit d'un code de couleur traditionnellement utilisé par les gays pour afficher leurs préférences sexuelles (rouge : intérêt pour le fisting). Les clés accrochées à la ceinture renvoient principalement à une esthétique masculine des travaux manuels.

– Bien sûr que non.

– Tu devrais toujours faire désosser tes blancs de poulet chez le boucher. En le faisant toi-même, tu déchiquettes la chair. Tu vois ce que je veux dire ? »

Il m'a montré le blanc que je venais de préparer.

Eve s'est précipitée avant que je ne puisse le cogner. « Tu n'as qu'à nous dire quoi faire, a-t-elle lancé. On est à tes ordres.

– Youhouh, à tes ordres », a-t-il fait en se frottant les mains.

J'ai envoyé le pédé à l'extérieur pour allumer le charbon de bois et mis Eve au travail sur la vinaigrette. C'est-à-dire, jusqu'à ce que je me rappelle que je l'avais une fois surprise à préparer une salade de thon avec de la sauce Miracle Whip[1] (et sans même s'excuser ou s'écrier « Bonté divine, on dirait que je n'ai plus que de la sauce Miracle Whip », ce qui me laisse penser qu'elle la prépare *toujours* ainsi). Je lui ai purement et simplement retiré la préparation des aliments.

Elle était en train de piler de la glace pour les margaritas quand le pédé est revenu (temps total écoulé = trente secondes) en disant qu'il avait soif. À ce stade, je lui accordais encore le bénéfice du doute. Je n'avais pas décidé si c'était un trouduc ou simplement quelqu'un que je ne « comprenais » pas. J'ai donc tout laissé en plan et préparé les margaritas. Après tout, c'était lui l'invité.

Eve a profité de sa pause pour se déplacer près du frigo avec le pédé. Là, riant gaiement et m'ignorant complètement, tous deux ont discuté du type de chaussures de tennis qu'il devrait s'acheter et bâfré l'intégralité du bon fromage.

Quel moment déprimant ! Je voyais se dessiner ce qui serait le déroulement de la soirée. Le pédé allait accaparer l'attention. Jonica serait complètement intimidée et se fermerait

---

1. Condiment industriel généralement considéré comme la mayonnaise du pauvre.

comme une huître. Pire, elle rentrerait chez elle en pensant que j'avais des amis épouvantablement louches.

Je les ai regardés. Elle aurait raison. Parfois Eve était une femme de producteur élégante, mais à d'autres moments, ce soir par exemple, elle semblait bien engagée sur une voie qui ne menait qu'à un seul endroit : le Cattle Call. Je l'imaginais d'ici, pendant ses années de déclin, traînant avec Ray Lewis affublée d'un chapeau bizarre. Sauf que dans son cas, il s'agirait probablement de l'affreux caftan qu'elle portait ce soir.

Quant au pédé…

Nous avons pris nos verres et sommes passés au salon. Je me suis préparé à des « oohh » et des « aahh ». La pièce avait été complètement transformée. Cela n'avait pas été une mince affaire, mais le résultat était si admirable que chaque fois que je le regardais, les battements de mon cœur s'accéléraient.

La moquette verte avait disparu. Le sol avait été ciré et brillait. Les murs étaient tous fraîchement repeints d'un blanc mat.

Du feu brûlait dans la cheminée, jetant une lueur chaleureuse sur les fauteuils en bambou que j'avais récupérés dans la chaufferie. Ils étaient réunis sur un tapis rya plutôt passable que j'avais trouvé dans un vide-grenier. À l'autre extrémité de la pièce, près des fenêtres, se trouvait mon lit. Il était recouvert d'un simple drap de coton poli blanc et de nombreux coussins verts de formes et tailles variées. Très accueillant. Par la fenêtre, les lumières de Los Angeles scintillaient. De grands bouquets de feuilles de rhododendron, rassemblées dans de larges vases, projetaient des ombres contre le mur.

« On dirait que quelqu'un a lu *Maison et décoration* », a lancé le pédé.

Heureusement, Jonica est arrivée sur ces entrefaites et a empêché un meurtre. Elle a tapoté si doucement contre la porte que nous nous sommes demandé quel était ce son. Je l'ai fait entrer et elle s'est avancée timidement. Son premier geste a été de me présenter une boîte de biscuits aux dattes. J'ai pensé qu'elle me donnait un pot-de-vin pour l'avoir invitée à la fête. J'ai apprécié l'idée, mais soyons honnêtes : des *biscuits aux dattes* ?

Eve et le pédé étaient fascinés. Ils n'avaient pas encore été confrontés à son sens de la mode. Ce soir, elle portait un pantalon de peintre blanc, un T-shirt couleur lilas, un foulard argenté autour du cou, une veste de smoking blanche et des sandales en plastique bleu. Croyez-moi ou non, ça fonctionnait. Mais elle faisait penser à un grand sapin de Noël : pas tant habillée que décorée.

Je suis passé à l'action. Jamais dans l'histoire de l'hospitalité une invitée n'avait été conduite à se sentir davantage la bienvenue. Elle a reçu le meilleur fauteuil – j'ai changé le pédé de place – et un très grand verre de rita.

Pour le meilleur ou pour le pire, la fête avait officiellement commencé.

Bon, Eve et moi avions passé beaucoup de temps au téléphone à discuter stratégie pour la soirée. Nos objectifs étaient nombreux et complexes, mais réduits à leurs termes les plus crus, ce que nous prévoyions était de soûler Jonica pour qu'elle nous dise tout. « Nous allons faire tourner la soirée autour d'elle », étions-nous convenu. Ce but à l'esprit, nous avons décidé que l'un d'entre nous resterait constamment à ses côtés.

Eve a pris le premier quart.

Nous étions sortis sur la terrasse. J'étais occupé à tenter de saisir l'essentiel de la conversation.

« Alors, Elliot m'a dit que vous avez déménagé à Torrance.

– Ouh, Torrance. M'en parlez pas. »

Jonica était nerveuse. Elle tentait de projeter une image de sophistication lasse.

« Hollywood vous manque donc ?

– Le pape est-il catholique ? »

Eve a souri poliment. « Qu'est-ce qui vous manque le plus ?

– Oh, absolument tout. »

Eve s'est adossée à sa chaise et a bu une longue gorgée de son verre. Elle m'a regardé. Elle voulait que je sache combien elle faisait des efforts. Si toute cette histoire échouait, ce ne serait pas *sa* faute.

« Elliot m'a dit que vous aviez le plus adorable des bébés, a-t-elle lancé en essayant une nouvelle approche.

– Oui, c'est un petit chou. »

L'inspiration s'est emparée d'Eve. Elle a bondi de son siège. « On peut le *voir* ? » a-t-elle demandé avec enthousiasme.

Si Jonica ne voulait pas que sa grand-mère lui colle aux basques, elle ne souhaitait assurément pas plus que son bébé l'accompagne. « Il dort », a-t-elle lâché, sans un mot de plus. Eve s'est renfoncée dans son fauteuil.

Elles ont poursuivi cette conversation léthargique durant plusieurs minutes jusqu'à ce qu'elle s'enlise complètement. Jonica semblait décidée à faire bonne impression et à ne pas monopoliser la parole. Et Eve était tout aussi déterminée à lui arracher des informations, au pied de biche s'il le fallait. Le pédé s'ennuyait tellement qu'il s'est éloigné. Je l'ai vu près de l'allée, qui ramassait des feuilles et les examinait.

Lorsque nous avons commencé à manger, j'avais presque abandonné tout espoir de brillante conversation. Tout ce que je voulais à présent, c'était parvenir au bout de la soirée d'une façon ou d'une autre. La situation avait tellement empiré que, assis, nous nous regardions nerveusement et soupirions beaucoup. J'ai donc admis ma défaite et fait la seule chose que je pouvais faire, compte tenu des circonstances. J'ai laissé le pédé prendre la relève.

Nous dînions à l'extérieur. Jonica s'était affalée dans l'une de ces chaises longues en aluminium tissées de sangles en plastiquc. Ellc aurait été plus à l'aise dans un poumon d'acier. Eve a regardé le coussin que j'avais mis à sa disposition, puis elle est entrée et ressortie avec une chaise. Le pédé a tenu à s'asseoir à même le sol. Nous étions tellement en manque de conversation que nous avons débattu une dizaine de minutes durant pour savoir s'il allait mouiller son pantalon.

J'ai mangé debout. Il y avait beaucoup de choses à aller chercher.

Nous avons commencé par une soupe froide à la courge – ma recette[1]. Eve, qui espérait apparemment sauver la soirée, a proposé un toast : « À notre hôte.

– Bien dit ! » s'est exclamé le pédé.

---

1. Mon agent a insisté pour que j'inclue la recette parce que « les gens adorent ce genre de trucs ». Honnêtement, je pense qu'il est cinglé, mais la voici :

SOUPE FROIDE À LA COURGE

6 bulbes de cives
2 c. à s. d'huile
4 courges d'été
1 tasse de bouillon de volaille
Sel et poivre
1 tasse de crème fraîche épaisse

Couper les bulbes de cives en fines tranches et les faire revenir dans l'huile. Dans une casserole, faire cuire les tranches de courge d'été dans le bouillon de volaille jusqu'à ce qu'elles soient tendres. Ajouter les cives. Passer le mélange au moulin à légumes ou au mixeur. Laisser refroidir. Ajouter du sel, du poivre et la crème fraîche épaisse. Servir très frais avec les têtes de cives coupées en guise de garniture. *(Note de l'Auteur.)*

J'ai grimacé. Quand les invités commencent à se comporter ainsi, on sait qu'on a fait un vrai bide.

Chacun s'est attaqué à sa soupe avec un enthousiasme exagéré. Les femmes avaient du mal à faire tenir les bols sur leurs genoux.

« Eh bien, a lâché le pédé. Une soupe dans un buffet, ce n'est pas fréquent. »

Eve s'est empressée de prendre ma défense. « Enfreindre les règles, c'est tout Elliot », a-t-elle claironné joyeusement en buvant une gorgée à même le bol.

Le poulet au gingembre, même s'il était trop cuit, s'est avéré plus facile à manger.

« Ah, manger avec les doigts », s'est extasié le pédé, et il a commencé à nous parler de lui, comme je me doutais que, tôt ou tard, il le ferait.

Me demandez pas pourquoi, mais au bout de cinq minutes les femmes étaient complètement sous son charme. Occupées à fourrer de la nourriture dans leurs bouches, elles étaient suspendues à chacune de ses paroles. Je ne sais pas à quoi c'était dû : son minois bon marché et obséquieux ou la façon dont il les flattait outrageusement ? Il me faisait penser à la starlette qui lance : « Mais assez parlé de moi. Parlons un peu de toi. Qu'est-ce que *tu* penses de mes seins ? »

Son histoire était assez simple. Malgré ce que tout le monde pensait, il n'était *pas*, nous informa-t-il d'emblée, acteur ou mannequin. Puis il s'est lancé dans une longue description de sa carrière d'acteur et de mannequin. Je commençais à m'y perdre un peu, surtout que sa vie ne m'intéressait pas outre mesure. Puis il s'est avéré qu'il n'était *plus* acteur ou mannequin. Aujourd'hui, il était écrivain.

« Qu'écrivez-vous ? a demandé Jonica.

– Il écrit des spectacles de marionnettes », a répondu Eve.

Il lui a lancé un regard noir. « Plus maintenant, non, a-t-il dit, rassemblant toute sa dignité. Je l'ai fait uniquement pour l'argent. » Comme si nous avions pu penser qu'il s'agissait d'une passion.

Il était à présent sur le point de signer un gros contrat de développement pour un film tiré d'une de ses idées originales. Il n'avait pas le droit de nous donner des détails ; tout ce qu'il pouvait dire, c'est que l'intrigue tournait autour de la femme d'un artiste de type Frank Sinatra, dont l'avion est détourné alors qu'elle se rend en Israël pour y planter des rosiers. Il nous a ensuite raconté tous les détails possibles, les répétant parfois.

Même les femmes étaient un peu sidérées d'entendre à quel point l'intrigue était mauvaise. À la fin, il y a eu un silence gênant.

« J'ai rencontré Frank Sinatra une fois », a dit Eve.

« Il vous arrive encore de faire du mannequinat ? » a demandé Jonica avec tact.

Le pédé a poussé un long soupir de souffrance. « J'en ai fini avec tout ça. Mais je reçois toujours des propositions. Hier encore, un type m'a arrêté au supermarché pour me demander si ça m'intéresserait de jouer Tarzan. Vous vous rendez compte ? Une personne comme moi, se balançant au bout d'une liane ? »

Personnellement, j'aurais adoré le voir se balancer au bout d'une liane, de préférence suspendu par le cou. Mais après plusieurs autres histoires de contrats de cinéma bloqués et de « problèmes avec mon agent » – qui, m'a dit Eve plus tard, opère depuis une cabine téléphonique du Hamburger Habit de Santa Monica –, j'ai commencé à me sentir un peu désolé pour ce gars. Il s'agissait du cas typique de quelqu'un qui pourrait parfaitement gagner sa vie en posant pour des publicités de cigarettes, mais qui ne le faisait pas. Il se sentait au-dessus de tout ça. Il cherchait l'Art. C'était pathétique.

Mais cela n'excuse pas ce qu'il a fait après le dîner. Ça l'explique peut-être, mais ça ne l'excuse pas.

Voici ce qu'il s'est passé : le vent de Santa Ana soufflait ce soir-là. Le vent de Santa Ana est cet étrange phénomène de la côte Ouest, des vents chauds et secs qui soufflent du désert mojave. Maléfiques et dangereux, ils font partie du folklore local. Les enfants sortent après le dîner, traînent jusqu'à des heures indues, font des farces et refusent d'aller au lit. La vague de criminalité augmente. Les gens ont fréquemment des accès de panique. C'est peut-être ce qui est arrivé au pédé.

Nous sommes restés sur la terrasse après le dîner, l'écoutant parler de lui-même tandis que le vent sifflait entre les arbres. C'était hypnotisant. Mais, quoi que nous fassions, les bougies ne cessaient de s'éteindre. Alors j'ai commencé à rapporter des choses dans la cuisine. Jonica a proposé son aide. J'ai été surpris, tout comme le pédé. « En colère » serait peut-être un terme plus approprié. Il ne lui restait à présent qu'une seule spectatrice et elle commençait à s'assoupir. Dix heures et demie, c'est au-delà de l'heure à laquelle Eve va habituellement se coucher.

Maintenant que la pression était retombée, je commençais à apprécier Jonica. Elle avait plus de qualités qu'il n'y paraissait. Eve m'avait chuchoté : « Élève tout à fait médiocre », mais je commençais à en douter.

En sa faveur : une très belle peau, des cheveux d'un roux flamboyant, de grands yeux verts. Le bémol, bien sûr, était ce qu'Eve et moi avions fini par appeler son « problème de poids ».

Alors, question inévitable : combien pesait-elle ? Je dirais qu'elle faisait pencher la balance aux environs de quatre-vingt-dix kilos. Elle était *grosse*. Elle était ce qu'on appelle *une personne grosse*. Elle était si grosse qu'on se demandait comment elle trouvait des pantalons à sa taille. Elle était si grosse que vous auriez retenu votre souffle si vous l'aviez vue tenter de franchir un tourniquet de métro. Elle était si grosse que… bref, vous avez compris.

Attendez, j'en ai une autre. Elle était si grosse qu'elle mangeait les restes dans les assiettes ! Je l'ai observée du coin de l'œil. C'était captivant. J'en perdais le fil de mes pensées. Avant de les jeter à la poubelle, elle nettoyait les assiettes ! Oh, elle laissait bien pour la forme quelques morceaux de laitue et les os de poulet, mais ses doigts s'élançaient et fourraient tout le reste dans sa bouche – seulement lorsqu'elle pensait que personne ne regardait.

« Où veux-tu que je mette les ordures ? » a-t-elle demandé.

Le mot « ordure » m'a tellement traumatisé que j'en ai oublié ses habitudes alimentaires. Un spasme de terreur s'est emparé de mon estomac et a couru le long de mes jambes.

« Je vais les sortir, ai-je répondu en espérant que mes genoux ne lâchent pas.

– Non, non, laisse-moi le faire. »

La dernière chose au monde que je désirais, c'était qu'on fasse toute une histoire à propos des ordures. « D'accord, mets-les sous le porche à l'arrière. »

Pendant que Jonica et les vous-savez-quoi disparaissaient par la porte de derrière, le pédé a fait son entrée. Eve s'était écroulée pour de bon et il devait « mettre les voiles ». Il se levait tous les matins à sept heures pour travailler à son scénario. Je me suis émerveillé à voix haute de son dévouement.

Le dîner était délicieux, m'a-t-il dit. Une bouchée de plus et il se serait transformé en dirigeable. « En parlant de dirigeable, où est Miss Michelin ? »

Jonica a choisi ce moment pour apparaître dans l'embrasure de la porte.

C'était atroce. Elle a paru de ne pas avoir entendu, mais son visage s'est empourpré ; elle a continué d'avancer dans la pièce et s'est affairée dans un coin de la cuisine sans nous regarder.

J'ai cru que le pauvre pédé allait avoir une attaque. Il a regardé Jonica, puis moi, puis de nouveau Jonica avec un embarras muet. Elle l'a ignoré ; je lui ai lancé un regard furieux. Il a ouvert la bouche mais s'est ravisé. Avec un dernier regard extrêmement coupable en direction de Jonica, il est sorti furtivement de la pièce.

Jonica et moi sommes restés silencieux pendant un bon moment. On ne pouvait qu'être de tout cœur avec elle. Quelle vie triste et solitaire elle devait mener ! J'étais surpris de voir comme tout ça m'affectait – au point de mettre au jour les plus larmoyantes de mes qualités. Il y avait quelque chose dans cette situation qui ressemblait aux livres pour jeunes adultes qui parlent d'adolescents sensibles et inadaptés dont on se moque au lycée. Pendant une période courte mais intense, ils avaient été mes lectures préférées.

Comment devais-je agir à présent ? Faire comme si rien ne s'était passé ? Ou en parler ouvertement ? Que faisaient les personnages de ces romans ? Je crois qu'il y avait toujours un meilleur ami qui donnait des conseils implacables, mais courageux, et qui finissait mal. De quoi, en quelque sorte, apporter de l'espoir au héros / à l'héroïne (et au lecteur). Plus tard, j'ai appris à Harvard que là était l'essence de la tragédie.

J'ai regardé Jonica pour savoir quoi faire. Elle affrontait la situation en empilant des morceaux de sucre les uns sur les autres avec la plus grande concentration. Seuls ses doigts bougeaient ; son dos était raide comme un piquet.

« Que dirais-tu d'une tasse de café ? » ai-je demandé.

Elle m'a regardé. Ou, plutôt, elle a regardé dans ma direction. Puis elle a éclaté en sanglots.

Nous sommes restés assis dans la cuisine jusqu'à une heure trente du matin. Elle m'a ouvert son cœur et son âme – tous ses espoirs et toutes ses peurs, son sentiment d'inadaptation, ce que signifie être constamment l'objet de moqueries. Tout cela était très intéressant. Mais n'avait rien à voir avec Warren Harding.

Je n'ai cessé de lui demander des *faits*. *Quand* sa mère était-elle morte ? *Où* avait-elle grandi ? Ces questions ne signifiaient rien pour elle. Elle les balayait du revers de la main. Ce qui comptait, c'était *pourquoi*. *Pourquoi* avait-elle peur des gens ? *Pourquoi* était-elle si peu sûre d'elle ? Elle avait moult théories. Qu'elle expliquait toutes dans les moindres détails.

Très bien. J'étais prêt à l'écouter. En réalité, je suis sûr que, de toute sa vie, elle n'avait jamais eu oreille aussi attentive. À ma grande déception, ces détails n'étaient pas liés à des traumatismes de l'enfance mais à des absurdités psychologiques actuelles. « Je dois faire confiance. Je dois ressentir », m'a-t-elle dit.

Je dois aller me coucher, pensais-je. Jamais je n'avais entendu de telles foutaises. Pourtant je suis resté assis et je les ai écoutées. Son objectif était de devenir pleinement elle-même. Je pourrais ici faire une vilaine blague, mais je m'abstiendrai.

Quoi qu'il en soit, j'ai réussi à lui soutirer ceci : ses parents ont divorcé lorsqu'elle avait cinq ans et sa mère est décédée quelques années plus tard. Elle a été élevée par sa grand-mère. Deux ans plus tôt, elle avait épousé un auteur-compositeur de chansons folkloriques et mis au monde le petit Warren. Aujourd'hui, son mariage partait en lambeaux. La situation semblait en effet épouvantable : il s'absentait plusieurs jours d'affilée et avait échangé sa télévision couleur flambant neuve contre une quinzaine de grammes de marijuana et un chiot. C'était une femme à bout de nerfs. Voilà pourquoi elle essayait de devenir pleinement elle-même.

« Parle-moi de ta grand-mère », ne cessais-je d'implorer.

Jonica a réfléchi un moment à leur relation. Elle estimait qu'elle était complexe et freudienne. Je la trouvais rasante et prévisible. Ces deux femmes avaient vécu ensemble vingt années durant. Évidemment qu'elles se tapaient sur les nerfs. Et alors ?

« Je ne sais pas si je réussirai un jour à m'éloigner d'elle. Rien ne lui échappe. Elle sait tout ce qui se passe. » Jonica a fait une pause. « Elle sait même tout de toi. »

Mon sang s'est glacé.

« Qu'y a-t-il à savoir sur moi ?

– Que tu écris quelque chose, que ta mère vient tout le temps te rendre visite – je suppose qu'elle parle d'Eve – et que tu utilises les fauteuils en bambou. Elle essaie de trouver un moyen de les récupérer pour les vendre.

– Autre chose ? »

Jonica a ri. « Oui. Elle a pensé que c'était toi le rôdeur. »

J'ai retenu mon souffle.

« Qu'est-ce qui lui a fait penser ça ? »

Elle a haussé les épaules. « Qui sait ? Qui sait ce qu'on peut bien penser quand on est si vieux ? »

Eve est entrée en bâillant et en s'excusant de s'être endormie. D'ordinaire, j'aurais été furieux, mais ce soir j'étais tellement absorbé par Jonica que je ne pouvais penser à rien d'autre.

Je suis resté éveillé toute la nuit à ressasser ce qui s'était passé. Cela signifiait-il que nous étions amis ? Ou bien allait-elle se réveiller si embarrassée qu'elle ne m'adresserait plus jamais la parole ?

J'ai eu la réponse tôt le lendemain matin. Une note avait été glissée sous ma porte. Elle était rédigée sur une carte de correspondance à l'ancienne, celles qui se replient et qui sont gravées au recto. Dans le cas qui nous occupe, celle-ci était jaunie par le temps.

Cher Elliot,

Ces cartes appartenaient à ma formidable tante décédée. Ou plutôt, à feu ma grand-tante. En tout cas, ma tante est morte. J'ai aussi reçu une paire de petits chaussons roses à porter au lit. Ma grand-mère a eu le vrai « butin » (toutes les actions IBM). Cette carte me semble représenter une manière appropriée et correcte de remercier pour une aussi merveilleuse fête. Franchement, tu es un fantastique chef. Je t'en prie, organises-en une autre (moins tu-sais-qui sur la liste des invités) pour que je puisse t'écrire une autre carte de remerciement. Il m'en reste beaucoup.

Sérieusement, j'ai passé une magnifique soirée. Merci encore.

Sincèrement,

Jonica

C'est gentil, me suis-je dit. Même si j'ai senti une ironie inconsciente dans l'expression « manière appropriée et correcte de remercier ». Où avait-elle trouvé ces vieilleries miteuses ? J'ai retourné la carte pour voir le nom au recto.

« Mme Edward Beale McLean. »

Bonté divine, je connaissais ce nom. Tous ceux qui connaissaient un tant soit peu Harding connaissaient ce nom. Mais il ne s'agissait assurément pas de la grand-tante de Jonica.

Ça n'avait aucun sens.

8

Evalyn Walsh McLean était la Lee Radziwill des années 1920. Elle n'était pas d'une grande beauté mais toujours à la pointe du chic. Au cours de sa vie, elle avait connu des fortunes diverses, dont elle ne retira jamais le premier centime. Elle était dans son élément au cœur des cercles intimes du pouvoir politique, mais se fichait de politique. Elle n'était jamais longtemps absente de la une des journaux, mais sa célébrité reposait sur une qualité : sa sottise.

« Le seul problème persistant dans ma vie a toujours pris la forme d'une seule question, écrivit un jour Evalyn. Quelle chose amusante pourrais-je faire ensuite ? »

Elle commença à chercher la réponse à l'âge de dix ans. Son père, Tom Walsh, un immigrant irlandais, traînait sa famille d'une ville minière de l'Ouest à la suivante. C'était une enfance instable, mais excitante ; Papa connaissait plein d'histoires à propos de Jesse James et d'autres desperados célèbres qu'il avait croisés. Les Walsh étaient loin d'être pauvres ; les combines de Tom les avaient placés dans les hautes sphères de la société du Colorado, ou ce qui en tenait lieu. Ils étaient aidés en cela par les ambitions de Mme Walsh, infatigable arriviste. Où qu'ils se trouvent, elle établissait une congrégation épiscopale et alla même jusqu'à changer le nom de l'un des campements de son mari de Sowbelly Gulch à St. Kevin.

En 1896, le commerce de créances de Walsh porta enfin ses fruits. Il prit le contrôle d'une mine d'argent abandonnée. L'argent avait été épuisé et la mine était considérée comme sans valeur. Seul Tom se rendit compte que le quartz grisâtre que tout le monde pensait être du carbonate de plomb argentifère était en fait de l'or sous forme de tellure. Du jour au lendemain, les Walsh sont devenus riches comme des ducs. Disposant de plus d'argent qu'ils ne pourraient jamais en dépenser dans le Colorado, ils repartirent donc vers l'est, à Washington, DC.

Les raisons qui ont motivé ce choix sont un peu obscures, mais se sont avérées idéalement justifiées. La rumeur a circulé que Tom Walsh était un homme qui avait « de l'argent à gaspiller ». Du reste, c'était un personnage séduisant, élégant et plutôt romantique. Bientôt, il a pris part à des comités politiques pour le président McKinley et refusé des nominations au Congrès. Il ne s'est jamais porté candidat à quoi que ce soit et n'a jamais occupé de fonction politique ; il avait compris, à juste titre, que son véritable pouvoir résidait dans l'argent. En 1902, il était devenu une institution dans la capitale. Le président Theodore Roosevelt lui adressa un mot : « Alors que je chevauchais hier dans le parc, je vous ai fait un signe de la main. » Tom Walsh ne l'avait pas remarqué.

Evalyn adorait son père (son autobiographie s'intitule d'ailleurs *Papa a fait fortune*). Et de son côté, il était gaga d'elle. Aucun caprice n'était ignoré, aucun cadeau n'était trop cher. Bientôt, elle et son frère Vinson se transformèrent en parfaits enfants gâtés. Elle a été renvoyée de la Masters School de Dobbs Ferry, dans l'État de New York, parce qu'elle portait trop de bijoux en classe. « Vous déshonorez cette école », lui dit la vieille Mlle Masters en fulminant de mépris. À son arrivée à Paris, Evalyn tenta de se teindre les cheveux en rouge, mais obtint un résultat vert et jaune ; on envoya quelqu'un la chercher.

Elle et Vin continuèrent leurs singeries jusqu'à ce qu'au mois d'août, à Newport, en revenant d'un déjeuner chez Mme Clement Moore, la Mercedes rouge d'Evalyn explose et que Vin, au volant, en perde le contrôle. La voiture tomba d'un pont ; Vin fut tué et la jambe d'Evalyn déchiquetée. Son rétablissement fut lent et douloureux. L'expérience la rendit dépendante à la morphine (un problème chronique) ; mais, au moins, elle put souffrir avec style. Lorsque d'autres interventions chirurgicales s'avérèrent nécessaires (la jambe blessée avait guéri, un peu plus de deux centimètres trop courte), sa salle de bains a été transformée en bloc opératoire pour lui éviter le désagrément d'un séjour à l'hôpital. Que celle-ci soit d'une surface suffisante donne une idée de la taille de la maison des Walsh, située au 2020 Massachusetts Avenue.

L'accident a peut-être fait comprendre à Evalyn qu'il était temps de se ranger. En tout cas, elle s'est enfuie avec un autre fils de riche de Washington, Edward Beale McLean (« Ned »), qui était, est-ce possible, plus gâté encore qu'Evalyn. Beau mais crétin, c'était un fameux nigaud que tout le monde traitait avec gentillesse puisque son père possédait le *Washington Post* et le *Cincinnati Enquirer*.

Ned possédait semble-t-il toutes les tares que l'on attribue aux nantis : c'était un alcoolique, un joueur compulsif, un pleurnichard, un demeuré et, sur le tard, un malade mental.

Evalyn avait bien quelques doutes à propos du mariage, mais ils ne l'empêchèrent pas de profiter de sa lune de miel. Les jeunes mariés embarquèrent pour l'Europe et le Proche-Orient, et réussirent à dépenser l'intégralité de leur cadeau de noces, s'élevant à deux cent mille dollars. Tout le monde voulait faire leur connaissance et ils vécurent bien des aventures, y compris la visite du harem d'un sultan (« Rien qu'un ramassis de bouboules, à l'exception de deux ou trois vêtues de robes Worth », rapporta Evalyn). Faire du tourisme, c'est bien, mais ce n'est pas comparable à dépenser de l'argent. Alors qu'elle visitait les Pyramides, Evalyn s'est sentie « impatiente de sortir avant qu'il ne soit trop tard, pour acheter quelque chose que je pourrais vouloir ».

De retour au pays, les jeunes mariés s'installèrent à Washington et Evalyn donna bientôt naissance à Vinson McLean, que la presse surnomma « le poupon à cent millions ». Vinson dormait dans un berceau en or, cadeau de son parrain, le roi Léopold de Belgique. Ses parents étaient tellement terrifiés à l'idée qu'il puisse être kidnappé qu'il était constamment entouré d'infirmières et de détectives.

Un jour, alors qu'il avait cinq ans, son père a eu l'une de ses rares prises de conscience : il s'est rendu compte que Vin risquait de finir pourri gâté. « L'an passé, nous lui avons offert une représentation de cirque privée, a-t-il dit à sa femme. J'ai l'intention de changer les choses en profondeur. Trouvons-lui un négrillon avec lequel il pourra s'amuser. En grandissant, celui-ci pourra devenir son valet. »

Pourquoi pas, raisonna Evalyn. Ils dénichèrent le candidat adéquat, Julian Winship, âgé de cinq ans, et les documents appropriés furent rédigés, accordant la garde de Julian aux McLean pour une durée de dix ans. Julian adora l'arrangement, en revanche les porteurs Pullman du train en direction de Palm Beach en furent scandalisés. Evalyn n'avait rien contre l'enfant, mais elle était vaguement dérangée que tant de temps et d'efforts soient consacrés à le laver et l'habiller. Cependant, c'était Vin qui prenait les décisions. Il haïssait tant Julian qu'il finit par le cogner avec un arrosoir dont ils s'étaient disputé l'usage. Julian fut renvoyé dans sa famille. Evalyn se dit qu'elle avait appris une leçon, sans toutefois être complètement sûre de sa teneur[1].

À peu près à cette époque, Evalyn se lança dans son plus célèbre coup de folie : l'achat du diamant Hope[2]. L'un des joyaux les plus célèbres au monde, qui avait orné la couronne de Marie-Antoinette. Après la Révolution française, il fut volé et retaillé, mais sa couleur bleu nuit était unique et facilement reconnaissable. Il connut une succession de propriétaires de différentes nationalités. Tous avaient un point commun : il leur est arrivé malheur après avoir fait l'acquisition de la pierre. Ils firent naufrage, ils perdirent leur fortune, leurs proches connurent des morts étranges et horribles. Lorsque le diamant est tombé entre les mains du joaillier parisien Pierre Cartier, il était devenu un porte-malheur mythique.

Le diamant Hope était réputé invendable, mais Cartier tenta sa chance auprès de Mme McLean. Evalyn sauta sur l'occasion et paya le prix demandé, cent cinquante-quatre mille dollars. Sa mère piqua une crise lorsqu'elle apprit la nouvelle et demanda à Evalyn de renvoyer le diamant toutes affaires cessantes. Cartier le retourna immédiatement, arguant qu'un marché était un marché. Un mois plus tard, la mère d'Evalyn était morte.

Terrassée par le chagrin, Evalyn redevint dépendante à la morphine. C'est alors que Vinson, âgé de neuf ans, réussit à échapper à la surveillance des domestiques et, la seconde d'après, à sortir en cachette par la porte d'entrée. Il s'élança sur Massachusetts Avenue et fut renversé par une voiture. Dans

1. Le copain de jeux préféré de Vinson fut ensuite Shirley Burden, père du politicien new-yorkais Carter Burden. *(Note de l'Auteur.)*

2. Du nom de la famille anglo-néerlandaise qui en fut la première propriétaire, cette pierre de légende est un diamant retaillé à partir du diamant bleu de la Couronne de France, volé en 1792.

un premier temps, il ne sembla que très secoué. Mais plus tard ce jour-là, il tomba dans le coma, et à dix-huit heures il était mort. Evalyn, rentrée précipitamment en train privé du derby du Kentucky, en fut bouleversée. Ce fut la tragédie de son existence.

Mais à ce moment-là, elle avait deux autres fils et une fille. La vie devait suivre son cours. La famille déménagea dans un domaine appelé Friendship, près de Georgetown. Jadis un monastère, l'endroit avait entièrement été rénové par les McLean, qui y dépensèrent cinquante mille dollars rien que pour des rosiers et y aménagèrent un terrain de golf privé. Il devint rapidement le centre social du Tout-Washington. Comme le notera le *New York Times* dans sa nécrologie d'Evalyn, en première page, « les McLean étaient de tels arbitres sociaux qu'ils ne sortaient jamais – ils ne faisaient que recevoir ».

Arrivée aux portes de l'âge mûr, Evalyn gagna un peu en sagesse et quelques-unes de ses meilleures qualités commencèrent à se manifester. Elle aimait les gens et adorait recevoir. Son sens de la politique était inexistant, mis à part quand il y avait une fête dans l'air : « Le Président et le secrétaire de la Guerre ont pris tout le monde par surprise en proposant de détruire les cuirassés et de limiter toutes futures constructions navales dans l'intérêt de la paix, écrit-elle sans sourciller. Cela m'a semblé une excuse suffisante pour festoyer. »

À la fin de la Première Guerre mondiale, elle était devenue une institution de Washington, sa seule concurrente étant sa grande amie Alice Roosevelt Longworth. Evalyn était bien plus candide que la caustique « Princesse Alice » ; imaginez la réaction de Mme Longworth quand, par une soirée enneigée, Evalyn la força à l'accompagner à travers les parcs de Washington à la recherche de sans-abri qu'Evalyn pourrait ramener à Friendship pour leur offrir le gîte. Elle avait entendu dire que les parcs en regorgeaient et fut déroutée de n'en trouver qu'un, une vieille femme recroquevillée dans des toilettes publiques, qui soutint qu'elle avait déjà une maison et une famille, cette dernière étant en route pour venir la chercher.

Peu de temps après l'acquisition du diamant Hope, Evalyn et Ned se rendirent chez les Longworth pour une soirée poker. Parmi les invités se trouvait un couple récemment arrivé à Washington : Warren Gamaliel Harding, le nouveau sénateur de l'Ohio, et sa femme Florence.

Evalyn fut intriguée. Le sénateur était un charmeur – « un homme stupéfiant ». Il chiquait du tabac, portait des bretelles et semblait ravi de son nouveau statut.

Mais Evalyn, la confidente des rois et des présidents, éprouva surtout une fascination pour Mme Harding. Elle se rappelle leur première rencontre comme si c'était hier : la Duchesse buvait un verre après l'autre sans toucher ses cartes, « son menton relevé dédaigneusement chaque fois qu'elle sentait du défi dans l'air ». Les deux couples appartenaient au monde de la presse, mais cela mis à part, ils n'avaient rien en commun. Autodidactes, les Harding s'étaient faits par eux-mêmes et leurs manières grossières restaient pénibles à voir. Mais, aux yeux d'Evalyn, il y avait quelque chose dans l'alliage de leurs deux personnalités – lui avec son charme et son autorité naturelle, elle avec son sens des affaires et son ambition – qui les rendait irrésistibles.

La soirée fut un tel succès qu'une autre fut immédiatement programmée. Mais les Harding ne vinrent pas. Alice Roosevelt expliqua à Evalyn que la Duchesse était tombée malade et qu'elle était mourante.

En état de choc, Evalyn se précipita pour constater par elle-même de quoi il retournait. Montée dans la chambre encombrée de Mme Harding, où elle remarqua un porte-cravates suspendu à un lustre, Evalyn écouta, captivée, la Duchesse, couchée sur le dos et livide, lui déballer l'histoire de sa vie : son père autocrate, son bon à rien de premier mari, leur divorce, son fils unique – qui avait suivi les pas de son père dans l'alcool vers une mort prématurée –, son mariage avec le jeune et beau rédacteur en chef et la façon dont ils avaient bâti ensemble le journal, elle s'occupant des affaires et allant même jusqu'à laver les planchers quand c'était nécessaire. Et enfin leur gloire locale, qui la força à se réconcilier avec son père.

Quelque chose dans cette histoire a peut-être touché une corde sensible chez Evalyn. Peut-être y a-t-elle vu des éléments de sa propre vie. Quoi qu'il en soit, ce jour-là les deux femmes nouèrent une amitié intense, durable et complète. Elles restèrent les meilleures amies du monde jusqu'à la mort de la Duchesse. Une paire improbable, certes ; mais d'une certaine manière, elles se correspondaient. Evalyn était au-dessus des conventions de la bonne société de Washington, quand la Duchesse n'en avait même pas connaissance.

L'intimité entre les deux femmes a indubitablement aidé les Harding socialement. Et en 1920, lorsque Harding a remporté l'investiture républicaine pour l'élection présidentielle, les McLean étaient également en mesure d'apporter leur aide sur le plan politique. Le *Cincinnati Enquirer*, l'un des bastions du parti démocrate de l'Ohio, rompit toute tradition en publiant article après article en faveur de Harding. Quand surgit au cours de la campagne la rumeur que du « sang de couleur » se trouvait dans la famille Harding, les McLean usèrent de tout leur pouvoir pour s'assurer que la presse n'en fasse pas mention. Ils kidnappèrent même temporairement Carrie, la sœur de Harding, pour empêcher l'ex-missionnaire, bien intentionnée mais naïve, de s'adresser à une réunion de « gens de couleur » au plus fort de la crise.

Avec l'élection vinrent les récompenses. Harding ne parvenait pas à savoir quel poste offrir à Ned ; que personne n'ait jamais suggéré qu'on lui confie un rôle important est révélateur de sa réputation. Finalement Ned fut chargé des festivités d'inauguration.

Il aborda ce nouveau poste avec tout le sérieux d'un idiot enfilant des perles. Il imagina une gigantesque célébration incluant des feux d'artifice, des navires de guerre remontant le Potomac, etc. Puis le Congrès eut vent des coûts prévus et tout fut annulé. Sans se démonter, les McLean organisèrent leur propre fête. Evalyn la passa à côté de Calvin Coolidge, le nouveau vice-président, qui se plaignit toute la soirée de maux d'estomac.

Au cours des trois années qui suivirent, les deux couples restèrent quasi inséparables. Ils passaient leurs vacances ensemble (généralement sur un yacht affrété par les McLean), et Friendship devint une seconde Maison Blanche, à ceci près que la première était plus sophistiquée et brillante que l'originale.

L'été 1923 fut marqué par le Voyage de la Compréhension, une tournée présidentielle de deux mois à travers les États de l'Ouest et l'Alaska. Les McLean avaient prévu d'y participer, mais au dernier moment le médecin d'Evalyn lui annonça qu'elle devait immédiatement faire opérer son goitre. Déconfits, les McLean accompagnèrent les Harding à la gare d'Union Station.

À mi-parcours, Harding mourut à San Francisco.

La nation fut sous le choc. Aucun des scandales n'avait encore été révélé au grand jour. Harding fut salué comme un homme grand et bon, un martyr pour son pays, terrassé par le surmenage et les exigences inhumaines de la présidence. La Duchesse, lourdement voilée, accompagna le corps jusqu'à

Washington, où Evalyn la retrouva et l'accompagna jusqu'à la Maison Blanche.

Jamais elle ne versa une larme, rapporte Evalyn. Le premier soir, les deux femmes descendirent dans la salle Est, où le corps avait été exposé. Un fauteuil fut apporté à proximité du cercueil. La Duchesse s'adressa à son défunt époux une heure et demie durant.

« Plus personne ne peut te faire du mal à présent, Warren », lui dit-elle. Evalyn frissonna. L'odeur entêtante de toutes ces fleurs l'écœurait.

Le président disparu, la Duchesse perdit le goût de vivre. Elle se referma sur elle-même et rejoignit un sanatorium à Marion. Evalyn vint lui rendre visite et elles dînèrent dans son wagon privé. Au moment de partir, la Duchesse fit ses adieux à son amie. « Evalyn, c'est la fin. » Et ce fut le cas. Moins d'un mois plus tard, elle était morte.

Après la disparition des Harding, l'existence d'Evalyn devint plus paisible. Ned et elle n'étaient pas très proches des Coolidge. Lorsque le scandale du Teapot Dome[1] éclata et que Ned s'y trouva impliqué en tant que coursier de haute voltige, ils constatèrent qu'ils n'avaient plus autant d'amis qu'avant. Ned témoigna sous serment ; tout le monde s'accorda sur le pathétique de sa performance. Et tout le monde s'accorda également pour reconnaître qu'il était bien trop immature et crétin pour avoir joué un rôle d'importance dans la fraude. Il ne fut jamais inculpé.

La pression finit néanmoins par briser leur mariage, et ils se séparèrent en 1929. Evalyn refusa de divorcer à l'amiable après que Ned se fut mis en tête qu'il était amoureux de Rose,

1. Affaire de corruption qui marqua le mandat du président Harding : des compagnies pétrolières versèrent des pots-de-vin au ministre de l'Intérieur pour obtenir la concession du gisement de Teapot Dome, dans le Wyoming.

la sœur de Marion Davies[1]. Elle l'obligea à se rendre à Riga, en Lettonie, pour obtenir un décret à la validité douteuse. Ned n'eut cependant jamais l'occasion d'épouser Rose. Il fut déclaré dément en 1934 et passa le reste de sa vie (il mourut en 1941) dans un coûteux asile d'aliénés situé dans le Maryland. Zelda Fitzgerald, l'une des pensionnaires, a écrit à son mari : « Devine qui a été admis dans le pavillon 4 l'autre jour – le tristement célèbre Ned McLean. Nous avons fait quelques pas lors de la soirée dansante – il *m'a fait* danser le hokey pokey. Mais il pique une crise dès qu'on prononce son vrai nom, alors on l'appelle M. Orlo, ou *l'enfant terrible** quand il n'est pas là ».

Il est proprement ahurissant que le *Washington Post* ait survécu aussi longtemps sous la direction des McLean. En 1933, il fut vendu aux enchères[2] et Evalyn commença à se rendre secrètement à New York pour mettre ses bijoux en gage. La dernière fois qu'elle frôla la notoriété, ce fut à l'occasion de l'enlèvement de Lindbergh. Elle s'est fait escroquer de cent quatre mille dollars par un charlatan qui lui a fait croire qu'il était en contact avec les ravisseurs.

La Seconde Guerre mondiale fit ressortir le meilleur d'Evalyn. Sa situation financière s'améliora une fois la Dépression passée ; elle s'investit énergiquement dans un programme de travail bénévole. Les fêtes qu'elle organisait à Friendship pour les GI blessés et leurs petites amies devinrent légendaires. On y servait les mets les plus fins et le meilleur champagne, puis on dansait, les soldats testaient leurs nouvelles prothèses sur le

1. Actrice, scénariste et productrice, habile femme d'affaires, Marion Davies fut trente années durant la maîtresse de William Randolph Hearst. À ce titre, elle inspira le personnage de Susan Alexander dans le film *Citizen Kane*.
2. À Eugene Meyer, père de Katharine Graham, la propriétaire suivante. *(Note de l'Auteur.)*

parquet rutilant de sa salle de bal. Evalyn était omniprésente, les encourageant et permettant aux filles d'essayer le diamant Hope.

Evalyn Junior reprit le flambeau de la tradition familiale des mariages à Washington en devenant la cinquième épouse du sénateur Robert Reynolds de Caroline du Nord et l'héritière d'une fortune bâtie dans l'industrie du tabac. Mais en 1947, alors qu'elle séjournait chez sa mère à Friendship, elle mourut d'une overdose de somnifères. Les fêtes cessèrent. Evalyn ne s'en remit jamais vraiment. Un an plus tard, elle était morte. Elle avait soixante ans.

Harry Winston acheta ses bijoux à sa succession, avec l'intention de les revendre. Mais il savait qu'il ne pourrait jamais vendre le diamant Hope. Jamais il ne pourrait trouver une autre Evalyn Walsh McLean. Il fit donc don de la pierre à la Smithsonian Institution.

9

Soudain, tout était différent. C'était comme si j'étais devenu un membre de la famille. Chaque matin Guadalupe s'est mise à laver ma voiture au jet d'arrosage, comme elle le faisait pour celle de Jonica. De petites attentions de bon voisinage – du spray anti-fourmis, des coupons de réduction, une trousse de premiers secours – sont apparues sous mon porche. Même le jardinier a perçu le changement. Il a taillé le bougainvillier qui obstruait la fenêtre de ma cuisine et – sous mon regard stupéfait – enlevé toutes les feuilles de la piscine.

Puis, pour couronner le tout, la vieille a appelé pour m'offrir une place dans le garage. « Ne vous inquiétez pas, je ne vous facturerai pas de frais supplémentaires », a-t-elle précisé, image parfaite d'une dame âgée dans un sketch télévisé. Si vous m'aviez dit il y a deux mois que l'appel téléphonique d'une octogénaire proposant une place de parking gratuite susciterait chez moi un état d'euphorie inégalé depuis le jour où j'ai reçu un remboursement d'impôts inattendu de mille quatre cents dollars, j'aurais considéré la chose comme hautement improbable.

Ils me mangeaient dans la main. Ce n'était plus qu'une question de temps avant que je puisse appeler Yale University Press pour commencer à négocier mon contrat.

Et Jonica! Jonica était ma meilleure amie. Tous les après-midi, nous nous retrouvions au bord de la piscine vide (mais désormais propre) pour tuer quelques heures en bain de soleil et auto-analyse. Bon, théoriquement ces rendez-vous étaient accidentels ; le *hasard* avait voulu que l'on souhaite l'un et l'autre bronzer cet après-midi-là. En réalité, bien sûr, ils étaient aussi impromptus que le Débarquement. Pour rien au monde je ne les aurais manqués, et j'ai plus tard appris que Jonica avait annulé un rendez-vous chez le dentiste pour pouvoir être là.

Histoire d'ajouter à l'illusion que tout cela était informel, Jonica apportait du boulot avec elle. Elle travaillait comme décoratrice de seaux à glace pour un magasin de Laguna Beach.

« C'est un des avantages de ce travail, disait-elle. On peut le faire n'importe où. » Évidemment, quand on travaille à l'extérieur les étiquettes de whisky s'envolent, et des particules de poussière se mêlent à votre vernis polyuréthane. Au bout du compte, pendant tout le temps qu'ont duré ces rendez-vous, je pense qu'elle n'a finalisé que trois ou quatre seaux à glace.

Si l'on considère la puissance de son béguin pour moi, ces après-midi étaient étonnamment convenables. Je me souviens d'un jour où nous avons passé tout notre temps à discuter des avantages et des inconvénients de la peine capitale. L'intensité de cette nuit dans la cuisine n'est pas revenue. À la place, nous avions le même genre de conversation décontractée que celle que l'on peut avoir avec des collègues de bureau. Ce qui correspond bien à la situation. Après tout, nous travaillions tous les deux.

Je laissais Jonica choisir le sujet. Mon plan était qu'elle se sente progressivement en confiance avec moi. Nous discutions donc de tout ce qui lui convenait. Comme elle faisait partie de ces personnes très influençables, elle adorait évoquer ce qui l'influençait au moment où nous parlions. Il s'agissait en général de ses amis.

J'allais tout apprendre à leur propos. Leur vie était effroyablement banale, mais je feignais un intérêt si convaincant que rapidement j'ai connu les moindres détails de leurs cheminements en quête d'eux-mêmes.

Une seule parmi eux la faisait semble-t-il réagir au quart de tour : « B », la petite maligne des cartes postales. Même si les cartes continuaient à arriver au compte-gouttes, « B » était désormais rentrée de ses six semaines de tournée en Europe avec une troupe de théâtre féministe appelée Filles nues en chair et en os.

« B » pour Barrie, nom de famille : Shostack. C'était la meilleure amie de Jonica et ce depuis leur cinquième dans un collège privé chic de Brentwood, avant que des difficultés financières ne forcent Jonica à s'inscrire au lycée à Hollywood.

Barrie, c'était un peu la Svengali[1] de Jonica, qui ne faisait pas un mouvement sans la consulter. « Alors tu peux imaginer à quoi a ressemblé l'été. J'étais incapable de décider si je devais faire ceci, cela ou *quoi que ce soit.* »

Qu'est-ce qui rendait Barrie si spéciale ?

À cette question, Jonica avait une réponse toute prête. « C'est la seule personne de ma connaissance qui est véritablement arrivée quelque part psychologiquement. »

Je n'en étais pas si sûr. J'avais plutôt l'impression qu'elle était toujours sur le quai, à attendre le train.

Barrie était semble-t-il le fruit d'un type particulier d'union hollywoodienne – celle de la star qui épouse son psy. La star, en l'occurrence, c'était Alice Amber, celle que le magazine télé appelle toujours « la comédienne au visage élastique ». Après l'inévitable divorce, Barrie avait été ballottée, comme on dit, son père regagnant New York et un cabinet lucratif sur

1. Personnage de mentor maléfique dans le roman *Trilby* de George du Maurier (1894).

Riverside Drive, sa mère enchaînant les choix de carrière peu judicieux et effectuant une plongée dans l'alcoolisme.

Selon Jonica, Barrie et sa mère avaient fini par atteindre un niveau de compréhension remarquable par sa chaleur et sa maturité. Cela s'était produit après de nombreuses années difficiles faites de manigances pour prendre le contrôle de l'argent de l'autre et/ou forcer l'autre à se soumettre à quelque thérapie bizarre, le plus souvent sur ordre du tribunal. Pour illustrer son propos, Jonica s'est précipitée dans la villa d'où elle est revenue avec un vieux magazine de cinéma contenant une photo de Barrie, âgée d'environ seize ans, enveloppée dans une serviette de bain. La police de Beverly Hills la remettait à sa mère affolée après une descente dans une fête au bord d'une piscine où l'on avait fumé de la marijuana. Sur un mode sinistre, la légende laissait entendre que Barrie n'en était pas à ses premiers démêlés avec la justice: « Encore un déchirement pour Alice Amber – la condamnation de sa fille Barrie l'an passé pour vol à l'étalage n'était-elle donc déjà pas assez grave ? »

« J'étais présente à cette fête », a précisé Jonica, le frisson de cette expérience encore clairement audible dans sa voix.

« Tu t'es fait arrêter ?

– Non, a-t-elle répondu tristement. J'ai dû rentrer tôt. »

Il serait difficile d'exagérer l'influence que cette délinquante à paillettes a eue sur Jonica. Entre autres choses, Barrie lui avait sélectionné son université (UCLA), désigné à quels courants artistiques s'intéresser, présenté son futur mari, Vernon, et l'avait persuadée d'avoir un enfant. Ou plutôt, l'avait découragée de se faire avorter.

« Ce n'est pas que je ne voulais pas d'enfant, m'a-t-elle expliqué. C'était Vernon.

– Il ne voulait pas d'enfant ?

– Oh, il en mourait d'envie. »

J'ai jeté un rapide coup d'œil au petit Warren installé dans son parc. Il rudoyait une poupée de chiffon contre la barrière.

« Et donc ? »

Elle s'est dérobée un moment. « Je pensais qu'il était trop jeune. Nous pensions *tous* qu'il était trop jeune.

– C'est-à-dire ?

– À l'époque, il avait dix-huit ans. »

Dix-huit ans ! Pas étonnant qu'il ait voulu un bébé – il pourrait s'amuser avec ses jouets.

Quand j'ai appris, comme ce fut très rapidement le cas, que Barrie faisait la première d'une nouvelle pièce le jeudi, j'ai saisi ma chance et sauté sur l'occasion : « Hé, pourquoi n'irions-nous pas ensemble ? »

Elle a d'abord pathétiquement tenté de simuler la nonchalance. « Oh, très bien, a-t-elle lancé. Ça pourrait être amusant. » Ça pourrait être amusant ! Je devinais son petit cerveau en train de calculer à quelle vitesse elle allait réussir à atteindre un téléphone pour appeler Barrie en hurlant : « Il m'a invitée à sortir ! Il m'a invitée à sortir ! »

Car elle était soudain toute nerveuse, comme si elle avait reçu une injection d'adrénaline dans les fesses. « J'ai hâte que vous vous rencontriez », a-t-elle lancé, et elle s'est empressée de dire à quel point nous allions nous plaire. Mais sous toutes ces effusions, j'ai senti que quelque chose restait de l'ordre du non-dit.

Puis c'est sorti. « Je dois te dire un truc que personne d'autre ne sait.

– Comment ça ?

– C'est à propos de Barrie. »

J'ai attendu pendant qu'elle hésitait. Elle a froncé les sourcils et serré les dents. « Non, je ne peux pas te le dire, a-t-elle lâché. Oublie que je t'en ai parlé.

– Dis-moi, ai-je ordonné. Dis-le-moi ou je le dirai à Barrie. »

Elle a émis un son angoissé. « Tu me forces », a-t-elle gémi. Puis elle a jeté un coup d'œil en direction des buissons et rapproché sa chaise.

« Il se trouve que Barrie est Donna.

– Hein ?

– *C'est Donna.* »

Je ne comprenais pas. « Donna ?

– Oui. Tu sais bien – "*Salut la compagnie, c'est Donna.*" »

Quiconque a passé plus de vingt minutes à Los Angeles sait qui est Donna. Chaque fois que vous allumez la radio, la voilà qui exige, en couplets rimés et avec l'accent de Brooklyn le plus prononcé jamais entendu, que vous laissiez tout tomber pour vous précipiter dans la succursale Just Jeans la plus proche y acheter un pantalon. En tant que spot publicitaire, il est célèbre pour sa vulgarité, son inanité et son invraisemblable nullité. Mais il doit assurément faire vendre des pantalons. L'accroche récurrente – « *Salut la compagnie, c'est Donna* » – est devenue l'expression à la mode dans une centaine de blagues locales. Les disc-jockeys se font un plaisir de dire à Donna de la boucler ou de lui indiquer où elle peut se les fourrer, ses Just Jeans. Une station de radio a organisé un concours d'imitateurs de Donna. Le premier prix était un week-end à Bakersfield. Le deuxième prix, deux week-ends à Bakersfield. Vous avez pigé l'idée.

J'ai accueilli la nouvelle avec un détachement qui a manifestement déçu Jonica. Je n'arrivais pas à comprendre pourquoi elle en faisait tout un plat. Eve a rapidement remis les pendules à l'heure.

Quand je lui ai appris la nouvelle ce soir-là, elle a été si excitée qu'elle a toutes affaires cessantes voulu appeler son amie rédactrice en chef du magazine *People*. Elle l'avait déjà alertée dans le passé sur l'habitude qu'avait Betty Ford de laver ses sacs en plastique (et d'apprendre à ses enfants à faire de même), rumeur que le magazine parvint à utiliser dans un article visant à étayer je ne sais plus quel argument. Depuis lors, elle se voyait journaliste d'investigation.

Je lui ai dit qu'un meurtre serait commis si elle s'approchait du téléphone.

« Tu ne comprends pas, a-t-elle plaidé. Tout le monde croit que Donna est la fille du propriétaire de Just Jeans. Que c'est une princesse juive qui aspire à devenir star de la radio. C'est la combine pour faire vendre. Voilà pourquoi elle est si nulle. Alors si les gens – ou *People* – découvrent que derrière cette légende il n'y a rien d'autre qu'une actrice professionnelle qui fait semblant d'être mauvaise, *et* qui en plus est la fille d'Alice Amber… »

Nous nous sommes disputés toute la soirée. On aurait dit que j'avais découvert le scoop du siècle. Doux Jésus, le sens des priorités des Californiens. Si seulement elle avait manifesté autant d'excitation à propos de Harding, mon livre serait publié à l'heure qu'il est.

Au moment de mon départ, je lui avais bien malgré elle fait jurer le silence. Je commençais à me dire qu'Eve n'avait pas besoin de *tout* savoir.

J'ai une règle dans la vie : ne jamais penser à quoi que ce soit d'important quand on est encore couché le matin. Si vous le faites, il y a de fortes chances que vous ne vous leviez jamais. Il y a quelque chose dans la position allongée qui fait ressortir la Joan Kennedy enfouie en chacun de nous.

Le matin de la représentation, j'ai donc attendu d'être debout et d'avoir bu deux tasses de café avant de commencer à m'inquiéter. Je fais partie de ces personnes qui ont tendance à devenir extrêmement nerveuses si quelque chose est sur le point de se produire. Il n'est pas nécessaire que ce soit extraordinaire; attendre des ouvriers venus poser de la moquette me tétanise. Vous pouvez donc imaginer dans quel état j'étais à l'approche de mon rencard avec Jonica.

« Rencard » est un mot étrange. Je le trouve particulièrement bizarre quand il est utilisé comme verbe – comme dans « Est-ce que tu as rencardé quelqu'un ? » ou « J'ai l'intention de recommencer à rencarder ». Il implique une activité physique spécifique, comme le crochet. Il suppose un certain degré d'habileté, et si vous devenez vraiment compétent, les gens diront de vous que vous êtes « un bon rencard ».

Un rencard en tant que tel est susceptible de signifier beaucoup de choses, mais peut être défini comme une occasion au cours de laquelle deux personnes, généralement du sexe opposé, conviennent d'un rendez-vous formel dans le but d'avoir des relations sociales. J'ai assisté à beaucoup de ces rendez-vous dans ma vie, et parfois plus que je ne peux m'en souvenir. Des « rencards autour d'un Coca » avec des filles au visage couvert d'acné, rédactrices en chef de magazines littéraires au lycée, à Mount Lebanon. Des « rencards d'études » avec des étudiantes en anglais passionnées de Radcliffe. Des « rencards d'affaires » avec des héritières au physique ingrat susceptibles d'accepter de débourser une somme rondelette destinée à l'entretien du zoo en échange d'un dîner avec note de frais et d'une promenade sur la Cinquième Avenue. Et quelles leçons ai-je tirées de cette frénésie de rencards sur toute une vie ?

Elles sont nombreuses, mais deux d'entre elles se détachent. Numéro Un : faites-vous désirer. Soyez charmant, aimable, spirituel – mais gardez vos distances. Cela rend les femmes folles. Numéro Deux : mettez-vous sur votre trente-et-un. Les vêtements élégants ont l'étrange faculté de faire ressortir le poète qui sommeille en vous. Cela aussi rend les femmes folles.

Et quel est le résultat final recherché, si ce n'est de rendre les femmes folles ?

Comme je savais déjà que j'enfreignais la règle Numéro Un – j'étais aussi difficile à obtenir qu'un Big Mac –, la règle Numéro Deux prenait toute son importance. J'ai passé ma garde-robe en revue. Le formalisme semblait inapproprié pour la première d'une pièce féministe, mais je ne voulais tout de même pas me fondre dans la masse d'une bande de gauchistes crasseuses. Mon regard s'est posé sur la chemise en soie que Pam m'a offerte à Noël. Parfaite ! Élégante mais décontractée. Ma façon de saluer l'importance de l'avant-garde.

Cependant il restait quelques problèmes, principalement liés à la transpiration. Me connaissant, j'allais être excessivement nerveux, car c'était la première fois que je rencontrerais Barrie/Donna, sans parler de sa mère, idole de longue date, dont Jonica m'avait dit qu'elle pourrait très bien venir. La chemise était d'une nuance de violet que je n'aurais jamais choisie pour moi. Et de sombres demi-lunes de transpiration sous les aisselles ne l'avantageraient pas. J'avais déjà appris la leçon lors d'une soirée au musée d'Art moderne et m'étais juré que cela ne se reproduirait plus jamais.

Mais que faire ? Plus j'essayais de ne pas transpirer, plus je transpirais, et très vite tout le monde, Alice Amber compris, regarderait mes aisselles au lieu de la pièce. Quant aux antitranspirants, oubliez. Une seule application et ce sont les chutes du Niagara.

À contrecœur, j'étais donc prêt à renoncer à la chemise en soie lorsqu'une idée m'est venue. Je me suis rappelé que Pam portait de temps en temps ces dispositifs – je crois qu'on les appelle des dessous-de-bras – qui se fixent au soutien-gorge et couvrent ses aisselles de petits coussinets qui absorbent toute la transpiration. Pourquoi ne porterais-je pas quelque chose de ce genre ? Qui le saurait ?

Vingt minutes plus tard, j'étais chez Woolworth et examinais subrepticement une boîte de dessous-de-bras en essayant de trouver un moyen de les attacher sans l'aide d'un soutien-gorge. Deux options se dessinaient : bricoler quelque chose avec des élastiques ou utiliser du ruban adhésif.

Pour assurer mes arrières, j'ai acheté les dessous-de-bras, des élastiques *et* du ruban adhésif ; puis je me suis empressé de rentrer les essayer. Les élastiques étaient inadaptés : ils se détachaient dès que je levais le bras, même d'un centimètre. Le ruban adhésif était un petit peu plus pratique, mais les dessous-de-bras perdaient leur flexibilité – une fois fixés, ils vous obligeaient à vous mouvoir comme un robot toute la soirée, sans pouvoir bouger vos bras. Et puis ils étaient d'une taille étonnamment réduite, je voyais déjà l'excès de transpiration dégouliner sur les bords.

J'ai essayé la chemise en soie avec un maillot de corps, mais c'était affreux. J'allais lâcher l'affaire quand j'ai eu une illumination. Ce qu'il me fallait, c'était quelque chose de souple et d'absorbant. *Comme Pampers !* J'avais vu leurs publicités : « Même mouillés, ils sont secs. »

Je me suis donc dépêché de retourner chez Woolworth, j'ai acheté une boîte de Pampers nouveau-né et je suis rentré à la maison. Après environ quarante-cinq minutes à découper les couches en différentes tailles pour faire des essais (et ces machins sont difficiles à découper, laissez-moi vous le dire), j'ai finalement trouvé une solution pratique : ils couvraient toute la zone, étaient à peu près indétectables et me permettaient de bouger les bras dans quasi toutes les directions, sauf si je me penchais pour toucher mes orteils.

Je me suis présenté vers dix-neuf heures quinze. Guadalupe, au moins, a apprécié la chemise. « *Qué guapo* », a-t-elle roucoulé, et l'espace d'un instant j'ai eu peur qu'elle ne tende la main pour tripoter l'étoffe. Son enthousiasme ne m'a pas remonté le moral, il n'a fait que confirmer mes pires craintes. Je n'étais pas élégant, j'avais l'air d'un idiot. Tout ce temps et tous ces efforts pour finir par ressembler à Sonny Bono.

Pendant qu'elle grimpait les escaliers quatre à quatre pour annoncer mon arrivée, j'ai erré dans le vestibule, cherchant comment rentrer en douce pour me changer. Sous la lumière crue du lustre, la chemise était vraiment moche. Je suis passé au salon, où l'éclairage était un peu plus faible. Je tenais peut-être la solution : me cacher dans l'ombre toute la soirée. Puis j'ai remarqué quelque chose.

Le tapis du salon avait disparu.

« Youhou », a lancé une voix derrière moi. Je me suis retourné pour voir Jonica descendre les escaliers. Elle était habillée comme un jeune garçon anglais : gilet, culotte bouffante, petite casquette de tweed. Eh bien, voilà un problème réglé. Avec elle dans ce déguisement, personne ne m'accorderait un regard. Et puis, à présent, impossible de me changer et mettre ma veste en tweed. Nous aurions l'air d'un père et de son fils.

« Jolie chemise, a-t-elle dit.

– Où est passé votre tapis ? » ai-je demandé.

Elle a pris un air coupable. « Nous l'avons vendu.

– Quand ? » J'avais peine à croire qu'ils aient transporté le tapis sous mon nez. Un truc m'échappait.

« La semaine dernière.

– Pourquoi ?

– Eh bien, nous en avons tiré deux mille dollars, a-t-elle répondu, un tantinet vexée.

– En tout cas, c'est mieux sans. »

Au sommet des escaliers, quelque chose a attiré mon attention. Assise dans son fauteuil roulant, la vieille dame se tenait là, une hideuse couverture afghane de couleur violette recouvrant ses cuisses.

« Bonjour, ai-je crié un petit peu trop fort.

– Bonjour à vous également », a-t-elle à son tour lancé quand l'écho est retombé. « On s'est fait cambrioler.

– J'en ai entendu parler.

– Jonica leur a fait peur. Ils n'ont pas mis la main sur les bijoux de famille.

– Ça me fait plaisir.

– Vous avez eu des ennuis ?

– Pas le moindre.

– Oh, regardez, a interrompu Jonica. Vous portez tous les deux la même couleur. »

Le théâtre était situé sur une portion sordide de Hollywood Boulevard proche de Western Avenue. Jonica n'étant plus très sûre de l'adresse (« Je sais que c'est *quelque* part ici… »), nous avons failli pénétrer dans un salon de massage, confondant la faune de macs et d'alcoolos qui traînait devant avec un groupe de théâtreux.

Mais le théâtre des Femmes de Los Angeles s'est finalement avéré se situer sur le trottoir d'en face, juste à côté d'un restaurant thaï orné d'un impact de balle sur la vitrine. C'était le genre de théâtre que j'aime le moins, car il n'avait pas toujours été un théâtre. Jadis, c'était un Bar & Grill. Et vous savez ce que ça signifie : un sévère MAC (« Mal Au Cul »).

Une table pliante avait été installée dans l'entrée, derrière laquelle siégeait une femme nerveuse, aux lèvres pincées et aux cheveux frisés, ressemblant à quelqu'un qui aurait été à sa place dans une émission de David Susskind[1] sur le thème de la monoparentalité. « On a des billets exonérés », a fièrement annoncé Jonica, sur quoi la femme a fouillé dans une série

1. Présentateur de talk-show télévisé.

de feuilles de papier en psalmodiant le nom de Jonica, l'air perplexe.

« Peut-être qu'on devrait simplement payer nos places », ai-je lancé après un moment, mais Jonica ne voulait pas en entendre parler. « Barrie a dit qu'il y aurait des exo, a-t-elle insisté.

– Vous êtes des amis de Barrie ? » a réagi la femme en redressant la tête. Elle nous a immédiatement tendu deux billets avant de nous obliger à noter nos noms sur la liste de diffusion.

J'avais suggéré que nous arrivions tôt pour éviter la foule. Mon plan était un franc succès – il n'y avait personne d'autre que nous deux. Pour passer le temps, nous avons déambulé dans l'entrée en examinant les photographies de productions passées (*Les Péchés de nos pères*, *Le Quartier des femmes*, et une version en costumes modernes de *La Résistible Ascension d'Arturo Ui* avec une distribution entièrement féminine). Cela fait, nous avons lu les annonces punaisées sur un panneau d'affichage. Debbie avait perdu ses jambières. Allison L. lançait un groupe d'impro. Des candidates ?

Derrière les portes closes menant à l'intérieur, nous pouvions entendre d'occasionnels éclats de voix féminines à propos de problèmes d'éclairage de dernière minute. Ils variaient en intensité, l'accent basculant des aspects techniques aux questions de trahison personnelle.

Jonica et moi nous sommes regardés, mal à l'aise, puis nous avons jeté un coup d'œil à l'ouvreuse. Elle a grimacé lorsqu'un nouvel éclat de voix s'est fait entendre.

« On nous a coupé l'électricité, a-t-elle dit en guise d'explication. Ils l'ont rallumée ce matin. Ce n'est pas facile de répéter dans le noir. »

À ce moment-là, j'avais compris que nous n'avions pas affaire à une production de Broadway. J'espérais simplement que nous n'aurions pas à la voir seuls – à cinq minutes du lever de rideau, nous avions encore l'endroit uniquement pour nous. L'ouvreuse commençait à se montrer très inquiète. Elle ne cessait de passer la tête par la porte pour observer la rue de haut en bas.

Puis, tout à coup, des gens ont commencé à affluer comme s'ils venaient de descendre d'un bus. Principalement des femmes aux coupes de cheveux sévères et lunettes aviateur. J'ai mesuré quel moment important de la mode féministe avait été celui où Gloria Steinem était passée chez son opticien pour lâcher : « Je vais choisir *celles-ci.* »

Apparemment, toutes ces nouvelles venues avaient reçu des billets gratuits. Un silence s'est abattu sur la foule lorsque le critique d'une chaîne de télévision locale a fait son entrée. En plus de son billet, on lui a proposé une tasse de café. J'y ai vu un mauvais présage.

Vers huit heures cinq, une jeune fille mince en salopette est entrée précipitamment et a commencé à distribuer des programmes ronéotypés. L'encre étant encore humide, tout le monde s'est mis à souffler consciencieusement dessus et à les agiter en l'air. J'ai regardé le titre de la pièce que nous allions voir : *Toutes mes sœurs ont dormi dans la poussière. Un poème choral.*

Les portes se sont ouvertes et la foule est entrée.

Le théâtre en tant que tel s'est avéré minuscule – si petit que j'ai d'abord cru que nous étions dans une autre salle d'attente. Comme je le craignais, les seules places assises étaient des chaises pliantes en bois. Je n'arrive pas à imaginer qui les avait installées – Helen Keller, peut-être. Il y a eu beaucoup de changements de place jusqu'à ce que l'assistance se rende compte que *toutes* les chaises étaient inconfortables. Puis l'auditoire s'est calmé et a jeté des regards envieux aux personnes du premier rang. Jonica a repéré un oreiller dans un coin. Pendant un moment nous avons envisagé de l'utiliser comme coussin, mais nous avons finalement décidé qu'il était trop sale.

À huit heures vingt, la représentation n'avait toujours pas démarré et la salle commençait à s'impatienter. Un groupe près de nous s'est mis à jouer aux cartes. Puis l'ouvreuse est entrée, suivie d'une femme aux cheveux gris, l'air épuisé. Je me suis dit que c'était la femme de ménage.

Jonica m'a donné un petit coup de coude. « C'est la mère de Barrie. »

La mère de Barrie ? Cette vieille chouette ? Cette clocharde en imper crasseux ? L'héroïne de mon enfance ? Ma figure maternelle fantasmée, tellement désinvolte, tellement fofolle et pourtant si glamour ?

Quand j'étais un gamin de dix ans environ, tandis que tous les autres enfants jouaient au base-ball après l'école, moi je rentrais à la maison pour regarder des rediffusions de *Dear Alice*. Alice Amber jouait une chroniqueuse de journal qui donnait des conseils, comme Ann Landers[1], et qui pouvait résoudre les problèmes de tout le monde sauf ceux de sa propre famille. Son époux Dudley, avocat réputé, abruti prétentieux, portait un postiche qui alimentait une plaisanterie récurrente ; sa fille adolescente Marcia était folle des garçons ; et les jumeaux, Jimmy et Janie, des monstres de roublardise, méritaient la maison de redressement. Seul le frère cadet d'Alice, Bill, un marine qui venait lui rendre visite de temps en temps lors de ses permissions, avait un peu de bon sens. Mon épisode

1. Nom de plume de la responsable du courrier des lecteurs du *Chicago Sun-Times*. Tenue d'abord par sa créatrice Ruth Crowley, la rubrique est reprise par Eppie Lederer (Ann Landers) en 1955. Elle la tiendra quarante-sept années durant et touchera un lectorat immense dans les centaines de journaux reprenant la chronique.

préféré, dont je me souviens encore comme si c'était hier, est celui où Bill emmène Alice et les enfants camper, et où une tempête de neige imprévue les oblige à se réfugier dans ce qu'ils *croient* être une cabane abandonnée, avec des résultats hilarants. À mon avis, rien, ni *I Love Lucy* ni *I Married Joan* ou *My Little Margie*, ne faisait le poids comparé à *Dear Alice*.

« Après la fin de la série, elle s'est mise à boire, a murmuré Jonica. Puis le petit frère de Barrie est mort d'une tumeur au cerveau. Tous les journaux ont raconté comment elle l'a emmené voir le pape pour recevoir sa bénédiction. Mais ça ne l'a pas empêché de mourir. Après ça, ils l'ont mise au rancart. »

Elle avait fait une sorte de come-back à la fin des années soixante, en jouant la belle-mère malicieuse dans *Figueroa*. Aujourd'hui, elle gagnait confortablement sa vie en faisant chaque été la tournée des foires régionales.

« J'ai eu l'occasion de voir son spectacle à Oxnard, a poursuivi Jonica. Elle parle de la bonté du Seigneur à son égard et fait chanter des hymnes à tout le monde. »

Une place au premier rang a été trouvée pour la mère de Barrie, suscitant beaucoup de jalousie. Elle a souri avec condescendance à ses détracteurs, fouillé dans son sac et en a extrait un paquet de cigarettes.

Une femme a sifflé « Défense de fumer » et soudain les lumières se sont éteintes.

Jonica s'est cramponnée à mon bras. « Je suis terriblement nerveuse. Si tu n'aimes pas, je vais en mourir. »

Les projecteurs se sont allumés pour révéler huit jeunes femmes occupées à fixer le public d'un air belliqueux.

« Laquelle est Barrie ? ai-je murmuré.

– La deuxième en partant de la gauche », a chuchoté Jonica, juste au moment où les actrices commençaient à chanter un poème en prose sur ce que signifie être une femme dans l'Amérique contemporaine.

« Vous assurez, mes sœurs ! » a lancé une voix au troisième rang.

Barrie devait tenir de son père. Elle était petite et brune, musclée et d'apparence juive. Comparable à de la lave, une folle tignasse descendait jusqu'à ses épaules. On aurait dit qu'elle avait été laissée à elle-même plusieurs mois durant, mais peut-être l'avait-elle simplement arrangée ainsi pour la pièce. Son nez était robuste et sa mâchoire large, mais le plus remarquable était ses yeux. Alors que toutes les actrices semblaient essayer de se surpasser les unes les autres dans l'intensité de l'expression faciale, Barrie était de loin la meilleure. Lorsqu'elle s'est concentrée sur moi en disant à quel point elle méprisait la publicité à la télévision, j'ai dû détourner le regard, tant sa présence était écrasante.

J'ai tout de suite su que je n'allais pas aimer la pièce. Pas d'intrigue, pas de blagues et Dieu sait qu'il n'y avait pas de stars. Uniquement huit laiderons pleurnichant parce qu'elles étaient rejetées. Eh bien, je suis d'accord pour leur laisser ça : elles semblaient expertes en la matière.

La pièce a passé la seconde lorsque les actrices ont quitté la scène pour se mêler au public. Oh-oh, me suis-je dit, quart d'heure audience participative. Faites-moi sortir d'ici. Mais voici ce qui s'est produit : chaque actrice a rejoint une partie différente du théâtre afin de pouvoir s'adresser directement à un petit groupe de six ou huit personnes. Puis, simultanément, elles ont toutes décrit une expérience sexuelle qu'elles avaient eue récemment.

« C'est la partie dont Barrie m'a parlé », a glissé Jonica, haletante d'excitation. Nous avons eu droit à une fille aux tresses rousses qui nous a raconté comment le photographe qui avait pris sa photo de passeport pour la tournée européenne s'était exhibé devant elle au moment même où il prenait le cliché. J'imagine que l'objectif était de prouver que les hommes sont des bêtes. En tout cas, pour étayer son argument elle a sorti son passeport de sa poche et l'a donné à examiner. Inutile de dire que nous avons failli nous entre-tuer, essayant chacun d'être le premier à regarder le portrait. Son visage affichait une expression assez singulière, comme si quelqu'un venait de lui marcher sur l'orteil. Tout cela était absolument passionnant, mais ce que je voulais entendre, c'était l'expérience sexuelle de l'amazone noire, deux rangées devant nous. D'après ce qu'on a pu entendre, elle semblait décrire, dans les termes les plus crus, des relations sexuelles en groupe dans une prison mixte. J'ai cherché Barrie du regard. De l'autre côté de la salle, elle tenait son propre petit groupe en haleine.

Les actrices sont retournées sur scène. Quelque chose me disait que nous venions d'assister au clou de la soirée. J'ai cherché sur le programme la mention d'un entracte, mais dans leur grande sagesse, les productrices avaient décidé de ne pas en prévoir. J'ai donc passé le reste de la représentation à changer de position et à décider quelles recherches je devais effectuer la semaine suivante. J'ai emprunté un stylo à Jonica et commencé une liste au dos du programme. Ravie, elle a pensé que je prenais des notes sur la représentation.

Je réfléchis beaucoup pendant les pièces ennuyeuses. Et j'ai indubitablement eu matière à méditer ce soir-là. Primo : que savait Jonica de la situation ? Avait-elle la moindre idée de l'identité de son grand-père ? Si étrange que cela puisse paraître, je commençais à me dire que non : j'en aurais déjà entendu parler. Si elle utilisait les pubs radiophoniques de son amie pour m'impressionner, il y a fort à parier qu'elle aurait trouvé un moyen de me faire savoir que son grand-père avait été président des États-Unis.

Secundo : comment diable allais-je aborder le sujet ? Je connaissais déjà la réponse : avec énormément de précautions. Mais quand ? Et où ? Et que faisait Evalyn Walsh McLean dans ce tableau ? Sous quel angle devais-je concevoir la rédaction de mon livre ? Devrait-il comporter des images ? Si oui, où les trouver ? Devrait-il y figurer une photo de moi au dos ? Le frère de Pam devrait-il prendre cette photo ? Serait-il blessé si je ne le lui demandais pas ? Et puis d'ailleurs, qui paie pour ça, l'auteur ou l'éditeur ?

Empêtré dans ces pensées, je n'ai eu aucun mal à passer le temps, et la soirée a semblé filer à toute allure. Durant une scène très éclairée, j'ai fait semblant de me gratter la tête et j'ai pu vérifier furtivement l'état de mes aisselles. Tout était sous contrôle. Sur scène, l'action était devenue floue. Les actrices récitaient poèmes et monologues, chantaient de petites chansons, martelaient le sol et se jetaient des regards entendus. J'avais perdu le fil.

Au moment précis où j'en ai eu assez, alors que je commençais à m'assoupir, la troupe s'est donné la main, a chanté une chanson sur le partage de l'amour et exécuté une danse soufie. Soudain, la pièce était terminée. Enthousiaste ou soulagé, le public a applaudi à tout rompre. Après trois rappels, les interprètes se sont de nouveau mêlées au public, cette fois pour embrasser des personnes au hasard dans un élan de sororité.

Dès que les actrices ont disparu dans les coulisses, le public s'est levé d'un seul coup et les a suivies, car il semblait que tous avaient un ami ou un parent à féliciter. Le critique a lutté contre la marée ; ses yeux ont croisé les miens l'espace d'une seconde – nous étions à peu près les seuls hommes présents – et à la tête qu'il a faite, je pouvais déjà entendre sa chronique.

Jonica et moi avons été propulsés par la foule vers la loge, qui jadis était la cuisine. Les filles se tenaient autour de tables d'habillage improvisées, s'embrassant et se congratulant entre elles et avec leurs amies.

Barrie a poussé un cri en nous voyant approcher. « Je croyais que vous veniez *demain* ! » s'est-elle exclamée, comme si notre présence était l'événement le plus marquant de la soirée. Alice Amber, qui était en train de féliciter sa fille, a semblé un peu décontenancée par notre entrée. Elle m'a lancé un regard très froid.

Jonica a fait les présentations. J'ai dit à Barrie que j'avais apprécié sa prestation.

Son visage s'est renfrogné. « J'ai été affreuse ce soir, a-t-elle répondu. Il faudra que tu reviennes la semaine prochaine. »

J'ai fait semblant de prendre au sérieux cette suggestion ridicule, puis je me suis tourné vers sa mère. De près elle avait meilleure allure, ai-je été surpris de constater. Davantage de rides, peut-être, mais aussi plus de caractère. Et on pouvait voir d'où Barrie tenait ses yeux. L'espace d'un instant, j'ai été ramené aux après-midi dans la salle de jeux de Mount Lebanon.

« Alice Amber, ai-je dit en lui prenant la main. Je suis votre plus grand fan.

– Comme c'est gentil ! » a-t-elle répondu, ravie d'être une fois encore le centre de l'attention. « Chérie – elle s'est tournée vers Jonica –, tu peux ramener ce type quand tu veux. »

Jonica a rougi. « Tu es superbe, a poursuivi Alice Amber. Tu as perdu du poids ?

– Un peu », a répondu Jonica en jetant un regard alentour, l'air mal à l'aise.

Les bras m'en sont tombés. Vous voulez dire qu'elle avait été plus grosse ?

« Et comment va le bébé ? a continué Alice, décidée à ne pas céder la parole.

– Il est énorme. » Pas le meilleur choix d'adjectif.

« Et Vernon ?

– Nous sommes séparés.

– Aïe aïe aïe », a répondu Alice avant d'embrasser Jonica avec gravité.

Accord a été pris que nous irions tous chez Alice Amber pour une célébration improvisée. La troupe et leurs amies étaient également invitées; Barrie s'est postée sur la cuisinière pour faire cette annonce, qui a été accueillie par des clameurs. Elle nous a ensuite indiqué l'itinéraire, en insistant pour que toutes le notent.

Je commençais à me rendre compte que Barrie aimait prendre les choses en main. Elle a décidé, par exemple, de monter en voiture avec moi; sa mère et Jonica prendraient l'autre véhicule pour « rattraper le temps perdu ».

Le petit groupe de théâtreuses, désormais d'humeur carnavalesque, a retraversé la salle pour sortir dans la rue. Alice Amber avait depuis longtemps été pardonnée – je suppose que ça avait quelque chose à voir avec l'offre de nourriture gratuite –, et une fille qui en savait plus que moi sur *Dear Alice* a commencé à expliquer qu'il s'agissait d'une série féministe avant l'heure. Alice Amber a rétorqué « Foutaises », ce qui a encore plus convaincu la foule, ne me demandez pas pourquoi.

Barrie et moi nous sommes entassés dans la Mustang. Elle avait remplacé son costume (jean et sweat-shirt) par un jean et un sweat-shirt.

« Jonica avait raison, a-t-elle dit alors que nous nous éloignions du trottoir.

– À propos de quoi ?

– Elle a dit que tu étais vraiment mignon. »

J'ai ri. « Ce n'est pas une remarque très féministe. » Il y a eu une pause. « J'ai aussi beaucoup entendu parler de toi.

– Ouais, j'imagine. »

Quelque part au niveau de Crescent Heights, nous avons été bloqués dans un embouteillage causé par une collision frontale. Dans la voiture d'à côté se trouvaient quelques-unes des filles de la pièce. Elles ont baissé leur vitre et nous ont tendu un joint. J'ai tiré une latte avant de le passer à Barrie.

« Où est ma mère ? a-t-elle dit en tordant le cou.

– Ce n'est pas elle ? » Elle était deux ou trois voitures devant nous, en grande conversation avec Jonica.

Barrie a pris une bouffée. « C'est de la bonne », s'est-elle exclamée, poumonant avant d'exploser en quinte de toux. « Bon Dieu, je suis déjà défoncée. »

La circulation est repartie et nous sommes passés lentement devant l'épave. « Tu vois cette voiture ? a demandé Barrie en pointant du doigt l'un des véhicules accidentés. J'ai failli m'acheter la même en bleu. T'imagines ? Alors, c'est *moi* qu'aurais eu l'accident ! » Elle a marqué une pause. « Je suis *teeeeellement* défoncée. »

Le temps que nous atteignions La Cienaga, elle s'était transformée en chatonne et brossait des miettes imaginaires sur sa poitrine en agitant les épaules au son d'une musique qu'elle était seule à entendre.

« Tu sais quoi ? a-t-elle demandé, les yeux brillants comme ceux d'un elfe dément.

– Quoi ?

– Voilà quoi ! » s'est-elle égosillée avant de s'effondrer de rire. Bon sang, me suis-je dit, sortez-moi de là.

Elle s'est ressaisie en se giflant les joues, puis a baissé la vitre. « Je suis *teeeeellement* défoncée », a-t-elle hurlé, le visage offert au vent. Puis elle s'est recroquevillée sur son siège, mains croisées sur les genoux.

« J'ai quelque chose de très important à te dire, a-t-elle repris.

– Quoi ? » J'avais l'impression de me prêter au jeu d'une ivrogne.

Elle m'a regardé. « Jonica t'aime vraiment beaucoup.

– Et je l'aime bien aussi. »

Elle a poussé un soupir exaspéré. « Non, tu ne comprends pas. Elle t'aime *vraiment*, *vraiment* beaucoup. »

Là, j'ai compris.

« Tu sais ce qu'elle fait ?

– Quoi ?

– Elle collectionne les photos des mannequins qui te ressemblent dans les magazines. Et elle note toutes tes blagues.

– Et alors ?

– Elle me les montre.

– Quelles blagues ? »

Barrie a réfléchi une minute. « Sur la compagnie aérienne portoricaine. Et sur la série télé britannique.

– Elle t'a raconté *cette* blague-là ?

– Comme je te le dis, *elle les a notées*. Elle en a une pleine *boîte à chaussures*. Elle parle sans cesse de ton élégance vestimentaire – Barrie a jeté un coup d'œil à ma chemise sans faire de commentaire – et de comment vous avez passé la journée, et comment toi et le petit Warren vous entendez bien. »

Première nouvelle. Chaque fois que j'essayais de chatouiller Warren ou d'attirer son intérêt sur un jouet, il se mettait à brailler pour réclamer sa mère. « Tu ne peux pas mentir aux enfants », m'avait dit Pam un jour après un week-end atroce passé avec ses nièces.

« Et tu sais quoi encore ? a poursuivi Barrie.

– Quoi ? ai-je répondu en m'attendant au pire.

– Elle vient de s'acheter un kit personnel de divorce à quatre-vingt-dix-neuf dollars. »

J'ai senti la sueur perler le long de mes bras. Doux Jésus, merci Pampers. Tout ça commençait à devenir plus éprouvant que prévu. C'était un peu comme entendre des ragots sur soi-même : un supplice, dont pourtant on ne s'éloignerait pas même si la maison était en flammes.

« Alors il est pour quand, ce divorce ? ai-je demandé.

– Eh bien, il s'avère qu'elle ne peut pas utiliser le kit, ce qui nous rend toutes les deux furieuses puisque c'est moi qui lui ai prêté les quatre-vingt-dix-neuf dollars. Le problème est de savoir si le divorce est contesté ou non. Et comme Vernon a eu vent de l'histoire de la villa, j'imagine qu'il sent l'argent qu'il pourrait se faire s'il restait dans les parages. Le salaud.

– Comment ça, l'histoire de la villa ?

– Oh, tu n'es pas au courant ? Elles viennent de la vendre. »

Alice Amber résidait à Brentwood, dans une impasse située juste à côté de l'endroit où Marilyn Monroe a avalé son dernier Seconal. Sa maison, de plain-pied, était une longue structure composée de plusieurs ailes surmontées d'un auvent. L'intérieur ressemblait à un musée de l'ameublement des fifties. L'endroit, décoré dans les moindres détails aux alentours de 1955, était depuis resté intact.

Je me suis précipité dans le salon à la recherche de Jonica. Quelques filles de la pièce se tenaient près du tourne-disque, une console Magnavox, à la recherche de quelque chose de plus récent qu'Ella Fitzgerald. Mais aucun signe de Jonica.

Mon intuition m'a dit de regarder dans la cuisine. Bien évidemment, elle était là, occupée à préparer une sauce apéro. Elle a levé les yeux en léchant un peu de crème fraîche sur ses doigts.

« Pourquoi tu ne m'as pas dit que tu avais vendu la villa ? » ai-je hurlé.

Son sourire s'est figé. « Qui t'a dit ça ?

– Barrie. »

Elle a regardé vers le vestibule. « Où est-elle ? Je vais la tuer.

– Pourquoi tu ne me l'as pas dit ? » ai-je répété.

Elle n'avait pas de réponse. Une main nerveuse est montée vers son visage. J'ai cru qu'elle allait se mettre à pleurer.

« Nous cherchions un moyen de te le dire, a-t-elle fini par articuler.

– Bien sûr, et de m'escroquer d'un mois de loyer.

– Non… » a-t-elle commencé. Mais elle s'est ravisée.

« Qui l'a achetée ?

– Je ne sais pas, a-t-elle répondu piteusement. Des gens originaires de Phoenix. »

Tout s'expliquait à présent ! Le jardinier, les bougainvilliers, la piscine… Ils étaient en train d'embellir l'endroit ! Et ces cadeaux : c'est qu'ils faisaient du tri ! Ils préparaient leurs cartons ! Mon Dieu, quel imbécile j'avais été !

« Peut-être que tu n'auras pas à déménager…

– Bien sûr que je vais devoir déménager », ai-je répliqué sèchement. Et puis : « Et toi, où est-ce que tu déménages ? »

La question a semblé la soulager. Là-dessus, au moins, elle avait une réponse. Elle m'a expliqué leurs projets. Warren et elle allaient s'installer chez Barrie. La vieille dame entrerait dans une maison de retraite méthodiste à Santa Barbara. Et Guadalupe retournait au Mexique pour épouser son fiancé, un étudiant en ingénierie.

« Quand ? ai-je aboyé. Quand ta grand-mère va-t-elle y entrer, dans cette maison de retraite ?

– Dès qu'une place se libère. Elle est première sur la liste d'attente. »

J'ai secoué la tête. « Génial. Tout ça est génial. »

Elle a semblé se rétracter contre le plan de travail. « Nous devions le faire, a-t-elle dit d'une voix plaintive. Nous sommes fauchées. Nous vivons avec ce que tu nous payes.

– Alors je vais continuer à payer.

– Mais ce n'est pas assez », a-t-elle répondu.

Barrie est entrée dans la cuisine en titubant. « Vous avez vu ma mère ? » Elle s'est agrippée de façon théâtrale au réfrigérateur. « Je suis *teeeeellement* défoncée.

– Barrie, tu es *graaaaave* défoncée », a enchaîné Jonica en lui lançant un radis.

Je me suis replié dans le salon, les laissant régler leurs histoires. « Ne m'en veux pas, ma chérie », ai-je pu entendre Barrie s'écrier d'une voix moqueuse.

J'avais besoin de parler à quelqu'un. J'ai cherché un téléphone autour de moi. Les gens arrivaient au compte-gouttes, puis restaient là, debout, d'un air hésitant, impressionnés de se trouver dans la demeure d'une star. J'ai repéré une pièce vide et m'y suis enfermé. Les murs étaient couverts de plaques et de photos d'Alice Amber embrassant des enfants infirmes.

J'ai composé le numéro d'Eve. Pas de réponse.

J'ai commencé à faire les cent pas.

Vingt minutes plus tard, je suis revenu dans le salon. La fête battait son plein. Les filles avaient allumé la radio sur une station new wave et dansaient par groupes de trois ou quatre au son de la musique.

Celles qui ne dansaient pas mangeaient. Quelques-unes dansaient et mangeaient. Voilà une chose que j'ai remarquée dans les fêtes où les femmes sont majoritaires : elles prennent la nourriture très au sérieux. On aurait dit que tout le contenu du réfrigérateur d'Alice Amber avait été vidé sur la table de la salle à manger. Il y avait de la salade de pommes de terre, du fromage, une assiette de crudités, des Fritos, un cake Sara Lee (*celui-ci* s'est vite évaporé), des biscuits Pepperidge Farm, une pizza surgelée, des crackers, trois sauces apéro, quelques fruits et, pour faire passer le tout, du soda.

Alice Amber, quant à elle, préférait les boissons plus fortes. Elle se promenait avec un verre de vodka dans une main et une cigarette Kool dans l'autre, ricanant comme une cinglée et déjà complètement bourrée. À un moment donné, elle s'est jointe aux danseuses, secouant et frottant son bassin dans une parodie de ce que faisaient les autres. Tout le monde a applaudi.

Jonica n'était nulle part en vue. J'ai jeté un œil vers la cuisine.

Fais-la attendre, ai-je décidé.

Quelqu'un a crié qu'il était l'heure du journal régional. On a sorti une télévision que l'on a posée sur la table basse et on s'est rassemblé autour. Toujours pas de Jonica. Bon sang, et si elle était partie ?

Les convives ont poursuivi leurs bavardages pendant le bulletin météo ; puis, après une publicité, le critique est soudain apparu – arborant la même cravate que celle qu'il portait plus tôt dans la soirée – et il y a eu un brusque silence.

« *Toutes mes sœurs ont dormi dans la poussière* est un titre étrange pour une pièce étrange », a-t-il commencé. Les filles étaient suspendues à ses lèvres. « Quand c'est bien, c'est très, très bien. Et quand c'est mauvais, ce n'est pas si mal. » Applaudissements et cris de joie, rapidement étouffés. Il a ensuite félicité la « troupe au naturel rafraîchissant » et déclaré que le script et la mise en scène étaient « convaincants et lucides ». « Il y a une scène de sexe – huit, pour être exact – qui vous épatera. Il me reste à espérer que, pour sa prochaine production, la troupe sera à la hauteur de son nom : Filles nues en chair et en os. »

« Hou, bouhou ! » hurlèrent les filles, « Macho ! » Mais dans l'ensemble la chronique a suscité une liesse générale. Je n'arrive pas à comprendre comment ce critique, qui touchait manifestement des pots-de-vin, pouvait recommander *Toutes mes sœurs ont dormi dans la poussière* en promettant un bon moment, qui plus est une stimulation sexuelle, sans être sanctionné par la

FCC[1]. « Broadway, nous voilà ! » s'est exclamée Barrie. Alice Amber a titubé jusqu'à sa fille et déposé un baiser humide sur sa joue. Des larmes coulaient de ses yeux. « Je suis tellement fière de toi, ça me rend malade », a-t-elle croassé, avant de tourner maladroitement sur elle-même, de heurter une table basse et de s'étaler au milieu du canapé, atterrissant sur l'amazone noire occupée à préparer des rails de cocaïne. La drogue s'est répandue sur la moquette et toutes les filles ont plongé à quatre pattes, essayant de la sniffer en riant aux éclats.

Allez savoir pourquoi, je n'arrivais pas à me mettre dans l'ambiance. J'avais trop de choses en tête. Il était temps de prendre le taureau par les cornes.

Je suis retourné dans la cuisine. Jonica était exactement là où je l'avais laissée, ingurgitant de la mayonnaise à la cuillère d'un air coupable.

« Où as-tu passé la soirée ? ai-je demandé.

– Ici, a-t-elle gémi.

– Pourquoi ne viens-tu pas dans le salon ? »

Elle s'est approchée de l'évier et a lavé la cuillère. « Tu me détestes. Nous vendons la villa parce que c'est soit ça, soit les coupons d'alimentation, et maintenant tu me détestes. » Elle a jeté la cuillère dans le tiroir à couverts.

Je l'ai regardée jusqu'à ce qu'elle se sente gênée. « Viens par ici.

– Pourquoi ? » a-t-elle dit avec méfiance.

J'ai haussé les épaules. « Parce que je pense que nous devrions danser. »

Elle n'a pas bougé. « Tu n'as pas envie de danser avec moi, a-t-elle dit en regardant le sol. Tu me détestes. »

1. Federal Communication Commission : agence indépendante chargée de réguler les médias audiovisuels.

Je me suis approché d'elle et l'ai entourée de mes bras. « Je ne te déteste pas, ai-je chuchoté. Je t'aime trop pour te détester. »

J'ai senti son cœur s'emballer. Elle est restée là d'un air embarrassé, les bras le long du corps. C'était comme embrasser une armoire.

« Maintenant, je veux que tu dises bonne nuit à Barrie, et ensuite je veux que tu montes dans la voiture et que tu rentres à la maison avec moi. D'accord ? »

Elle a dégluti.

« D'accord. »

Il était environ une heure du matin quand nous nous sommes garés dans l'allée, près du garage. Nous sommes restés assis un moment – un de ces moments incroyablement gênants qui jouent l'intimité détendue. Finalement, Jonica m'a demandé si je voulais fumer un joint. J'ai dit oui, allons chez moi.

Une fois à l'intérieur, j'ai allumé un feu et nous avons fumé l'herbe. J'étais allongé sur le tapis. Je détestais le rôle de séducteur et repoussais l'échéance aussi longtemps que possible.

Au bout d'un moment, elle s'est approchée et a commencé à me caresser les cheveux. Puis le dos.

« Elliot veut se faire masser le dos ?

– Euh, bonne idée », ai-je murmuré, les yeux clos, l'image de la félicité et cependant terrifié à l'idée qu'elle me grimpe dessus pour me chevaucher. Mais, Dieu merci, elle m'a massé latéralement et ce n'est que lorsque ses mains se sont approchées de mes épaules et qu'elle a dit « qu'est-ce que c'est que ça ? » – que j'ai pris conscience que j'étais dans le pétrin. Avouons-le, ce n'est pas très cool de coucher avec quelqu'un qui a des Pampers scotchées sous les aisselles.

Je me suis excusé et j'ai couru dans la salle de bains où je les ai arrachées, ainsi que la plus grande partie de ma chair, avant de les jeter dans les toilettes.

Quand je suis revenu, elle était toujours allongée sur le tapis et me regardait.

Que dire ? Vous pouvez deviner ce qui s'est passé ensuite.

Pour ce qui est de son corps, je n'entrerai pas dans les détails, mais je dirai ceci : elle avait beaucoup de fossettes. Partout.

10

La plupart des femmes, Pam y compris (que dis-je, Pam *en particulier*), ont besoin de temps pour elles-mêmes. Dieu seul sait pourquoi. Méditer sur l'état de leur garde-robe, peut-être, ou griffonner des considérations féminines dans un carnet relié acheté chez Pier Import. « L'espace privé », je crois que c'est ainsi que la Dr Joyce Brothers et d'autres professionnelles de cet acabit appellent le phénomène.

Eh bien, Jonica n'en fait pas partie. Une fois l'acte consommé, elle a été complètement mienne. Aucun doute qu'elle aurait passé vingt-quatre heures sur vingt-quatre à nettoyer la moquette avec sa langue si je le lui avais demandé. Il ne m'a pas fallu longtemps pour m'en rendre compte. J'ai commencé à voir venir les ennuis lorsqu'elle a appelé le lendemain matin à huit heures quinze, sans aucune raison, en roucoulant pendant qu'elle donnait le biberon au petit Warren. J'ai fini par raccrocher en prétextant des crampes d'estomac.

Ce n'était que le début. Pauvre Jonica. Elle était tellement ordinaire. Son esprit était vierge de toute pensée originale. Plus tard, j'ai suggéré à Vernon qu'il pourrait peut-être la faire déclarer légalement morte compte tenu d'une activité cérébrale nulle.

Une faille dans le système éducatif de l'État lui avait permis d'entrer à UCLA, où elle avait passé quatre années à travailler son bronzage dans le parc de sculptures et à se spécialiser dans ce que l'on appelle « Art ». Je ne sais pas ce qu'ils voulaient dire par là – elle n'avait jamais entendu parler de Mantegna *ni* de David Hockney. Pourtant, sortie de cette usine à diplômes, elle se considérait comme une personne très instruite, même si elle était un peu épuisée par les rigueurs intellectuelles auxquelles on l'avait soumise. « Si vous voulez *acheter* un diplôme, disait-elle en faisant la moue, allez à Pepperdine. »

Ses années à l'université avaient été les plus heureuses de sa vie et, à en juger par le peu de temps que j'avais passé à UCLA, je pouvais comprendre pourquoi : jamais je n'avais vu un établissement proposant autant d'endroits où manger, et chacun caractérisé par un thème, comme s'ils avaient été planifiés par une commission touristique. Il y avait le Chariot manouche, qui attirait la foule juive hippie, avec ses sandales et ses cheveux crépus ; le Potlatch de l'école de commerce, qui ressemblait au bar à cocktails d'un hôtel Marriott ; l'Abri atomique, futuriste et à demi souterrain, rempli de mathématiciens armés de calculatrices accrochées à leur ceinture ; et tant et tant et tant encore, jusqu'à la salle à manger principale d'Ackerman Hall, qui me faisait penser à un club social portoricain, mais en plus éclairé et plus kitsch.

Si elle avait passé un peu plus de temps à étudier et un peu moins à consommer des glucides, elle aurait pu apprendre à lire et à écrire. Cette fille n'avait aucune idée de l'orthographe. « Jeunesse » s'épelait « joness » et, d'après elle, le mois qui suivait mai était « juein ». Elle portait des « djines ». Face à un mot de plus d'une syllabe, elle partait en vrille. Je me souviens d'avoir vu une liste de courses lui rappelant de prendre « six avocolorados ». Mais comment donc aurait-elle pu apprendre les subtilités de la langue anglaise ? Elle ne lisait jamais rien. La pression de ses pairs l'a forcée à trimballer l'un des tomes les plus encombrants de Virginia Woolf, mais le seul livre dans lequel je l'ai vue plonger le nez était un ouvrage intitulé *Bébés animaux*, et Warren n'a cessé de hurler jusqu'à ce qu'elle le lui rende.

Et pourtant, tout le monde la trouvait « Artistique ». Ce qui lui fournissait une excuse pour porter ces fringues bizarres. N'importe quoi renfermait sa part de possibilité. Je l'ai vue un jour tirer un débardeur d'une poubelle sur Hollywood Boulevard. « Joli, s'est-elle exclamée. – Ouais, mais il est couvert de vomi. – C'est seulement de la sauce pizza », a-t-elle rétorqué en portant derechef le truc à son nez pour le renifler avant de le fourrer dans son sac à main. « Je le mettrai au lavage. »

« Elle n'a jamais croisé une robe qui ne lui plaise pas », disait Barrie. Toutes deux se rendaient sans cesse à Eagle Rock ou Long Beach pour des expéditions friperies. Barrie préférait les tenues militaires, les maillots de corps à manches longues et les bottes à lacets. Jonica achetait tout ce qui reflétait la lumière.

Elle avait des vêtements rétro, des robes de vieille dame avec des épaulettes, une étagère pleine de chemises de bowling avec des trucs comme « Pompes funèbres Miller » cousus dans le dos, des uniformes de chauffeur de bus, des blouses de pervenche, des tenues complètes de bikeuses des années cinquante, des mini-robes des années soixante qu'elle portait comme des T-shirts, des smokings blancs et des smokings noirs (qu'elle portait à la maison comme des gilets), des tiroirs remplis d'écharpes, de chaussettes fantaisie et de bijoux en plastique, sans parler des pinces en strass, des broches scarabée en fer-blanc, des broches petit cône de glace et des broches palmiers, etc. À vue de nez, elle avait environ quatre mille T-shirts, tous *provenant* de quelque part, comme le Show Place of the World d'Eddy Martin à Asbury Park, New Jersey, le Downtown Minneapolis YMCA, ou encore le Festival Folk 1974 de Marin County. Elle avait des sandales en plastique, des tongs japonaises, des nu-pieds huaraches mexicains avec de vieux pneus Firestone en guise de semelles, des baskets, des chaussures montantes en caoutchouc jaune que l'on porte à la pêche, des paires d'Enna Jetticks[1], des bottines Clark, des claquettes d'infirmière peintes en vert. Elle avait un sac à main en alligator (le modèle où la tête repliée sert de fermoir) qu'elle transportait partout, plus un tote-bag de la compagnie aérienne Hughes AirWest pour les trucs qui ne rentraient pas dans le sac à main, comme du maquillage supplémentaire, plusieurs vêtements de rechange si l'envie lui en prenait, environ dix-sept carnets d'adresses, de nouveaux ajouts à sa collection de touillettes à cocktail non encore répertoriés, quelques paquets de sucrettes Sweet'N Low, des chewing-gums pour un an, un assortiment de peignes et de brosses à cheveux, une bande dessinée de la série Archie, une montre Timex cassée et de la pommade pour éviter que ses lèvres ne gercent.

Sa réputation d'arbitre des élégances était telle qu'elle a décidé de redécorer l'abri de piscine. Sans même me demander mon avis : j'imagine qu'elle s'est dit qu'un mâle lambda ne pouvait comprendre l'ABC du design. Selon elle, l'élégance discrète que je m'étais échiné à atteindre était un look « emménagement récent ». Elle a décidé qu'une touche féminine s'imposait.

Si je pouvais faire comme si j'étais Dieu et éliminer une forme d'art de la surface de la terre, ce serait ce style natif qu'adore

1. Ligne de chaussures à talons, populaires et abordables.

la Californie : le macramé. Je suis incapable de comprendre pourquoi des gens restent assis à tresser cette ficelle laineuse. Aussi, lorsque notre émule de Dorothy Draper[1] s'est présentée avec une paire de chlorophytons chevelus d'allure maladive qu'elle avait l'intention de suspendre à ma fenêtre grâce à un ensemble de supports pour plantes en macramé assortis (« dans le bon sens du terme », a-t-elle précisé, sous-entendant que les cailloux, coquillages et morceaux de bois flotté incrustés dans les vrilles rêches représentaient une sorte d'ajout *bienvenu*), j'ai tapé du pied si fort qu'on a pu en ressentir la vibration jusqu'à Burbank. Je l'ai informée que j'aimais les choses telles qu'elles étaient et que non, je ne pensais pas qu'il fallait « réchauffer l'atmosphère ». Elle a boudé un moment, puis je lui ai donné un sac de chamallows et tout a été pardonné.

La nourriture ! Mon Dieu, je pourrais consacrer sept heures à ses seules habitudes alimentaires. Ce problème de poids n'avait rien à voir avec les glandes, sauf peut-être les glandes salivaires. En matière de gloutonnerie, nous étions là dans la cour des grands. En première division. Qu'elle manque un repas, et les actions de General Foods se seraient effondrées.

Mes factures de supermarché sont passées à trois chiffres après qu'elle a commencé à venir chez moi. J'ai appris qu'il fallait prévoir des en-cas, sinon elle s'attaquait aux produits de base. Par exemple – un soir, nous sommes tous les deux un tantinet défoncés :

« Qu'est-ce que tu as à manger ?

– Rien.

– Rien ? Tu dois bien avoir *quelque chose*.

– Je ne suis pas allé au magasin.

– Réfléchis.

1. Décoratrice d'intérieur et écrivaine sur le design américaine (1889-1969), connue pour son antiminimalisme.

– Je te dis que je n'ai rien. »

Pause de sa part.

« Il n'y a plus d'olives ?

– Non.

– Et les Froot Loops ?

– Je les ai jetés.

– Tu les as *quoi* ?

– J'ai dû le faire. Ils étaient pleins de fourmis.

– Zut… Qu'est-ce qu'il y a dans le congélateur ?

– Seulement une partie du cerf que le mari d'Eve a écrasé. »

Elle a sérieusement considéré la question pendant un moment, mais rejeté l'idée. « Le cerf, je n'y connais rien. »

Nous regardons une publicité pour un set d'ustensiles de cuisine qui peut faire toutes sortes de choses étonnantes et incroyables, comme être nettoyés par la vision périphérique.

« Tu dois bien avoir *quelque chose*.

– J'ai du bouillon.

– Poulet ou bœuf ?

– Bœuf.

– En cube ou en sachet ?

– En sachet.

– Eh bien, il fallait le *dire* ! »

Elle s'est extraite du lit comme un grizzly. Je m'attendais à ce qu'elle revienne avec une tasse fumante ; au lieu de ça, elle a débarqué avec trois paquets plus une boîte de mélange Mai Tai qui étaient déjà là quand j'ai emménagé et elle s'est mise à tout *engloutir* devant moi. Cette femme mange du concentré de bouillon *tel quel* ! Et elle n'a même pas la décence de s'isoler pour le faire ! J'avais du mal à regarder tellement ça me dégoûtait. Et, bien évidemment, le bouillon lui a donné tellement soif qu'elle a avalé plusieurs litres d'eau glacée et s'est retrouvée à clapoter chaque fois qu'elle changeait de position.

Déjeuner au restaurant était gênant. Elle appartenait au Club de l'Assiette propre – pas seulement la sienne, toutes celles alentour. Après avoir liquidé son repas en un temps record, ses yeux plissés se mettaient à fureter avant de se fixer sur les vôtres. « Tu veux ton cornichon ? » « Tu vas finir ton riz au lait ? » Très vite, elle s'est débarrassée de toute prudence. J'ai dû lui planter ma fourchette dans le poignet un jour où elle a furtivement essayé de me chiper une pomme de terre au four à moitié mangée. Elle s'est excusée, sincèrement embarrassée, tellement embarrassée qu'elle a même laissé une croûte de pain partir avec les plats sans l'attraper au vol.

« C'est comme l'alcoolisme, m'a dit Barrie. Tout ce sucre provoque une montée et elle perd le contrôle.

– Il t'arrive de lui en parler ?

– Je lui en parle, mais je ne prêche pas. C'est la pire erreur que l'on puisse faire avec un gros lardon.

– Qu'en dit-elle ?

– Elle rétorque : facile à dire, toi qui fais du trente-huit. »

Elle avait essayé des régimes, disait Barrie. Elle perdait parfois quelques kilos, mais il suffisait d'une petite contrariété – comme une contravention ou ses nouveaux bigoudis à vapeur qui se cassent avant qu'elle n'ait renvoyé la garantie – et elle filait droit sur le frigo. Nous avons comparé ce que nous avions noté à propos des choses que nous l'avions vue ingurgiter. Sur la liste de Barrie – c'était pour moi inédit – figuraient toute une bouteille de sauce salade Green Goddess, du bacon cru et une banane colonisée par les fourmis. « Elle les a simplement balayées du revers de la main. »

Quand elle ne mangeait pas, ou entre deux bouchées, elle aimait regarder la télé. Elle n'était pas ce que l'on pourrait appeler une téléspectatrice exigeante. Elle regardait n'importe quoi, du moment qu'il y avait du mouvement à l'écran. Elle regardait les dessins animés du samedi matin (*jamais* elle ne manquait les dessins animés du samedi matin). Avec Guadalupe, elle regardait *Disco Fiebre* sur le Canal 41. Puis elles répétaient les pas : ça valait le coup d'œil. Parfois, lorsqu'elle était défoncée, elle répondait à son téléviseur. Elle se disputait avec les présentateurs et leur donnait son avis (en réalité celui de Barrie, j'en suis sûr) sur les armes nucléaires et la crise de l'énergie. Il s'agissait d'un complot de Mobil et Exxon contre les animaux, les fleurs et les enfants du monde entier, l'habituel refrain des cœurs sensibles. Elle détestait les jolies femmes à la télévision. « Va te faire foutre, Kelly », hurlait-elle à la présentatrice météo. Ou « Alors, ton petit plan ne se déroule pas comme prévu, Greer », ne cessait-elle de lancer en ricanant pendant que nous regardions *Prisonniers du passé*[1].

Faire l'amour avec Jonica était une épreuve. Elle n'arrêtait pas d'avoir ces petits comportements taquins tout à fait inconvenants chez une personne de sa corpulence. Un de ses jeux favoris consistait à me surprendre en dessinant un papillon ou quelque chose de ce genre sur son bas-ventre. Je prétendais être ravi, tout en essayant de ne pas régurgiter mon déjeuner ; pendant ce temps-là, elle me faisait les yeux doux et jouait la séductrice. Jésus, quel spectacle !

Un soir, j'ai fait semblant de me transformer en monstre et j'ai failli la faire mourir de peur. Elle s'est précipitée dans le vestiaire pour dames et s'est enfermée dans la cabine. Je l'ai suivie, j'ai éteint la lumière et je suis resté posté là, sans rien dire, pendant qu'elle devenait folle, me suppliant de dire quelque chose ou de rallumer la lumière. Elle pensait qu'elle s'était acoquinée avec l'Étrangleur de Hillside[2]. Elle m'a fait toutes sortes de promesses extravagantes si je disais quelque

1. Drame réalisé par Mervyn LeRoy en 1942.

2. Les « Étrangleurs des collines » : surnom donné par les médias américains à Kenneth Bianchi, puis à son cousin Angelo Buono Jr, auteurs

chose. Elle m'a proposé de me faire un chèque rassemblant tout l'argent qu'elle avait à la banque (seulement cent soixante-dix-huit dollars, en fin de compte). Elle m'a dit qu'elle me donnerait la nouvelle chaîne stéréo qu'elle avait achetée à un camionneur que la mère de Barrie connaissait. J'ai finalement eu pitié d'elle, rallumé la lumière et me suis excusé. Elle a poussé un soupir de soulagement ; je l'ai ramenée au lit en l'étouffant de baisers. Elle n'arrêtait pas de s'éventer en roulant des yeux. « Nom de Dieu », répétait-elle.

Nous nous sommes glissés sous les couvertures.

« Elliot, promets-moi de ne plus jamais refaire ça. »

Pas de réponse.

« Elliot ? »

Elle s'est précipitée en hurlant, cette fois vers la cuisine, où elle a attrapé une bouteille de sirop à pancakes qu'elle a menacé de vider dans mon grille-pain à moins que je ne mette sur-le-champ par écrit que, si je me transformais de nouveau en monstre, ou même si je faisais quoi que ce soit qui puisse être *interprété* comme une transformation en monstre, je lui paierais trente dollars. Que pouvais-je faire ? Je me suis attelé à l'écriture du serment.

C'était une fille étrange.

Comme la vieille dame souffrait de problèmes cardiaques et se remettait encore du choc causé par l'accrochage entre Jonica et Vernon Fetchko, aspirant compositeur à temps partiel et chasseur de fortune à temps plein, nous devions faire semblant qu'il ne se passait rien entre nous. Cela me convenait parfaitement ; plus c'était confidentiel, mieux c'était. Je n'éprouve pas réellement de scrupules à entretenir

---

d'une série de viols et de meurtres dans le Los Angeles de la fin de 1977 et du début 1978.

une liaison avec une femme mariée, mais je n'avais pas envie d'escorter la gravure de mode la plus corpulente du monde à travers tout Hollywood. Les regards que nous avions reçus au cours d'un déjeuner chez Tiny Naylor[1] avaient déjà été suffisamment hostiles, sans parler de ceux qui avaient accompagné nos cornets de glace chez Swensen, où le personnel connaissait Jonica par son nom, ou encore nos sundaes de C. C. Brown, où Jonica détenait une sorte de record du monde en salle – ne me demandez pas lequel.

Nous étions des « tricheurs ». La délectation avec laquelle Jonica assumait ce rôle faisait plaisir à voir. Je suppose que c'est une affaire de gènes, mais une histoire d'amour illicite fait ressortir une stupéfiante dose de ruse chez les femmes Kinney. Si seulement elles pouvaient transformer cette énergie en quelque chose de plus utile, elles pourraient finir comme ces femmes sur lesquelles j'ai récemment lu un papier dans le magazine *Fortune*, celles qui ont leurs propres entreprises de cosmétiques et de pâtisseries, ainsi que des maisons somptueuses et une vie de famille satisfaisante, bien qu'agitée.

Jonica a établi toute une série de règles. La principale d'entre elles était que nous ne devions jamais passer une nuit complète ensemble. Je ne l'ai pas contredite sur ce point. Voici ce qu'elle faisait : elle embrassait sa grand-mère pour lui souhaiter bonne nuit, puis se retirait dans sa chambre. Là, elle passait des coups de fil (en général à moi), triait son linge, se faisait un henné et vérifiait le sommeil du bébé. De longue date, elle avait obtenu de Guadalupe que celle-ci dorme dans la chambre d'enfant lorsqu'elle et Warren étaient à la maison. Comme Guadalupe était l'aînée de douze enfants, la chose lui semblait logique. Elle aurait probablement pu s'occuper de huit ou neuf autres enfants en bas âge sans trop de difficultés.

1. Restaurant de type *diner* emblématique de Hollywood (fermé en 1984).

Vers vingt-trois heures trente, Jonica se faufilait au rez-de-chaussée, sortait par la porte de derrière, prenait le chemin le plus long à travers les buissons et s'introduisait dans ma cuisine. Elle s'assurait d'abord que tous les volets étaient fermés. Vers deux heures du matin, elle repartait en douce. Je manquais de sommcil.

Mais ça a fini par payer. Une nuit, elle a mentionné un album de photos de famille. Soudain, j'ai été tout ouïe. Pourquoi ne l'apporterait-elle pas un soir – demain, par exemple ? Mon intérêt l'a ravie.

Nous avons réarrangé les lampes pour ne pas nous fatiguer les yeux et ouvert l'album en similicuir. J'ai été immédiatement déçu : il commençait par la naissance de Jonica. Hum… oh ! ai-je pensé, valeur historique limitée. Pas de photos anciennes. Principalement des clichés flous réalisés avec un brownie[1], et quelques Polaroid première génération avec des taches dues à une mauvaise application du fixateur. Eh bien…

À la première page, Jonica arrive de l'hôpital – un salami enveloppé d'une couverture, pour autant que je puisse en juger – dans les bras de sa mère souriante. Mais attendez une minute – il y avait quelque chose dans ce sourire. Ça m'a alors sauté aux yeux : Warren G. Harding tout craché. Je me suis redressé.

Ensuite, nous avons admiré des photos de Jonica dans toutes les poses possibles et imaginables pour un bébé, à l'exception de celles qui font souffrir. Elle rampait en couches sur le fameux tapis oriental. Elle se balançait au-dessus du crâne chauve de son père. Celui-ci, au passage, était un rondouillard à lunettes affligé d'une mauvaise dentition.

1. Série d'appareils photo faciles d'usage et bon marché commercialisés par Kodak entre 1900 et 1980.

Elle jouait nue à la plage, agitant une pelle en fer-blanc vers l'appareil tandis qu'une vieille dame en peignoir – « Tante Irma » – lui tournait autour de peur qu'une vague ne l'emporte. Et ma favorite : juchée sur les genoux étonnamment sveltes de sa grand-mère avec un ours en peluche borgne nommé Woger, d'après le joueur des Yankees préféré de son père, Roger Maris.

Ils habitaient une agréable maison en stuc de Mar Vista, où M. Hupper exerçait une activité – laquelle, Jonica n'en avait pas la moindre idée – dans une caisse d'épargne et de crédit du cru. Leur mode de vie ressemblait à celui de la moyenne de la classe moyenne. Ils avaient une véranda à l'arrière, un barbecue portable et une Plymouth flambant neuve qu'ils s'arrangeaient pour inclure dans presque tous les clichés. Je n'ai jamais vu autant de photos de personnes regroupées autour d'une voiture. Un jour, ils l'ont conduite jusqu'à la maison de grand-mère et l'ont photographiée là, tante Irma installée au volant, un sourire dément sur le visage.

Le contraste était saisissant entre l'atmosphère calme et conventionnelle de Mar Vista et le manoir tropical de Mémé. La villa était en bien meilleur état à l'époque. Sur une photo, l'eau jaillit de la grenouille en céramique tandis que Jonica et son père posent en maillot de bain. Le paternel avait l'air un peu mal à l'aise. « Il ne s'est jamais très bien entendu avec ma grand-mère », a précisé Jonica.

Nous avons ensuite vu des photos de la croisière – documentée en long, en large et en travers – de Maman et Papa à La Havane, une bonne affaire décrochée par l'intermédiaire de la caisse d'épargne et de crédit. C'était juste après la révolution et il était impossible d'*offrir* des voyages à Cuba. Par conséquent, tous ceux qui se trouvaient dans le pays recevaient un traitement VIP de la part de la Commission du tourisme cubain, et se trouvaient contraints de faire la tournée des usines de rhum et des exploitations agricoles. Le résultat était plutôt déprimant : sur une multitude de photos on les voit recevoir des échantillons gratuits et poser sous des bannières de bienvenue, entourés de membres des Jeunesses communistes cubaines. Un soir, le 25 janvier 1960 pour être exact, ils se sont rendus à la célèbre boîte de nuit Tropicana. Ils y ont eu droit à une leçon de cha-cha, à un cocktail gratuit et à des jetons de jeu d'une valeur de cinq pesos. Une bande Velpeau a été enroulée autour de la cheville de Maman à la suite d'une chute sur une pièce de maçonnerie branlante du Castillo del Morro ; Papa a donc réservé la plupart de ses danses à une blonde au menton fuyant coiffée à la Debbie Reynolds.

La blonde réapparaissait à la page suivante, assise à côté de Papa au dîner d'adieu du capitaine qui se déroulait à bord de son navire, un rafiot battant pavillon libérien. J'ai tout de suite senti qu'il y avait anguille sous roche. Elle s'appelait Olivia Pratt, m'a informé Jonica, et moins de six mois plus tard, elle deviendrait la seconde épouse Hupper !

« Je continue à être très émue par toute cette histoire, a pesté Jonica. Là, c'est son mari. Un vétérinaire à la retraite. »

À en juger par sa photo, je ne pouvais guère en vouloir à Olive. Le père de Jonica n'était peut-être pas Errol Flynn, mais il paraissait en bien meilleure forme que le vieux Dr Pratt, qui gardait un déambulateur à côté de son fauteuil et avait de telles taches brunes qu'il ressemblait à un dalmatien. Celle qui m'a fait de la peine, c'est la mère de Jonica. Elle était là, le pied entièrement bandé (par le Dr P. ? me suis-je demandé), vêtue d'une robe de soirée élimée dans le genre de celles de Nina Khrouchtchev. L'air pitoyable, elle tentait faiblement de sourire en éteignant une cigarette dans les restes de son omelette norvégienne.

Le divorce, ajouta Jonica, a été compliqué. Papa se sentait tellement coupable qu'il a abandonné ses droits sur elle et a déménagé avec Olive à Chicago pour entamer une nouvelle vie dans le secteur de la tapisserie d'ameublement et des housses, métier qu'il avait appris, croyez-le ou non, à l'armée.

« Vous restez en contact ? ai-je demandé.

– Rester en contact ? s'est-elle écriée. Après ce qu'il a fait à ma mère ? »

Elle a tourné la page, manifestement pour bien me montrer son œuvre : d'après ce que j'ai compris, il lui a fait prendre beaucoup de poids et porter des vêtements laids. Peut-être est-ce là que Jonica a adopté ses habitudes alimentaires.

En tout cas, au moment de l'enterrement de tante Irma, Maman avait commencé à maigrir.

« On dirait qu'elle s'en sort bien, ai-je lancé.

– Qu'elle s'en sort bien ? a grogné Jonica. Elle a le cancer ! »

Elle est partie rapidement. La photo suivante était la dernière : une fête dans une chambre d'hôpital pour le neuvième anniversaire de Jonica. Avec ses quarante-cinq kilos, Maman était méconnaissable. Ses cheveux clairsemés et son air égaré indiquaient clairement qu'elle n'était plus de ce monde pour longtemps. Jonica se tenait d'un côté, embrassant son front, Rebekah Kinney de l'autre, une expression de tristesse sur le visage. Deux semaines plus tard, Maman était morte. On l'a enterrée à côté de tante Irma. Jonica a commencé à renifler. Avec tact, j'ai tourné la page.

« J'ai du mal à supporter cette photo, a-t-elle dit. Après une telle expérience, on a envie de jeter l'appareil par la fenêtre. »

Il s'en est fallu de peu. Mis à part quelques photos d'école et des clichés en camp d'éclaireuses, il n'y avait pas grand-chose d'autre. L'adolescence de Jonica était totalement absente. Ce que je pouvais comprendre. Ma sœur, qui elle aussi a été une jeune fille grassouillette jusqu'à ce qu'une fièvre paratyphoïde contractée lors d'un séjour dans une auberge de jeunesse américaine en Grèce la réduise à quarante-quatre kilos, avait également l'habitude de fuir à la vue d'un appareil photo.

J'ai trouvé quelques clichés en vrac rangés à l'arrière de l'album. La photo de classe de Jonica à Hollywood High (principalement des Asiatiques bûcheurs dans les vêtements les plus propres que vous ayez jamais vus. Tous les autres élèves avaient l'air extrêmement défoncés. Jonica était discrètement placée au dernier rang). Jonica et Barrie affublées de chapeaux traditionnels mexicains et entourées d'un cadre où on lisait « Recuerdo de Tijuana ». *Et* la photo de mariage de Jonica, prise quelques secondes après la cérémonie qui s'était déroulée dans l'une de ces chapelles express de Las Vegas. Vernon était ce qu'on appelle un « client difficile ». Il avait des tatouages faits maison sur le dos des mains, croix gammées pour la plupart (que Jonica appelait « des signes nazis »), et une mine renfrognée teintée de narcissisme. Jonica paraissait à la fois heureuse et terrifiée, comme si elle s'attendait à se faire tuer pendant la lune de miel, mais avait décidé que ça en valait la peine.

J'ai fermé l'album.

« Qui est tante Irma ? » ai-je demandé. À ma connaissance, il n'y avait pas d'Irma dans la famille Kinney.

« Ma tante. Ou ma grand-tante.

– Tu veux dire la sœur de ta grand-mère ? »

Jonica – qui n'avait rien d'un Alex Haley[1] – a réfléchi un moment.

« Je ne pense pas qu'elles étaient vraiment sœurs. En fait, je sais avec certitude qu'elles n'étaient pas sœurs.

– Alors qui était-elle ? »

---

1. Écrivain afro-américain (1921-1992), auteur d'une biographie de Malcolm X et du roman *Racines* (*Roots. The Saga of an American Family*, 1976), sur l'histoire d'une famille afro-américaine, de l'époque de l'esclavage à la période contemporaine. Best-seller dès sa parution, cet ouvrage reçoit le National Book Award en 1976 et Alex Haley le prix Pulitzer l'année suivante, mais Haley devra par la suite répondre à plusieurs accusations de plagiat.

Jonica a paru réfléchir.

« Tu sais, c'est une très bonne question.

– Et ton autre tante ?

– Quelle autre tante ?

– Celle des cartes de correspondance. Mme McLean.

– Oh, elle ? Elle est morte avant ma naissance. Je ne pense pas qu'elle était vraiment ma tante non plus. C'était une amie de tante Irma. »

Génial, vraiment génial, me suis-je dit. Voilà maintenant que j'ai affaire à une tête en l'air qui ne connaît pas le sens du mot « tante ».

« Alors, parle-moi de ton grand-père », ai-je laissé échapper impulsivement.

Ma question ne l'a pas troublée le moins du monde. « Mon grand-père, commença-t-elle. Il était lié au pétrole.

– Comment s'appelait-il ?

– Warren.

– Warren comment ? »

Elle a haussé les épaules. « Kinney, je suppose. Le petit Warren porte son nom.

– C'était ton idée ?

– Tu plaisantes ? Je voulais l'appeler Lyle.

– Et ? »

Elle a souri avec ironie. « Et ma grand-mère nous a donné cinq mille dollars pour qu'on change d'avis. »

J'ai digéré cette info. « Est-ce que ta grand-mère parle parfois de ton grand-père ?

– Pas à moi.

– Alors à qui ?

– Va savoir, à elle-même, je suppose. » Son visage s'est adouci. « Mais elle devait être folle de lui. »

J'ai retenu ma respiration et l'ai laissée continuer.

« Elle lit encore ses lettres. »

J'ai cru que mon cœur allait s'arrêter.

« Ses lettres ?

– Oui. Tous les soirs avant de se coucher, elle lit ses lettres.

– Tu veux dire, les mêmes lettres ? Encore et encore ?

– Je pense que oui. Il ne lui en écrit pas de nouvelles. »

J'ai regardé l'album et tenté de me calmer.

« Il y en a beaucoup ? »

Elle a ri. « Beaucoup ? Seulement sept pleines malles, c'est tout. »

Cette nuit-là je n'ai pas dormi. J'ai si longtemps interrogé Jonica sur les lettres qu'une femme plus intelligente aurait commencé à se méfier. Il n'y avait pas que des lettres, m'a-t-elle dit : il y avait des photos, des cartes postales, des papiers qui ressemblaient à des documents juridiques, des bijoux qu'il lui avait offerts, quelques-unes de ses chemises, Dieu sait quoi encore. Les sept malles étaient une exagération, a-t-elle avoué, il y en avait une, mais elle était grande et bourrée de tout un fatras. Elle ne bougeait pas de la chambre de la vieille dame et personne n'avait le droit de s'en approcher, pas même Guadalupe.

Quand elle était petite, Jonica avait fouillé dedans chaque fois que sa grand-mère n'était pas à la maison. Pendant un certain temps, son contenu l'avait fascinée, puis elle s'était intéressée à autre chose et la malle avait perdu de son attrait. Il y avait des années qu'elle n'y avait pas mis le nez.

Mais elle se souvenait toujours de l'endroit où se trouvait la clé. Dans le tiroir de la table de nuit, juste à côté du lit.

11

Dix jours environ après le début de ma liaison avec Jonica, j'ai reçu un second coup de fil de la vieille dame. Dieu merci, parce que j'étais sur le point de virer complètement barjot.

Pendant cette période, j'ai passé la majeure partie de mes journées à éviter Jonica. La voir tous les soirs était déjà assez pénible ; être traîné chez Barrie l'après-midi, insupportable. J'ai donc inventé une thèse qu'il fallait achever immédiatement. J'ai besoin de temps, seul, pour travailler, lui ai-je dit. En réalité, je restais allongé sur mon lit et lisais des magazines.

Plus le temps passait, plus j'étais paralysé. Comment en était-on arrivé à une telle folie ? Avais-je perdu la tête ? Doux Jésus, ce que je faisais était probablement contraire à la loi.

Et pourtant je n'allais nulle part. Une découverte historique majeure attendait à une cinquantaine de mètres de là. Je pouvais pratiquement la *voir* en regardant par la fenêtre. Mais impossible de trouver un moyen de mettre la main dessus. Ma liaison avec Jonica, quelle blague. Elle en savait moins que moi sur le contenu de la malle. Je doute qu'elle ait même jamais *entendu* parler de Warren Harding. Et la vieille dame risquait de se faire embarquer à tout moment…

Le téléphone a sonné. Jonica savait qu'il valait mieux éviter de m'appeler quand je travaillais, alors j'ai pensé que c'était Eve. Je me suis immédiatement senti coupable. Elle était blessée parce que je la négligeais. Mais je ne pouvais me résoudre à me confier à elle, à lui dire ce qu'il se passait vraiment. D'une certaine manière, je savais que, sous ses airs désinvoltes, elle serait gravement choquée.

« Eve ? » ai-je fait en décrochant.

Un étrange silence m'a averti que, qui que ce soit, ce n'était pas Eve.

« Allô ? a dit une petite voix. M. Weiner ? » C'était la vieille dame. Je me suis redressé d'un coup.

« Oui ? ai-je répondu d'un ton aussi détaché que possible.

– C'est la grand-mère de Jonica. » Mon Dieu, quelle tournure de phrase révélatrice.

Elle voulait que je vienne dîner chez elle le lendemain soir. Est-ce que je serais disponible ?

J'ai dit que je pensais pouvoir l'être.

« Très bien. J'ai quelque chose à vous montrer. Dix-neuf heures, ce n'est pas trop tard ? »

J'ai répondu que ça irait. « Eh bien, au revoir », a-t-elle conclu avant de raccrocher.

Je suis resté assis à regarder le téléphone. Est-ce que cet appel avait vraiment eu lieu ? Il s'était terminé si vite que je n'en étais pas sûr. Puis je me suis avisé du ton conspirateur de sa voix.

« Elle prépare un mauvais coup », a dit Jonica. Elle était convaincue que cela avait un rapport avec elle. Un fait horrible allait être révélé et je ne lui parlerais plus jamais. Depuis qu'elle avait appris l'invitation de sa grand-mère, elle était folle de peur. Nous étions à présent dans le salon de la vieille dame, et nous attendions…

« Où est-elle ? » ai-je demandé. Jonica, assise sur le sofa, semblait bien plus nerveuse que moi. En fait, plus elle devenait nerveuse, plus je me calmais. La fin était en vue. Je *savais* que, quoi que la vieille dame ait à dire, peu importe que ce soit affreux ou humiliant, cela me sortirait de l'impasse dans laquelle je m'étais fourré. Parce que je n'en pouvais plus.

« Elle s'habille », a-t-elle répondu, l'œil fixé sur la télévision. Un instant, elle a paru émerger d'un coma avant d'y sombrer de nouveau.

Je me suis assis à côté d'elle. Un jeu télévisé passait, de ceux où des invités célèbres doivent former des couples avec des personnes ordinaires choisies dans le public.

« La mère de Barrie faisait des apparitions dans cette émission », a-t-elle dit au bout d'un moment. Je n'ai pas répondu.

« Elle y a fait participer Barrie, même si c'est contraire à toutes les règles. »

J'en avais ras le bol d'entendre parler de Barrie. La vie de Jonica était plus ou moins en jeu, et tout ce que cette idiote trouvait à faire, c'était du name-dropping…

« Mais elle n'a pas gagné grand-chose. Juste une cuisinière. Elle était furax. »

J'ai posé la main sur son genou. Peut-être qu'elle comprendrait et changerait de sujet.

« Ne fais pas ça ! a-t-elle sifflé en la rejetant sur mes genoux. Elle peut entrer à tout moment. »

La détestant plus que je n'ai jamais détesté quiconque dans mon existence, je me suis redressé avec raideur et j'ai fixé la télévision d'un regard noir. La célébrité invitée, une joueuse de tennis professionnelle qui nourrissait des aspirations dans le show-biz, devait donner des indices sur sept sujets en trente secondes. La catégorie était « Le bon vieux temps ». Elle restait bloquée sur « Tin Lizzie[1] ». Les secondes s'égrenaient.

« Où sont les toilettes ? ai-je demandé.

– Chut ! » a répondu Jonica, qui s'est penchée en avant pour voir si la joueuse de tennis s'en sortirait.

Ça a suffi. Quelque chose a lâché. Elle m'avait poussé trop loin. J'ai explosé.

« Pour qui tu te prends ? ai-je lancé en me tournant sauvagement vers elle. Tu te prends pour une reine de beauté ? Tu te prends pour Miss Comté de Los Angeles ? C'est ce que tu crois être ? Hein ? Parce que je vais t'en apprendre une bonne. Tu sais qui tu es ? T'es Miss Grossopolis, voilà qui tu es. »

Elle m'a regardé, figée de terreur. Elle a levé la main comme pour repousser mes paroles. Je l'ai rabattue, puis je l'ai agrippée et tordue.

« Comment oses-tu me dire de me taire ? Comment oses-tu me faire taire, espèce de grosse truie ! Comment oses-tu ! »

Elle a crié de douleur.

« Je ne sais pas pourquoi je t'ai supportée aussi longtemps. Tout ce que tu fais, c'est gaver tes joues adipeuses. C'est écœurant. J'ai envie de vomir chaque fois que je te regarde manger. Espèce de grosse salope de truie. »

J'ai entendu le grincement du fauteuil roulant de sa grand-mère dans le couloir. J'ai rejeté sa main et regardé vers la porte. Je tremblais tellement que je n'arrivais pas à y croire.

La vieille dame est entrée et a manœuvré jusqu'au centre de la pièce.

« Eh bien, bonjour, monsieur Weiner. Vous vous sentez comme chez vous ?

1. Surnom de l'automobile « Model T », commercialisée par Ford au début du XXe siècle.

– Oh, absolument », ai-je répondu sottement. J'ai jeté un coup d'œil à Jonica. Elle était manifestement en état de choc.

« Très bien, a dit la vieille dame. Très bien. »

Elle s'est avancée jusqu'à voir la télévision.

« C'est Ann-Margret ? a-t-elle demandé en cherchant ses lunettes.

– Non, je ne crois pas.

– Je croyais que c'était Ann-Margret qui passait à cette heure.

– Peut-être qu'elle passera plus tard. » J'ai de nouveau regardé Jonica. Elle me fixait avec une expression que je ne lui avais jamais vue auparavant et que je ne parvenais pas à interpréter.

« Est-ce qu'Ann-Margret passe plus tard ? » lui ai-je demandé.

Elle a refusé de répondre.

Je me suis retourné vers la vieille dame. « Pourriez-vous me dire où se trouvent les toilettes ? » Elle le pouvait ; et après qu'elle l'eut fait, je me suis levé et je suis sorti en jetant un regard hautain à Jonica. Qu'elle aille se faire foutre, si elle ne veut même pas me parler.

J'ai fermé la porte de la salle de bains et m'y suis appuyé, encore tremblant. Qu'est-ce qui m'avait pris ? Bon sang, je lui avais tordu le bras jusqu'à la faire crier.

Je me suis aspergé le visage d'eau. Puis j'ai regardé dans l'armoire à pharmacie. Rien d'autre qu'un vieux bouchon de lavabo en caoutchouc et une épingle à nourrice. Je me suis assis sur le bord de la baignoire pendant une minute, histoire de me calmer. Puis je me suis dirigé vers les toilettes.

Bien que perdu dans mes pensées, j'ai distinctement entendu la porte s'ouvrir. J'ai tourné la tête d'un coup sec.

C'était Jonica.

Elle était agenouillée sur le sol. Des larmes coulaient sur son visage. De la morve dégoulinait de son nez. Elle a ouvert la bouche. Un croassement en est sorti. Puis elle s'est mise à ramper vers moi, un peu comme les paysans pénitents approchent la Vierge.

Dans le même temps, moi je pissais sur le rideau de douche.

J'ai remonté ma braguette et elle m'a attrapé les mains. Elle a commencé à les embrasser et à les frotter contre ses joues humides. Il m'a semblé qu'elle essayait de dire quelque chose, mais je ne parvenais à distinguer que des sanglots inintelligibles.

Alors, Elliot, voici venu le moment de vérité. À quoi t'attendais-tu, sinon à ça ? Te voilà satisfait ? Tu dégotes ce produit pas très fute-fute du système scolaire californien, cette dingo émotionnelle, tu la couvres d'attention, tu lui offres à boire et tu l'emmènes dîner, tu la traites comme si elle était Liv Ullmann – mon Dieu, la pauvre fille a dû être terrifiée. Ton intérêt pour elle n'avait aucun sens. Elle était idiote, mais *pas à ce point*. Elle n'attendait qu'une chose : que le ballon éclate. Et c'est finalement ce qui s'est passé.

Je l'ai regardée, recroquevillée sur le tapis de bain comme une baleine échouée sur le rivage, sa jupe d'occasion remontée autour des cuisses. Que vais-je faire à présent ? Bon sang, mais que vais-je faire à présent ?

« Tout va bien, Jonica, tout va bien. »

Je me suis penché et je lui ai donné une petite tape.

« Maintenant, reprends-toi. Va te mettre un peu d'eau sur la figure. Prends ton temps. Ne t'inquiète pas. Tout va bien se passer. »

Elle a levé les yeux vers moi. « Pourquoi tu me détestes ? a-t-elle sangloté.

– Je ne te déteste pas, Jonica. Maintenant, va te mettre un peu d'eau sur la figure. »

Le dîner a été un cauchemar. Nous avons mangé devant la télé sur des petits plateaux apportés par Guadalupe – poulet bouilli, carottes et salade de maïs. Une sitcom sur une famille noire blablatait – où leur cousin de Buffalo allait-il dormir pendant sa visite ? La vieille dame ne quittait pas l'écran des yeux, sauf pour examiner son assiette. Elle avait atteint l'âge où manger demande énormément de concentration. Elle mordait timidement dans chaque bouchée, comme si elle avait peur d'y trouver des os.

J'avais tout le loisir d'étudier le visage de Jonica. Il n'était pas beau à voir. Elle était revenue de la salle de bains, le regard si vide qu'elle m'avait inquiété. Je me suis dit qu'il fallait peut-être l'envelopper dans une couverture. Elle avait cessé de pleurer, mais ses yeux restaient gonflés et rouges. Ils fixaient le lointain. De temps en temps, elle reniflait.

Pour une fois, elle ne s'intéressait pas à sa nourriture. Elle a mécaniquement pris un peu de légumes qu'elle a mâchés très lentement. Elle s'arrêtait avant d'avaler, comme si elle avait mal à la gorge. Je crois qu'elle n'a pas touché à son poulet.

La conversation était inexistante. Tout le monde avait les yeux rivés sur la télévision. À un moment donné, la vieille dame a lancé : « Oh, regardez, c'est Robert Young. » Ce n'était pas Robert Young, mais je l'ai laissée continuer à le penser. Jonica n'a pas semblé avoir remarqué. Le dessert est arrivé : pudding au chocolat.

La vieille dame l'a examiné d'un air malheureux. « Oh, mon Dieu, a-t-elle dit en se tournant vers Jonica. Tiens, prends ma part. »

Jonica a regardé le pudding comme si elle essayait de comprendre de quoi il s'agissait.

« Allez, a dit la vieille dame en lui faisant un signe.

– Non », a-t-elle dit sans manifester d'intérêt. Elle s'est retournée vers la télévision.

« Eh bien ! s'est exclamée la vieille dame, proprement sidérée. Peut-être M. Weiner en voudra-t-il. »

Cet atroce repas s'est enfin terminé. Jonica s'est levée. « Il faut que j'aille voir Warren », a-t-elle annoncé. Dans sa hâte à sortir de la pièce, elle s'est cognée contre la console en essayant d'éviter le fauteuil roulant de sa grand-mère.

Guadalupe est arrivée avec du café instantané. J'ai regardé Mme Kinney. Elle affichait une expression de satisfaction. En ce qui la concernait, son dîner était manifestement un grand succès.

J'ai attendu qu'elle prenne la parole. Cale-toi sur elle, m'étais-je conseillé un peu plus tôt. Mais à présent, et après ce qui s'était passé, j'étais certain que la bombe qu'elle allait lâcher ne serait à coup sûr que déception. J'ai moi-même été sidéré de découvrir à quel point.

« Est-il vrai que vous enseignez l'anglais ? » m'a demandé la vieille dame, les yeux brillants.

Pour être tout à fait honnête, je ne me souvenais pas de ce que j'avais prétendu enseigner. Mais j'ai répondu que oui, c'était bien vrai.

« Et que savez-vous en matière de poésie ?

– Ah, la poésie ! » Mon ton laissait entendre qu'elle était tombée sur la passion de mon existence.

Elle s'est mise à rayonner. « Je me disais bien que vous sembliez appartenir à la confrérie des poètes.

– Seuls les poètes connaissent la vérité », ai-je paré en citant la devise de mon école primaire (devise très inappropriée, si je puis me permettre).

« Quel genre de poèmes écrivez-vous ? » a-t-elle demandé.

Je me suis figé l'espace d'une toute petite seconde. « Des poèmes dédiés à la nature, ai-je dit.

– Utilisez-vous des rimes ?

– J'en utilise souvent.

– Moi, j'en utilise *toujours*. C'est ce qui fait qu'un poème est un poème. »

J'ai fait semblant de considérer la chose.

« *Enseignez*-vous la poésie ? a-t-elle poursuivi.

– Oh, non, ai-je laissé échapper, mais je me suis rattrapé. Pas ce semestre, non. Pas du tout cette année.

– Mais vous avez déjà enseigné la poésie ?

– Oui. »

Elle a marqué une pause. « Est-ce que vous me rendriez un grand service ?

– Bien sûr.

– Lisez mes poèmes. Lisez-les. Et dites-moi ce que vous en pensez. »

J'ai répondu que j'en serais ravi.

« Très bien », a-t-elle gloussé. Elle a levé sa tasse de café en guise de petit toast. Comme un idiot, je l'ai imitée.

« Dites-moi, a-t-elle repris, d'humeur plus sérieuse. Avez-vous déjà entendu parler de Howard Kesselbaum ? »

Howard Kesselbaum. Mais qui était Howard Kesselbaum ? Était-ce quelqu'un qui était lié à Harding ? Était-elle sur le point de me dire quelque chose ? Était-ce la *véritable* raison pour laquelle j'avais été invité ?

« Ce nom me dit quelque chose.

– C'est mon professeur au centre pour personnes âgées, a-t-elle poursuivi. C'est un poète publié. Il pense que je suis assez douée pour être moi-même publiée dans des magazines. »

C'était donc *là* qu'elle allait tous les mercredis après-midi. Évidemment.

« Eh bien, en effet, vous devez être très, très douée », ai-je répondu.

Elle s'était dit la même chose. « Mais je voudrais un deuxième avis, a-t-elle ajouté, avant de commencer à les envoyer. »

Il a été décidé que je reviendrais dans un jour ou deux pour prendre le thé et lire son travail. J'ai beaucoup insisté pour noter le rendez-vous dans mon agenda, ce qui l'a tellement excitée que sa jambe s'est mise à gigoter. Je l'ai regardée du coin de l'œil : allait-il falloir que j'appelle Guadalupe ? Puis elle s'est calmée.

« Et j'attends de vous que vous me rendiez la pareille », a-t-elle déclaré lorsque je me suis levé pour serrer sa main flétrie.

« La pareille ?

– Vous aussi devez me montrer vos poèmes. »

Je l'ai dévisagée.

« Ce n'est que justice… a-t-elle commencé en reculant un peu.

– Je ne les montre jamais à personne.

– Ah ! ah ! a-t-elle lancé en levant un doigt. D'après Howard Kesselbaum, c'est le premier signe d'un mauvais poète. »

Que Howard Kesselbaum aille se faire foutre. « Eh bien, nous verrons. »

Il faisait inexplicablement frais ce soir-là, et les maisons de Los Angeles ne sont pas construites pour le froid. Pourtant, même les plus simples d'entre elles sont équipées d'une sorte de mécanisme de chauffage, généralement un bidule à gaz non ventilé que l'on accuse toujours d'être à l'origine de la mort d'une famille de quatre personnes durant les fêtes de fin d'année. J'ai été choqué de découvrir que l'abri de piscine n'était même pas équipé d'un machin aussi risqué.

J'ai donc enfilé un bas de pyjama qui appartenait à Pam. Il était froncé aux chevilles par des élastiques : je crois que c'est ce qu'on appelle le style « harem ». Ce qui est curieux, car il était coupé dans un épais tissu écossais à carreaux. Peu importe, c'était la chose la plus laide que vous ayez jamais vue. Mais c'était chaud. Je portais également un sweat-shirt et une paire de chaussettes à motif losanges.

Je me suis blotti devant la cheminée, brûlant page après page de vieux exemplaires du *Los Angeles Times*. Vous savez ce qui arrive quand vous faites ce genre de choses : vous ne cessez de vous laisser absorber par les articles que vous n'aviez pas lus. Je suis tombé sur un papier consacré au zoo de San Diego. Mon Dieu, quel charmant et modeste petit commerce que celui des zoos. Je n'avais jamais réalisé combien il était charmant et modeste. Avec des attraits que je n'avais jusqu'à présent jamais pleinement appréciés. Je me suis demandé si on m'y réengagerait.

J'ai entendu frapper à la porte.

Je m'étais attendu à quelque chose. Parfait, me suis-je dit, elle frappe à la porte. Et à la porte d'entrée, qui plus est. Elle appréciait ces gestes vains et dramatiques. C'était sans doute sa façon de proclamer un changement dans notre relation. Je l'imaginais, de l'autre côté de la porte, le visage empreint d'une noble souffrance, comme Melina Mercouri dans ces films pour lesquels elle remporte toujours des récompenses dans les festivals de cinéma européens.

Mais ce n'était pas Jonica.

Barrie se tenait devant moi, engoncée dans un grand manteau militaire vert, une expression sinistre sur le visage.

« Faut que je te parle », a-t-elle annoncé en entrant d'un pas décidé dans la pièce. On aurait cru que Napoléon passait dire bonjour.

« J'allais me coucher, ai-je dit pour expliquer mon accoutrement.

– Pas de chance. »

Elle n'était encore jamais entrée chez moi. Elle a jeté un coup d'œil autour d'elle et grimacé, comme si ses pires soupçons venaient d'être confirmés.

« Comment va-t-elle ? ai-je demandé.

– Comment va-t-elle ? singea Barrie. Elle menace de se suicider, c'est tout. Un suicide ordinaire, tout ce qu'il y a de plus banal. Qu'en dit ta conscience, trouduc ? »

Je suis resté silencieux, le regard fixé sur le sol. Laisse-la vider son sac, me disais-je. Curieusement, les insultes qu'elle me balançait ne me touchaient pas. Au contraire, plus elle développait, plus je me sentais guilleret. *Je mène tous ces gens en bateau*, ai-je compris pour la toute première fois. À ma manière, folle et insensée, je fais un boulot spectaculaire. En réalité, mon seul problème consistait à *trop* bien les tromper. Cela, et le fait de tout prendre si personnellement.

C'était une découverte électrisante. J'ai commencé à envisager toutes sortes de possibilités.

Barrie a traversé la pièce et s'est assise sur l'un des fauteuils en bambou. Elle a secoué tristement la tête en regardant la cheminée. « Combien de fois, a-t-elle murmuré. Combien de fois ?

– Combien de fois quoi ? »

Elle m'a considéré durement. J'avais lâché ma réplique un peu trop vite.

« Combien de fois Jonica va-t-elle se fourvoyer avec des sales types ? »

Je suppose que l'objectif était de me culpabiliser. En tout cas, j'ai fait de mon mieux pour donner le change.

« Je ne peux pas laisser cela lui arriver encore une fois. Je ne *laisserai* pas faire.

– Laisser faire quoi ? »

Elle n'arrivait pas à l'expliquer. « Oh, tu sais », a-t-elle dit, et elle a enfoui son visage dans ses mains. J'ai attendu. Au bout d'un moment, elle a enchaîné : « Jonica a une histoire pathologique de liaisons avec des hommes peu recommandables. »

Elle a vu que je me hérissais.

« Je ne dis pas que tu n'es pas recommandable, a-t-elle poursuivi rapidement. Mais je t'en supplie. S'il te plaît, s'il te plaît ne lui fais pas de mal.

– Qu'est-ce qui te fait penser que j'ai l'intention de lui faire du mal ? »

Elle a soupiré. « C'est que j'ai déjà vu ce schéma se produire. » Elle a semblé réfléchir et a laissé échapper un rire bref. « Dieu tout-puissant, je l'ai vu ce schéma… Elle fait tout pour se faire mal. Elle t'a déjà raconté l'histoire de David Winickie ? »

J'ai secoué la tête.

« Il était grand et maigre, il avait les épaules tombantes. Il était célèbre pour son acné. Il représentait la mesure étalon selon laquelle toute acné peut être jugée. Peu importait la gravité de la vôtre, vous aviez toujours la consolation de savoir que la sienne était pire. Et il n'y avait pas que l'acné. Sa voix n'a pas mué jusqu'en terminale. C'était le seul garçon qui prenait des cours d'éducation ménagère. Celui qui avait toujours le rôle principal dans la pièce de théâtre du lycée. Tu vois le genre. »

J'ai senti mon visage s'empourprer. L'un des triomphes de mes années de collège avait été le rôle de Gene Kelly dans *Brigadoon*. Je connaissais encore toutes les chansons.

Barrie n'a rien remarqué. Elle a continué son histoire : « David et Jonica avaient cette grande, ouvrez les guillemets, romance, fermez les guillemets. Ils allaient toujours faire un tour chez Bullocks[1] après les cours, ou au cinéma à Westwood. Quelques autres filles traînaient avec eux. De vraies tocardes.

1. Chaîne de grands magasins dont l'établissement situé à Los Angeles était le navire amiral.

Je me souviens de l'une d'entre elles, Isabel Titus, qui avait des mains étranges. Les pouces étaient énormes. On aurait dit des pinces de homard. » Elle a frissonné. « Dieu merci, je n'ai jamais fréquenté cette école. Bref, juste avant la cérémonie de remise des diplômes, David Winickie s'est fait arrêter pour avoir tripoté un flic de la brigade des mœurs au Pepino's, le ciné porno sur Hollywood Boulevard. L'endroit même où l'adjoint au maire s'est fait prendre. Tu te souviens de cette histoire ? »

J'ai répondu qu'elle devait dater d'avant mon époque.

« Ça a provoqué un sacré bordel. On a refusé de le laisser obtenir son diplôme. Jonica a tenté de lancer une pétition. Personne n'a voulu la signer, sauf les autres grosses et le professeur de musique, qui de toute façon passait la majeure partie de son temps libre au Pepino's. »

Je n'étais pas certain de comprendre où elle voulait en venir.

« Et qu'est-il arrivé à David ?

– Oh, il a été envoyé voir un psychiatre et il a essayé de se suicider… Il a fini par avoir la décence de déménager à San Francisco et de disparaître. »

Il y a eu un moment de silence. « Et Jonica ? »

Barrie a marqué une pause avant de répondre. « Je crois que Jonica était trop naïve pour comprendre réellement la situation. Mais je dirai ceci à son crédit. Elle l'a soutenu jusqu'à la fin. Elle est très loyale. Une fois qu'elle vous aime, elle est capable de tout pour vous. »

Il y avait là matière à réflexion. Tellement de matière, en fait, que je suis resté assez longtemps à réfléchir.

Barrie a dû sentir qu'elle avait perdu son public. Elle a allumé une cigarette – un vieux truc d'acteur –, puis m'a fichu la frousse en lisant dans mes pensées.

« Qu'est-ce que tu attends de Jonica ? » a-t-elle demandé. L'espace d'une folle seconde, j'ai envisagé de le lui avouer.

L'avoir de mon côté aurait ses avantages : elle était meilleure intrigante que moi ; et toute cette histoire de Donna prouvait qu'elle savait vraiment la boucler. Mais j'ai immédiatement fait machine arrière. Je ne l'avais pas encore cernée, et tant que je n'ai pas cerné les gens je ne leur fais jamais confiance.

« Comment ça ? » ai-je répondu pour gagner du temps. L'obliger à préciser sa pensée.

« Au début, j'ai cru que tu en avais après l'argent, a-t-elle dit avec un léger sourire. Vernon, lui, en avait après l'argent. Puis il a découvert à ses dépens qu'il n'y en avait pas. Mais tu le sais déjà. Je suis donc revenue à la case départ. »

J'ai secoué la tête en essayant de prendre un air résigné. Mais mon cœur battait à tout rompre. Changeons de sujet ! me suis-je écrié intérieurement.

« Qu'est-ce que je peux dire ? ai-je lancé en haussant les épaules. Peut-être que tout ce que je désire, c'est la rendre heureuse. »

L'expression de Barrie s'est adoucie. « Peut-être bien, a-t-elle dit. Peut-être bien. »

L'occasion semblait appeler une trêve. Je suis allé dans la cuisine et j'ai farfouillé à la recherche de quelque chose à grignoter. Dieu sait que j'avais de quoi manger. J'ai aussi trouvé une bouteille de scotch. Barrie, qui avait participé à un camp de vacances dédié à la survie en pleine nature lorsqu'elle était adolescente et appris les techniques de survie, a fait un petit feu assez crédible. La pièce est devenue presque confortable.

« Eh bien, eh bien, eh bien, a-t-elle dit en mordant dans un cracker. Peut-être que nous allons devenir amis après tout.

– Comment ça, après tout ?

– J'ai été un peu déçue au départ, a-t-elle avoué. J'ai pensé : un snob, on a touché le gros lot ! Il y avait quelque chose dans ton apparence.

– De quoi j'ai l'air ? »

Elle a croisé les bras, s'est reculée, les yeux plissés sur moi.

« Tu veux me voir de profil ?

– S'il te plaît. »

J'ai tourné la tête.

« Tu as un très beau nez. »

On considère généralement que mon nez est mon meilleur atout, mes sourcils et mes pommettes venant juste après. Le défaut le plus évident – un menton assez peu marqué – est plutôt bien camouflé par une barbe soigneusement taillée, et mon front dégarni n'est presque jamais visible, sauf lorsqu'il y a beaucoup de vent, ce qui, avouons-le, est une chose avec laquelle il faut apprendre à vivre. Aucun de ces produits dont on parle habituellement n'améliore quoi que ce soit. En fait, si vous voulez savoir, ce qui cloche chez moi, c'est que mes jambes sont trop courtes de cinq centimètres par rapport au reste de mon corps. Mais tant que j'évite les pantalons taille basse, il n'y a pas de problème. Mon frère cadet, celui de la famille qui attire tous les regards, a été élu « Terminale le plus craquant » de sa classe à la Shady Side Academy. (L'année de ma terminale, on m'a attribué « Sort de l'ordinaire » – je vous laisse juge, moi je n'ai jamais su pourquoi.) Quoi qu'il en soit, on lui a proposé de tourner dans une publicité pour le bain de bouche Scope, mais il a refusé parce qu'il aurait dû interpréter le rôle de quelqu'un qui a mauvaise haleine, ce qu'il trouvait indigne de lui. Quel crétin ! Il aurait pu gagner douze mille dollars. Et à la *fin* de la publicité, il était débarrassé de sa mauvaise haleine.

J'ai remercié Barrie pour son compliment et je nous ai servi un autre verre. La conversation est devenue plus naturelle : une discussion sur l'art, le temps et l'espace, comme on en a autour d'un scotch à deux heures du matin. Nous nous étions tellement éloignés de notre sujet initial – Jonica – que lorsqu'elle est apparue dans l'embrasure de la porte, un petit sourire pathétique sur le visage, nous avons levé les yeux avec autant de culpabilité que si nous avions été surpris en train de flirter.

« Bonsoir », a-t-elle dit d'une petite voix rauque. Elle a toussé et sorti un Kleenex de sa poche.

Nous nous sommes levés d'un bond. Barrie s'est précipitée vers elle et lui a pris la main.

« Comment te sens-tu ? lui a-t-elle demandé d'un ton inquiet.

– Je me suis déjà sentie mieux », a répondu Jonica.

Elle avait aussi déjà eu meilleure allure. Ses yeux étaient si irrités à force d'avoir pleuré que les tamponner la faisait souffrir. Et l'imperméable qu'elle portait ! Boutonné n'importe comment, il lui donnait l'air d'une énorme écolière de maternelle.

« Tu as besoin de quelque chose ?

– Je n'ai besoin de rien. »

Barrie a dit qu'elle devait rentrer. Elle a enfilé son manteau et pris Jonica dans ses bras. « Tu sais que je t'adore, chérie », a-t-elle dit en l'embrassant sur la joue. Puis elle l'a encore une fois serrée dans ses bras et elle est partie. Elle n'a même pas jeté un regard vers moi.

Nous y voilà. Enfin seuls. J'ai guidé Jonica jusqu'au fauteuil que Barrie venait de quitter. Elle était si raide et si distante que j'ai eu l'impression de déplacer un meuble. Le feu s'était éteint. La pièce était si froide qu'il semblait inopportun, voire pervers, de lui demander d'enlever son manteau.

Je l'ai fait asseoir. C'était la deuxième femme lourdement vêtue à s'asseoir à cet endroit ce soir-là. Seulement celle-ci était deux fois plus grosse que la précédente. Le métier de psychiatre doit ressembler à ça. Un problème après l'autre, mais le fauteuil reste le même.

Jonica était morte de peur. Pas étonnant, elle pensait probablement que j'allais la frapper.

Mais j'étais l'image même de la compassion. Je l'ai mise à l'aise, je lui ai servi un verre, je me suis assis à côté d'elle et lui ai pris la main. Et puis, en commençant très lentement, j'ai fait quelque chose qui m'a surpris moi-même.

Je lui ai dit qui j'étais vraiment. Je lui ai dit qui elle était vraiment. Je lui ai dit ce que je voulais.

Je lui ai dit la vérité.

12

Je ne sais pas ce que j'imaginais de la réaction qui allait être la sienne.

En fait si. J'envisageais deux possibilités :

– Surexcitée, elle se rend compte qu'à sa manière, modeste et pathétique, elle est célèbre, commence à se préparer pour participer à *Donahue*[1] et, pour l'essentiel, se ridiculise (je dis ça parce que je connais Jonica).

OU

– Elle fait une dépression nerveuse ; découvrir le passé peu reluisant de sa famille la précipite dans le gouffre au bord duquel elle titubait depuis l'âge de deux ans. Désormais elle ne pourra jamais, jamais être une « personne normale » (je dis cela parce que je me connais).

Je vais essayer d'expliquer ce que je veux dire. J'ai beau avoir rejeté nombre des valeurs de la haute bourgeoisie de Pittsburgh dont je suis le produit, je m'accroche toutefois encore à certaines exigences. Je ne regrette pas, par exemple, que tous les membres de ma famille aient jugé bon de se marier

1. *The Phil Donahue Show*, diffusé de 1967 à 1996, considéré comme la première émission d'entretiens et de débat incluant la participation du public.

avant de se reproduire ou qu'ils aient choisi des partenaires séduisants, bien éduqués et qui ne risquent pas de faire l'objet de moqueries au country club. Non que l'on puisse espérer me surprendre au country club. Mais tout de même. Le malheureux premier mariage de ma sœur avec un Italien dessinateur d'épingles de cravate qu'il vendait lui-même, installé à une table de fortune devant l'entrée du grand magasin J. C. Penney de la Sixième Avenue, a été une terrible expérience pour toute la famille. « Le choix de Susie, pour l'instant », disait stoïquement ma mère. Au bout d'environ six mois, ma sœur a fini par se ressaisir et elle est à présent mariée à un combinard de Cleveland, propriétaire de six kiosques Fotomat[1] et avocat. J'ai donc hérité du titre de bon à rien de la famille. J'ai toujours eu une relation amour-haine avec Pittsburgh. Je pense que je suis trop émotif ou trop déterminé ou trop *je-ne-sais-quoi* pour cette ville grise située sur les rives de la Monongahela. Pam m'a un jour surnommé « la Médée de Mount Lebanon ».

C'est donc avec beaucoup d'inquiétude que j'ai entamé ma confession. Étais-je en train de jouer avec le feu ? De faire une grave erreur ? Peut-être aurais-je d'abord dû appeler le psychiatre de Pam, le Dr Munsterberger. Il était réputé pour réconforter les femmes névrosées. Mais après avoir commencé, impossible de m'arrêter. Tout s'est enchaîné.

Même si j'avais maintes fois joué le scénario de ce moment dans ma tête, rien ne m'avait préparé à ce qui s'est réellement passé.

Jonica n'en avait tout simplement rien à cirer.

1. Chaîne américaine créée au début des années 1960 dont la spécialité était d'offrir un « service au volant » de développement photographique, du jour au lendemain, dans des kiosques (reconnaissables à leurs toits jaunes en forme de pyramide) situés sur les parkings des centres commerciaux.

J'ai raconté toute l'histoire – ou à peu près toute l'histoire – et comment a-t-elle réagi ?

Elle m'a regardé avec ses grands yeux bovins et m'a dit : « Elliot, tu m'as blessée. »

J'ai d'abord cru qu'elle voulait dire que je lui avais infligé une souffrance psychique. Puis elle a désigné le poignet que j'avais tordu.

« Tu m'as blessée. Peu importe ce que tu penses d'une autre personne, tu ne devrais jamais la blesser. Même Vernon ne m'a jamais blessée. Physiquement. »

Je savais pourtant qu'elle avait écouté. Ses yeux étaient restés ouverts pendant toute l'histoire. Elle avait même hoché la tête à plusieurs reprises.

Je me suis levé et je me suis approché de la fenêtre. Les lumières de la ville clignotaient furieusement. J'ai dû me détourner. Elles me filaient la migraine.

« Je suis désolé de t'avoir blessée.

– J'ai eu peur », a-t-elle dit d'un ton maussade.

Je me suis approché d'elle. J'ai ajouté d'un ton plus léger : « Moi aussi, j'ai eu peur. » Elle a levé la tête, une lueur d'espoir dans les yeux. « Tu n'as pas idée de la pression que j'ai subie, ai-je poursuivi.

– Oh, je peux comprendre, a-t-elle répondu avec enthousiasme. Je peux comprendre. »

Je l'ai regardée longuement. « Jonica, que penses-tu de ce que je viens de t'apprendre ? À propos de ton grand-père ? »

La panique a traversé son visage, comme s'il y avait une bonne réponse à ma question, mais qu'elle ne la connaisse pas.

« Je pense que… c'est bien.

– Mais qu'*éprouves*-tu ? »

Elle a fait mine de se concentrer sur cette question, principalement, j'en suis sûr, pour m'apaiser. Puis quelque chose a semblé faire mouche dans son esprit.

« Elliot, a-t-elle commencé, apparemment catastrophée.

– Quoi ? »

Elle a bafouillé. « As-tu… fait ce que tu as fait… avec moi… à cause… de mon grand-père ? »

Le moment était enfin arrivé. Le moment sur lequel tout reposait. Ma tête pulsait.

« Bien sûr que non.

– Alors pourquoi ?

– À cause de toi. »

La pièce était si calme que j'entendais le robinet goutter dans la cuisine. Jonica fixait le mur. On aurait pu la croire face à un peloton d'exécution.

« Est-ce que tu m'aimes ? a-t-elle demandé comme si c'était la chose la plus difficile à faire au monde.

– Oui », ai-je répondu, et elle a éclaté en sanglots.

Elle a pleuré pendant cinq bonnes minutes. Je me suis approché et je l'ai prise dans mes bras, la laissant pleurer toutes les larmes de son corps. J'ai regardé ma montre. Il était deux heures et demie du matin.

Au bout d'un moment, elle est devenue plus cohérente. « Je t'aime tellement, Elliot. Parfois j'ai envie de mourir, tellement je t'aime. Je n'aurais jamais imaginé que quelqu'un comme toi tomberait amoureux de moi. Je n'arrive toujours pas à y croire. Je n'arrive pas à y croire ! Quand tu m'as hurlé dessus, j'ai failli me tuer. J'ai même pris un couteau…

– Chhh… ai-je dit en la berçant. Tout est différent maintenant. Maintenant, nous sommes réellement ensemble. Nous sommes vraiment une équipe. » Elle a encore sangloté un peu. Comment allais-je réussir à la ramener sur le sujet ? « Tu vas être célèbre à présent, tu sais. »

Elle s'est reculée et m'a regardé, la morve au nez.

« Qu'est-ce que tu veux dire ?

– Ton grand-père. Tu ne comprends pas ? »

Elle a eu l'air surprise. « Tu crois ?

– Tu es comme Julie Nixon. »

Ses yeux se sont mis à briller : elle avait fait le rapprochement ! Elle a sorti un Kleenex de sa poche.

« Bien sûr, tout dépend des papiers. »

Elle m'a regardé. « Les papiers ? Quels papiers ? »

Mon mal de tête empirait. « Les papiers, dans la malle de ta grand-mère.

– Oh, *ces* papiers, a-t-elle dit en se mouchant. Eh bien, je ne pense pas que nous puissions faire grand-chose. Elle va les brûler.

– *Quand ?*

– Oh, avant de partir en maison de retraite. Elle ne veut pas qu'une tripotée d'infirmières farfouille dedans. » L'esprit de Jonica s'était égaré quelque part. Puis elle a remarqué ma réaction. « Est-ce si important ? Les gens croiront qui je suis sans ces papiers, non ?

– Jonica, ces papiers sont irremplaçables. Ce sont des documents historiques.

– Les papiers de ma grand-mère ? »

J'ai tenté une autre approche. « Et ils valent une fortune. »

Elle s'est mordillé l'ongle du pouce. « Une fortune ? Combien ? »

J'ai esquissé un geste de la main. « Ça dépend. Quelques milliers. »

Elle a fait la moue un instant. « Je me moque de l'argent », a-t-elle déclaré avec superbe, sa décision étant prise. « Ma grand-mère veut les brûler, c'est comme ça. » Elle a bien remarqué que ses paroles ne me plaisaient guère. « Elliot, *c'est* ma grand-mère. »

Je lui ai pris la main et l'ai regardée dans les yeux. « Et moi qui suis-je, Jonica, qui suis-je ? »

Elle a vite compris ce que je voulais dire. « Oh, Elliot, s'il te plaît, je suis désolée, je suis désolée. Je vais te les chercher, je vais te les chercher, je te le promets, oh, chéri... »

Elle est partie vers trois heures, en répétant sa nouvelle expression préférée : « Ça semble tellement *juste.* » Elle a développé : « Nous, je veux dire. C'est complètement fou, mais ça semble tellement *juste*. Tu vois ce que je veux dire ? »

Je lui ai répondu oui. Puis, dès qu'elle est partie, j'ai avalé trois aspirines et je me suis effondré.

Le lendemain, nous sommes allés faire du shopping. Dans des friperies. Nous en étions à cette horrible phase d'une relation où on se sent obligé de passer tout son temps ensemble, sinon c'est le signe que quelque chose cloche. Cette phase ne dure généralement pas très longtemps. Pour Pam et moi : cinq minutes. Mais avec Jonica... j'avais une sorte de pressentiment qu'elle ne finirait jamais.

Ladite phase s'accompagne de beaucoup de moments main dans la main, le plus souvent, pour Jonica et moi, dans la voiture. En public, j'ai appris à toujours garder les mains dans mes poches. Et puis je n'ai jamais beaucoup aimé tenir la main – ça fait tellement transpirer.

Ann Landers a un jour déclaré qu'une histoire d'amour n'en est pas une tant qu'elle n'a pas survécu à une altercation majeure. Eh bien, nous venions de survivre à la violence physique ; vous pouvez donc imaginer à quel point, dès lors, Jonica prenait les choses au sérieux. On aurait pu croire qu'elle avait une définition quasi légale du mot « amour ». Une fois prononcé, il imposait toutes sortes d'obligations contractuelles. On ne pouvait pas faire de projet sans consulter l'autre. Il fallait toujours dire la vérité. Il fallait toujours être là.

À ma manière, j'avais fini par apprécier Jonica – l'ancienne Jonica, je veux dire. Il m'arrivait parfois d'être fasciné par sa longue analyse des raisons pour lesquelles la carrière de Vikki Carr part en sucette, ou par son énumération de toutes les femmes avec lesquelles Marlon Brando est sorti, pour ne citer que deux de ses dadas.

Mais la nouvelle Jonica – ouh ! Elle était devenue sérieuse. Elle ne voulait parler que de Nous. Elle adoptait un ton des plus solennel, comme quelqu'un qui s'apprête à annoncer une mauvaise nouvelle.

De temps en temps, elle se détendait et tentait un truc qu'elle trouvait sans doute mignon. Par exemple, elle a passé la majeure partie d'une matinée à essayer de deviner mon deuxième prénom. Cette idiote ne se rendait pas compte qu'elle *connaissait* déjà mon deuxième prénom – c'est Elliot. Elle aurait dû essayer de deviner mon *véritable* prénom (Rodney). Pas étonnant qu'elle tombe à côté.

Du jour au lendemain, elle avait développé un désir irrésistible de s'occuper de moi. « Donne-moi ton linge sale, disait-elle. Je vais demander à Guadalupe de s'en charger. – Non, merci », répondais-je. Je ne confierais pas mes chaussettes à Guadalupe, et encore moins mes belles chemises. Elle irait probablement les battre contre des pierres.

Pendant tout le trajet jusqu'à Pasadena, je n'ai pas cessé de la surveiller du coin de l'œil. Elle semblait toujours me fixer, un léger sourire abruti sur le visage. Je le lui retournais.

Je sais bien que les idiots peuvent aussi tomber amoureux. Mais j'ignorais qu'ils le faisaient si pleinement et de façon si spectaculaire. C'est peut-être ce qui les rend stupides – ils s'engagent dans quelque chose qu'ils n'ont pas les capacités cérébrales de gérer.

(Il est intéressant de noter que j'ai eu une longue discussion à ce propos avec mon psychiatre. Il m'a garanti que cela ne pourrait jamais m'arriver. Mon problème serait que je suis « trop inquiet et trop analytique ». Je verrais toutes les difficultés, les raisons pour lesquelles quelque chose *ne fonctionnerait pas* plutôt que celles pour lesquelles elle *fonctionnerait.* Donc je me découragerais et ne ferais rien. Ah ! S'il me voyait à présent. S'il me voyait !)

(Oui, vous avez bien lu. J'ai suivi une thérapie – une idée de Pam. *Mais seulement pendant trois semaines.* Jusqu'à ce qu'un jour, le médecin sorte un gros ours en peluche vêtu d'une petite salopette et me demande de lui parler, prétendant qu'il s'agissait de mon père. La proposition m'a quelque peu décontenancé – estomaqué serait plus juste. À soixante-dix dollars de l'heure, parler à un ours en peluche ne me semblait pas représenter le summum de la sophistication psychiatrique. Le médecin, percevant mon malaise, s'est alors levé et a *manipulé* les bras de l'ours en peluche pour qu'il me salue. Il tentait par là de me mettre à l'aise. À la fin de cette séance, j'ai dit adieu au Dr Rosenbaum.)

Nous sommes donc allés à Pasadena. Précisons qu'il ne s'agissait pas de *n'importe quelle* expédition dans une friperie, voyez-vous. Celle-ci avait un but précis. Nous devions trouver des tenues pour notre sortie en yacht du lendemain.

« Quelle sortie en yacht demain ? » avais-je demandé.

Barrie nous avait apparemment invités sur le yacht du nouveau petit copain de sa mère. C'était un millionnaire texan. Ce qui fascinait Barrie. Parfois, à sa manière pseudo-gauchiste, elle prétendait être dégoûtée par cette idée. À d'autres moments, elle se montrait condescendante et sarcastique, comme lorsqu'elle appelait « Pétaouchnock » son appartement de Marina Del Rey.

Mais elle le connaissait à peine, et c'est pourquoi elle voulait que nous l'accompagnions. Habituellement, elle détestait les petits amis de sa mère ; le dernier avait été arrêté pour ivresse et tapage dans le hall de l'hôtel Montecito et, une semaine plus tard, au Hi-Hat sur Robertson. (« Il ne fréquente que des endroits classieux », disait-elle en ricanant.) Elle partait donc du principe que tout homme qui voulait sortir avec sa mère était, jusqu'à preuve du contraire, un pauvre type de Première Catégorie.

Très franchement, j'étais ravi de cette invitation. Eve m'a écouté, bouche bée, pendant que je lui racontais l'histoire. Je la voyais d'ici raccrocher et fulminer de jalousie. Le fait que j'aie réussi un tel putsch social (je veux parler de cette sortie en yacht) sans son aide la rendait folle.

Mais je n'avais pas besoin de vêtements de plaisance. J'avais une paire de mocassins, ce qui était bien suffisant. Jonica voulait quelque chose de spécial, « pas nécessairement nautique », ce qui était un soulagement car je craignais qu'elle n'arrive vêtue comme un membre de l'équipage du *H.M.S. Pinafore*[1].

Elle avait ses habitudes lorsqu'elle se rendait à Pasadena. « Je vais d'abord à l'Armée du Salut, puis chez Corodin, et ensuite chez Disabled Vets. » Je ne sais pas pourquoi ces magasins devaient être visités dans cet ordre, comme les stations d'un chemin de croix, mais elle m'avait confié que cela la mettait mal à l'aise de commencer par Disabled Vets. « C'est purement émotionnel », m'avait-elle expliqué.

« Eh bien, pourquoi pas ! » avais-je répondu, tout en me disant : c'est quoi son problème, à cette femme ? Elle s'effondre si elle commence par la mauvaise friperie ?

« Oh, chic alors ! » s'est-elle exclamée en me montrant un panneau en vitrine de l'Armée du Salut : TOUS LES BACS À MOITIÉ PRIX.

1. Opéra-comique créé à Londres en 1878, dont le titre utilise le nom d'un tablier sans manches pour petites filles (*pinafore*) derrière la mention HMS (*Her* ou *His Majesty's Ship*) attachée aux navires de la marine royale britannique.

J'ai poussé la porte. Jonica s'est précipitée vers les bacs. Elle s'y connaissait en matière de friperie, c'est le moins qu'on puisse dire. Elle pouvait prendre un article, l'examiner, vérifier qu'il n'y avait pas de taches ou de déchirures, lire l'étiquette pour voir quelles fibres il contenait, et le rejeter en deux secondes, *puis* être capable de le retrouver dix minutes plus tard. C'était fascinant.

Mais j'avais du pain sur la planche.

« Jonica, ai-je demandé, il nous reste combien de temps ?

– De temps ? De temps pour quoi ? a-t-elle répondu, sans rompre son rythme.

– Jusqu'à ce que ta grand-mère entre en maison de retraite.

– Ils ont dit probablement le 15. »

J'ai fait quelques calculs. « Ça nous laisse deux semaines.

– Hein ?

– J'ai dit que ça nous laisse deux semaines. Pour mettre la main sur les papiers.

– Oh. » Elle a alors repéré quelque chose de l'autre côté du rayon des ustensiles ménagers et s'est précipitée. Je l'ai suivie. Elle avait la capacité de concentration d'un hamster.

« Regarde, regarde ! » s'est-elle exclamée. Un énorme pull tricoté à la main, vert vif, agrémenté d'un fanion des Dodgers de Los Angeles cousu dans le dos. La chose la plus laide qu'il m'ait été donné de voir.

« Jonica, tu ne peux pas porter ça sur un yacht.

– J'y pensais pour toi. »

J'ai lâché un petit rire désagréable. « Jonica, comment *sais*-tu qu'elle a l'intention de brûler ces papiers ? »

Elle a remis le pull en place, l'air penaud.

« Hein ? ai-je insisté.

– Elle me l'a dit.

– Qu'est-ce qu'elle a dit ? Quels étaient ses mots exacts ? »

Jonica a essayé de réfléchir. Dévastée par le fait que je n'avais pas aimé le pull, elle avait du mal à se concentrer. « Nous étions occupées à trier chaque chose… ah… et à essayer de décider ce que nous allions en faire. Je lui ai posé la question de la malle. Elle m'a répondu qu'elle voulait tout brûler.

– Où ça ?

– Dans la cheminée, j'imagine. Il y a une cheminée dans sa chambre. Elle fonctionne. Il faut juste penser à ouvrir le clapet. » Du coin de l'œil, elle regardait une vieille femme fouiller un bac qu'elle n'avait pas encore inspecté, ce qui la rendait extrêmement nerveuse.

« Que se passerait-il si les papiers disparaissaient avant qu'elle ne les brûle ?

– Disparaissaient ? Comment ?

– Peu importe comment.

– Elle appellerait la police, putain ! »

J'ai erré un moment dans le magasin. Des plans absurdes m'envahissaient la tête. Je cherchais un moyen pour Jonica de les faire sortir discrètement, un par un, pour que je les photocopie, puis de les rapporter en douce. Ce genre de plans.

Je jetais un œil dans le rayon livres quand je me suis souvenu d'une chose : le cours de poésie. Tous les mercredis après-midi, la malle restait sans surveillance.

J'ai couru rejoindre Jonica. Elle était devant le miroir en train d'essayer une robe par-dessus ses vêtements. D'autres acheteurs, sur le côté, attendaient avec un peu d'impatience. En général, deux personnes pouvaient partager le miroir, mais Jonica occupait tout l'espace.

« Jonica, Jonica, ai-je lancé, je crois que j'ai trouvé !

– Quoi ? » a répondu Jonica. En voulant faire passer la robe par-dessus sa tête, elle s'était coincée. « Donne-moi un coup de main. »

J'ai tiré sur la robe. C'était une sorte de tunique dashiki africaine. Qu'elle s'y intéresse sérieusement me semblait incroyable.

Les autres clients commençaient à danser d'un pied sur l'autre et à rouler des yeux, une femme en particulier. Une cigarette pendouillait entre ses lèvres. Elle l'a jetée sur le sol en linoléum. « Prenez votre temps », a-t-elle lâché.

Nerveusement, j'ai forcé d'un coup sec sur la robe et nous avons tous entendu un grand bruit de déchirure. Jonica et moi nous sommes éclipsés et, à un moment où personne ne regardait, nous avons jeté la robe dans un bac. Puis on a filé.

Tout était donc réglé. Nous inspecterions la malle mercredi. J'ai promis à Jonica que je ne prendrais rien, et je le pensais sérieusement. Je voulais d'abord juste regarder. Je déciderais ensuite de ce qu'il fallait faire.

Pour la première fois depuis que j'avais loué l'abri de piscine, je me sentais enthousiaste. Je distinguais enfin la lumière au bout du tunnel. Une fois que je saurais exactement ce que renfermait la malle, je pourrais faire des projets. Après tout, la suite des événements dépendait entièrement de ce contenu. Logique. Quant à Jonica… Disons que je trouverais bien quelque chose. Les problèmes émotionnels ont toujours été le cadet de mes soucis, du moins comparés aux problèmes de carrière.

Cette nuit-là, allongé dans mon lit, trop excité pour dormir, j'écrivais des cartes postales. (Jonica était avec le petit Warren – je l'avais culpabilisée pour l'inciter à passer plus de temps avec lui.) Tous les messages étaient plus ou moins les mêmes : « Je passe un moment merveilleux à Los Angeles. Blablabla, à bientôt, Elliot », puis le clou : « PS. Demain, sortie en yacht avec Alice Amber. » J'avais décidé d'écrire les cartes *avant* cette sortie, juste au cas où elle n'aurait pas lieu.

Je venais de terminer celle que je destinais aux Stratford Morris Men lorsque le téléphone a sonné. C'était Pam, venue m'annoncer la pire des nouvelles.

13

Notre conversation s'est déroulée comme suit :
« Salut, chéri, c'est moi.
– Salut, chérie, comment vas-tu ?
– Je suis à Vancouver.
– Chouette. Que fais-tu à Vancouver ?
– Je suis à la conférence dont je t'ai parlé.
– Quelle conférence, déjà ?
– Arts et vieux schnoques.
– Hein ?
– Arts et troisième âge.
– Pam, tu as bu ?
– Eh bien, je suis dans la suite "hospitalité". Tu sais comment John Weiss vient de l'appeler ?
– Qui est John Weiss ?
– Il l'a appelée "la suite des hostilités". »

Elle s'est écroulée de rire. Je suis resté là patiemment, téléphone en main, à écouter les bruits de fête et ses grognements convulsifs. Ces jeunes professionnels sont d'affreux ivrognes. Une soirée strictement réservée aux inepties.

J'ai commencé une autre carte postale. La conversation s'annonçait longue.

« Devine quoi, a-t-elle repris après s'être ressaisie.
– Quoi ? ai-je demandé en écrivant l'adresse de ma sœur.
– Je viens te rendre visite. »

Un spasme m'a secoué. Les cartes postales ont glissé sur le sol.

« Quand ?
– Demain. »

J'ai tout essayé. Je lui ai dit qu'il n'y avait pas assez de place. Elle a dit qu'elle resterait à l'hôtel. Je lui ai dit que le moment n'était pas idéal. Je lui ai dit que c'était *impossible*. Je n'avais pas une minute à moi. Elle m'a dit qu'elle ne me dérangerait pas. Elle visiterait les musées quand je serais occupé.

« Pam, il *n'y a pas* de musées ici.
– Si, il y en a », a-t-elle répondu avant d'en citer une dizaine. Finalement, je lui ai carrément dit que je ne voulais pas qu'elle vienne maintenant. Mais essayez donc de raisonner une fonctionnaire ivre de la Fondation Ford. Ces gens-là vivent comme des stars de cinéma lorsqu'ils sont en déplacement professionnel. Ils ne connaissent aucune loi, ou presque. Rien ne pourrait l'arrêter.

Le lendemain matin, l'esprit embrouillé par l'inquiétude et le manque de sommeil, je me suis rendu à mon rendez-vous poésie avec la vieille dame. Elle regardait la télévision quand je suis entré, un programme religieux. L'espace d'un instant, j'ai eu peur qu'elle ne se rappelle pas qui j'étais, puis elle a souri et s'est approchée de la télévision pour l'éteindre. Le problème, c'est qu'elle a essayé de l'éteindre avec le bouton de réglage des couleurs. Et elle n'a pas arrêté d'essayer. L'écran est passé du rose au vert, puis au noir. Je ne savais pas si je devais ou non proposer mon aide, mais au bout de cinq minutes ça en devenait ridicule.

« Essayons ce bouton, ai-je lancé gaiement.

– Oh », a-t-elle conclu en fixant le bouton en question, perplexe.

Sa poésie n'était pas ce qui se faisait de mieux. Son travail avait une forte coloration religieuse. Parmi les thèmes récurrents : le pardon, les œuvres de charité, la vie après la mort et la façon de se préparer au Jugement dernier. Aimez votre prochain, conseillait-elle, mais remettez-vous-en au Seigneur. Ne comptez cependant pas trop sur Lui – « ne nous est alloué que ce que nous méritons ». Elle adoptait en général un ton prudent.

Quant à la technique Kesselbaum, dont elle était devenue experte au cours des derniers mois, elle consistait à enfiler cliché sur cliché et à leur donner un titre accrocheur, d'un mot qui évoquait la métaphore qu'elle souhaitait massacrer. Par exemple : « Manège », « Automne », « Marée ». Et mon préféré : « Autoroute ».

Puisque à ma connaissance il n'existe aucune copie encore existante de l'œuvre, il est difficile de rendre compte de certaines des subtiles nuances qu'elle parvenait à exprimer. Mais un distique de « Symphonie » est resté à jamais gravé dans mon cerveau. Remarquez, si vous le voulez bien, son utilisation inhabituelle, mais novatrice, de la rime, sans parler d'une délicate triple métaphore qui combine science, musique et divinité :

L'incandescence qui est la Tienne
Rivalise avec celle d'Edison et de Mozart.

« Je suis impressionné, tel a été mon verdict officiel.
– Vous l'êtes ? Vraiment ?
– Absolument. Vous avez votre propre style.
– Vous pensez que je pourrais réussir à les faire publier ?
– Où ? »

Les mains tremblantes, elle m'a tendu une feuille de chou intitulée *La Lanterne*. Je l'ai feuilletée : du blabla tiré des relations publiques d'un groupe missionnaire catholique et plusieurs photos de lépreux occupés à fabriquer des sandales.

« Je ne pense pas que vous aurez la moindre difficulté. »

Les yeux de la vieille dame ont étincelé de malice. « Ça rabattra son caquet à Miriam Feit. Elle a dit que mes poèmes sont stupides. »

Je n'ai pas demandé qui était Miriam Feit. Je ne voulais pas le savoir. Je ne voulais pas être impliqué dans les rivalités du centre pour personnes âgées. J'avais déjà assez de soucis, qui avaient tous à voir avec Pam.

Pam est une personne merveilleuse, brillante à sa manière, séduisante, pleine d'intérêts intellectuels excentriques comme le jazz, l'art moderne et la philosophie. Hegel est son héros. Je ne sais rien de Hegel, n'ayant jamais à proprement parler étudié la philosophie (le cours n'était jamais proposé le bon semestre), mais nombreuses sont les nuits où j'ai écouté Pam parler de sa dialectique en fumant à la chaîne et en sifflant du bourbon. À l'université, elle a écrit une petite pièce intitulée *Hegel l'Hawaïen*, dans laquelle Hegel était représenté par un personnage à la Lawrence Welk[1], et l'Esprit absolu par une choriste. Elle semblait hilarante.

Mais malgré toutes ses qualités, elle a quelques défauts. Soyons précis, pas des défauts, des singularités qui me rendent fou. Deux me viennent immédiatement à l'esprit. Premièrement, elle a une tendance à la flemmardise, et deuxièmement, elle dit toujours exactement ce qu'elle pense.

Un exemple : un jour, nous avons été invités à un dîner chic organisé par une administratrice du Musée juif, une certaine

1. Accordéoniste américain, présentateur de l'émission télévisée de variétés musicale, *The Lawrence Welk Show*, entre 1945 et 1982.

Mme Supowitz. Mme Supowitz s'est montrée très enthousiaste lorsqu'elle a appris que Pam avait quelque chose à voir avec le temple d'Isis de Dendour, que venait d'accueillir le Metropolitan Museum of Art et dont, cette semaine-là en tout cas, la ville entière s'était entichée. Le rapport de Pam avec l'événement était incroyablement ténu (elle avait aidé à obtenir une subvention de la Fondation Ford), mais il n'en reste pas moins qu'elle connaissait l'histoire du temple, etc., et les intrigues qui avaient permis de l'acheminer jusqu'à New York. Après le dîner, nous voilà donc tous assis dans le salon de l'appartement de Mme Supowitz sur la Cinquième Avenue, quand elle fait taire l'assemblée pour déclarer : « Maintenant, Pam, il faut que vous nous parliez du temple de Denver. »

Pam a roulé des yeux, posé sa tasse de café et répondu : « Premièrement, c'est le temple de Den*dour*, pas de Denver, et ensuite, c'est une telle épave que ça ne vaut vraiment pas la peine de traverser la rue pour aller y jeter un coup d'œil. » Il y a eu un court silence, profondément gênant, puis l'assemblée s'est mise à parler en même temps de tout et n'importe quoi.

Nous avons eu une terrible dispute dans le taxi qui nous ramenait à la maison. Pam refusait d'admettre qu'elle avait dit quoi que ce soit d'anormal. Et elle a insisté sur le fait qu'il était de notoriété publique que le temple de Dendour était une saloperie, qu'il se trouvait aux États-Unis pour des raisons politiques et que cela devait se savoir. J'ai répondu que c'était peut-être vrai, mais qu'il ne fallait jamais, *au grand jamais*, adopter un tel ton avec une source de financement. « La di da, a répondu Pam, je *suis* une source de financement. »

Elle devait arriver à cinq heures quarante-cinq cet après-midi-là, un horaire gravé sur la paroi de mon estomac. J'étais occupé à chorégraphier le week-end de manière qu'en aucun cas son chemin ne croise celui de Jonica. Pour l'instant, le système semblait pouvoir fonctionner.

Bref, revenons à la poésie de la vieille dame. Elle était là, rêvassant à la manière dont elle allait devenir riche en envoyant son poème à deux balles à *La Lanterne*, tandis que je doutais de sa capacité à le plier et à le glisser dans une enveloppe.

« Combien est-ce payé ? ai-je demandé, histoire de faire la conversation.

– Vingt-cinq dollars le poème », a-t-elle répondu. Elle m'a décoché un sourire. « Intéressé ? »

Je me suis surpris à considérer la question. En vendre deux ou trois par mois permettrait de régler la facture de téléphone. Et ils semblaient si faciles à écrire.

« Tu veux noter l'adresse ? »

J'ai lutté avec ma conscience. Je ne pouvais pas priver toutes ces vieilles dames de leur moyen de subsistance par une concurrence déloyale tout droit issue de Harvard. Ou bien si ?

« Laissez-moi voir votre poésie, a repris la vieille dame. Je vous dirai si elle pourrait leur plaire. »

Je n'aimais pas beaucoup la façon dont les rôles s'étaient inversés, mais je m'y étais préparé. J'ai fouillé dans ma poche d'où j'ai sorti une strophe particulièrement sibylline de Robert Frost que j'avais griffonnée sur un morceau de papier. La vieille dame l'a pris, a passé un moment à essayer de comprendre par quel bout le tenir à l'endroit, et l'a présenté à un centimètre de ses lunettes. « J'ai du mal quand ce n'est pas écrit en gros caractères », a-t-elle expliqué.

Elle a pris le temps de lire la strophe, puis a levé les yeux vers moi. « Ça n'a pas l'air chrétien », a-t-elle dit.

Pour une raison que j'ignore, cette remarque m'a profondément déprimé.

« Je ne l'ai pas écrite pour le magazine, ai-je fait remarquer.

– Oh », et elle l'a examiné de nouveau, passant en revue chaque mot. Manifestement, elle ne comprenait rien.

« Que signifie ce vers ? a-t-elle enfin demandé.

– Quel vers ? »

Elle l'a relu tout haut. « La fleur s'épanouit pour trouver seule sa majesté. »

Je n'avais aucune idée de ce que ça voulait dire. Mais n'oublions pas qu'elle avait affaire à quelqu'un qui, à la Shady Side Academy, avait rédigé un compte rendu de lecture sur un livre inexistant (*Le Troisième Reich : collusion ou calamité ?* signé par le général Ernest de Barr), et qui avait non seulement obtenu la note maximale, mais également remporté le prix d'Histoire des classes de terminale. J'ai donc marmonné un charabia sur l'imagerie et l'universalité qui l'a laissée bouleversée.

« C'est un très beau poème, a-t-elle conclu, pleinement convaincue. Et tu sais quoi ?

– Quoi ?

– Je vais le montrer à Howard Kesselbaum.

– Non ! »

Elle s'est ratatinée. « Pourquoi pas ? »

Et pourquoi pas, Elliot, espèce d'idiot ? « Parce que c'est mon seul exemplaire. »

Elle a regardé le bout de papier. Je la voyais réfléchir : *ça*, c'est son seul exemplaire ? Ce vestige en lambeaux ? Ce rouleau de la mer Morte ?

« Je pourrais peut-être le recopier », a-t-elle suggéré.

J'ai alors eu une idée.

« Prenez-le, s'il vous plaît, il est à vous. C'est mon cadeau. »

Un coup de génie, je l'ai tout de suite vu. Je lui avais donné mon poème. D'un poète à un autre poète. L'espace d'un instant, j'ai cru qu'elle allait pleurer.

Elle a fait mieux. Elle a bu une gorgée de thé et commencé à se confier.

« Je sais ce que vous pensez tous, a-t-elle lancé. Une maison de retraite. Tout le monde a pitié de moi. »

J'ai murmuré quelque chose de sympathique.

« Eh bien, n'ayez pas pitié. » Le foyer Adélaïde, a-t-elle prophétisé, marquerait le début d'un nouveau chapitre de sa vie. Ce n'était pas ce que tout le monde craignait. « Ils ont des salles dédiées au bridge et à la canasta. Ils ont des salles de télévision. Ils ont des salles pour tout ce qui peut vous passer par la tête. Et j'ai entendu dire que la nourriture n'est pas si mauvaise – menus diététiques spéciaux sur demande. En ce qui me concerne, je suis un régime sans sel. C'est le tueur silencieux. J'ai déjà rencontré mon infirmière, une fille de couleur qui s'appelle Stéphanie. Je lui ai donné une cartouche de cigarettes pour démarrer sur de bonnes bases. »

Bien sûr, quitter cette vieille villa la rendait triste, mais la toiture avait besoin d'être réparée et ces imbéciles venus de Phoenix l'achetaient quatre cent quatre-vingt-quinze mille dollars.

« Quatre cent quatre-vingt-quinze mille dollars, ai-je répété, stupéfait.

– On dit que c'est l'une des dernières propriétés de cette valeur à Hollywood.

– La vache !

– Nous avons besoin de cet argent. Je pense qu'il me reste deux, voire trois ans, et je ne veux pas les passer à vivre de soupe Campbell. » On a gloussé. « Ensuite, tout reviendra à Jonica. »

Nous avons réfléchi en silence aux implications de cette déclaration. Il y avait toutes sortes de sous-entendus cachés qui n'attendaient qu'à être repêchés et remontés à la surface. J'ai retenu mon souffle.

« J'espère simplement qu'elle rencontrera quelqu'un d'honnête », a dit la vieille dame. J'ai senti mes oreilles rougir.

« Là était le souci avec Vernon. Il n'était pas un si mauvais garçon, mais c'était un menteur. Il passait son temps à raconter des bobards sur les endroits où il allait, là où il gagnait de l'argent. »

J'ai pris un morceau de toast à la cannelle que j'ai commencé à grignoter. « Voilà un problème », ai-je répondu. Je redoutais ce qui allait suivre.

« Ce dont elle a besoin, c'est d'un jeune professionnel, d'un… »

Elle s'est interrompue lorsque Jonica est entrée dans la pièce. « Pleine de vie » est, je crois, l'expression qui convient pour la décrire. Elle a fait le tour de la pièce, humant les violettes africaines, prenant une bouffée d'air à la fenêtre, déposant une bise sur la joue de sa grand-mère.

« Quelle belle journée pour aller faire de la voile ! » s'est-elle exclamée. Sa tenue de croisière : pantalon noir en velours côtelé, mules à talons hauts, pull en panne de velours, foulard de soie autour du cou et ribambelle de bijoux dorés. Ses cheveux étaient coiffés d'une façon particulière, intégralement ramenés sur le côté. L'ensemble faisait très Beverly Hills et ne correspondait pas du tout à son caractère. Je me suis demandé ce qui avait bien pu lui passer par la tête.

La vieille dame a dit : « Eh bien, qui donc est la plus glamour ? »

Jonica a semblé embarrassée. « Eh bien, ce type *est* un millionnaire texan. »

Je me suis levé pour partir.

« Au revoir, Mamie, a dit Jonica en marquant une pause sur le pas de la porte. N'oublie pas de faire ta sieste. Et n'essaie pas d'aller seule aux toilettes. Appelle Guadalupe, d'accord ?

– Quoi ?

– J'ai dit, appelle Guadalupe si tu veux aller aux toilettes.

– Oh, je ne veux pas aller aux toilettes.

– Mais au cas où. Bon, allez, au revoir. » Elle a agité la main, j'ai agité la mienne, et nous sommes partis.

C'est la dernière fois qu'elles se sont vues.

14

Nous sommes partis en voiture chercher Barrie. Elle avait acheté une maison dans un quartier de Los Angeles appelé Palms avec l'argent gagné grâce à Donna. J'ai trouvé que c'était étrange comme nom pour une ville. Rien que Palms. Pas *The* Palms, ou Palms City. Juste Palms. « Je ne trouve pas ça si étrange, a dit Jonica lorsque je lui en ai fait la remarque. Regarde New York. Il y a un endroit qui s'appelle Queens. Juste Queens. »

Il se trouve que Palms et Queens ont beaucoup en commun. Ils appartiennent l'un et l'autre à la classe moyenne et ne sont pas à la mode. Jonica a vécu dans ce quartier quand elle était toute petite. En passant, elle a désigné quelques-uns de ses points de repère : la piscine municipale, où elle s'est coupée le pied (elle en a encore la cicatrice) ; la pharmacie Dox, où sa mère a brièvement travaillé au rayon cosmétiques ; la Maison internationale des Pancakes (je ne sais pas ce qui s'y est passé et je ne veux pas le savoir). Toutes les curiosités.

Nous avons tourné sur National Boulevard. « Oh, oh ! a-t-elle lancé. Regarde. Les panneaux d'affichage sont en espagnol. »

Los Angeles compte des millions de Mexicains-Américains, mais on ne les voit jamais ailleurs qu'aux arrêts de bus ou lorsque l'on fait ses courses chez Zodys[1]. Les habitants de la côte Est les confondent avec les Portoricains, mais laissez-moi vous dire qu'il n'y a pas de comparaison possible. Les Mexicains sont pour la plupart polis, de petite taille, baraqués et sentimentaux. Ils sont gagas des enfants, mais donnent des coups de pied aux chiens et aux chats. Ils ne comprennent pas le concept d'animal de compagnie. Les Portoricains, quant à eux, sont agressifs et vindicatifs, et ils ont cette bizarre habitude de replier le bas de leurs pantalons. Pourquoi diable font-ils cela ? Quel est leur problème ? Bronzage des chevilles ?

Je devrais le savoir. Une vaste famille portoricaine a emménagé au troisième étage de mon immeuble. Les autres locataires ont jeté un coup d'œil aux canapés recouverts de plastique qui sortaient du camion barré latéralement des mots MUDANZAS LOCAL O AL CARIBE[2] et se sont affolés. « Lançons une pétition ! » ont-ils crié en flageolant dans les couloirs avec leurs déambulateurs et leurs cannes en aluminium. Je leur ai demandé de se calmer. Il faut vivre et laisser vivre, ai-je dit. La situation pourrait être pire. Au moins, c'était le genre de Portoricains qui portent des jeans de marque.

Une des choses que nous avons remarquées au déballage du camion a été un énorme « système de son haute-fidélité » de style méditerranéen. Chouette, me suis-je dit. Des mélomanes. Ah, ah, ah ! Quel idiot. Ça a commencé le soir même. Des volutes échappées des disques d'Eddie Palmieri s'envolaient par le conduit d'aération. Ma salle de bains résonnait comme

1. Chaîne de magasins à bas prix qui a été en activité en Californie, dans l'Arizona, le Nevada, au Nouveau-Mexique et dans le Michigan entre 1960 et 1986.

2. « Déménagements locaux ou vers les Caraïbes. »

un dancing de Mayagüez. Vers la fin de la semaine, j'ai jeté un œil dans ce conduit d'aération et vous savez ce que j'ai vu ? Des briques de lait ! Ils balançaient leurs ordures dans le puits d'aération ! La guerre a été déclarée. C'est la raison pour laquelle que je me suis inscrit au YMCA : pour les cours de karaté.

Mais assez parlé des Portoricains. Je pourrais continuer des heures. Je n'en parle que pour relever le contraste. Car il y avait une famille mexicaine dans le quartier de Barrie – la porte à côté de chez elle, en fait. Les gens les plus doux qu'on puisse imaginer. Ils tenaient leur propre boulangerie et fournissaient des spécialités mexicaines dans toute la ville. Ils étaient particulièrement occupés chaque année au moment de la fête des Morts. Toute la famille faisait des heures supplémentaires dans l'arrière-boutique, à fabriquer ces petits crânes en sucre sur lesquels sont inscrits les noms de parents disparus : « Chela », « Horacio », etc. Imaginez donc une famille portoricaine debout toute la nuit pour faire ça !

Bien qu'ils aient fait fortune dans les crânes en sucre, la maison de ces Mexicains était d'une sobriété remarquable. Pas de statues voyantes de la Vierge sur la pelouse. Simplement une façade en stuc jaune, avec des fenêtres à cadre en aluminium qui ne s'ouvraient pas. À côté de ce petit temple voué aux valeurs de la classe moyenne, la maison de Barrie ressemblait à celle d'une excentrique recluse entourée de ses trente chats. Elle avait la seule pelouse du quartier laissée à l'abandon, la bâtisse réclamait un bon coup de peinture, et un morceau de carton destiné à plier les chemises avait été scotché sur la fenêtre cassée du salon. Pour ne rien arranger, elle ne cessait de s'embrouiller et de sortir les poubelles le mauvais jour. Puis, jugeant que les rentrer était trop compliqué, elle les laissait traîner sur le trottoir. Il y avait là un vrai sujet. Non que les poubelles en question soient renversées, mais on voyait bien que les voisins regardaient par leurs fenêtres avec insistance, bras croisés et verts de rage.

Les Mexicains venaient de faire construire une piscine en dur, la première du quartier, et ils en étaient si fiers qu'ils l'utilisaient jour et nuit. Nous les voyions depuis la cuisine de Barrie. Ils faisaient tous le signe de croix avant de sauter à l'eau. (Pas *chaque fois*, mais au début de chaque séance.) Les enfants étaient à l'âge où ils adoraient faire la bombe. Le week-end, leurs cousins débarquaient.

Il a beaucoup été question que « nous » fassions leur connaissance pour pouvoir utiliser la piscine. Mais l'impression flottait qu'ils ne « nous » aimaient pas beaucoup, ni « nos amis », surtout depuis que le chien de l'un de « nos amis » avait fait incursion sur leur pelouse pour y déposer sa crotte.

« Nos amis » – que dire de cette collection de déchets humains, de cette pathétique bande d'éclopés, de ce troupeau d'acteurs, de scénaristes, etc., sans talent, velléitaires, qui traînaient autour de la maison de Barrie comme les alcooliques autour de Washington Square. Il y avait bien sûr la troupe de théâtre féministe, mais c'était la Royal Shakespeare Company comparée au véritable noyau dur des perdants, ceux qui toute la journée restaient vautrés dans le salon à fumer des cigarettes et pleurnicher sur leur malchance. Lou Montezinos, acteur au charme ténébreux et mari violent. Janice « Je-ne-suis-pas-uniquement-serveuse » Malone. Les frères Sinclair, originaires du Texas, qui ont monté une arnaque aux bons d'alimentation au Centre d'aide pour hommes célibataires et qui ont immobilisé leur camping-car Volkswagen sur des parpaings dans l'allée tout l'été. Howie Linowitz, quarante-deux ans, responsable du Groupement Médias des Jeunes Socialistes. Kirk Machin-chose, arrêté pour être entré par effraction dans une propriété de Santa Monica et y avoir volé des soutiens-gorge. Jill Rainey et Tony Rumpp, vendeurs d'ustensiles de cuisine de la marque Fiesta dans des marchés aux puces avec leur mère. Mes aïeux, quelle équipe !

Tout ça était si déprimant que je ne supportais pas de rester dans les parages plus de dix minutes. On ne savait jamais quel affreux événement allait suivre. Une de leurs passions était de défoncer le chat, ce que je trouvais pervers. Ils soufflaient de la fumée de marijuana dans la gueule de la pauvre créature qui se mettait à tituber, mâchoire pendante, et à accomplir toutes sortes de choses humiliantes. « Nos amis » trouvaient l'expérience hilarante. Leur théorie était la suivante : « Ce chat aime probablement se défoncer ». Je ne pipais mot.

Le plus démoralisant, c'est que Jonica s'intégrait bien à ce groupe. À sa manière un peu toquée, elle était un être humain fondamentalement convenable. Elle méritait mieux. Si elle avait eu une vie de famille normale et si on lui avait enseigné un peu d'autodiscipline, il me semble qu'elle aurait pu tourner bien différemment.

Là était le problème avec ces individus – ils avaient été mal éduqués. Je ne pense même pas qu'ils avaient été éduqués ; on les avait simplement laissés grandir. Un des frères Sinclair m'a dit que ses parents ne lui avaient jamais appris à se brosser les dents tous les jours. Il a dû trouver ça tout seul.

Cela n'avait rien à voir avec l'argent. Ces gens étaient issus de la classe moyenne et de la classe moyenne supérieure, tout comme moi. Je crois que la différence est que je viens de cette classe moyenne supérieure telle qu'elle existait à Sparte. On nous a inculqué des *valeurs*. Pas de Cadillac chez nous, même si mon père pouvait facilement s'en offrir une. Une Buick suffisait, un des modèles les moins chers, qui plus est.

Mon père a une peur maladive qu'on le croie prétentieux à cause, je pense, de notre nom : Weiner fait partie de ces patronymes ambigus. Allemand ou juif. Toute sa vie, il a été terrifié à l'idée qu'on le prenne pour un Juif. Ce n'est pas une inquiétude en l'air – c'est souvent arrivé. Par exemple cet hôtel dans les Bermudes qui a refusé nos réservations. Je n'ai jamais vu mon père à ce point bouleversé ; il n'arrêtait pas d'invoquer une action en justice. Personnellement, je ne m'énerve pas le moins du monde, car je sais que j'aurai le dernier mot lorsqu'on découvrira la vérité.

Mais que dire de quelqu'un comme Barrie ? Sa perception de la réalité était forcément fragile. Comment pourrait-il en être autrement, quand votre mère est mondialement connue pour ses contorsions faciales ? Elle s'épanouissait dans cette atmosphère. C'était la reine dans sa ruche.

Voilà dans quel asile de fous Jonica et le petit Warren allaient déménager deux semaines plus tard. Je frissonnais chaque fois que j'y pensais.

Lorsque nous sommes arrivés, vers midi et demi, il n'y avait qu'un seul éclopé, Dieu merci, et il s'en allait – un certain Ward, si peu dégourdi qu'il mettait même la patience de Barrie à rude épreuve. Dans son dos, elle l'appelait Verrue. Il travaillait l'après-midi à tester des cascades pour un nouveau jeu télévisé dans un entrepôt de Culver City. Payé quarante dollars au noir – « Parfait, je vais pouvoir faire repeindre ma voiture. » Il nous a montré un nuancier et nous avons discuté des avantages et des inconvénients de différents coloris.

« Assure-toi de te débarrasser de la totalité des fientes d'oiseaux avant qu'ils ne la repeignent, lui a conseillé Jonica. Sinon, ça durcira par-dessus. »

Nous sommes tous sortis examiner sa voiture à la recherche de fientes. Je n'arrêtais pas de regarder ma montre. De fait, Jonica en a trouvé une ; elle l'a enlevée avec une lime à ongles. Ward l'a remerciée de façon extravagante. Puis il s'est souvenu qu'il ne ferait pas repeindre la voiture avant le mardi suivant, et qu'il devrait donc de nouveau l'inspecter.

Il a fini par s'en aller en suivant les indications que Barrie lui avait données. C'était elle, en fait, qui lui avait décroché le job, grâce aux relations de sa mère. « J'espère juste qu'il a une assurance », a-t-elle dit en agitant la main pour lui dire au revoir. J'ai une nouvelle fois regardé ma montre.

Mais Barrie n'était pas tout à fait prête. Elle nous a entraînés dans la cuisine pour tester des postes de radio qu'elle avait trouvés la veille dans la boîte.

Avant d'aller plus loin, je dois ici expliquer un aspect remarquable du caractère de Barrie. C'est sans aucun doute la personne la plus bas de gamme que j'aie jamais rencontrée. Lorsque vous l'accompagniez quelque part dans sa Chevrolet déglinguée, elle vous faisait payer l'essence. Un soir, nous sommes allés au cinéma et elle nous a tous fait débourser cinquante cents. Elle s'est excusée en disant : « Je fais ça uniquement parce que ma voiture suce beaucoup d'essence. »

Mais ce n'est rien comparé à l'histoire de la boîte. Apparemment, il y avait au bout de sa rue un supermarché et sur le parking de ce supermarché se trouvait une boîte, en fait une petite cabane en tôle à la porte battante, où l'on déposait les dons pour l'Armée du Salut. Tous les soirs à vingt heures, lorsque le supermarché fermait ses portes et que le parking était déserté, Barrie se faufilait avec sa lampe de poche et passait en revue le butin de la journée. Puis elle rapportait tout ce qui l'intéressait dans un Caddie volé au supermarché.

Elle avait meublé la maison grâce à la boîte : lampes, rideaux, appareils électroménagers, draps, oreillers, l'intégralité de sa cuisine, les peintures représentant des clowns dans le vestibule, les valises qu'elle a emportées en Europe, les ventilateurs électriques, les bouquins, et ainsi de suite. *Tout, je dis bien tout ce qui se trouvait dans cette maison sortait de la boîte.* Parfois, quand les gens apportent un truc trop grand pour entrer dans la boîte, ils le déposent à côté. De là le canapé du salon (malheureusement sans coussins), les chaises dépareillées de la salle à manger, la table basse en bois flotté, le fauteuil inclinable qui ne s'inclinait pas, le lit gigogne de la chambre d'amis.

Sans oublier les vêtements ! La boîte avait fourni l'épine dorsale de la garde-robe de Barrie, et ne sous-estimons pas la contribution apportée à la vaste collection de vêtements de créateurs de Jonica. J'ai encore un maillot de foot et quelques T-shirts Fruit of the Loom qui m'ont été refilés. Car si Barrie n'avait pas un usage immédiat de ce qu'elle avait déniché, la chose passait à quelqu'un d'autre. Manière de garder la mainmise sur tout son petit monde. La vraie question est de savoir ce que l'Armée du Salut pensait de tout ça. Ne commençait-elle pas à se méfier ? La boîte n'avait pas livré un seul article utilisable depuis un an et demi.

Bref, nous avons regardé Barrie tester les radios. « Celle-ci est complètement kaput, a-t-elle dit en la jetant à la poubelle. Essayons celle-ci. » Elle l'a branchée et a tripoté les boutons. « Je crois que le moteur de ce genre d'appareil a besoin d'une minute ou deux pour chauffer. » C'était un bon vieux Zénith vert ; ma grand-mère avait exactement le même. Je me rappelle être resté assis dans sa cuisine à écouter *M. Keen : à la recherche des disparus*[1].

Nous avons entendu des grésillements. Barrie et Jonica ont poussé un petit cri de joie. Puis un bulletin de circulation, et :

Salut la compagnie, c'est Donna !
Bientôt la rentrée
Vous savez ce que ça veut dire
Il est temps d'acheter

1. *Mr. Keen. Tracer of Lost Persons* : émission d'enquêtes radiophoniques diffusée entre 1937 et 1955.

Un nouveau blue-jean
Ou un vert, un rouge, un orange ou un jaune
pour taper dans l'œil de ce gars si spécial –

Barrie a éteint d'un clic. Pris au dépourvu, Jonica et moi nous sommes regardés, l'expression la plus coupable qui soit sur nos visages.

« Tu lui as dit ! a hurlé Barrie avant de se mettre à frapper Jonica. Espèce de balance ! Rien que pour ça, tu peux faire une croix sur la radio !

– Je ne veux pas de ta radio débile, a rétorqué Jonica en parant les coups. Tu m'en as déjà filé onze. Chaque fois, je les refile à Guadalupe. »

Barrie tremblait de rage. Elle s'est tournée vers moi, ses yeux se sont rétrécis jusqu'à devenir des fentes étroites.

« Si tu le répètes… » a-t-elle dit d'une voix menaçante.

Elle n'a pas arrêté de fulminer jusqu'à la voiture. Je voyais bien que ce n'était pas seulement la radio. Le vrai problème était que Jonica et moi étions devenus un couple et qu'elle se sentait exclue. Désormais, c'était Jonica et moi qui avions des secrets, pas Barrie et Jonica.

Elle est montée à l'arrière de la Mustang et s'est recroquevillée silencieusement dans un coin. De temps en temps, je jetais un œil dans le rétroviseur et la surprenais en train d'observer Jonica, avec une expression méfiante.

Que Jonica était follement amoureuse sautait aux yeux. Elle m'avait tourné autour toute la journée comme un chiot espérant les caresses. Rien de ce que je pouvais faire ne posait problème. Même la visite de Pam ne l'a pas troublée. Bien sûr que je pouvais prendre ma soirée pour aller dîner avec ma vieille amie du zoo, cette vieille fille entre deux âges qui vivait seule, assistait à des concerts de musique de chambre, collectionnait les courtepointes anciennes et ne serait à Los Angeles que pour un jour, peut-être deux au maximum. Jonica comprenait.

Non, le problème que je pressentais n'avait rien à voir avec Jonica. Le souci, c'était Barrie. Sa petite activité d'entremetteuse avait trop bien fonctionné.

J'ai donc posé des questions sur le nouveau compagnon de sa mère.

« Qu'est-ce que tu veux savoir ? a-t-elle demandé, la voix soupçonneuse.

– Comment se sont-ils rencontrés ? »

L'histoire était trop bonne pour que quelqu'un du tempérament de Barrie continue à feindre l'indifférence. Au bout de trente secondes, la Liz Smith[1] en elle avait complètement pris le dessus.

Ils se sont rencontrés, a-t-elle expliqué, au cours d'une croisade chrétienne à Lubbock. « C'est un éditeur. Le deuxième plus grand éditeur au monde, après ces gens de Chicago qui impriment tous les annuaires téléphoniques. Il publie surtout des livres sur Loretta Lynn et Elvis Presley. Il les vend par correspondance. Il a édité un livre signé par le coiffeur d'Elvis et un autre du cousin d'Elvis. Un livre de cuisine. Ça s'appelait *Les Mets préférés d'Elvis*.

– C'est lui qui l'a publié ? s'est exclamée Jonica. Je connais ce bouquin ! »

Je m'en serais douté.

1. Journaliste au *New York Daily News*, au *New York Newsday*, puis au *New York Post* avant d'être recrutée par le *New York Times* en 2005, Liz Smith (1923-2017) a tenu durant plus de trois décennies une célèbre rubrique people, révélant certains des principaux scoops de la période (divorce de Donald et Ivana Trump, grossesse de Mia Farrow, déboires sentimentaux de Marlon Brando, Elizabeth Taylor ou Rupert Murdoch, grossesse de Madonna).

« Oh, vraiment ? » a répondu poliment Barrie, avant de s'empresser de continuer. Elle ne voulait pas que l'on gâche son histoire. « Il est fou de ma mère. Il pense que c'est une grande star. »

À l'unisson, les deux filles ont poussé un grognement, le même que celui qu'elles émettaient chaque fois qu'elles entendaient la mère de Barrie qualifiée de grande star. L'habitude commençait à déteindre sur moi, sans même que je sache pourquoi. « Le jour de leur rencontre, il était tellement mordu qu'il lui a offert un paletot réalisé à partir de longues bandes de chinchilla.

– Tellement long que c'en est gênant, a commenté Jonica.

– Pas si vous vous déplacez en fauteuil roulant, a répliqué Barrie. Il appartenait à feu son épouse. Une sclérose en plaques lui a fait souffrir le martyre vingt années durant.

– Aie, aïe, a lancé Jonica. Qui voudrait de ce manteau ?

– Ma mère, voilà qui. Elle le porte à la maison pour économiser sur le chauffage. » Barrie s'est rapprochée du siège avant. « Ma mère devient folle. Elle ne sait pas si elle doit l'épouser ou non. Elle n'arrête pas de m'appeler, de me demander conseil, de vouloir passer du temps avec moi, je n'arrive pas à me débarrasser d'elle… Hier encore, elle a appelé pour me dire : “Barrie, tu as vingt-cinq ans et tu ne m'as encore jamais invitée à dîner chez toi.”

– Prépare-lui du poisson, a suggéré Jonica. Elle déteste ça. »

Lorsque nous avons trouvé une place de parking, Barrie était de bien meilleure humeur. Elle avait de vagues indications – le numéro d'un ponton où nous trouverions le yacht –, mais il était évident que nous allions avoir besoin d'aide. Marina Del Rey était un endroit gigantesque : bateaux de plaisance à perte de vue, luxueux complexes d'appartements portant des noms tels que Le Récif de Balboa.

Nous devions offrir un spectacle divertissant aux célibataires bronzés occupés à siroter des Ramos Gin Fizz sur le pont arrière de leurs bateaux : Jonica trébuchant sur ses talons hauts, moi dans ma chemise rose Brooks Brothers et mon pantalon chino, et Barrie étouffant dans un caban (« Une fois au large, ça pourrait se rafraîchir ») avec l'allure de quelqu'un en quête d'un remorquage. Nous avons fini par trouver un employé, un vieil homme renfrogné pressé d'aller quelque part.

« Où est le bateau de M. Kentner ? a demandé Barrie en trottinant à ses côtés.

– De l'autre côté de l'alfred », a-t-il répondu en accélérant le pas.

« Qu'est-ce qu'un alfred ? m'a demandé Barrie tandis que nous regardions son dos disparaître.

– Je croyais que *tu* le savais. »

Il s'est avéré que l'*Alfred* était un bateau et qu'effectivement le *Columbine* se trouvait juste à côté. Assis à son bord, Alice Amber et Claude Kentner, le millionnaire texan, faisaient des mots croisés.

« Jc croyais avoir dit treize heures », a observé Alice Amber, et j'ai immédiatement souhaité être ailleurs. Son ton était déjà suffisamment inquiétant, mais ce qui m'a vraiment mis mal à l'aise, c'est Claude Kentner. En un coup d'œil, j'ai compris qu'il était à bout de nerfs. Il voulait manifestement que tout se passe comme prévu, que tout soit « chouette ». Et manifestement ce n'était pas le cas. Je le sentais dans mes tripes.

« Alors, tirez-nous dessus ! » a ironisé Barrie, et nous sommes montés à bord. Deux petits caniches blancs sont apparus d'on ne sait où et ont commencé à aboyer. « Oh, mon Dieu, les chiens », s'est écriée Barrie.

Jonica et moi avons été présentés à Claude Kentner. C'était peut-être un millionnaire texan, mais il semblait loin d'être parfait. À mon avis, il souffrait de la maladie de Parkinson. En tout cas, il bavait. La première chose que nous avons apprise cet après-midi-là, c'est qu'en sa présence il ne fallait jamais se tenir sous le vent.

« Bienvenue à bord, mesdames et messieurs », a-t-il lancé en nous serrant vigoureusement la main. J'étais fasciné par ses cheveux. Ils étaient coiffés comme ceux de Johnny Cash, longs à l'arrière et au-dessus des oreilles, plus une banane élaborée sur l'avant. Une telle quantité de laque les maintenait qu'ils brillaient au soleil comme un casque de football argenté. L'homme semblait excessivement content de nous voir – j'avais l'impression qu'Alice Amber lui avait fait passer un sale quart d'heure.

« Eh bien, a-t-il enchaîné en regardant autour de lui d'un air incertain, on dirait que nous sommes tous prêts. » Personne n'a bougé. « Je pense que nous pouvons à présent larguer les amarres. »

Quelque chose me disait qu'il n'avait pas la mer dans le sang.

« Nous aurions dû les larguer il y a de ça une heure », a ronchonné Alice Amber.

Claude Kentner a grimpé à l'échelle menant sur la passerelle. Ce faisant, l'attention de tous s'est portée sur ses chaussures. Elles étaient en cuir verni blanc avec des talons rainurés. Je crois qu'on les appelle talons cubains. J'ai soudain trouvé à qui il ressemblait : Louis XIV.

Les chaussures ont été un choc pour tout le monde et il a fallu un moment pour les digérer. Je me sentais particulièrement désolé pour Alice Amber. C'était *son* petit ami. Tous autant que nous étions, nous éprouvions bien trop de gêne pour la regarder dans les yeux.

Claude Kentner avait engagé un lycéen chargé de manœuvrer le bateau. Nous avons nerveusement regardé le gamin éloigner à toute allure ce bateau de plaisance long de dix mètres du ponton de manière à l'engager dans le chenal.

« Dennis, ralentis ! » avons-nous entendu Claude Kentner supplier, sans effet perceptible.

J'ai glissé un petit coup d'œil à l'intérieur. Niveau glamour, le *Columbine* était une immense déception. Il s'agissait manifestement d'un bateau d'occasion construit aux alentours de 1952. Il dégageait une odeur de vestiaire masculin le jour où l'on passe le désinfectant. Tout était à carreaux : les petits rideaux couvrant les hublots, les coussins du canapé encastré, la moquette, le pantalon du propriétaire.

Claude Kentner est redescendu par l'échelle. Alice Amber avait préparé une collation[1], malheureusement refroidie à cette heure. Nous nous sommes assis sur le pont arrière dans des fauteuils en toile comme en utilisent les réalisateurs de

1. Ce qu'elle *eût été avisée* de servir, ai-je nonchalamment mentionné à mon agent pendant que nous relisions le manuscrit, aurait davantage dû ressembler au gâteau au café et à la crème aigre de la grand-mère de Pam. Mes tentatives ultérieures pour retrouver cette recette ont occasionné toutes sortes de malentendus parmi mes amis, principalement liés à la rumeur ridicule selon laquelle je travaille depuis un an et demi à la rédaction d'un livre de cuisine. C'est avec plaisir que je rétablis enfin la vérité.

GÂTEAU AU CAFÉ ET À LA CRÈME AIGRE

2 tasses de farine
½ tasse de beurre
1 cuillère à café de levure chimique
1 ou 2 cuillères à café de vanille
2 œufs
½ litre de crème aigre

Mélanger la farine, le sucre, le beurre, la levure chimique comme pour réaliser une pâte à tarte. Ajouter la vanille, les œufs et la crème aigre. Battre pendant 5 minutes. Répartir la pâte dans un moule à gâteau. Saupoudrer de sucre, de cannelle et de noix. Cuire au four à 180 degrés pendant une heure. *(Note de l'Auteur.)*

cinéma et nous avons essayé de manger pendant que le bateau faisait des embardées. Les caniches couraient dans tous les sens en glapissant de terreur.

« Fais-le ralentir, a dit Alice Amber.

– Chérie, il sait ce qu'il fait.

– Je n'arrive pas à verser le café.

– Ça ira mieux quand on sera dans le chenal.

– J'ai dit : fais-le ralentir. C'est ton bateau, bon sang ! »

Une fois encore, tous les regards se sont tournés vers les chaussures de Claude Kentner tandis qu'il remontait l'échelle et prenait Dennis à part. Je ne sais pas ce qu'il a dit, mais cette fois ça a marché : le *Columbine* a décéléré jusqu'à une vitesse sarcastiquement lente. Claude Kentner est redescendu, a chancelé jusqu'à sa chaise et s'y est laissé tomber. Pendant un moment, personne n'a parlé. Nous étions vidés.

Nous avons quitté le chenal, dépassant Venice sur notre droite. À ce stade, nous avancions si lentement que nous gênions la circulation. C'était une magnifique journée, la digue bétonnée était bondée de promeneurs et de patineurs à roulettes qui regardaient passer les bateaux avec envie.

T'y voilà donc, Elliot – sur le yacht d'un millionnaire texan, en compagnie d'une grande star hollywoodienne (grognement) et de la petite-fille d'un président des États-Unis. Profites-en tant que ça dure.

« Oh, c'est dégueu ! » a crié Barrie, et j'ai levé les yeux. L'un des caniches était en train de vomir sur ses baskets.

Le temps d'atteindre la haute mer, des factions s'étaient formées. Barrie était particulièrement malheureuse ; elle n'arrêtait pas de rouspéter à propos de ses chaussures. Alice Amber les avait mises à tremper dans le petit évier de la cambuse. Barrie a fini par enlever son caban pour monter prendre le soleil sur le pont avant. « Va la rejoindre, ai-je chuchoté à Jonica. Nous devrions nous comporter gentiment avec elle. »

Claude Kentner craignait que les filles ne le rejettent. « Tu crois qu'elles s'amusent ? » me demandait-il sans arrêt. Ça me semblait peu probable. Il n'y avait rien d'autre à faire sur ce yacht que rester assis, ballottés par les vagues. J'ai déjà éprouvé davantage de plaisir à attendre une rame de métro.

« Tu connais les femmes, lui ai-je dit. Elles papotent. »

Il a froncé les sourcils. « Peut-être ont-elles besoin de s'humidifier le gosier. » Un moment plus tard, il était de retour avec des gobelets en plastique remplis de Coca pour tout le monde.

« Vous pensez que Dennis veut un Coca ? nous a-t-il demandé à Alice Amber et à moi.

– Pourquoi tu ne lui poses pas la question ? » a répondu Alice Amber sur un ton mortellement ennuyé.

Il est bientôt revenu, jetant toujours aux filles un regard inquiet. « Je devrais peut-être aller leur parler.

– Fais donc », a lâché Alice Amber.

Il a commencé à avancer, puis hésité, humant l'air. « Quelle est cette odeur ? Du gaz ? Une fuite de gaz ? »

Alice Amber et moi avons reniflé. Des effluves de marijuana flottaient dans l'air, en provenance du pont.

« Claude, a-t-elle dit d'un ton sec, va parler aux filles. »

Il est parti en courant. Elle a reposé son visage dans sa main l'espace d'un moment. « Aïe aïe aïe aïe aïe », a-t-elle fait. Puis elle m'a regardé. Une étincelle est apparue dans ses yeux. Elle a rapproché sa chaise. « Que diriez-vous d'un verre ? a-t-elle chuchoté. Claude n'autorise pas l'alcool sur le bateau, mais qu'il aille se faire foutre. »

Je l'ai suivie à l'intérieur. Elle a sorti d'un tiroir situé sous le canapé une bouteille de Chivas Regal enveloppée dans une couverture. « Ça me tue de mixer ce bon scotch à du Coca », m'a-t-elle dit en soupirant, avant de remplir les deux gobelets à ras bord. Elle a remballé la bouteille, l'a remise à sa place et nous sommes ressortis.

Nous sommes restés assis en silence pendant un moment. Alice Amber a sifflé la moitié de son verre avec la précision mesurée d'une buveuse patentée. J'ai étudié son visage dans la lumière aveuglante du soleil. Ridé, mais joliment ; au fil des ans, toutes ses contorsions faciales avaient accompli leur œuvre. Ses cheveux étaient d'un blond grisâtre et portés plutôt longs pour une femme qui devait avoir soixante ans. Ses yeux, qui ne ressortaient pas du tout à la télévision, étaient son meilleur atout : bleu pâle et tristes. Elle portait un chemisier blanc uni, un pantalon gris et une paire de grandes boucles d'oreilles en aigue-marine de forme carrée. À part une simple montre en or, c'était son seul bijou. Fumeuse à la chaîne, elle connaissait toutes les astuces pour allumer une cigarette malgré la brise constante.

Qu'il était étrange de se trouver là, assis aux côtés d'une icône de mon enfance. J'avais du mal à les associer – s'agissait-il de l'Alice Amber en noir et blanc du Canal 5, ou de la mère de Barrie ? Le yacht avait beau être bas de gamme, elle avait beau être une alcoolique finie – il n'en reste pas moins que j'étais ravi.

Nous entendions de joyeux éclats de rire en provenance du pont avant. La campagne de Claude Kentner se déroulait bien.

« J'ai fait un rêve très étrange la nuit dernière, a dit soudain Alice Amber. J'étais avec Shelley Winters. Pour je ne sais quelle raison, nous avions décidé de remplir une déclaration d'impôts en commun.

– Oh, Shelley Winters », ai-je fait.

Elle m'a regardé. « Vous connaissez Shelley ?

– C'est l'amie d'une amie, ai-je répondu sans conviction.

– Qui ?

– Eve Biersdorf.

– Eve Biersdorf, a répété Alice Amber, essayant de situer le nom. C'est la nouvelle femme de Pete Biersdorf ?

– Pas si nouvelle. Ils sont mariés depuis trois ans.

– Oh. » Elle a pris une bonne gorgée de son verre. « Il paraît que c'est une vraie crétine. »

Je me suis raidi. « Je ne la qualifierais pas de crétine », ai-je répondu loyalement.

Elle m'a regardé et a compris sa gaffe. Ses yeux se sont agrandis, pleins d'inquiétude. « Je suis désolée, a-t-elle dit en me prenant la main. Pouvez-vous me pardonner, s'il vous plaît ? Bon sang, je suis bien placée pour parler de crétinerie. » Elle a fait un signe de tête en direction de Claude Kentner.

Nous avons tous les deux ri et, pour la première fois depuis que je suis à Los Angeles, j'ai éprouvé un complet élan de confiance et d'amitié.

« Il a un appartement luxueux à Dallas, a-t-elle dit avec une merveilleuse touche de malice dans la voix. Mais il n'y a *rien dedans*. Juste un lit de camp et quelques moutons qui traînent en dessous.

– Je parie que vous allez vite arranger ça.

– Tu m'étonnes, sûr qu'il a trouvé chaussure à son pied !

– Et en parlant de chaussures…

– Je sais, je sais. J'ai failli tourner de l'œil quand j'ai vu ces choses. Il y a un an, je n'aurais jamais épousé un homme chaussé ainsi. Mais, comme me disait Sophie Tucker : "J'ai été riche, j'ai été pauvre. Crois-moi, Alice, riche c'est mieux." »

Oh, j'étais amoureux. Captivé, je l'écoutais me parler de ses problèmes avec Claude Kentner. Devait-elle l'épouser ? Était-il si horrible que ça ?

« J'adore discuter avec vous, s'est-elle exclamée.

– J'adore écouter.

– Quelqu'un doté d'un cerveau. Je suis enchantée que Jonica vous ait amené. Voulez-vous être mon nouveau meilleur ami ? »

Et comment ! Imaginez : traîner avec Alice Amber, débarquer à des soirées hollywoodiennes avec elle à mon bras, tout le monde se demandant qui je suis. Peut-être même orchestrer son come-back…

« Prenons un autre verre », a-t-elle murmuré, et nous nous sommes faufilés à l'intérieur. « Putain de soleil. » Nous nous sommes installés sur le canapé à carreaux et avons eu une longue et passionnante conversation sur la vie, dont je crois bien avoir oublié les détails.

« Vous voilà ! » s'est exclamé Claude Kentner en entrant dans la cabine, traînant Barrie derrière lui. Je veux dire par là qu'il tenait fermement son avant-bras et qu'elle se débattait pour se dégager. L'espace d'une terrible seconde, Alice Amber et moi avons eu la même pensée : le clown a fini par péter un câble et il va tous nous tuer.

Mais c'était pour s'amuser. Ils chahutaient. Derrière eux, Jonica sautillait sur place dans l'embrasure de la porte, les yeux brillants d'excitation.

« Vous savez ce que je vais faire ? nous a demandé Claude Kentner.

– Non, quoi ? » a répondu Alice Amber en essayant de se comporter comme si elle ne tenait pas un gobelet rempli uniquement de scotch.

Claude Kentner était bien trop obnubilé par lui-même pour s'en rendre compte. Il avait trouvé le moyen idéal d'animer la fête.

« Je vais la jeter aux requins », s'est-il exclamé.

Barrie a poussé un cri perçant. « Oh, non, Claude ! Tout mais pas ça ! »

Alice Amber et moi avons accueilli la nouvelle avec calme. Nous étions tous les deux extrêmement ivres et déterminés à ne pas nous trahir.

« Je vais la faire marcher sur le bastingage », a-t-il beuglé.

Nous avons souri bêtement. « Comme c'est plaisant », a dit Alice Amber.

« Claude, n'y pense même pas ! a hurlé Barrie.

– Allez, Elliot, mon garçon, il faut que tu me donnes un coup de main. »

J'ai regardé autour de moi, très surpris. C'est à moi qu'il s'adressait ?

« Elliot, je vais te tuer ! » m'a averti Barrie.

Je me suis levé d'un pas chancelant. Les caniches avaient réapparu, très agités. Je me sentais nauséeux.

« Attrape son autre bras », m'a dit Claude Kentner. Nous lui avons fait enjamber la saillie du pas-de-porte et nous sommes sortis sur le pont. Elle avait beau crier et donner des coups de pied, elle était aux anges. Tout ce qu'elle voulait, c'était être sous les feux de la rampe.

Jonica a couru à nos côtés. « Oh, mon Dieu, vous n'allez pas vraiment le faire ! a-t-elle crié. Oh, mon Dieu ! Tant que ce n'est pas *moi* que vous jetez à l'eau ! » Personne ne faisait attention à elle, mis à part les caniches. Ils essayaient de ne pas se faire marcher dessus.

« Je vais mouiller mon pantalon ! » a hurlé Barrie.

Il ne m'est jamais venu à l'esprit que Claude Kentner avait réellement l'intention de jeter Barrie par-dessus bord. Je pense que lui non plus n'en avait pas l'intention. Mais une fois la farce commencée, il était difficile de savoir quand l'arrêter.

« Comment on fait ? m'a demandé Claude Kentner. Les mains et les pieds ? » Nous étions face au garde-corps.

« Ouais, les mains et les pieds. »

Claude Kentner a attrapé Barrie par les poignets et moi par les chevilles. Ce qui n'était pas facile parce qu'elle donnait des coups de pied assez virulents. Nous l'avons hissée et allongée sur le bastingage.

« Ma montre », a-t-elle crié. Claude Kentner la lui a retirée du poignet et mise dans sa poche.

J'ai regardé alentour pour voir si d'autres bateaux nous observaient. Dieu merci, il n'y en avait pas. Nous étions seuls, ancrés à environ trois milles de la côte. Mon regard a croisé celui de Dennis qui nous observait paresseusement depuis la passerelle. Je ne me suis jamais senti aussi bête.

Barrie a deviné que la fin était proche. « Maman ! » a-t-elle hurlé. Alice Amber était désormais la seule à pouvoir la sauver. Mais Alice Amber était toujours à l'intérieur.

« Tant que ce n'est pas *moi* que vous jetez à l'eau ! » a crié Jonica.

Claude Kentner et moi avons soulevé Barrie du bastingage et l'avons tenue suspendue par-dessus bord. Elle se trouvait environ à deux mètres au-dessus de la surface de l'eau, qui était bleu foncé et semblait très froide.

« À un… » a dit Claude Kentner. Nous l'avons balancée. « À deux… à troooiiis ! » Barrie s'est envolée du bateau avec une étonnante grâce pour atterrir fesses les premières dans l'océan.

Il y a eu un moment de silence. Nous avons regardé fixement l'endroit où elle avait disparu. Mon Dieu, ai-je pensé. Qu'avons-nous fait ?

Sa tête a soudain émergé, de l'eau a jailli de sa bouche en arc de cercle. J'ai poussé un soupir de soulagement. C'est bon. Tout allait bien.

« Bande de salauds ! » a-t-elle crié, un grand sourire aux lèvres. Elle avait les cheveux plaqués sur la tête comme des épinards trop cuits.

J'ai regardé Claude Kentner. Il était radieux. « Je parie que vous n'oublierez pas de sitôt cette promenade en bateau, a-t-il lancé en se penchant vers elle.

– Putain, tu m'étonnes ! » lui a-t-elle rétorqué en projetant de l'eau dans notre direction.

Ne s'adressant à personne en particulier, Jonica s'est écriée d'une voix aiguë : « Oh, mon Dieu ! Tant que ce n'est pas *moi* que vous jetez à l'eau ! »

Claude Kentner a compris le message. « Dacodac, a-t-il lâché, à qui le tour ? »

Jonica a poussé un cri si perçant que les caniches se sont enfuis vers la cabine, heurtant au passage Alice Amber, qui venait d'apparaître sur le pas de la porte avec un appareil photo. « On dirait qu'on s'amuse », a-t-elle dit, en faisant de son mieux pour se mettre dans l'ambiance, alors que son allure témoignait plutôt qu'elle aurait préféré faire une sieste.

Claude Kentner et moi nous sommes approchés de Jonica, pensant tous les deux la même chose : comment diable la faire passer, *elle*, par-dessus bord ? Elle pesait plus lourd que nous deux réunis. Les soixante kilos de Barrie avaient déjà été assez difficiles à soulever ; j'avais l'impression de m'être froissé les lombaires.

Mais Claude Kentner, qui aurait pu gagner correctement sa vie en torturant des prisonniers pour la Corée du Nord, a immédiatement trouvé une solution : nous allions utiliser l'intimidation plutôt que la force.

« Hé, Jonica, a-t-il dit comme s'il s'adressait à un chat, t'as envie de sauter à l'eau, n'est-ce pas ?

– Oh, mon Dieu, a gémi Jonica en comprenant ce qui était en train de se passer. S'il vous plaît, ne me faites pas sauter. »

Il l'a attrapée par le bras et conduite jusqu'au garde-corps. « Je ne vais rien te faire faire, ma puce. Tu vas le faire toute seule.

– Oh, non, s'est-elle lamentée.

– Laisse-moi te donner un coup de main, a dit Alice Amber.

– Passe ton pied par-dessus. C'est ça. Maintenant, l'autre. »

J'ai levé les yeux vers Dennis. Il était en train de lire une bande dessinée.

Le saut de Jonica a été un peu décevant, mais elle a fait un plus gros plouf que Barrie. Alice Amber a pris quelques photos des filles s'amusant dans l'eau, puis de moi et de Claude Kentner. Il était tellement content de lui qu'il a commencé à imiter des poses de culturiste. Un instant, j'ai craint qu'il ne tente de couronner le jeu en me jetant moi aussi à l'eau, mais à ce stade les filles se plaignaient si bruyamment du froid qu'il est devenu évident que la plaisanterie avait assez duré.

« Comment va-t-on remonter sur le bateau ? a hurlé Barrie.

– Je vais chercher l'échelle », a dit Claude Kentner.

Mais l'échelle n'était pas là où elle était supposée être, et les recherches n'ont pas permis de la retrouver. Elle n'était à aucun des endroits où elle aurait dû être rangée. Dennis ne se rappelait pas la dernière fois qu'il l'avait vue.

« Dépêchez-vous, a crié Barrie. Je crois que je viens de voir un aileron. »

Nous nous sommes concertés sur le pont arrière. Dennis, qui s'y connaissait en matière de nœuds, s'est imaginé qu'il pourrait fabriquer un harnais avec une cordelette de nylon. Cela devrait faire l'affaire.

Pendant que Dennis préparait le harnais, nous nous sommes penchés sur le bastingage pour plaisanter avec les filles. Elles étaient de plus en plus grincheuses, surtout une fois que Barrie s'est rendu compte qu'elle transportait dans sa poche arrière le dernier chèque pour sa prestation en tant que Donna. Et l'idée de regagner terre dans des vêtements mouillés ne leur disait trop rien.

« Je vais faire du café », a annoncé Alice Amber en lançant à Claude Kentner un regard qui signifiait en gros « J'espère qu'à présent tu es satisfait ».

Claude Kentner était loin d'être satisfait. Sa confiance en lui s'amenuisait de seconde en seconde. Il évitait de regarder les filles et n'arrêtait pas de casser les pieds à Dennis pour qu'il se dépêche.

Enfin le harnais a été prêt. Nous l'avons fait descendre jusqu'à Barrie qui, obéissant aux instructions de Dennis, l'a enfilé en y passant les bras jusqu'aux épaules. Puis nous nous sommes mis en devoir de la hisser à bord.

Il y a eu plusieurs faux départs. L'angle de la coque s'est avéré être un problème insurmontable ; nous nous sommes donc déplacés à l'arrière du bateau, qui descendait à pic vers la surface de l'eau.

Dennis et Claude Kentner ont tiré ; Alice Amber et moi avons attrapé les bras de Barrie, qui a réussi à enjamber le bord du bateau. Nous l'avons aidée à passer par-dessus le garde-corps et elle s'est écroulée sur le pont, gelée et épuisée, mais surtout soulagée. Nous l'étions tous. Il y avait eu quelques désagréables instants où il avait semblé que nous ne réussirions jamais à remonter les filles sur le *Columbine*. Claude Kentner a serré la main de Dennis et l'a félicité.

Mais notre soulagement était quelque peu prématuré. Le système ne semblait pas fonctionner pour Jonica. Le harnais était trop petit, et même une fois ajusté il restait des problèmes à résoudre. Selon quelque loi de la physique impliquant la masse, la densité et les angles, il semblait impossible de l'extraire suffisamment hors de l'eau pour saisir ses bras. Barrie lui a suggéré de se mettre en sous-vêtements pour réduire le volume, mais sans chemise, la cordelette de nylon lui râpait tellement les bras qu'elle a hurlé de douleur. Nous lui avons demandé d'essayer de grimper le long de la corde, mais elle ne parvenait pas à s'extraire de plus de quinze centimètres hors de l'eau.

« Encore un effort, Jonica, lui criions-nous. Tout ce que tu as à faire, c'est de mettre une main par-dessus l'autre et de te hisser.

– C'est ce que *j'essaie* de faire. » Elle commençait à pleurer. Son pantalon avait disparu et son haut en velours flottait vers le large.

Une atmosphère de crise a envahi le yacht. Nous adressions des encouragements à Jonica, mais de ce côté-ci du bastingage tout le monde était paniqué et aigri. Alice Amber ne parlait plus à Claude Kentner. « Je ne veux pas aggraver la situation », m'a-t-elle chuchoté. Il n'osait même pas la regarder. Débordée par le caractère mélodramatique de la situation, Barrie cavalait dans tous les sens en agrippant ses cheveux mouillés et en proposant des plans de sauvetage extravagants. Dennis lui expliquait pourquoi ils ne fonctionneraient pas. Puis, de manière inquiétante, il a fini par se murer dans le silence. Plus personne ne semblait aux commandes.

J'ai proposé de me jeter à l'eau pour tenter de trouver une solution depuis ce point de vue. Tout le monde a sauté sur l'idée, surtout Barrie qui a voulu s'en charger. Mais sa mère le lui a interdit : la jeune fille était encore plus affolée que Jonica. Alice Amber l'a enveloppée dans la couverture qui avait servi à dissimuler le Chivas Regal et lui a tendu une tasse de café.

J'ai suivi Claude Kentner dans la cabine principale, où il m'a trouvé un maillot de bain. Hébété, il avait du mal à ouvrir les tiroirs et sa bave, livrée à elle-même depuis une demi-heure, dégoulinait en longs filets le long de son menton.

« Nous comptons sur toi, ne cessait-il de me répéter. Tu peux le faire. » J'ai eu peur qu'il ne se mette à pleurer.

Dès que j'ai eu sauté dans l'eau, j'ai compris que c'était peine perdue. Du point de vue de Jonica, la situation était encore plus terrifiante qu'appréhendée du bateau. Le *Columbine* se dressait devant nous comme une sorte de gratte-ciel flottant. Et l'eau était glaciale. Elle vous frappait d'un coup de poignard à vous couper le souffle et vous laissait haletant.

Jonica s'est cramponnée à moi. Tout son corps tremblait et elle avait le hoquet. « Elliot, sanglota-t-elle, ne me laisse pas ici. »

J'arrivais à distinguer les maisons sur la côte de Pacific Palisades à Santa Monica, scintillant dans le soleil de l'après-midi. Elles semblaient aussi loin que Mars.

J'ai essayé. J'ai vraiment essayé. Mais il n'y avait rien à faire. J'ai plongé sous elle et tenté de la pousser vers le haut, je n'ai réussi qu'à m'enfoncer plus profondément. Plus on descendait, plus il faisait froid.

Les autres m'ont remonté à bord et nous nous sommes de nouveau concertés. Jonica devenait bleue, elle paniquait et nous n'avions aucun moyen de la ramener sur le bateau. Nous avions besoin d'aide.

Claude Kentner a demandé à Dennis d'appeler les gardes-côtes.

15

Ce qui est probablement le plus étonnant quand je repense à cet après-midi de folie, c'est que j'ai réussi à retrouver Pam à sa descente d'avion, et qui plus est, pile à l'heure.

Comme elle arrivait du Canada, les passagers de son vol devaient débarquer au terminal international, un bâtiment modeste comparé à son équivalent à l'aéroport JFK, qui accueillait principalement d'obscures compagnies aériennes effectuant des liaisons hebdomadaires vers le Pacifique Sud. Il y a quelques années, un Yougoslave cinglé connu sous le nom d'Alphabet Bomber a fait de son mieux pour détruire l'endroit[1] – c'est la raison pour laquelle le carrelage autour des consignes à bagages ne correspond pas à celui du reste du bâtiment. Je me suis assis sur un banc en grignotant une barre

1. Le 6 août 1974, Muharem Kurbegović fait exploser une bombe dans le terminal international de la Pan Am à l'aéroport de Los Angeles. L'explosion fait trois morts et trente-six blessés. Kurbegović est arrêté deux semaines plus tard. Il sera condamné à la prison à vie. Au moment des faits, le surnom « Alphabet Bomber » lui est attribué en référence à son plan supposé d'attaquer des lieux selon un ordre formant une anagramme.

chocolatée, et j'ai essayé de déterminer quel carreau datait d'avant la bombe et quel carreau d'après.

Au risque de paraître anormal et pervers, j'avoue que je fais partie de ces gens qui trouvent les aéroports absolument fascinants. Je peux rester assis des heures à observer les gens. « Réservez-moi un vol passant par Atlanta », dis-je aux agents de réservation étonnés : deux ou trois heures d'escale, c'est l'idée que je me fais du paradis. Je fais cirer mes chaussures, j'achète des peignes en plastique au distributeur des toilettes pour hommes, je flâne au kiosque à journaux pour voir quelles foutaises les voyageurs lisent en ce moment, je m'arrête au stand de souvenirs et commande une douzaine de verres à cocktail ornés de décalcomanies d'une équipe de football que je fais expédier dans ma « ville natale », je regarde les bagages à main passer aux rayons X, et je me laisse même alpaguer par des fidèles de la secte Moon ou n'importe quel crétin qui se promène en vendant des disques en vertu de son droit au titre du Premier amendement.

Rester assis à regarder les passagers de l'avion qui précédait celui de Pam passer la douane ne m'a donc pas demandé beaucoup d'efforts. J'ai joué à mon jeu favori, « D'où viennent-ils ? », même si cette foule était pathétiquement facile à identifier : des grands, des blonds, l'un d'eux portait même une paire de skis – manifestement, des Scandinaves. Plusieurs se sont précipités vers les portes automatiques en verre et, baragouinant avec excitation en suédois, danois ou je ne sais quoi (ne pensez pas que je sois *si* doué), ils ont pointé du doigt quelque chose sur le parking.

Je me suis retourné pour identifier la source de cette excitation – la taille des voitures américaines, sans doute –, mais c'était un palmier d'une vingtaine de mètres de haut s'élevant dans la splendeur majestueuse d'un terre-plein recouvert d'une plaque de verre, situé au milieu du trafic. Il ne m'en a pas fallu davantage. Un simple coup d'œil au palmier et la réalité m'est revenue en pleine figure comme une vague écœurante. J'ai craint de m'évanouir. Si seulement j'étais ailleurs, ai-je pensé. N'importe où ailleurs. Ma vie est finie. Je ne serai plus jamais heureux.

« T'as une mine affreuse. »

Pam est soudain apparue devant moi, trimballant un sac en plastique rempli de bouteilles d'alcool détaxées. Visiblement, elle avait besoin d'un shampoing.

Un cri involontaire est sorti de ma gorge et je me suis levé d'un bond. Il y avait quelque chose dans le fait de la voir là, nimbée de ses quinze années de brouillard londonien, avec sur les joues cette pâleur vert jaunâtre qui n'apparaît qu'après des années d'éprouvants trajets en métro – un îlot de santé mentale, un phare de logique étincelant comme un diamant dans le marécage de la Californie du Sud. *Il y a* une vie en dehors de cet abri de piscine sur Casino Drive. Bloomingdale's, ça vous dit quelque chose ? La pluie ? Les yaourts Danone ? Vous vous rappelez Zabar's[1] ? Et cette bodega ouverte toute la nuit au coin de la rue ? Vous vous souvenez de la *civilisation* ? Je pouvais partir d'ici. Je pouvais – mais oserais-je même y penser ? – faire mes valises et rentrer à New York. Tout de suite. Avec Pam.

« Je n'ai jamais été aussi heureux de voir quelqu'un de toute ma vie », ai-je dit en la serrant dans mes bras jusqu'à ce qu'elle commence à grogner.

« Qu'est-ce qui t'arrive ? T'as besoin que je te prête de l'argent ? » Et ses vannes ! Elles aussi, je les avais oubliées. À quand remonte la dernière fois que j'ai entendu une vanne ?

J'ai commencé à rire. Puis j'ai remarqué que je pleurais.

« Elliot, qu'est-ce qui t'arrive ? Qu'est-ce qui se passe ?

1. Épicerie fine new-yorkaise.

J'ai été incapable de répondre. Les mots ne se formaient pas.

« Je savais que tu serais content de me voir, mais là, c'est ridicule. »

Tous ses instincts maternels contrariés se sont mis en action et elle m'a conduit, sanglotant dans un Kleenex usagé qu'elle avait trouvé dans sa poche, au fond d'un bar lugubre (elle avait un sixième sens pour repérer les bars d'aéroport), où elle m'a fait asseoir dans le coin le plus sombre, celui où l'on pouvait à peine distinguer sa propre main devant son visage. Une seconde plus tard, elle est revenue avec un double scotch pour moi, un double bourbon pour elle – elle se voyait comme une femme qui buvait beaucoup et qui avait du cran – *et* une pile de serviettes en papier car, à l'évidence, le Kleenex s'avérait insuffisant. J'ai jeté un coup d'œil à mon verre, pensé à Alice Amber, et j'ai de nouveau craqué.

« Prends ton temps, prends ton temps, m'a-t-elle dit en me tapotant le dos de la main.

– Tu as du Valium ? » ai-je réussi à bredouiller.

Il se trouve qu'elle en avait – comme dirait Jonica : le pape est-il catholique ? Je l'ai avalé en fermant les yeux un instant.

Puis je me suis mis à lui raconter toute l'histoire.

La garde côtière est arrivée au bout de vingt minutes, fonçant vers nous, toutes sirènes hurlantes, les marins (je les appellerai ici marins – « gardes-côtes » fait tellement emprunté) alignés à l'avant de leur vedette, manifestement intrigués par l'objet de leur mission. Après tout, combien de fois par jour a-t-on l'occasion de venir en aide à une grosse fille qui n'arrive pas à remonter sur un bateau ? Une atmosphère de vacances, c'est ainsi que je décrirais l'ambiance.

C'est alors qu'ils ont aperçu Jonica.

Elle faisait du surplace à la poupe du *Columbine*, cramponnée à l'un des tuyaux d'échappement chromés. Toute sa fierté l'avait depuis longtemps quittée, elle craignait pour sa vie. Comme l'a dit un jour Chazal, « l'extrême terreur nous rend les gestes de notre enfance », et en effet, elle ne me rappelait rien d'autre qu'un nourrisson géant et rondouillard, la bouche déformée par les sanglots et les sourcils froncés dans une expression d'affolement partie pour durer. J'avais du mal à la regarder.

Avec adresse, la vedette s'est arrêtée à une dizaine de mètres de nous et les marins sont passés à l'action, déroulant dans l'eau une échelle de corde. L'officier responsable, un homme d'allure aimable dont l'accent ressemblait terriblement à celui de Claude Kentner, se tenait près du bastingage avec un mégaphone à piles. Nous l'avons regardé tripoter l'interrupteur. Soudain, sa voix a mugi au-dessus de l'eau, demandant à Jonica si elle savait nager. Elle a réussi à hocher la tête.

« Vous n'avez qu'à patauger jusqu'ici, ma petite dame, a-t-il dit, sans la moindre ironie. Nous venons de mettre du café sur le feu et nous avons une tasse à votre nom. »

Alice Amber a agrippé mon bras. « Mon Dieu, il est formidable. N'est-ce pas qu'il est formidable ? »

Un étourdissant sentiment de soulagement s'est propagé sur le *Columbine*, cette merveilleuse sensation qui se déploie quand on n'est plus responsable. Mon Dieu, comme nous étions tous résilients ! « Comment vont-ils la remonter ici ? » voulait savoir Barrie, qui déplorait la perte du pantalon et du pull de Jonica comme la principale tragédie de l'après-midi. Alice Amber pensait que nous devrions offrir un cadeau aux gardes-côtes ; elle demanda si nous avions des suggestions. Un cadeau ! a balayé Claude Kentner. Je vais distribuer dix dollars à tous ces fils à papa ! » Il ressemblait à un homme dont la condamnation à mort vient d'être annulée par la Cour suprême. J'étais, semblait-il, le seul (dans mon rôle d'Intellectuel sensible) à se poser des questions plus importantes : quels seraient les effets de *cette* humiliation sur le psychisme de Jonica ? Occasionnerait-elle une révélation qui la pousserait enfin à aller acheter un exemplaire du *Régime Scarsdale*[1] à la librairie Pickwick, ou à téléphoner au Dr Echeverria de Tijuana et prendre rendez-vous pour un pontage gastrique ?

Même lorsqu'il est apparu que Jonica, à force de s'être agitée dans l'eau, était trop épuisée, trop exténuée pour parvenir à se hisser sur l'échelle de corde, nous ne nous sommes pas inquiétés outre mesure. Après tout, nous avions affaire aux gardes-côtes américains. Ils avaient sûrement bien d'autres systèmes pour extraire les gens de l'eau.

« Pas de problème, a repris l'officier. Nous allons vous remonter avec style. »

« Avec style » s'est traduit par l'apparition d'un treuil équipé d'un siège en toile. Il s'agissait du même type de treuil que celui qu'on utilise pour charger les bananes au Honduras. Le siège a été abaissé jusqu'à toucher la surface de l'eau, puis on lui a donné un petit peu plus de mou. Jonica, suivant les instructions de l'officier, s'y est installée.

« Prête ? »

Elle a acquiescé.

« Allons-y ! »

Elle est lentement sortie de l'eau, tournoyant sur elle-même en cercles aléatoires. Ses mains se cramponnaient au cordage, l'eau de mer dégoulinait de son énorme corps luisant. Les marins la fixaient, fascinés. Le bronzage de ses bras et de ses jambes s'était estompé, devenu une couleur blafarde et jaunâtre, mais son ventre, entre sa culotte et son large soutien-gorge rose, était d'un blanc laiteux. La graisse formait des plis.

1. Régime hypocalorique mis au point à la fin des années 1970.

Avec d'infinies précautions, ils l'ont hissée au-dessus de la rambarde de la vedette, où elle est restée un moment suspendue dans les airs comme une artiste de cirque. Le treuil a continué à pivoter jusqu'à ce qu'elle se trouve en sécurité au-dessus du pont. Les marins se sont mis à applaudir, à se taper dans la main et à lever le poing vers le ciel.

Sur le *Columbine*, nous nous étreignions, délirants de soulagement. Tellement délirants, en fait, que nous n'avons même pas entendu la déchirure. Ni vu Jonica tomber. J'étais en train de serrer Alice Amber dans mes bras (et je me disais : nom d'un chien, je suis en train de serrer Alice Amber dans mes bras. Quand les danseurs de Morris vont entendre ça !) lorsque c'est arrivé, lorsque le siège en toile s'est rompu et l'a laissée tomber sur le pont de la vedette. La hauteur n'était pas si grande, deux à trois mètres tout au plus. Elle n'a eu le temps de pousser qu'un cri très bref.

Nous avons tourné nos regards vers la vedette – qui semblait assez proche, à portée de main. J'ai fermé les yeux quand je l'ai vue : ses jambes étaient repliées sous elle de la manière la plus anormale qui soit. Quand je les ai rouverts, j'ai à peine eu le temps d'apercevoir son visage avant que les marins ne l'entourent. Elle avait l'air perplexe.

« Ont-ils essayé de la déplacer ? » a demandé Pam, comme si les gestes de premiers secours recelaient le nœud de l'histoire.

Je lui ai répondu que je ne m'en souvenais pas. En fait, je ne me rappelle rien du voyage de retour. Je me rappelle seulement que nous étions tous calmes, les yeux secs et imperturbables – autrement dit, cette fois vraiment terrifiés. Personne n'a dit un mot inutile. Nous avons simplement suivi la vedette aussi vite que possible, mais elle restait toujours si loin devant nous, comme prête à disparaître. On ne nous a rien dit par la radio. Recroquevillé au-dessus de l'émetteur, Claude Kentner les suppliait. « Gardez ce canal ouvert », lui répétaient ses interlocuteurs.

La pauvre Jonica était en train d'être transférée dans une ambulance lorsque nous avons atteint l'embarcadère de la garde côtière. La vue de ces lumières clignotantes nous a remis en ordre de marche ; nous avons sauté du bateau – quels casse-cou ! – avant même qu'il ne soit arrimé contre le quai. Par-dessus son épaule, Claude Kentner a lancé à Dennis : « Occupe-toi des caniches » – il ne voulait pas avoir en plus le sang de caniches morts ou disparus sur les mains – et nous avons cavalé, trébuché et titubé (car nous avions encore le « pied marin ») en direction de l'ambulance. Comme un bus sur la Troisième Avenue, elle a démarré au moment exact où nous allions la héler, donnant à Barrie et à sa mère l'occasion de pousser des cris d'orfraie.

À l'hôpital où l'on nous a orientés, c'était le chaos. Nous avons fait irruption en courant comme une équipe de braqueurs de banque comiques, nous cognant les uns dans les autres et parlant tous en même temps. Les gens s'arrêtaient pour nous regarder. Ils semblaient particulièrement impressionnés par la tenue de Barrie. Elle avait ôté ses vêtements mouillés pour des nippes qui traînaient sur le yacht, appartenant à Claude Kentner : bermuda ample et maillot de corps à col en V. Pour une raison que j'ignore, elle se cramponnait toujours à la couverture qui avait enveloppé le Chivas Regal.

Une femme à lunettes a coincé Alice Amber. « Vous êtes la vraie Alice Amber ? a-t-elle demandé, folle d'excitation.

– Oui ! a aboyé Alice Amber en lui saisissant la manche. Vous travaillez ici ?

– Non, je travaille dans le prêt immobilier et j'aimerais un autographe.

– Même pas en rêve ! a balancé Alice Amber.

– Alice ! s'est exclamé Claude Kentner.

– Et toi, ta gueule ! »

Une infirmière est sortie de la salle des urgences et Alice Amber s'est placée droit en travers de son chemin.

« Je suis Alice Amber, a-t-elle dit, et j'ai besoin de votre aide.

– Alice qui ?

– Alice Amber ! a-t-elle hurlé.

– Je me fiche de qui vous êtes, a répondu l'infirmière. Écartez-vous. » Et elle a majestueusement poursuivi son chemin.

La demandeuse d'autographe éconduite s'est écriée : « Bien fait pour vous ! »

Totalement vaincus, nous nous sommes repliés sur un canapé en skaï pour rassembler nos esprits. « C'est ridicule, a maugréé Alice Amber en serrant les dents. Je vais tirer quelques ficelles. » Là-dessus, elle s'est levée et a foncé à travers les portes battantes. J'étais certain qu'elle allait se faire refouler, comme dans un western, et je pense que tous les autres (qui ont continué à fixer les portes jusqu'à ce qu'elles s'arrêtent progressivement de pivoter) pensaient la même chose.

« Je suppose qu'elle a réussi », a dit Claude Kentner d'un ton admiratif.

Nous fixions toujours les portes battantes quand cinq minutes plus tard Alice Amber est revenue, en grande conversation avec un médecin en blouse blanche. Avec ostentation, m'a-t-il semblé, elle l'a contraint à poursuivre leur entretien au beau milieu de la salle d'attente, là où tout le monde, en particulier la chasseuse d'autographe (accompagnant sa mère âgée et encline aux accidents), pouvait les observer, non sans être impressionné. Des phrases comme « Avez-vous votre propre orthopédiste ? », « *Bien évidemment*, une chambre privée ! » flottaient, mais nous étions bien trop intimidés pour interrompre cette petite scène. Lorsqu'ils ont fini par se séparer (en fait, lorsqu'il lui a semblé qu'il lui faudrait se cramponner à lui pour le garder plus longtemps), elle lui a gravement serré la main – à deux reprises.

« Elle est en radiologie », voilà toute l'information qu'elle avait glanée. « D'après lui, nous n'avons plus qu'à rester assis et à attendre. »

Nous sommes donc restés assis et nous avons attendu, regardant l'horloge et sirotant le café qu'Alice Amber avait demandé à Claude Kentner d'aller chercher. Cinq minutes ont passé. Puis cinq autres minutes. Les seconds rôles ont changé, puis changé de nouveau. Un enfant a été amené avec une serviette-éponge ensanglantée autour de la tête. Des annonces et des carillons ont été diffusés par le haut-parleur. Un vieil homme est arrivé en catastrophe sur un brancard. Deux aides-soignantes venues pour une pause cigarette m'ont fait les yeux doux. En un rien de temps, une heure s'était écoulée. J'ai encore regardé l'horloge : seize heures quarante-cinq.

J'ai pris vaguement conscience que j'avais manqué une chose importante. Puis je m'en suis souvenu : Pam. Oh, eh bien tant pis, ai-je pensé. Impossible de partir maintenant. Elle se débrouillera. Elle peut prendre un taxi.

« Mais tu es là, a dit Pam. Que s'est-il passé ?

– Attends », ai-je répondu.

Juste au moment où nous pensions que nous ne pourrions plus en supporter davantage, à l'instant précis où il nous *fallait* avoir des nouvelles, même si elles étaient mauvaises, alors qu'Alice Amber s'apprêtait à tirer de nouvelles ficelles, qui est entré dans la salle d'attente avec l'air décontracté d'un camionneur en halte routière de nuit, sinon…

Vernon !

Barrie a poussé un cri perçant. « Qu'est-ce que *toi*, tu fais ici ? » lui a-t-elle demandé.

Il l'a dévisagée froidement. Dire que je devinais une histoire longue et difficile entre eux deux serait un euphémisme.

« Comment va Jonica ? »

– *Qu'est-ce que tu fais là ?* » a répété Barrie. De nouveau, toute la salle d'attente était captivée par la saga du groupe installé sur le canapé.

« Les gardes-côtes m'ont appelé », a expliqué Vernon en sortant un paquet de Marlboro. Il a parcouru le canapé d'un rapide coup d'œil sur nous tous, avant de nous ignorer. « Comment va Jonica ? » a-t-il répété.

Alice Amber s'est tortillée sur son siège. « On ne sait pas. On veut rien nous dire. »

« Qui est-ce ? » a chuchoté Claude Kentner.

Et voilà, me suis-je dit. Je rencontre enfin le fameux M. Fetchko. C'était la dernière chose que j'avais prévue ou à laquelle je m'attendais, et pour être tout à fait franc ma première réaction a été la terreur. Que savait-il de moi ? Allais-je être abattu à l'orée d'une prometteuse carrière par un péquenaud qui voulait venger son honneur ? Je suis sûr que c'était un membre de la NRA[1].

« Je sais pourquoi tu es là, a repris Barrie en haussant le ton. T'as senti l'argent de l'assurance ! »

Une infirmière est sortie et nous a poliment demandé de nous taire, nous dérangions les autres visiteurs. « Pas tant que vous n'arrêterez pas de nous balader ! » a rétorqué Alice Amber, mais elle semblait soudain vidée de son esprit combatif. L'arrivée de Vernon l'avait visiblement déstabilisée. Un instant plus tard, une nouvelle infirmière est sortie ; elle a jeté des regards furtifs aux autres personnes présentes dans

1. National Rifle Association : association américaine fondée en 1871 dont la principale activité consiste à défendre le droit de posséder une arme à feu.

la pièce, puis nous a chuchoté qu'il avait été « convenu » que nous pouvions attendre dans un bureau privé.

Nous avons regardé autour de nous avec hésitation, pas du tout certains que nous isoler soit une bonne idée, nous avions vu assez de douleur et de mutilations pour une journée ; mais Alice Amber a pris l'initiative et s'est levée. Nous avons suivi l'infirmière en passant devant le guichet, traversé le hall d'entrée et longé un couloir violemment éclairé jusqu'à un box sans fenêtre de deux mètres sur trois garni de mobilier de bureau en métal usagé, qui ne correspondait manifestement pas à ce que l'expression grandiose « bureau privé » évoquait dans nos esprits. Il s'est ensuivi un jeu de chaises musicales, chacun guettant où les autres comptaient s'asseoir.

On a fini par s'installer et un silence infiniment plus éprouvant que le chahut que nous avions provoqué dans la salle d'attente s'est abattu sur le groupe. L'effet cumulé de tous les malheurs de la journée commençait à se manifester. Alice Amber reposait son visage dans ses mains, se frottait parfois les yeux et poussait de profonds soupirs. Claude Kentner fixait le sol, coudes sur les genoux, comme s'il était assis aux toilettes. Barrie, qui s'était retrouvée sur la chaise placée derrière le bureau, tripotait un Rolodex.

Quant à moi, je n'avais qu'une idée en tête : sortir de là. J'ai essayé d'évaluer combien de temps je pourrais tenir avant de me ruer dehors et de courir en hurlant dans le couloir. Encore cinq minutes ? J'en doutais fort.

Vernon m'observait. Nom de Dieu ! J'ai regardé dans l'autre direction et dégluti. Ces yeux – il avait peut-être vingt ans (une réalité dont je n'arrivais pas à me remettre), mais il ressemblait à quelqu'un qui a vu la mort de près. À quoi diable avait ressemblé son histoire avec Jonica ? J'ai essayé de les imaginer au lit (en prenant mes précautions, de peur d'être frappé par la foudre tellement les vibrations étaient intenses), mais j'ai eu un complet blanc mental. Une chose ne faisait aucun doute : je parie que pour *lui* elle ne se dessinait pas de papillons sur le bas-ventre.

Barrie a découvert un téléphone sur le bureau et, après quelques tentatives, a compris qu'elle pouvait appeler l'extérieur en composant le « 9 ». Elle s'est mise à contacter « nos amis » pour les informer de l'accident. Dommage qu'un découvreur de talents n'ait pas été présent. Les appels étaient d'une telle intensité dramatique que n'importe lequel d'entre eux aurait pu lui valoir un contrat de cinq ans avec Universal. Au troisième coup de fil, elle rapportait que Jonica était « fort probablement paralysée ».

Le médecin en blouse blanche est entré. Barrie a lâché le téléphone comme si elle avait été surprise en train de voler des biscuits.

Il s'est gratté le front, a enfoncé les mains dans ses poches, s'est balancé légèrement d'avant en arrière dans ses robustes derbies en cuir de Cordoue.

« Elle est blessée à la colonne vertébrale », a-t-il annoncé solennellement.

Ça je le savais déjà, j'étais donc plutôt soulagé. Au moins, elle était toujours en vie. Mais Barrie et Alice Amber ont pris la nouvelle comme des paysannes grecques. Le personnel de maintenance a passé une tête pour voir qui gémissait si fort.

Claude Kentner a posé l'inévitable question : « C'est grave, docteur ?

– Il est possible que ce soit sévère, a-t-il répondu, quel que fût le sens du mot. J'ai besoin d'accéder à ses antécédents médicaux. Qui est le plus proche parent ? »

Tout le monde a regardé dans le vide. « Vernon, j'imagine, a dit Alice Amber.

– Vernon ? » a repris le médecin en me regardant.

J'ai pointé du doigt le coin où Vernon était assis, le plus loin possible du reste d'entre nous. Il avait incliné sa chaise contre le mur : personnification de l'ennui et de l'indifférence, il s'est lentement repenché en avant jusqu'à ce que les quatre pieds touchent sur le sol.

Le médecin a égrené une liste de maladies improbables. Jonica avait-elle déjà souffert de l'une d'entre elles ? Vernon a haussé les épaules.

« Hmmmmm », a lâché le médecin. Puis il a tenté une autre approche.

« Est-ce qu'elle fume ? »

Pour Barrie, ça a été la goutte d'eau. Elle a agité les mains. « Jonica a le dos brisé et vous voulez savoir si elle fume ? J'y crois pas.

– Barrie ! a dit sa mère sur un ton d'avertissement.

– Non, elle ne fume pas, a repris Barrie d'un air boudeur. Mis à part de l'herbe. »

Claude Kentner a semblé heurté.

« Est-ce qu'elle prend des pilules contraceptives ? » a demandé le médecin.

Tout le monde m'a regardé un instant, puis les yeux ont monté vers le plafond pour examiner les dalles acoustiques.

« Euh… oui, ai-je dit.

– Non », a crié Barrie exactement au même moment.

Le médecin s'est tourné vers Vernon. « Monsieur Fetchko ?

– Aucune idée. »

Lorsque le médecin est reparti en s'épongeant le front, pas plus avancé qu'au départ, la réputation de Jonica était en lambeaux et moi, je préparais ma retraite. J'ai saisi ma chance lorsque Barrie et sa mère ont commencé à distribuer des blâmes.

D'après elles, c'était la faute de tout le monde sauf la leur. Claude Kentner, bien sûr, était le principal coupable. C'est lui qui l'avait forcée à passer par-dessus bord. C'est lui qui naviguait dans l'océan Pacifique sans échelle. C'est lui qui avait organisé cette journée en mer. C'est lui qui avait acheté le bateau. Quant à Dennis…

« Dennis n'aurait jamais dû nous laisser faire une chose pareille, a dit Barrie en secouant la tête. Après tout, c'est lui le grand marin. »

Sa mère était tout à fait d'accord. « Je l'ai vu assis sur le pont tout l'après-midi, à devenir complètement… » Elle s'est brusquement interrompue.

« Complètement quoi ? » s'est enquis Claude Kentner.

Elle mesurait quelles difficultés son observation pourrait causer.

« Juste complètement dingue, a-t-elle fini par dire.

– *Dennis ?* a répété Claude Kentner.

– Laisse tomber. »

Il y a eu un étrange silence. Alice Amber a changé de position et allumé une cigarette.

« Regardons les choses en face, a-t-elle repris. Je déteste le dire, mais c'est la faute de Jonica. Quand on se laisse aller à grossir à ce point… »

Son analyse a eu beaucoup de succès. Barrie et Claude Kentner ont hoché la tête avec sagacité, et Barrie a pu la mener un cran plus loin. Elle s'est tournée vers moi. « Tu sais, si tu ne lui avais pas crié dessus l'autre soir à propos de son poids, ça ne serait jamais arrivé.

– Hein ? » ai-je répondu, même si je savais exactement ce qu'elle voulait dire. Une lumière s'est allumée dans mon cerveau. J'ai adopté l'expression blessée, et pourtant noble, de celui qui est injustement accusé.

Alice Amber, je l'ai tout de suite vu, est tombée dans le panneau. « Oh, voyons, ma chérie, a-t-elle dit à sa fille.

– C'est vrai ! a insisté Barrie, dont les petits yeux diaboliques étincelaient. Il l'a tellement humiliée qu'elle n'a rien mangé depuis. Pas une bouchée ! Je le jure devant Dieu. »

Elle a senti que nous ne faisions pas le lien.

« C'est pour ça qu'elle n'a pas réussi à remonter. *Elle était trop faible !* »

J'ai mis un point d'honneur à me lever lentement. « Barrie, ai-je commencé, d'un ton que j'espérais être exaspérant de calme et de mesure, si tu es à la recherche d'un coupable, tu devrais peut-être réfléchir à ta propre relation avec Jonica. »

Comme il se doit, elle s'est mise à crier, à m'accabler d'invectives, m'offrant l'excuse parfaite pour me diriger vers la porte. « Ne t'avise pas de partir ! a-t-elle vociféré lorsqu'elle a compris mon plan. Pas après ce que tu as fait ! »

Je me suis arrêté sur le pas de la porte, incapable de gâcher cette mise en scène parfaite pour ma dernière réplique. « Non, Barrie, ai-je tristement dit. Après ce que *tu* as fait. »

J'ai pu entendre ses hurlements me suivre dans le couloir, mais comme c'est souvent le cas dans ce genre de situation, mon esprit était concentré sur une chose des plus insignifiante : le tatouage sur l'avant-bras de Vernon que j'avais fixé discrètement. Un petit diable comique armé d'une lance, avec cette légende « Né pour perdre ». J'avais entendu parler de ces tatouages. Peu de danseurs de Morris semblaient en avoir, cependant.

J'avais enfin rencontré quelqu'un qui en portait un.

Me voilà dans une situation cauchemardesque, tellement cauchemardesque, en fait, que je le découvre : c'est exactement ça, un cauchemar. Pas n'importe quel cauchemar, comprenez-moi : un cauchemar singulièrement saisissant et détaillé, avec une intrigue admirablement ficelée, le genre de cauchemar que l'on ne fait qu'après un excès de Valium et d'alcool.

Espérant accomplir une bonne action, Claude Kentner et moi avons mis les deux caniches dans le sèche-linge de Barrie. Lorsque le cycle s'achève, nous découvrons avec horreur que l'un des deux a complètement disparu, et que l'autre a perdu l'usage de ses pattes arrière, ce qui l'oblige à se déplacer sur des roulettes. Le pire, c'est qu'Alice Amber va arriver d'une minute à l'autre et qu'elle nous tuera lorsqu'elle découvrira ce que nous avons fait. Nous nous cachons dans la cuisine, guettant sa voiture par la fenêtre. Vernon passe par là et nous vend, à dix mille dollars pièce, des perruques qu'il a trouvées dans la boîte de l'Armée du Salut où s'approvisionne Barrie. Avec ça, elle ne vous reconnaîtra jamais, nous dit-il, mais j'ai quelques doutes. Nous entendons un bruit et la voyons s'arrêter dans un bateau de grande taille. Elle commence à remonter le petit chemin pavé de briques jusqu'à la porte d'entrée, vêtue d'un costume gris ajusté, de gants blancs et d'un chapeau – l'ensemble en nuances de noirs et de blancs. Claude Kentner et moi nous agrippons l'un à l'autre, terrorisés. Juste au moment où je pense ne plus pouvoir tenir, juste au moment où Alice Amber atteint le porche avant et sonne à la porte – je me réveille.

Ou, en tout cas, je crois me réveiller. Ensuite, je n'en suis plus très sûr. Allongé dans un lit étrange, dans une chambre étrange, je regarde un oreiller étrange dans une taie beige qui ne ressemble absolument pas à celles à carreaux de la marque Bill Blass que j'ai achetées chez May[1] ; au loin, j'entends distinctement la voix reconnaissable entre toutes d'Angie Dickinson. Je peine à comprendre ce qu'elle dit. Elle semble discuter trafic de cocaïne avec des Noirs.

Hum, me dis-je. Encore un rêve. Faut t'y faire, Elliot. Je ferme les yeux.

1. Chaîne de grands magasins.

Mais il y a quelque chose qui cloche. Angie Dickinson s'interrompt et un homme entre. « Cela vous est déjà arrivé ? » demande-t-il, puis une femme découvre des dépôts de calcaire sur ses verres à la veille d'une grande fête. J'ouvre les yeux et me retourne.

Mais bien sûr ! Je me trouvais dans la chambre de Pam au Century Plaza. Tout me revenait : le trajet depuis l'aéroport avec Pam au volant (« Oh, la vache, t'y crois que ça fait quatre ans que je n'ai pas conduit une voiture ? »), trompant la mort chaque fois que nous changions de voie, et moi repêchant un autre Valium dans son sac à main ; l'interminable traversée du hall recouvert de moquette, sur les pas de Mario le bagagiste, joyeux quasi-nain qui a tenté de nous convaincre de faire une visite guidée des studios de cinéma, et enfin la vue splendide d'un lit, sur lequel, ai-je pensé, « je vais pouvoir m'allonger une minute… »

J'ai cligné des yeux – où sont mes lunettes ? – et je suis parvenu à distinguer Pam, perchée sur une chaise et rivée à la télévision. Elle mangeait à deux mains un sandwich crudités-poulet. J'ai jeté un coup d'œil vers la fenêtre. La nuit, apparemment, était tombée.

Mazette, Pam avait vraiment changé au cours des deux derniers mois. Il y avait quelque chose avec ses cheveux – ce n'est pas qu'ils étaient particulièrement sales (ni, d'ailleurs, particulièrement propres) ; juste qu'ils étaient si… gris. Tellement plus gris que dans mon souvenir. Elle avait maintenant ce qu'on appelle officiellement « des cheveux gris ».

Punaise ! Je sortais avec une femme aux cheveux gris.

Ces derniers temps, j'ai commencé à éprouver ces flashs qui durent une seconde ou deux, où je prends conscience que je ne suis plus jeune. « Plus jeune » – qu'est-ce que je raconte ? – selon certaines statistiques, je suis d'âge moyen ! Parfois, de plus en plus souvent, je ne me rappelle même plus mon âge réel ; les années se transforment en un grand flou. À l'époque où j'avais douze ans, il me semblait que cinq années passaient entre deux anniversaires. Aujourd'hui, ce n'est plus que deux ou trois semaines. Et le pire, c'est que je n'ai rien fait de ma vie. Feuilleter le journal des anciens élèves de Harvard me donne des frissons. Autrefois, j'allais à la toute dernière page pour savoir où en étaient mes camarades de classe ; aujourd'hui, il suffit que je consulte les pages centrales. Et on dirait que tous ceux qui ne sont pas présidents d'une banque viennent de remporter le prix Pulitzer ou de vendre pour trois millions de dollars à un conglomérat l'entreprise de produits bio qu'ils ont créée dans le Vermont pendant leur période hippie. Au moins, je n'ai plus à subir l'humiliation de lire (comme c'était le cas autrefois) avec une horreur à vous glacer le sang : « Steve Roth raconte qu'en faisant visiter le pavillon des singes du jardin zoologique à ses adorables filles Tracy, cinq ans, et Melissa, trois ans, il est tombé sur Elliot Weiner, qui y travaille. » *Qui y travaille !* Ils auraient au moins pu préciser que j'y étais directeur du développement. À les entendre, on croirait que je suis un gardien qui balaie les excréments des orangs-outangs. J'ai eu des envies suicidaires des semaines durant. Et ça, c'était dans le journal des anciens élèves de Harvard !

Bref, revenons aux cheveux de Pam. En les regardant, j'ai eu un autre de ces flashs. L'un des pires à ce jour.

Sans rien dire, je l'ai regardée manger son sandwich. Je me rends compte que, lorsque les gens sont seuls, ils ont tendance à envoyer valser leurs bonnes manières. Loin de moi l'idée de jeter la première pierre : je bois le lait à même la brique. Mais Pam… il y avait quelque chose dans la façon dont elle s'en prenait à ce sandwich qui me rappelait Jonica. Notamment cette manière qu'elle avait de lécher la mayonnaise sur les bords : elle levait le sandwich au-dessus de sa tête avant de l'abaisser jusqu'à sa bouche, comme si elle mangeait une grappe de raisin dans une orgie romaine.

Depuis que je connais Pam (sept années), je n'ai jamais réussi à la cerner. Elle est brillante dans son travail. Je l'ai vue à l'œuvre, blaguant avec les secrétaires, appelant le patron par son prénom. Mais à l'entendre, on croirait que c'est un palliatif, comme le métier de serveuse. Elle reçoit constamment des appels du pied d'autres organisations à but non lucratif (vous l'aurez peut-être remarqué : de nos jours, les femmes reçoivent les meilleures offres d'emploi), mais elle ne les accepte jamais. Elle tergiverse, fait cadeau de conseils de gestion valant au bas mot cinq mille dollars lors d'entretiens complémentaires (c'est une chose qui m'exaspère), discute de la situation avec le Dr Munsterberger et sa meilleure amie, Hélène, et dit toujours non. Pour la simple raison que sa seule ambition dans la vie n'est pas un emploi ou une carrière : ce qu'elle désire vraiment, c'est promener dans une poussette son propre enfant de trois ans.

Pour quelqu'un – une femme ! – qui gagne trente-cinq mille dollars par an, elle est malheureuse comme les pierres. Elle a un appartement sombre et déprimant dans un quartier sans intérêt au niveau de la 20e Rue Est. Il donne sur l'arrière d'une ferme avicole et empeste constamment le poulet frit : « Je sais que je devrais déménager, mais c'est tellement *cher.* » Elle dispose des mêmes quatre mille dollars sur son compte en banque depuis une décennie et prétend n'avoir aucune idée de ce qu'elle fait de ses revenus. Si elle tenait mieux ses comptes, elle s'apercevrait peut-être qu'elle a financé quasiment à elle seule la nouvelle maison du Dr Munsterberger sur la plage d'East Hampton.

Pam a beaucoup d'amis, mais ils travaillent tous dans le domaine des « arts » ou dans l'une de ces professions d'« aidants », c'est-à-dire les services sociaux – et pour être tout à fait honnête, ce sont des gens plutôt assommants. Suréduqués, amers quand ils parlent de leur salaire net, coincés à Manhattan sans voiture, privés de la motivation du profit dans des emplois ennuyeux mais stressants, trop timides pour prendre leur vie en main, mais trop intelligents pour se contenter du peu qu'ils ont – je devrais le savoir, j'ai été l'un d'eux, jusqu'à ce que je décide que c'était maintenant ou jamais et que je retourne à l'école. Je ne voulais pas me réveiller un matin, âgé de quarante-cinq ans et toujours employé d'un zoo, bon sang ! Ma conception d'un bon moment, ce n'est plus une soirée vin et fromage sur la 110e Rue.

Je savais que ce serait difficile et ça l'a été. Mon père ne m'a été d'aucune aide. Avocat chez Gulf Oil, il est connu à Pittsburgh pour sa gestion « habile » des négociations avec les syndicats, mais lorsqu'il a été question de lui demander un prêt, il a soudain invoqué la pauvreté causée par le marché boursier. Ce qui a signifié que j'ai dû confier mon existence à un organisme appelé Prêts et Bourses, une officine ressemblant à celle de Shylock à Boulder, Colorado, qui m'envoie, réglée comme une horloge, une lettre commençant par « Cher jeune professionnel » chaque fois que mon chèque de remboursement a un jour de retard.

L'université Columbia a semblé heureuse de m'accueillir – presque trop heureuse – et, après mon arrivée, j'ai compris pourquoi : si vous aviez vu ma cinquantaine de camarades d'études supérieures en histoire, cette bande de bons à rien ! Un seul d'entre eux semblait représenter une menace, un Juif maladif originaire de Chicago plus connu sous le nom de Tarin, qui avait décroché une prestigieuse bourse pour avoir développé des modèles informatiques permettant de prédire le cours des événements historiques. Sa théorie était qu'il suffisait d'identifier l'ensemble des variables : économiques, politiques, religieuses, jusqu'aux changements météorologiques et à la disponibilité des contraceptifs. Et, illico presto ! vous vous retrouviez en mesure d'annoncer ce qui allait se passer chaque fois qu'une crise étrangère montrait son nez. Le modèle le plus simple, dont le taux d'exactitude a fait ses preuves avec une étonnante précision de quatre-vingt-sept pour cent, comporte plus de cinq mille variables. Ce système, étiqueté Proto-Histoire, est extrêmement controversé. Heureusement pour moi, ce pauvre visionnaire passait la plus grande partie de son temps à l'infirmerie.

Environ vingt-cinq des autres étudiants combinaient un enthousiasme enfantin et une assiduité infatigable. Ils travaillaient jusqu'à l'épuisement sans apprendre grand-chose. Deux ou trois d'entre eux étaient probablement assez intelligents. Mais ils avaient été si mal éduqués en premier cycle qu'ils étaient incapables de penser par eux-mêmes.

Les autres étaient tout bonnement stupides.

Et pas seulement stupides. Les hommes semblaient tous privilégier les chemises en synthétique infroissable couvertes de pellicules ; ils avaient des cheveux longs et filasses, des barbes clairsemées et des lunettes à monture métallique. Les femmes étaient pour la plupart de petites créatures trapues aux dents proéminentes. La principale préoccupation de ces futures historiennes, semblait-il, était que les professeurs plus âgés de sexe masculin ne fassent pas de remarques sexistes. Bon sang, me disais-je, où est-ce que je me suis fourré ? Les amis de Pam ressemblaient à des rock stars comparés à cet Institut des Ringards.

Mais j'ai tourné les choses à mon avantage. Pour la première fois de ma vie, j'étais le Caïd du campus. La rumeur s'est vite répandue que, sans l'aide de personne, j'avais redressé la situation du zoo en matière de collecte de fonds, que j'avais pris des décisions impliquant des millions de dollars, que j'avais « embauché et viré » (une formule qui enthousiasmait ces futurs demandeurs d'emploi en passe de devenir des chômeurs chroniques), *et qu'ensuite* j'avais bazardé toute cette gloire pour regagner les sentiers de l'enseignement supérieur. Tout ce qu'ils avaient accompli, c'était obtenir leur diplôme de l'université de Pétaouchnok avec une thèse sur le massacre de Glencoe. Ils étaient tellement faciles à impressionner que c'en était pathétique. Pam et moi les avions invités un Noël ; nous avions servi du champagne français et fait venir plus tard dans la soirée le frère de Pam avec son ancienne petite amie, qui avait bossé au vestiaire du Studio 54. Ils ont tous considéré que c'était la soirée la plus sophistiquée qu'ils aient jamais passée : dès lors, je ne pouvais pas faire fausse route.

Maintenant que j'y pense, c'est Pam qui a attiré mon attention sur Warren Harding. Elle arpentait les allées d'un magasin d'antiquités à Newfane, dans le Vermont, à la recherche de verres datant de l'époque de la Grande Dépression – sa sœur les collectionne –, lorsqu'elle est tombée sur un exemplaire du *Prix de l'amour*. Comme il ne coûtait que vingt-cinq cents et qu'elle avait besoin d'un truc à lire pour le trajet en bus qui la ramènerait chez elle, elle l'a acheté. Elle l'a lu d'une traite, puis s'est précipitée chez moi. « Il y a quelque chose là-dedans, m'a-t-elle dit. Je ne sais pas ce que c'est, mais il y a quelque chose là-dedans. »

J'ai tout de suite compris ce qu'elle voulait dire. Le problème était de savoir quoi. Le lendemain, je suis passé à la bibliothèque Low de l'université Columbia pour voir ce que je pourrais trouver de plus sur notre vingt-neuvième président. Les ouvrages répertoriés dans le catalogue étaient assurément surprenants. Les titres en disaient long : *Ohio Romeo* d'Ellis McCawber, *La Maîtresse du Président* d'Angela Mae Watkins, *L'Étrange Mort du Président Harding* de Gaston B. Means, *La Vérité à propos du Teapot Dome*, signé Alfred Voles, *Ce qui se cache derrière la tragédie Harding* de E. J. Ingalls, et ainsi de suite. Pratiquement tout ce qui avait été écrit sur le pauvre homme n'était que scandales et ragots des plus malveillants, rien à voir avec le ton fade et déférent qu'inspirent la plupart des présidents.

Comme j'avais un devoir important à rendre à la fin de cette semaine-là et que je ne l'avais pas encore commencé, j'ai rassemblé toutes ces histoires, ces mémoires d'ex-maîtresses, ces révélations fouille-merde, ces confessions rédigées en prison par d'anciens membres de cabinet, ces contrefaçons d'escrocs littéraires, sous le titre : « Prêts à tout pour un dollar : Warren Harding et les débuts du ragot politique moderne ». Le devoir a fait son petit effet au sein du département d'histoire. Il est passé de professeur en professeur, tous avides d'un bon éclat de rire, si bien que j'ai été obligé d'en imprimer un autre exemplaire, tant l'original était maculé d'innombrables empreintes de doigts. C'est alors que l'un d'entre eux, le prof préféré des étudiants (que l'on considérait comme branché parce qu'il portait en classe des jeans pattes d'éléphant), m'a suggéré de tenter de le faire publier. Pourquoi pas ? ai-je pensé.

Il est paru dans la *Revue d'histoire nord-américaine* au printemps 1977, et a connu un succès phénoménal. Mon argument était que Warren Harding était involontairement à l'origine d'un genre singulier de la littérature américaine qui dure toujours sans s'affaiblir d'un iota. Pour vous en convaincre, jetez un coup d'œil à *Mon histoire* de Judith Campbell Exner, *Le Passé oublié* de Kay Summersby Morgan ou *Le Dernier Kennedy* d'Edward Chappell. J'ai même été invité à un talk-show. Certes, c'était à Camden, dans le New Jersey, et un dimanche matin, mais il s'agissait tout de même d'un talk-show.

Comme on pouvait s'y attendre, Paterson Decker a piqué une crise. Il s'est fendu d'un article dans lequel il qualifiait mon travail de « digne d'intérêt pour les seuls collectionneurs d'anecdotes invétérés ». Qu'est-ce que ça pouvait me faire? Moi, j'étais ravi. Je rédige ce devoir à la dernière minute pour respecter une date de remise, et l'instant d'après me voilà devenu une petite – toute petite – célébrité dans le monde de la discipline historique universitaire. Mieux encore, je suis un franc-tireur et un contestataire, le porte-parole (sinon l'inventeur) de la toute nouvelle école de pensée « L'histoire comme ragot ». J'ai cependant veillé à ne jamais prendre tout cela trop au sérieux. À coup sûr, dans deux mille ans l'histoire de la présidence américaine ne sera pas racontée par le biais des épouses et des maîtresses.

Mais (et c'est un « mais » qui compte): il y a une exception à cette règle, et c'est Warren Harding. Sa femme et sa maîtresse *étaient* sa présidence. Elles l'ont créée, elles l'ont façonnée, elles lui ont donné sa texture et son poids. Et elles y ont mis fin.

Pour être plus précis:

Dans un article ultérieur (*Revue d'histoire nord-américaine*, hiver 1978) intitulé « Le pouvoir derrière le trône » (adapté de ma thèse de doctorat), j'essaie de démontrer, et je crois y parvenir, un point important: la présidence de Warren Harding a été la réussite délibérée et brillante de son épouse Florence. Femme ambitieuse et intrigante qui ne voyait aucun débouché pour son incroyable dynamisme dans l'Ohio du début du XXe siècle, elle comprit que sa seule chance d'accéder au pouvoir et à la gloire résidait entre les mains de son mari. Il est vrai que celui-ci n'était qu'un politicien de province à l'intelligence limitée, mais il prononçait de merveilleux discours, était apprécié de tous et, mieux encore, il avait « l'allure d'un président ».

C'est la « Duchesse » qui a guidé Harding jusqu'au Sénat américain. Appartenir au « club le plus exclusif de la planète » a ébloui Harding. Il était certain d'avoir atteint le sommet de sa carrière ; même la Duchesse s'est étonnée qu'ils en soient arrivés là. La vie sociale à Washington, son amitié avec Evalyn Walsh McLean, tout cela ressemblait à un rêve devenu réalité.

En 1919, le nom de Harding circule pour l'investiture républicaine à l'élection présidentielle, mais Florence elle-même a conscience qu'il s'agit d'un coup d'épée dans l'eau. Il y avait une demi-douzaine de prétendants qui le devançaient, des hommes dotés d'une véritable expérience et d'un grand sens politique, comme le général Leonard Wood, protégé de Teddy Roosevelt, Frank Lowden, brillant gouverneur réformateur de l'Illinois, l'archi-conservateur Hiram Johnson (le Ronald Reagan de son temps), ou encore le formidablement populaire Herbert Hoover. Le simple fait de voir son nom figurer sur une telle liste suffit à lui procurer des frissons ; Florence remplit cahier sur cahier de coupures de presse.

Puis, un jour où Evalyn s'était décommandée d'une virée shopping, Florence a accepté une invitation de dernière minute d'une autre épouse de sénateur pour aller rendre visite à la célèbre Madame Marcia. Ancienne choriste née à Brooklyn, Madame Marcia était une institution à Washington, la principale voyante de la ville, personnage au pouvoir considérable. Elle se présentait comme « faiseuse de présidents et éminence grise ». Ses prédictions, qui s'appuyaient sur une connaissance approfondie des ragots de Washington, se révélèrent incroyablement exactes.

Le jour en question, un après-midi pluvieux de février, s'est avéré désastreux pour l'histoire des États-Unis. Florence Harding écouta attentivement Madame Marcia lui détailler l'horoscope qu'elle avait établi pour une personne née le 2 novembre 1865 à quatorze heures – jour anniversaire de Warren : « S'il se présente à l'élection présidentielle, aucun être vivant ne pourra empêcher sa nomination et son élection ».

Cette prédiction bouleversa l'existence de Florence. Son obsession grandit : si « Wurr'n » entrait dans la course à l'investiture, il deviendrait président. Aussi simple que ça. C'était écrit dans les étoiles. Il n'y avait pas de doute dans son esprit.

Ce n'est qu'en mai, lors d'une autre séance (elles étaient désormais hebdomadaires), qu'elle entendit le reste de la prédiction de Madame Marcia : « Mais il ne vivra pas jusqu'à la fin de son mandat… Passé le splendide apogée de la Maison de la Préférence, je vois le Soleil et la Lune en conjonction dans la huitième maison du zodiaque. Qui est la Maison de la Mort – une mort soudaine, violente ou étrange. »

C'était du lourd. Mais si la Duchesse avait des doutes, il était trop tard. Elle avait mis en branle une série de rouages qui allaient aboutir le mois suivant à la nomination, dans une « salle enfumée », du parfait outsider : Warren Harding. C'était un joli coup, en partie dû à la chance, en partie au génie, en partie aux circonstances, un coup qui reste sans équivalent dans la politique américaine. Si Florence avait faibli à n'importe quelle étape, si elle avait montré le moindre doute, la candidature se serait effondrée tel un château de cartes. Mais elle ne l'a pas fait. Car, comme Madame Marcia ne cessait de le lui répéter, elle avait désormais son propre drame à vivre. Elle était marquée d'une étoile sur le front. Elle était Fille du Destin.

« Regarde ça ! s'est exclamée Pam quand elle s'est aperçue que j'étais réveillé. Ici, il y a *Policewoman* sur le Canal 13.

– Quelle heure est-il ?

– Environ vingt et une heures. Comment tu te sens ? »

J'ai réfléchi un instant, cherchant les signes d'un mal de tête ou d'une fatigue musculaire extrême, mais je me sentais étonnamment bien. Cependant je ne le dis pas à Pam ; Dieu sait quelles exigences, visites touristiques ou autres elle aurait. « À peu près pareil », murmuré-je en me renfonçant dans l'oreiller.

Convaincue qu'elle ne pouvait rien faire pour améliorer mon confort, elle s'est retournée, fascinée, vers la télévision. Elle faisait partie de ces gens qui assuraient ne jamais regarder la télévision, sauf pour les résultats des élections, les Oscars et Miss America. Elle ne possédait même pas de téléviseur, répétait-elle fièrement. Mais si vous la mettiez dans une chambre d'hôtel ou de motel, elle se laissait tomber lourdement sur le bord du lit et restait voûtée devant l'appareil des heures durant, à dévorer chaque émission en lançant des trucs comme : « Oh, la vache, *Le Juste Prix* ! Ça passe encore ? »

Elle s'est interrogée : « Où est-ce qu'ils ont mis tous les trucs qu'ils diffusent d'habitude sur le Canal 13 ? »

Je n'ai moi non plus jamais réussi à élucider cette question, mais j'avais soudain des choses plus importantes à l'esprit. Me sentant extrêmement coupable et sachant que je ne retrouverais pas le sommeil tant que je ne saurais pas ce qui se passait, j'ai appelé l'hôpital. Après avoir été basculé de service en service, j'ai enfin réussi à joindre Alice Amber.

Elle semblait épuisée. « Nous rentrons tous à la maison pour nous écrouler. » Pas un mot de ma sortie dramatique.

Oui, il y avait eu un diagnostic. Une, voire deux hernies discales.

« Qu'est-ce que c'est au juste, une hernie discale ? ai-je demandé.

– C'est quand les vertèbres ont de petites hernies, à cause de l'impact. Ça concerne le liquide rachidien, quelque chose comme ça.

– C'est grave ?

– *Très* grave. Elle pourrait rester clouée sur le dos jusqu'à Noël. »

La nouvelle m'a étrangement réjoui.

« Mais elle va s'en sortir ? ai-je insisté, impassible. Elle va remarcher ? »

Alice Amber a soupiré. « C'est ce qu'ils disent. »

Inutile de retourner à l'hôpital, m'a-t-elle conseillé (même si, soudain, aucun sacrifice n'apparaissait trop grand). Jonica était bourrée d'antalgiques et dormait comme une masse. Les infirmières venaient de passer. « De quoi avait-elle l'air ? » me suis-je enquis avec inquiétude.

Alice Amber a cherché le mot juste. « D'être en nage. On lui a mis un tube dans le nez. » Vernon était resté au cas où il se passerait quelque chose. « Il s'avère solide comme un roc.

– Quelqu'un a prévenu la vieille dame ?

– Non… Tu veux le faire ? »

Le seul sacrifice qui m'apparaissait trop grand. « Eh bien, c'est que là, je ne suis pas à la villa… »

J'ai entendu des bruits sourds. On se concertait. Alice Amber est revenue en ligne. « Barrie dit qu'elle va s'en occuper. Elle se met en route. »

J'essayais de penser à d'autres questions restées en suspens.

« Comment va Claude ? »

Une pause très lourde de sens. Puis : « Il va avoir de gros ennuis. »

J'ai promis d'être à l'hôpital le lendemain matin.

« C'était vraiment Alice Amber ? a demandé Pam après que j'ai raccroché.

– Oui, c'était vraiment Alice Amber », ai-je dit en m'allongeant sur le lit et en fixant le plafond.

Pam m'a regardé pendant un long moment. « Est-ce que je peux faire une suggestion ?

– Laquelle ?

– Reviens à New York avec moi et oublie toutes ces absurdités. »

Je l'ai regardée tristement. « Pam, c'est peut-être ce que je vais devoir faire », ai-je dit, de l'air grave et chagrin qui sied à ceux qu'un coup de chance inattendu extirpe de l'enfer.

16

Le lendemain matin de bonne heure, nous nous sommes retrouvés comme prévu au café de l'hôpital et, autour d'un petit déjeuner composé d'œufs brouillés tièdes et de prétendues « pommes de terre rissolées », nous avons discuté de ce qu'Alice Amber s'était mise à appeler, non sans une certaine satisfaction empreinte de suffisance, « ce Désastre avec un D majuscule ». Barrie était là, bien entendu, mais à part elle, notre groupe s'était considérablement réduit. Claude Kentner, m'a-t-on indiqué, s'était auto-assigné à résidence dans son appartement de Marina Del Rey, où il « faisait ses bagages et priait ». Quant à Vernon, « il va peut-être montrer son nez d'une minute à l'autre, alors dépêchons-nous ».

La nouvelle du caca nerveux d'Alice Amber, la veille, s'était répandue dans l'hôpital comme une épidémie ; un flot constant de visages, une véritable ONU de dégaines du tiers-monde, se relayait pour nous reluquer à travers les portes de la cuisine. Mais aujourd'hui, aucun de ces curieux n'osait demander un autographe. Non, monsieur, on nous évitait, ce qui nous convenait parfaitement car, à vrai dire, nous n'étions pas au mieux de notre forme. Alice Amber, qui faisait partie de ces femmes obligées de se « pomponner » chaque matin, n'avait pas mené cette tâche jusqu'au bout aujourd'hui : elle était allée jusqu'aux yeux, puis avait lâché l'affaire, espérant sans doute que personne ne le remarquerait. Mais ça se remarquait, comment en aurait-il pu être autrement quand, à vingt pas, elle ne ressemblait à rien d'autre qu'à un raton laveur desséché ? Quant à moi, eh bien, j'arrivais directement du Century Plaza et je portais la même tenue que la veille, un point que les deux femmes remarquèrent certainement, mais sur lequel elles ne firent aucun commentaire.

« Doux Jésus, a lancé Alice Amber en se servant une troisième tasse de café d'une carafe réquisitionnée à un Philippin apeuré. Il y a longtemps que je ne me suis pas levée aussi tôt. »

Barrie, elle, semblait abattue. Officiellement, elle attribuait cet état au choc, mais je soupçonne que c'est plutôt la perspective d'interminables mois de visites à l'hôpital qui la déprimait. La partie marrante était terminée. Elle faisait des boulettes avec une serviette en papier. « T'as une idée du prix du parking ici ? Un dollar ! »

Apparemment, j'étais le seul à être de bonne humeur. Il y avait évidemment des problèmes : Jonica avait mon adresse à New York (stupide négligence de ma part : alors qu'elle mettait à jour l'un de ses nombreux carnets d'adresses, cette sentimentale avait voulu que j'y figure). Mais qui sait dans quel état elle serait lorsqu'elle reprendrait connaissance ? En ce qui me concernait, je priais pour des lésions cérébrales.

Ce n'est qu'à présent, dans ce décor de vinyle et de Formica, ici à Santa Monica, dans ce qui passait pour être la lumière la plus froide et la plus claire que la Californie avait à offrir, que j'ai pris conscience d'avoir joué à un jeu de dupes. Que je me suis rendu compte que j'étais au milieu d'une histoire sans happy end. Que j'ai compris que, par bonheur, on m'avait offert une porte de sortie. J'ai décidé que c'était bien assez pour se mettre à croire en Dieu.

J'étais sur le point de m'excuser, soi-disant pour aller aux toilettes, en réalité pour filer droit sur l'une des cabines téléphoniques que j'avais remarquées dans le hall et appeler la TWA, lorsqu'un invité inattendu (pour moi en tout cas) s'est présenté : un jeune homme soigné nommé Bruce Pinsky, qu'Alice Amber a présenté comme « mon avocat *et* un type sacrément sympa », comme si ces deux catégories s'excluaient mutuellement. Vêtu d'un costume Cardin bien coupé et de chaussures Gucci – des « vêtements juifs », comme les appelle ma mère –, M. Pinsky était sur son trente-et-un et a nettoyé son siège avec une serviette avant de s'y asseoir. Je me suis dit que je pouvais attendre cinq minutes de plus.

M. Pinsky ne semblait pas particulièrement enchanté de se joindre à nous.

« Pour l'amour du ciel, Alice, je suis un avocat spécialisé dans le divertissement, pas un chasseur d'ambulances. »

Elle a planté ses yeux perçants dans les siens. « Tu veux que je t'aide à entrer dans le milieu, oui ou non ?

– Ho, ho, ho, a-t-il ricané. La star devient méchante.

– Bruce, s'est-elle écriée. *Aide-nous*. Dis-nous quoi faire. »

Car il semblait bien qu'elle et Barrie n'étaient pas restées les bras croisés à s'inquiéter pour Jonica. Oh, non. Elles avaient élaboré un plan. Et il était simple comme bonjour. Ce qu'elles allaient faire, c'était intenter un procès à Claude Kentner, à la garde côtière américaine et à tous ceux auxquels elles pouvaient penser. Pendant quelques instants incertains, j'ai craint d'être également sur la liste des personnes à abattre, mais apparemment elles avaient davantage besoin d'un témoin sympathique que d'un règlement à l'amiable supplémentaire.

Bien entendu, Jonica serait la bénéficiaire de toutes ces largesses. C'était uniquement pour *son* bien qu'elles ouvraient le bal. Mais, simplement par curiosité et pour clarifier la chose, elles voulaient une définition juridique complète de l'« angoisse mentale » pour voir si ce qu'elles avaient vécu ne pourrait pas être pris en compte. Bruce Pinsky ne semblait pas le penser (« Vous avez perdu la tête ? ») tandis que Fameuse Frimousse élastique et Fille de Frimousse élastique exprimaient leur indignation.

« Qu'il en soit ainsi. De toute façon, a dit Barrie en passant au point suivant, le plus important est que Vernon ne puisse pas mettre la main sur un penny.

– Qui est ce Vernon ? a demandé Bruce Pinsky.

– Son mari », avons-nous tous répondu en chœur.

Il a émis un sifflement. « Ça va être dur. »

Alice Amber a parcouru la pièce d'un air maussade, répartissant les millions dans sa tête. « J'imagine que la grand-mère devra en obtenir une partie. Voyons voir… Et qu'il en faudra un peu pour le petit Trucmuche. »

Le petit Trucmuche ! Dans un bruit de tasses de café qui s'entrechoquent, tout le monde était soudain au garde-à-vous. *Qui s'occupait du bébé ?* Quelque chose avait été prévu ? Si oui, quoi ? Est-ce qu'il avait été nourri ? Changé ?

« Guadalupe est sur place, a dit Barrie, sans conviction.

– Guadalupe ! a grogné Alice Amber. Nous devons régler tout ça immédiatement. »

Pour une raison que j'ignore, elle a décidé que la première chose à faire pour résoudre ce problème était de monter voir Jonica. J'avais redouté cette fatalité toute la matinée ; en effet, mon dernier fantasme en date était de quitter la ville sans jamais la revoir. Nous avons remonté le couloir qui menait au service des soins intensifs d'un pas décidé. Mon pouls s'accélérait et mes paumes devenaient humides. Allais-je me sentir coupable ? La vue de sa souffrance allait-elle me submerger et me forcer à rester ? Allait-elle soudainement sortir du coma et m'attraper le poignet, comme dans la scène du *Hurlement des mutilés* qui m'a tant terrifié en CM2 ?

Nous sommes entrés sans un bruit dans son box, presque avec révérence. On l'avait attachée à une planche, et entourée d'appareils de surveillance sur lesquels je remarquais qu'il y avait très peu d'activité. Une infirmière nous a expliqué ce qui se passait, un peu à la manière d'un guide dans un musée. La planche faisait partie de la procédure standard dans certains cas de blessures au dos. On pouvait ainsi modifier l'angle du corps pour réduire la pression, etc.

« Comme c'est intéressant », ai-je dit entre mes dents. Tout l'intérêt que je portais aux subtilités médicales de l'affaire était cependant largement dépassé par mon soulagement. Car je n'éprouvais absolument aucun remords. Pas le moindre pincement de cœur. En fait, une sorte de doux vertige m'a envahi. J'ai fredonné intérieurement « Adieu, gros tas ».

Ces pulsions sacrilèges étaient si impérieuses que je me suis forcé à fixer Jonica avec tristesse pour tenter de m'aligner sur l'esprit du moment. Elle avait assurément une mine atroce. Son visage était gris pâle, ses cheveux ressemblaient à un nid de rats emmêlé, ses lèvres étaient gonflées et craquelées. Même ses *sourcils* avaient l'air d'avoir vécu l'enfer. Devant nous, l'infirmière lui a enfoncé dans le poignet l'aiguille d'un tube de glucose. Ses yeux sont restés fermés, n'ont pas cillé, alors que Bruce Pinsky a eu un léger haut-le-cœur et a sauté de côté lorsqu'un peu de sang a giclé et atterri sur les draps bleus de l'hôpital.

J'ai eu des visions de l'avocat l'amenant ainsi, toujours plongée dans le coma, dans la salle d'audience pour les procès qui occuperaient sans aucun doute le reste du vingtième siècle. Pièce à conviction n° 1, Votre Honneur. Une horrible pensée m'a traversé l'esprit : pouvaient-ils m'obliger à revenir témoigner ? Il allait falloir que je vérifie ce point avec l'oncle de Pam qui, lui, était un *vrai* chasseur d'ambulances.

Un couinement de Barrie a interrompu ces pensées solennelles et d'autres que nous tous, réunis autour de la planche de Jonica, semblions partager. Vernon se tenait dans l'embrasure de la porte. Il portait un étui de guitare noir. Qu'avait-il en tête ? me suis-je interrogé. Une sérénade ?

« Vernon ! s'est exclamée Alice Amber d'un ton si cordial qu'il a immédiatement soupçonné un piège. Nous espérions que tu arriverais.

– Comment ça se fait ? »

Elle a ri, puis est devenue très sérieuse, comme il convenait pour le sujet qu'elle s'apprêtait à aborder. « Nous devons décider de ce que nous allons faire pour le bébé. »

Vernon a levé les sourcils. « Nous ? » a-t-il dit. *Touché**. À partir de cet instant, j'ai été complètement de son côté.

Un silence gêné. Bruce Pinsky examinait ses ongles impeccablement manucurés.

« Excuse-*moi*, c'est à *toi* de décider. Bien sûr. » Elle a souri aussi gracieusement qu'elle le pouvait.

« J'ai déjà décidé », a répliqué Vernon, les yeux rivés sur Bruce Pinsky, qui fixait le sol. Comme ces gens étaient mal élevés ! Personne ne présentait jamais personne. En tout cas, pas à Vernon.

« Oh ? » C'était à présent au tour des sourcils d'Alice Amber de faire leur numéro.

« Je vais m'occuper de lui. »

Nous avons tous considéré la chose. Bien que je n'eusse aucun attachement sentimental pour le petit Warren – en ce qui me concerne, on pouvait le faire bouillir dans de l'huile –, est-ce que cette décision semblait sage ? Et si Jonica ne sortait jamais du coma ? Si elle restait infirme ? Était-ce une bonne façon de grandir ? Il passerait probablement son enfance à la place du mort dans un camion entre ici et El Paso.

Alice Amber a également perçu des failles dans son plan.

« Tu es sûr d'avoir assez de place ? a-t-elle demandé avec tact.

– Je vais m'installer pour un temps chez la grand-mère de Jonica, a dit Vernon. Ça évitera les soucis.

– Oui, je suppose », a répondu Alice Amber. Puis elle a ajouté : « Tu t'es mis d'accord avec elle ? »

Un sourire imperceptible a traversé ses lèvres de péquenaud, et pour la première fois, j'ai remarqué qu'une de ses dents de devant était ébréchée. Allez savoir pourquoi, à cet instant ce détail l'a rendu étrangement attirant.

« Je suis passé chez elle ce matin, a-t-il dit. Elle sait plus où est sa tête. »

J'ai soudain compris le pourquoi du comment concernant Vernon : pour le dire simplement, il faisait ressurgir les peurs les plus sombres de votre enfance. Il était le sinistre Plus Grand avec lequel vous n'aviez pas le droit de jouer (non qu'il aurait daigné jouer avec *vous*) (non qu'il lui arrivait de jouer ; il était bien trop occupé à cogner les mômes). Il était celui que votre mère appelait « ce jeune délinquant ». Mais elle n'avait pas idée du début de la moitié : comment il traînait avec des gamins plus âgés, des Italiens, qui fumaient ; comment vous aviez dû passer tout l'après-midi à vous cacher dans le garage parce que Robby Leach avait dit qu'il en avait « après vous » (sans avoir la moindre idée de qui vous étiez) ; et enfin comment, d'après une scandaleuse rumeur qui traînait du côté des balançoires, il avait emmené Cathy Condon dans les bois et lui avait enfoncé des bâtons dans les fesses.

Maintenant que j'avais un doctorat et que je pouvais me permettre de ne pas porter de jugement, je découvrais que je l'aimais bien. En fait, j'étais tellement absorbé par le désir de lui en imposer que cinq minutes plus tard, au cours de la descente en ascenseur, je me suis rendu compte que j'avais oublié de jeter un dernier regard d'adieu à Jonica.

Ça n'allait pas m'empêcher de vivre, me suis-je dit.

Bruce Pinsky a demandé quand Barrie et moi pourrions venir lui parler de l'accident.

« Oh, la vache, je ne sais pas, ai-je dit en me grattant la tête. Je dois aller à New York. »

Toutes les têtes se sont tournées.

« Quoi ? a dit Barrie.

– Quand ? a renchéri Alice Amber.

– Demain.

– Pour combien de temps ? a demandé Barrie sur ce ton strident de Donna que j'avais l'intention de ne plus jamais entendre.

– Oh, juste quelques jours », ai-je dit en sortant d'un pas allègre de l'ascenseur. Je me suis engagé dans le garage souterrain. « Puis je reviendrai. Vous êtes à quel sous-sol ? »

Il y avait tant à faire cet après-midi-là. J'ai appelé la compagnie aérienne pour obtenir ce qu'ils m'ont présenté comme le dernier siège sur le vol de Pam ; j'ai appelé le loueur de voitures pour restituer la Mustang ; j'ai appelé la compagnie de téléphone pour faire débrancher le téléphone ; je suis passé en vitesse à la bibliothèque rendre des livres ; je suis passé au pressing Lido réclamer mes vêtements, prêts ou non, à une femme noire décontractée qui a été si accommodante qu'elle a ajouté quelques chemises qui ne m'appartenaient pas ; puis je me suis dépêché de traverser la rue jusqu'au Triangle Market où j'ai dévalisé la benne à ordures située sur leur parking pour récupérer des cartons. Conduire avec la radio à fond était tellement exaltant que j'ai essayé d'imaginer d'autres courses, mais, le temps commençant à manquer, je suis retourné à l'abri de piscine retrouver Pam, qui s'était déjà mise à emballer mes affaires.

Elle n'avait pas beaucoup avancé. Elle passait le plus clair de son temps à regarder la villa par la fenêtre, fascinée. « Tu ne vas même pas dire au revoir ? » a-t-elle demandé.

Au revoir à qui ? À une fanatique religieuse qui perd la boule ? À une femme de ménage bouffeuse de tacos et incapable d'aligner deux phrases en anglais ? Au petit Trucmuche ?

Dans mon esprit, j'étais déjà de retour au 151, 80e Rue Ouest, appartement 5D. Mes sous-locataires, les filles du Texas (qui passaient un « aihtai » à New York pour d'obscures raisons impliquant une « faurmacian pour les inthairnes » – mais je n'y avais pas cru une seconde), ne quitteraient pas les lieux avant trois semaines. Trois semaines, c'est long dans l'appartement de Pam. J'y ai séjourné une fois pendant trois jours alors que mon appartement était en train d'être repeint, et ça nous a conduits à annuler nos vacances à Sainte-Croix, même si cela signifiait renoncer à l'acompte. Ce sont les circonstances où nous avons été le plus proches de la rupture.

Pam était passée à mon appartement tous les samedis pour prendre le courrier et m'avait dit qu'elles le gardaient « raisonnablement propre » (connaissant ses standards, j'ai réprimé un frisson). Elle semblait se rappeler qu'elles avaient décroché mes quasi inestimables lithographies de Kandinsky pour les remplacer par des affiches de Robert Redford et le poster central du magazine *Playgirl*, mettant en scène un ouvrier du bâtiment photographié dans une situation improbable qui consistait à actionner un tour à bois en sous-vêtements, mais à part ça… « Oh, et devine quoi ? » avait-elle ajouté comme une idée après coup, alors même qu'elle jetait ma housse de matelas sur la pile destinée à l'Armée du Salut.

« Quoi ?

– Devine avec qui sort Joanne ?

– Joanne, c'est laquelle ? La rousse coiffée comme Farrah Fawcett ?

– Non, ça c'est Shelby. Joanne, c'est la petite blonde avec la coiffure de Farrah Fawcett. À ne pas confondre avec Linda, la grande blonde avec la coiffure de Farrah Fawcett. Joanne, c'est celle qui a un chat qui ressemble à Morris le chat[1]. Et tu sais comment elle l'a appelé ?

– Non, comment ?

– Morris le chat.

– Attends une minute, quel chat ? Elles ont un chat ?

– Oui, tu n'étais pas au courant ? »

Deux bières plus tard, et après que je me suis un peu calmé, Pam m'a obligé à poursuivre le jeu des devinettes – Avec qui sortait Joanne ? Pam adorait ces petits jeux : Devine qui j'ai vu au théâtre hier soir ? Devine avec qui Hélène loue une maison cet été ? Elle avait le don de les faire durer des heures. Je me suis armé de courage. Voilà une facette de sa personnalité que j'avais semble-t-il oubliée, ou du moins sur laquelle je ne m'étais pas attardé, au cours des rêveries romantiques que j'avais nourries pendant notre séparation.

« C'est quelqu'un que je connais ?

– Pas vraiment.

– Je suppose que c'est un homme ?

– Oui.

– Est-ce que c'est quelqu'un de célèbre ?

– À peine.

– C'est quelqu'un que j'ai vu ?

– Oui.

– Est-ce que cette personne a moins de trente ans ?

– Je pense que oui.

– Est-ce que cette personne est en analyse ? »

Un rire sardonique m'a indiqué que la réponse était probablement non.

---

1. Mascotte publicitaire de la marque d'aliments pour chat 9Lives.

« Est-ce que j'ai déjà serré la main de cette personne ?

– Très peu probable.

– Est-ce que cette personne habite dans le quartier ?

– Oui.

– Est-ce que cette personne habite sur Riverside Drive ?

Non.

– Est-ce que cette personne vit dans mon pâté de maisons ?

– Oui.

– Cette personne est étudiante en médecine ?

– Non.

– Est-ce que c'est le culturiste français ?

– Non.

– Est-ce que c'est le cow-boy ?

– Non.

– Est-ce que c'est le gars qui a refilé une gonorrhée à Hélène ?

– Non.

– Est-ce que c'est l'ancien prêtre qui possède un basset ?

– Non. »

Je séchais, même si j'étais intrigué. Nous avions couvert à peu près toutes les figures locales, celles que Pam et moi nous signalions l'une à l'autre et sur lesquelles nous commérions (les hommes hétérosexuels, en tout cas)… à moins que… Une horrible sensation a surgi au creux de mon estomac.

« Pam, est-ce que cette personne habite dans mon immeuble ?

– Oui.

– *Est-ce que cette personne vit au troisième étage et a un accent espagnol ?*

– Droit dans le mille, mon pote. »

Avec nettement moins d'entrain, j'ai réglé la seule autre question en suspens qui me venait à l'esprit : Eve. Coïncidence, Pam et moi avions été invités à dîner le soir même. D'humeur de plus en plus fataliste, je me suis interrogé sur la symétrie avec laquelle mon séjour sur la côte Ouest touchait à sa fin. Quelle était la signification de tout cela ? Qu'avais-je appris, si tant est que j'aie appris quelque chose ?

Eve nous avait bien évidemment invités pour se faire sa propre idée de Pam. En ce qui me concernait, et dans ma naïveté, je n'avais vu aucune raison pour qu'elles ne s'entendent pas : toutes deux étaient des adeptes bien éduquées de name-dropping, toutes deux étaient extrêmement sentimentales, et montraient une tolérance infinie pour les choses qui ne se passaient pas tout à fait comme elles le souhaitaient. Mais, très vite, j'ai perçu entre elles un certain manque de communication, un déficit de nuance si l'on veut. Par exemple, Pam et moi sommes arrivés. Les deux femmes se sont dit bonjour avec l'enthousiasme de finalistes d'un concours de beauté. Jusqu'ici, tout allait bien. Eve nous a conduit dans le salon, nous a préparé un verre, en a fait des tonnes, a apporté les hors-d'œuvre qu'elle avait passé tout l'après-midi à préparer, mis un disque de Modern Country pour signaler à Pam qu'elle était branchée ; puis elle a dit, avec cette ironie décontractée que seule une habitante de Beverly Hills pouvait afficher : « Alors, Pam, comment trouves-tu le pays du smog et des autoroutes ? »

On pardonnera à Pam de mal interpréter cet énoncé et d'y percevoir celui d'une âme sœur. Car elle s'était déjà forgé quelques idées bien arrêtées sur le sujet, qu'elle était impatiente de partager. « Je n'arrive pas à le croire », a-t-elle commencé. Au ton de sa voix, j'ai réagi en tendant la main jusqu'à mon verre. « Mon hôtel est situé dans une rue qui s'appelle – vous êtes prêts ? – l'avenue des Étoiles. Alors, d'abord j'ai pensé qu'il était question de véritables étoiles, comme Orion et les nébuleuses du Crabe. Ce qui est déjà assez audacieux. *Puis* j'ai compris qu'on parle ici de *stars de cinéma* ! On a vraiment baptisé une rue en pensant aux stars de cinéma ! Je séjourne dans la Rue des Stars de Cinéma ! »

Eve lui a adressé un regard vide. Elle a attrapé un canapé, pris une bouchée, mâché, et avalé. « Vous devez donc loger au Century Plaza, a-t-elle dit en balayant quelques miettes sur ses genoux. J'ai entendu dire que c'est très bien. » Elle s'est tournée vers moi. « Alors raconte-moi, comment s'est passée cette grande croisière en yacht ? »

Naturellement, une fois Eve mise au courant, tout autre sujet s'est effacé devant le drame des deux derniers jours. Immobile, les yeux écarquillés, elle a tout absorbé et, quand j'en suis arrivé jovialement à l'essentiel (« Donc. Je m'en vais. Demain »), elle a été à deux doigts de pleurer et j'en ai été plutôt touché.

« Mais tu ne peux pas partir ! a-t-elle gémi.

– Essaie de m'en empêcher.

– Et toutes tes recherches ? Et Warren Harding ?

– Warren qui ? »

Lorsqu'elle a compris que j'étais sincère, la nostalgie a submergé la pauvre femme. Une descente a eu lieu dans la cave à vin de Pete pour y dénicher une bouteille de Piper-Heidsieck, et la soirée a dégénéré en un festival de réminiscences (« Tu te rappelles ton entorse ? » « Tu te souviens de l'affreux dîner que tu as organisé ? ») pendant que Pam tripotait la salière et louchait sur le chandelier.

« Un toast d'adieu », a lancé Eve en levant son verre ; puis, au milieu d'une gorgée, une inspiration l'a saisie et elle s'est ruée hors de la pièce. Pam m'a souri avec mansuétude. « Demain à la même heure… » a-t-elle commencé.

Eve a été de retour la seconde d'après, agrippant une grande enveloppe en vélin. « Faut que vous veniez, faut que vous veniez tous les deux, a-t-elle exigé. Je les appelle tout de suite. J'avais de toute façon prévu de vous inviter, mais… »

Elle a extrait de l'enveloppe une invitation que nous avons examinée à la lumière des bougies :

Les GreenGals
et
Le Président et les Membres du conseil d'administration
du
Los Angeles County Museum of Art
sont heureux de vous inviter à assister
à l'ouverture de

UNIQUEMENT LE DIMANCHE :
LE PEINTRE AMATEUR

Dress code : Habits du dimanche

Cette invitation était accompagnée de ce que l'on appelle dans le milieu de la collecte de fonds un « cadeau bonus » – en l'occurrence une affiche. Eve l'a dépliée avec adresse, comme après des heures d'entraînement, et nous l'a fourrée sous le nez. « Qu'est-ce que vous pensez de *ça* ? » a-t-elle demandé.

Une peinture criarde, dans un style pointilliste, d'un manège délaissé et mélancolique. Ou, attendez une minute, s'agissait-il d'un gâteau d'anniversaire ? Non, c'était un manège, il y avait des chevaux. Ou c'étaient peut-être des dobermans ? Quoi qu'il en soit, nos yeux ont glissé vers le coin en bas à droite. C'était apparemment l'œuvre d'une certaine « Ginger Rogers ».

« *Elle* sera là ? » a demandé Pam, des étoiles soudain plein les yeux. Je dois avouer que j'ai ressenti un picotement d'excitation grimper le long de ma colonne vertébrale : une véritable fête hollywoodienne. L'idéal pour faire ses adieux. J'ai regardé Pam. « Tu veux y aller ?

– Tu plaisantes ? a-t-elle répondu. Je tuerais pour y aller. »

Nous avons ri et tout a été pardonné. C'est drôle ce que la perspective de reluquer quelques célébrités peut faire. Pam a même supplié Eve de lui donner l'affiche. Elle serait parfaite, a-t-elle dit, sur le mur de son bureau, juste à côté de celle de *Monet : les années à Giverny*.

Autre confession secrète : j'adore sortir en soirée. À New York, je suis considéré comme un fêtard invétéré. Montrez-moi deux personnes minimum et une bouteille d'alcool, et je suis au paradis.

Je n'ai jamais compris pourquoi faire la fête est à ce point considéré comme une pratique superficielle. « Lézard de salon », « sycophante », « pique-assiette » – on m'a affublé de tous ces sobriquets, et je m'en moque. Sortir et « me mêler aux gens » (mon expression préférée), évaluer l'assemblée et grignoter ces mini-hot dogs cuits dans de la pâte feuilletée : je raffole de tout ça. Il y a quelque chose d'inexplicable dans le bourdonnement des conversations. Quelle douce mélodie !

Mes fêtes préférées sont les premières de films. En plus de toutes les célébrités en vue, on peut généralement compter sur un T-shirt et parfois un album. (Mais attention ! Ils perforent la pochette ou en coupent un coin, ce qui signifie que vous ne pourrez pas l'échanger chez un disquaire d'occasion contre quelque chose de plus à votre goût. Je l'ai appris à mes dépens.)

Mes bêtes noires, ce sont les événements politiques. Les organisateurs ont tendance à mégoter sur l'alcool et sont passés maîtres dans l'art de vous faire culpabiliser si vous ne mettez pas la main à la poche. Je donne habituellement un dollar juste pour qu'ils me lâchent, parfois deux si le candidat est opposé au ramassage scolaire[1].

---

1. Aux États-Unis, on appelle *busing* l'organisation du ramassage scolaire destinée à promouvoir la mixité sociale ou raciale. L'arrêt de la Cour suprême

En matière de festivités, New York est évidemment de première catégorie. Je n'oublierai jamais cette nuit l'an passé, juste avant Noël, au cours de laquelle j'ai enchaîné six fêtes consécutives, battant ainsi mon ancien record de cinq, établi l'année précédente à Halloween où j'avais couru à travers toute la ville déguisé en « Elliot Mess[1] » dans un déguisement de gangster à vous couper le souffle. La soirée du record : j'ai d'abord retrouvé Pam à la fête de Noël de la Fondation Ford (Le Grand Ronflement, pour être honnête), puis nous avons foncé à la « nouba » organisée par Beverly Sills[2] pour le personnel de l'Opéra de New York (Pam connaît le percussionniste en chef et la Sills a poussé la chansonnette ! – rien que deux-trois trucs en hébreu, mais de quoi vibrer malgré tout), nous avons ensuite pris un verre rapide chez la tante de Pam (il y avait surtout de la famille, mais je compte quand même cette étape), avant d'aller dîner avec quelques-uns des danseurs de Morris dont je me sens proche, puis de nous rendre au bal de l'Infirmerie à l'hôtel Pierre, où la cousine de celui qui nous avait reçus à dîner faisait ses débuts. (« Le bal de l'Infirmerie, ai-je claironné. Qu'est-ce qu'ils vont faire, danser en fauteuils roulants ? ») Pour terminer, je suis descendu en solo dans le bas de la ville (Pam était trop crevée) pour guincher dans le loft d'un type que je connais de Harvard et qui traîne en marge du monde de l'art. Une sacrée soirée.

Les GreenGals. Comment expliquer les GreenGals ? Pendant le trajet en voiture, Eve nous a mis au parfum : il

---

qui l'approuve en 1971 rencontre une forte opposition de la part des populations blanches tout au long des années 1970 et 1980.

1. Littéralement « Elliot la Pagaille ». Surnom dérivé d'Eliot Ness (1903-1957), agent du Trésor américain, chef des Incorruptibles à l'époque de la Prohibition, dont la détermination fera tomber Al Capone.

2. Soprano dont la popularité est au sommet au cours des années 1970, elle est saluée par *Time Magazine* en 1971 comme « la Reine de l'opéra ».

s'agissait d'un groupe ultra sélect d'environ quatre-vingts matrones de Beverly Hills, qui portaient toutes des noms de famille comme Sinatra, Martin et Davis Jr. Elles collectaient six millions de dollars chaque année pour les orphelins mexicains – plus ils étaient malades, mieux c'était – grâce à divers systèmes d'extorsion, en particulier la vente d'un calendrier journalier dans lequel tous les membres de l'« Industrie » devaient acheter une publicité sans quoi ces mêmes membres seraient jetés à l'eau depuis la jetée de Malibu avec une paire de chaussures en ciment. À elles seules, elles soutenaient un hôpital pour enfants équipé d'un scanner corporel, près d'Acapulco.

La voix d'Eve s'est faite discrète et respectueuse lorsqu'elle parlait d'elles; il sautait aux yeux qu'elle passait la majeure partie de ses journées à rêver à la possibilité d'être cooptée. Chaque année elles organisaient un « gala géant », en général un spectacle de variétés au Music Center, au cours duquel Johnny Carson officiait comme maître de cérémonie. L'astuce, c'est que les GreenGals s'y produisaient aux côtés des stars, faisaient des numéros à la manière des Rockettes[1] et s'amusaient comme des folles. Cette année, cependant, elles tentaient quelque chose de nouveau: une exposition d'art à grande échelle, mais pas n'importe quels vieux maîtres, comprenez-vous. Non, on avait demandé à *ceux* de Hollywood de participer: toute star, tout réalisateur, producteur ou agent de premier plan qui avait jamais tracé une ligne droite sur un morceau de papier faisait don de quelque chose, en plus de trucs prêtés par des amateurs vraiment célèbres, comme Eisenhower et Churchill. Lorsque Eve avait appris la chose il y a plusieurs mois, elle avait été dans un état second. Car,

1. Compagnie de danse qui se produit depuis 1932 au Radio City Music Hall de New York.

voyez-vous, Pete peignait ! « Il s'y est mis après son infarctus. Il s'est procuré tous les bouquins de Walter Thomas sur la façon de peindre les couchers de soleil, les paysages et la figure humaine, et il s'est lancé. *Allez savoir comment*, les GreenGals l'ont découvert… »

Une surprise désagréable nous attendait devant le musée, la raison pour laquelle, j'en suis sûr, nous devions être « invités, mais… » Le pédé se tenait là, en bordure d'une foule de curieux vêtus de haillons, et scrutait la nuit avec le regard inquiet de celui qui craint de s'être fait poser un lapin. Alors que nous approchions, il continuait à plisser les yeux ; j'ai ajouté la myopie à la liste de plus en plus longue de ses traits détestables.

Il portait une tenue curieuse ou, pour être exact, il portait curieusement sa tenue : un smoking, le col relevé comme pour protéger sa gorge de bourrasques arctiques ; mais, en même temps, ses manches étaient remontées jusqu'aux coudes, offrant au spectateur une vue sur la nudité de ses avant-bras. La dernière mode, sans doute. J'ai réprimé une envie de vomir dans l'impeccable caniveau californien.

« Comment avance le scénario ? lui ai-je demandé en lui serrant la main.

– Hein ? » a-t-il répondu. Cet idiot était tellement excité à l'idée d'assister à une soirée hollywoodienne huppée qu'il n'arrivait plus à penser. Il avait oublié qu'il m'avait déjà rencontré, plus encore qu'il était venu dîner chez moi. Toute son attention était dirigée vers le haut de l'escalier, d'où s'échappaient les bruits de fête les plus glamour qui soient. Pam et moi avons levé les yeux. On dirait le premier acte de *Tannhaüser*, a-t-elle dit, quand on entend Grace Bumbry et les nymphes s'ébattre sur le Venusberg, mais qu'on ne les voit pas encore.

Après quelques échanges vifs avec un agent de sécurité baraqué pour savoir sur quelle liste nous figurions, nous avons tous les quatre commencé à lentement escalader les escaliers. Personne ne prononçait un mot. Un immense sentiment d'attente s'était abattu sur nous. On y était pour de bon. Le pédé a remonté ses manches d'un centimètre et s'est passé la langue sur les lèvres. Eve a semblé effectuer une sorte de gymnastique faciale pour détendre les muscles de ses joues. Même Pam s'est lissé les cheveux. Les bruits s'amplifiaient. Nous y étions presque.

En haut de l'escalier, nous avons été récompensés au-delà de nos rêves les plus fous. Une blonde renversante, véritable sosie de Candice Bergen, a été la première créature qui a croisé notre regard. Elle portait un pantalon de soie noire et une veste courte recouverte de plumes bleues.

« Bonjour ! » nous a-t-elle dit d'un ton si joyeux et amical que nous lui avons rendu la pareille du tac au tac en souriant comme un groupe d'attardés mentaux en sortie. Elle a couru vers un homme qui ressemblait à Jack Lemmon, mais en plus petit et en plus vieux.

« Jack ! s'est-elle écriée en lui embrassant la joue.

– Candy ! » a-t-il répondu dans un glapissement de joie et, chancelant dans un pas de boxe incertain (parce qu'il était très ivre), il s'est laissé entraîner par Candy.

« Les filles, trouvez-moi un téléphone ! » s'est exclamé le pédé en s'agrippant la poitrine.

Le spectacle était impressionnant. À perte de vue, une forêt ininterrompue de célébrités se dressait devant nous. Les femmes chatoyaient en satin et en soie, leurs cous et leurs poignets scintillaient de diamants, et les hommes resplendissaient dans des smokings noirs, dont aucun, je le signale, n'avait les manches relevées. Alors que je ne connaissais pas une âme, j'avais l'impression du contraire ; ils semblaient tous si familiers, comme de vieux amis. Ils bourdonnaient autour de nous, papotant notoriété et riant à gorge déployée.

Je me suis retourné vers mes compagnons. Ils semblaient avoir perdu leurs capacités motrices. Tout ce qu'ils parvenaient à faire se résumait à rester plantés là, bouche bée. Le pédé essayait en catimini de baisser ses manches. Mais celle que je plaignais, c'était Pam. Ce n'est pas qu'elle n'était pas à sa place, mais… permettez-moi de le dire ainsi : c'était la seule femme à porter un tailleur pantalon en polyester couleur marron chocolat.

J'ai suggéré que nous essayions de trouver le bar. Dans un état d'hébétude avancé, tout le monde a acquiescé et nous nous sommes mis en route à travers la foule, moi en tête, tels des porteurs autochtones s'enfonçant dans la brousse.

Les GreenGals avaient pris le contrôle de l'ensemble du musée. Les peintures étaient accrochées dans l'aile Armand Hammer où, moyennant un supplément, le grand public pourrait les voir dès le lendemain ; et le musée lui-même, un gigantesque espace en forme de cube, avait été transformé en discothèque. Sur la mezzanine, des tables rondes avaient été dressées, chacune recouverte d'une nappe verte et d'une composition de gypsophiles et d'iris jaunes. Toutes les femmes recevaient un assortiment de produits Revlon (une touche de mauvais goût, selon Pam et moi), mais les hommes se voyaient offrir des porte-clés en argent massif en forme de trèfle à quatre feuilles, avec la date gravée et un éclat d'émeraude au centre. Dès que la nouvelle s'est répandue qu'il s'agissait de *véritables* éclats d'émeraude, on a très vite appris qu'il ne fallait pas laisser traîner son porte-clés avec l'assortiment Revlon de sa compagne, sous peine de le voir disparaître à peine le dos tourné.

Nous nous sommes postés près du bar et avons examiné la foule. Nous n'avions pas grand-chose à dire, le bavardage paraissant déplacé au cours d'une expérience aussi saisissante. Eve nous avertissait lorsque passait une personne particulièrement célèbre en émettant un son que j'ai du mal à décrire, une sorte de jappement plaintif et frénétique semblable à celui que fait la chienne de mes parents quand on lui a interdit d'aboyer, mais qu'elle reste néanmoins très agitée.

Et il y avait tant à regarder. Deux superbes jeunes femmes, probablement des starlettes, batifolaient autour d'une sculpture en essayant d'attirer l'attention de Robert Mitchum. Bob Hope est passé, l'air morose (« Il porte toujours le deuil du Bingle[1] », a théorisé le pédé). Desi Arnaz a embrassé Lucille Ball puis taxé une cigarette à son nouveau mari. Carol Burnett a regardé vers nous ; elle a fait signe à Eve. Eve avait les deux mains pleines ; le temps qu'elle fourre son verre et son œuf mimosa entre les mains du pédé pour lui répondre, Carol Burnett avait tourné le dos.

À ce moment-là, j'ai compris qu'il y avait deux types de personnes dans la fête : les célébrités glamour et nous quatre. Mis à part les salutations de Carol Burnett, la véritable place d'Eve sur l'échelle sociale de Beverly Hills a acquis une clarté aveuglante. Elle se situait dans le bas, et légèrement sur le côté. La façon obséquieuse dont elle a cédé sa place à Eydie Gormé face aux saladiers de crudités a confirmé la situation.

« Montre-nous le tableau de Pete », ai-je dit quand j'ai senti que je n'en pouvais plus. C'était moi, l'authentique chasseur de célébrités. Eve a été plus qu'un tantinet réticente à l'idée d'abandonner un tel point de vue, mais quelque chose dans le ton de ma voix lui a indiqué que je ne plaisantais pas.

Dès que nous avons pénétré dans l'aile Armand Hammer, j'ai su que je voulais rentrer chez moi.

« Regarde-moi cette merde », a lancé Pam dans un souffle.

Chez moi, me suis-je dit. Je n'ai même pas de maison.

1. Surnom du chanteur et acteur Bing Crosby, fréquent partenaire de Bob Hope au cinéma.

Le jugement de Pam, si précis soit-il, ne saurait rendre compte de la qualité des œuvres exposées devant nous. Nous déambulions devant un défilé infini de natures mortes, de trop nombreuses *Fleurs dans un vase*, d'innombrables scènes de rue – Montmartre, Taxco, Bel-Air – chacune avec ses propres lois de la perspective, de couchers et levers de soleil, de formations nuageuses et de paysages marins aux couleurs introuvables dans la nature, de copies de Grandma Moses[1], de portraits de personnages qui louchent (*Mme Melvin Franks*; *Kim, à l'âge de cinq ans*), de danseuses balinaises et de marchés indigènes laborieusement reproduits à partir de photos de vacances, de flaques de couleurs hasardeuses étiquetées *Abstrait*, d'essais de surréalisme impossibles à différencier des essais de réalisme – oh, et je pourrais continuer longtemps. Une inexplicable aquarelle représentant une assiette de poulet frit, une œuvre intitulée *Petits Anges* qui aurait dû être interdite sur la base de critères aussi bien racistes qu'esthétiques – en un mot, trop c'est trop.

Le travail de Pete était tout à fait à sa place ici. Il était exact de dire, ai-je supposé, qu'il appartenait à l'école maniériste. Il y avait plus qu'un soupçon du Greco dans son portrait d'un vieux pêcheur réparant ses filets. Les couleurs sombres, les formes allongées, les contours flous.

« C'était ça ou un portrait des chiens, nous a expliqué Eve. Mais il a tellement de difficulté avec les fourrures, et le commissaire a préféré celle-ci. »

Pam a semblé stupéfaite. « Il y a eu un *commissaire* pour cette exposition ?

– C'est charmant, ai-je dit rapidement. Tout à fait charmant.

– Regardez ces filets, s'est émerveillé le pédé. Ça a dû prendre *une éternité*.

1. Peintre américaine (1860-1961) connue pour ses paysages pastoraux.

– Les filets, c'était la partie facile, a repris Eve. Regardez ce petit village sur le flanc de la montagne. »

Le pédé s'est rapproché. « Oh, c'est un *village*. Je pensais qu'il faisait partie du mur.

– Non, tu vois, ici c'est une fenêtre, et par la fenêtre, il y a un village.

– Eh bien, on s'y croit.

– Waouh.

– Et tu vois de quelle manière chaque maison est peinte séparément ?

– C'est incroyable.

– Hé, regardez ! Un petit âne ! »

Le pédé et moi avons examiné le tableau jusqu'à finir par avoir mal au cou. Eve s'est tournée vers Pam.

« Qu'en penses-tu, ma chère ? Je meurs d'envie d'entendre l'avis du monde de l'art new-yorkais. »

Pam a étudié le tableau d'un œil critique. Je suis devenu si nerveux que je ne pouvais plus supporter de regarder.

« J'aimerais le faire monter d'un cran », a-t-elle dit enfin.

Eve a froncé les sourcils. « Le faire monter d'un cran ?

– Oui, d'un cran. D'environ huit centimètres.

– Tout le tableau ? Tu veux dire, l'accrocher plus haut ?

– Non, juste la composition. Tu vois, le personnage devrait être *là* en haut, pas *ici* en bas. »

Nous fixions le tableau, essayant d'imaginer le pêcheur huit centimètres plus haut.

« Mais alors on ne verrait pas *le village*, a gémi le pédé.

– C'est ce que je veux dire, a conclu Pam.

– Allons danser », ai-je suggéré.

Pourquoi avais-je l'impression d'avoir soudainement plongé dans un désespoir cosmique ? Était-ce dû aux peintures ? Est-ce que c'était Pam, cette bombe sociale à retardement ? Est-ce que c'était lié au fait que j'allais devoir dé-portoricaniser mon appartement ? Changer ma serrure Medeco vieille d'à peine six mois ? Que se passait-il ?

En tout cas, danser n'était pas la solution.

On avait tenté de transformer le hall central du musée – un immense atrium de cinq étages – en discothèque. Des lumières clignotantes avaient été fixées aux balcons, mais l'échelle de l'ensemble du bâtiment ne convenait pas et l'endroit ressemblait finalement à un chantier de construction. Quelques couples se déhanchaient sur la musique dans cette ambiance intimidante, mais la piste caverneuse n'attirait tout simplement pas les foules. Pour la première fois de ma vie, je comprenais pleinement le sens de l'expression « vaste espace de danse ».

Non que cela ait découragé Pam. Oh non, bien au contraire. Dès que nous nous sommes approchés, elle m'a attrapé et m'a entraîné au centre de la piste.

Je me suis rappelé trop tard quelle épouvantable danseuse est Pam, le spectacle choquant qu'elle offre sur une piste de danse. Elle fait partie de ces personnes qui « s'abandonnent » au rythme, qui frappent des mains au-dessus de leur tête et poussent de petits cris. Pour ne rien arranger, elle a étudié la danse moderne à l'université et se considère donc comme une experte du Mouvement. Les choses qu'elle fait, je ne peux que les décrire comme des chorés de Martha Graham. Ses bras s'agitent dans l'espace, elle opère des virages soudains, puis elle s'accroupit à moitié, tête rejetée en arrière en signe d'extase.

Ces mouvements attiraient pourtant toujours une certaine attention. Les autres danseurs, et c'est bien compréhensible, fixaient la performance qui se déroulait à côté d'eux ; parfois, ils allaient même jusqu'à former un cercle. Je trouvais cela mortifiant. Une prière est montée à mes lèvres. « Mon Dieu, je vous en prie, ne les laissez pas former un cercle. Pas ici, pas dans cette fête. Je me fiche qu'ils la dévisagent, je m'y résigne, mais *par pitié*, ne les laissez pas former un cercle. »

Eh bien, pour faire court, non seulement ils ont formé un cercle, mais ils se sont mis à *applaudir* ! Il n'y avait peut-être que dix personnes à cet étage du musée, mais elles ont abandonné ce qu'elles faisaient et ont accouru. J'étais socialement ruiné à Beverly Hills. Je ne pardonnerais jamais à Pam. Jamais. J'ai regardé son visage, ses traits déformés par les convulsions orgasmiques qu'elle traversait, et j'ai eu envie de la frapper.

Heureusement que le pédé était là. Fidèle à son héritage, il a suffi que les premières notes de Grace Jones soient diffusées par un haut-parleur pour qu'il se propulse sur la piste. Il a joué des coudes pour se frayer un chemin parmi les badauds et nous a rejoints dans un *pas de trois**.

Son arrivée m'a permis de m'éclipser au second plan et j'ai retrouvé Eve, assise sur un banc devant un Giacometti. Elle s'éclatait, convaincue que Pam et le pédé étaient le clou de la soirée.

Ils sont restés longtemps sur la piste. Il y avait de plus en plus de monde et ils n'étaient plus le centre de l'attention, mais cela les faisait danser plus frénétiquement, dans l'espoir, sans nul doute, de retrouver leur statut initial. Eve a commencé à se confier à moi, elle m'a fait part de ses espoirs et de ses projets de devenir une GreenGal. Elle n'a pas dit un mot sur mon départ. Je l'ai écoutée radoter, une expression réfléchie sur le visage, l'assortiment Revlon de Pam posé sur mes genoux et dans la tête des pensées morbides sur la futilité de l'existence humaine.

Sur la route du retour, Pam et moi avons eu l'inévitable engueulade. Engeulade qui, d'une certaine manière, est un microcosme de toute notre relation.

Comme c'est toujours le cas, la dispute a commencé par un silence de ma part. Rien de plus – juste un silence. Pam, célèbre pour sa « maturité » et son « caractère réfléchi », était en réalité une enfant de douze ans lorsqu'il s'agissait de ses émotions. Tout comportement qui ne correspondait pas aux chamailleries faciles et comiques qui ont permis à Katharine Hepburn et Spencer Tracy de gagner des millions (inutile de dire qu'ils représentaient pour Pam le couple « idéal »), ou au jargon pseudo-psychanalytique d'une discussion « sérieuse » (par exemple, Elle : « Je sens toute cette hostilité en toi. » Lui : « Ce n'est pas de l'hostilité, c'est de la colère parce que tu as fait cramer les côtelettes de porc. » Elle : « J'ai uniquement fait cramer les côtelettes de porc parce que je voulais que tu fasses attention à moi », etc.), représentait pour elle un inexplicable mystère. Elle paniquait quand elle s'y trouvait confrontée. Puis elle m'accusait de ce qu'elle et ses amis suranalysés considéraient comme le péché capital du vingtième siècle : « battre en retraite ».

Les ennuis sont arrivés lorsque je n'ai pas répondu avec assez d'enthousiasme à ses observations bourrées de clichés sur la fête des GreenGals. Normalement, nous en aurions ri pendant des semaines. Rien ne nous conduisait à nous sentir plus supérieurs que la vulgarité philistine, surtout quand elle se faisait passer pour de la culture. Mais ce soir, j'ai répondu par un sourire triste et énigmatique ou, plus énervant encore, je les ai *défendus*. « Ce n'est pas ce que tu penses, Pam. – Qu'est-ce que c'est alors ? » J'ai haussé les épaules d'une manière exaspérante. « Il faut vivre ici pour comprendre. »

Après cet échange déconcertant, toutes ses antennes émotionnelles étaient en alerte. Elle a regardé fixement par la vitre et préparé son prochain coup. À ma grande surprise, il a ressemblé à une capitulation.

« Tu crois qu'il y a quelque chose de bien à la télé ? a-t-elle demandé.

– Quelle heure est-il ?

– Un peu plus d'une heure du matin.

– Il n'y a rien à la télé à une heure du matin, mis à part ce putain de *Baretta*[1]. »

Elle a quand même persévéré, décidée à être joyeuse : « Je croyais que tu aimais *Baretta*.

– Je déteste *Baretta*.

– Tu as aimé l'épisode où des gens essayaient de passer en contrebande la collection de papillons. »

C'était effectivement le cas, mais l'admettrais-je à présent ? Jamais. Au lieu de ça, j'ai dit d'un ton lourd de sens (mais qui ne voulait rien dire du tout) : « Je n'ai que mépris pour *Baretta* ».

Pam a retourné la chose un moment et est arrivée à la conclusion qu'il fallait mettre cartes sur table. « Tu as du mépris pour moi ? » a-t-elle demandé d'une voix douce.

J'ai longtemps attendu avant de répondre. Trop longtemps. « Non, je n'ai pas de mépris pour toi.

– Alors, quoi ? Il doit bien y avoir quelque chose. »

Est à ce moment survenu le célèbre silence. Un célèbre silence *long*. L'un de mes *plus longs* célèbres silences. Nous avons dépassé deux sorties d'autoroute et il durait toujours. (Jonica, tout abrutie qu'elle était, ne se laissait nullement intimider par ces silences. J'avais donc finalement dû y renoncer.) J'essayais sincèrement de trouver une manière de m'exprimer, mais rien ne me venait à l'esprit. Ce n'était pas comme si je pouvais dire « Je n'aime pas ta façon de danser ». Cela ne sonnait pas juste.

« Alors ? » a-t-elle dit.

Je n'avais toujours pas de réponse. La lueur verte du tableau de bord m'avait peut-être hypnotisé.

« Est-ce que c'est parce que j'ai dansé avec ce type toute la soirée ? »

---

1. Série policière diffusée entre 1975 et 1978.

Dieu que les femmes sont idiotes. De petites idiotes égocentriques. Non seulement elle avait tort à cent pour cent, mais elle me tendait sur un plateau d'argent l'occasion rêvée de me transformer en martyr. Occasion que, bien sûr, j'ai saisie. La nature de mon silence trouvait enfin une définition : une blessure profonde.

« Chéri, je suis désolée », a-t-elle dit en essayant de me prendre la main. J'ai prétendu qu'elle était requise sur le volant.

Pam n'était cependant pas une andouille, et au moment où nous tournions sur l'avenue des Étoiles, elle a compris (me connaissant) qu'il devait y avoir plus que ça. Elle s'est énervée et s'est mise sur la défensive. Pourquoi n'avais-je rien dit si je ne voulais pas qu'elle danse avec ce clown qui, « pendant qu'on y est, ne t'aime pas non plus » ? Elle m'aurait volontiers tenu compagnie, elle aurait parlé à Eve toute la nuit, si ce n'est qu'elle avait peur de s'endormir, ce qui « aurait été horriblement gênant ».

Quand nous sommes arrivés en vue de l'hôtel, ça a été le grand déversement : « Je n'ai jamais rencontré quelqu'un d'aussi coupé de ses sentiments que toi. Tu n'as aucune idée de qui tu es vraiment ni de ce que tu attends de la vie. Regarde le schéma : le zoo, un gâchis de sept ans. Puis Columbia, parce que la seule chose pour laquelle tu as jamais été doué dans ton existence, c'est la vie d'étudiant. Puis Warren Harding, cette obsession que tu as pour le président le plus superficiel de l'histoire, et tenter de trouver toutes sortes de significations métaphoriques là où elles n'existent pas… Et, bien sûr, maintenant que ça n'a pas marché, tu vas passer à autre chose, en te disant que cette fois-ci, peut-être… »

Nous nous sommes garés dans l'allée de l'hôtel.

« Tu n'as aucune passion, a-t-elle continué à jacasser. Attends, je retire ça. Tu as une passion. Tu veux devenir célèbre. Tu souhaites désespérément devenir célèbre. Mais la seule façon dont tu pourras éventuellement devenir célèbre, c'est en vendant ton âme au diable, comme les gens de cette fête ! »

Je me suis arrêté devant l'entrée de l'hôtel. « Il y a pire que de terminer ses jours comme Carol Burnett », lui ai-je gentiment rappelé.

Elle a fait une grimace de dégoût. Puis elle a remarqué quelque chose. « Hé, tu ne mets pas la voiture au garage ? »

Je l'ai regardée et j'ai soupiré. « Pam, je crois que je préfère être seul ce soir. »

Pour la première fois de la soirée, une expression d'émotion pure et dénuée de calcul est apparue sur son visage. « Mais tu vas rentrer à New York avec moi ? Demain ? N'est-ce pas ?

– Oui, je rentre avec toi. J'ai juste envie d'être seul un moment. »

Comme la phrase « être seul un moment » a toujours été au cœur de notre relation, elle n'a pas opposé d'autre argument. Avec un sourire triste, elle m'a embrassé et est sortie de la voiture. Je l'ai regardée entrer d'un pas lourd dans l'hôtel. De dos, elle ressemblait à Barrie.

Le temps de regagner Casino Drive, il était plus de deux heures et demie du matin et j'étais si fatigué que je commençais à avoir des hallucinations. Toutes les bornes d'incendie de Beachwood Drive essayaient de me faire coucou, comme autant de petits monstres. Au lit, n'arrêtais-je pas de me répéter. Je ramasserais les débris épars de mon existence demain matin. Cela ne m'a pas empêché de garer la Mustang à l'arrière, comme je l'avais promis. Voilà Elliot – le Locataire idéal.

Le retour vers l'abri de piscine m'a semblé durer une demi-heure. La pleine lune était de sortie (ce qui ne m'a pas surpris) et conférait à la villa une sorte d'éclat semblable à du radium, comme si la toucher était mortel. Eh bien, ça alors, ai-je pensé, non pas que j'en aie eu envie, mais c'était tellement lumineux qu'on aurait pu lire le journal.

Je suis entré dans l'abri par la porte de la cuisine et j'ai titubé sur les dix derniers mètres jusqu'au salon, en direction de mon lit. Là, une mauvaise surprise m'attendait. Le matelas était nu. Nous avions emballé les draps.

En jurant assez fort, j'ai fouillé à la recherche du carton dans lequel ils se trouvaient. Le matelas était en mousse et son – comment dit-on, revêtement ? – s'était déchiré un soir où Jonica, surexcitée par le visionnage de *Family Feud*[1], avait sursauté une fois de trop. Il avait besoin d'un truc qui fasse office de couverture, sinon, autant dormir sur des œufs brouillés.

Comme par hasard, le carton dans lequel se trouvaient les draps était solidement fermé et scotché, prêt à être apporté le lendemain matin au bureau de poste. J'ai donc jeté sur le lit une vieille nappe tirée de la pile réservée à l'Armée du Salut et je me suis effondré, m'attendant à sombrer dans les trente secondes.

Dix minutes plus tard, j'étais toujours allongé. Tellement réveillé que mes yeux n'étaient même pas fermés.

Problème n° 1 : étais-je sur le point de commettre une erreur monumentale ? Étais-je en train de laisser mes émotions prendre le dessus ? À bien y réfléchir, j'étais *à deux doigts* de mettre la main sur les lettres. Aujourd'hui, c'était lundi (mardi matin, en fait). La vieille dame avait son cours de poésie le mercredi (demain !).

Problème n° 2 : on dirait bien que Pam et moi étions arrivés au bout de notre chemin ensemble. Désolé, mais sa façon de danser avait été la goutte d'eau qui avait fait déborder le vase.

1. Jeu télévisé dans lequel deux familles s'affrontent.

Soyons honnête, ce *n'était pas* ce que je recherchais chez une femme… Oui, plus j'y pensais, plus je constatais que c'était fini. Mon esprit s'est concentré sur les nécessaires arrangements qu'il y aurait à prendre. Elle pouvait garder les disques des Rolling Stones, mais je voulais vraiment récupérer le *Canon* de Pachelbel et mon pull marin. Son presse-agrumes était un sujet épineux : comment avait-il atterri chez moi ? Bien sûr, c'était *son* presse-agrumes, mais je *savais bien* que jamais elle ne l'utiliserait. C'est sa tante qui le lui avait donné.

Rester allongé sur une nappe légèrement souillée dans les collines de Hollywood et regarder une relation de sept ans s'écrouler n'est pas chose facile. Ce qui m'effarait le plus, c'est *le faible intérêt que je portais à la situation.* Comme si je n'en avais rien à faire.

Bien sûr, il y avait des trucs qui me manqueraient. Nos promenades du samedi après-midi sur Madison Avenue. La façon dont elle s'entendait si bien avec tous les Stratford Morris Men. Lui parler au téléphone cinq fois par jour, simplement pour prendre des nouvelles.

En même temps, il y avait des choses qui ne me manqueraient pas du tout. Ses habitudes incroyablement négligées en matière de ménage. Ses cheveux dans mes canalisations. La façon dont elle laissait le sol de la salle de bains inondé chaque fois qu'elle prenait une douche. Ses jérémiades à propos de ses problèmes dentaires. Sa famille toujours dans l'esbroufe. Dîner avec eux, c'était comme assister à une réunion de négociation syndicale.

Si je retournais à New York, je n'étais pas obligé de vivre chez elle. Je pourrais m'installer un certain temps chez l'un des Morris Men. Ou descendre au Collingwood ou au Seville Hotel. Il me restait encore une partie de l'argent de la bourse…

Mon Dieu, l'argent de la bourse. Allait-on m'obliger à le rendre ? La Fondation Reed devait bien attendre quelque chose en contrepartie de ses sept mille cinq cents dollars.

Vous commencez, je pense, à comprendre pourquoi le sommeil ne venait pas facilement. Peut-être que si je mangeais quelque chose. Mes sucs gastriques cesseraient alors, au moins, d'attaquer mon début d'ulcère.

Il restait beaucoup de nourriture. Les placards en étaient pleins, toutes ces cochonneries que j'avais achetées pour appâter Jonica. J'avais prévu de les donner à Guadalupe avant de partir pour qu'elle les distribue aux pauvres.

J'ai ouvert une boîte de cœurs d'artichaut et me suis dirigé vers l'évier pour les égoutter. Ce faisant, j'ai jeté un coup d'œil par la fenêtre – rien qu'un coup d'œil en passant – et ce que j'ai vu m'a fait perdre mes moyens. Ne réussissant d'abord pas à comprendre de quoi il s'agissait, j'ai couru chercher mes lunettes. Puis j'ai regardé par la fenêtre du salon, mon cœur battant si fort que je devais respirer profondément.

C'était un fantôme. Je voyais un fantôme. Super.

Il a bougé.

Ce n'était peut-être pas un fantôme.

Une minuscule silhouette sur la terrasse de la villa, debout, comme perdue. Petite et ressemblant un peu à un cloporte. Une horrible pensée m'a saisi. Était-ce un membre de la famille Manson ? Squeaky Fromme ? La question est réglée, je me tire, je venais de prendre ma décision.

Puis elle a bougé et la lumière de la lune a éclairé son visage.

C'était la vieille dame.

Elle a fait un pas hésitant en direction de la piscine, puis s'est arrêtée de nouveau et a regardé autour d'elle, comme si elle cherchait à entendre quelque chose.

J'ai enfilé mon pantalon et je suis sorti en courant, j'ai dépassé la piscine et je suis monté sur la terrasse. Elle ne m'a pas vu arriver. Elle était dans son monde.

« Madame Kinney ? » Je craignais qu'elle ne s'effondre à tout moment, tant elle avait l'air instable. Je ne l'avais jusque-là jamais vue debout. Je ne savais même pas qu'elle pouvait se lever. La vision était troublante.

Comment est-elle habillée ? me suis-je demandé. On aurait dit qu'elle portait l'intégralité de sa garde-robe, comme si elle avait commencé à s'habiller et continué à enfiler pull sur pull.

Elle a tourné la tête et m'a jeté un regard étrange.

« Madame Kinney ? ai-je répété, à bout de souffle. Tout va bien ? »

Elle m'a fixé, confuse.

« Où est Warren ? a-t-elle demandé en m'agrippant la main.

– Dans la nursery, lui ai-je répondu.

– La nursery ? »

Et là, j'ai compris qu'elle ne parlait pas du tout du petit Warren. J'en ai eu la chair de poule.

« Aidez-moi à trouver Warren », a-t-elle repris.

Elle s'est mise à pleurer. Elle serrait mon bras si fort.

« Je vais vous aider, je vais vous aider », ai-je répondu.

Soudain, Guadalupe a surgi de nulle part, grondant en espagnol. Elle m'a enlevé Mme Kinney, se confondant en remerciements, et l'a guidée vers la porte d'entrée, cette porte massive qu'elle a tant bien que mal réussi à ouvrir. Elles étaient parties et j'étais laissé à moi-même, sur la terrasse.

À sept heures du matin, j'ai appelé Pam pour lui dire que je ne retournerais pas à New York, que je ne pouvais pas partir. Pas maintenant. Puis je me suis rendormi.

J'ai dormi tard ce matin-là. Pour la première fois depuis des semaines. D'habitude, j'étais complètement réveillé à six heures, me demandant comment diable les *oiseaux* pouvaient faire autant de bruit. Et je restais là à me ronger les ongles. Mais aujourd'hui, je n'ai pas remué avant dix heures et demie. Laissez-moi vous dire que c'était le paradis.

J'adore dormir tard. La théorie de Pam, c'est que j'ai quitté mon travail au zoo pour pouvoir dormir tard. Elle avait en partie raison. Voici ce qui s'est passé.

Tout d'abord, permettez-moi préciser que je ne suis pas un adepte de la pointeuse. Je crois qu'il faut accomplir le travail pour lequel on est payé, *mais* à son rythme et en faisant preuve de discernement. À quoi bon rester assis à ranger son bureau jusqu'à cinq heures et demie ? Partez un peu plus tôt, préparez-vous un verre, regardez les nouvelles et, à long terme, le zoo y gagnera un employé frais et dispo (et plus productif).

Je ne vois pas non plus l'intérêt de se pointer au bureau à neuf heures uniquement pour être là. Vous avez déjà observé ceux qui font ça ? Ce n'est pas comme s'ils *travaillaient* à quelque chose. Ils s'assoient, lisent le *Times*, boivent un café, mangent des beignets et répondent au téléphone à la place de ceux qui ne sont pas encore arrivés. Je ne montrais fréquemment mon nez qu'à onze heures environ.

Cette théorie des horaires de travail (je crois que Spengler l'évoque dans *Le Déclin de l'Occident*) n'était pas tout à fait du goût de mon ex-patron. On l'avait trouvé, je ne sais où, par un « comité de recrutement ». J'imaginais souvent ce comité, les yeux hagards, échevelé, ratissant frénétiquement les rues à la recherche d'un nouveau directeur exécutif. Je ne sais pas sous quelle roche particulièrement visqueuse ils ont déniché cet abruti. Il suffit de mentionner qu'il était titulaire d'un doctorat en « loisirs » et se qualifiait lui-même de « récréateur ». Il passait son temps à se rendre dans des endroits comme Houston pour assister à des « conférences de récréateurs ».

Lorsqu'il ne s'intéressait pas au « développement professionnel », M. Récréateur s'occupait à rédiger des mémos sur la nécessité d'arriver à l'heure au travail. Sa secrétaire, une nazie originaire de Trinidad, vérifiait elle-même les feuilles de présence de chacun ; ne me demandez pas pourquoi, elles étaient pourtant si faciles à falsifier. Quoi qu'il en soit, voici comment je m'y prenais : je me faufilais (le mot est fort, mais exact dans ce cas précis) par la porte du sous-sol et laissais mon manteau et mon attaché-case derrière une vitrine inutilisée de la réserve. Puis je remontais énergiquement les escaliers d'un air décontracté en brandissant un rapport, ce qui laissait clairement entendre que j'étais descendu discuter d'une nouvelle idée d'économie avec l'équipe de la maintenance. Neuf fois sur dix, ça ne manquait pas, je tombais sur ce demeuré, puisqu'il passait sa matinée à rôder dans les couloirs pour repérer les retardataires. Soit ça, soit il montait la garde près de la photocopieuse pour s'assurer que personne ne l'utilisait pour faire des copies de la pièce de théâtre d'un ami.

Plus tard dans la journée, lorsque j'étais sûr qu'il était en réunion, je descendais chercher mes affaires. Comme par hasard, j'ai fini par me faire prendre un jour où il supervisait personnellement le déplacement de la vitrine (il était également un as de la délégation de pouvoir). C'est ce jour-là que j'ai sérieusement commencé à envisager de reprendre des études supérieures.

Mais pas avant de m'être glissé dans son bureau en son absence, d'avoir pris son pardessus et, avec un rasoir à simple tranchant, de m'être occupé de très soigneusement couper la moitié des coutures qui retenaient la manche au manteau, de sorte que lorsqu'en rentrant chez lui ce soir-là à CoproVille ou ailleurs – peu importe dans quelle petite enclave plébéienne il avait fait son nid –, la manche se détacherait quand il tendrait la main pour attraper la courroie du métro[1].

Bref, où en étais-je ? Ah oui, je faisais la grasse matinée. J'ai donc finalement forcé mon corps lourd comme du plomb à sortir du lit et à traverser la pièce jusqu'au vestiaire *Pepe*, où j'ai pris une longue douche. J'ai laissé l'eau couler sur mon visage un bon moment pour enlever les cernes. Ensuite j'ai pris une tasse de café et je me suis mis en route pour l'hôpital. Voici comment je voyais les choses : me débarrasser de l'inévitable visite, puis passer le reste de la journée à flâner dans Westwood. J'avais besoin d'un jour de repos.

Mais en descendant Beachwood, qui ai-je vu sinon Vernon, debout devant les arches de pierre du lotissement de Hollywoodland, le pouce relevé ? Mon premier réflexe a été d'appuyer sur l'accélérateur. Qui désirerait tenir une de ces conversations gênantes avec un quasi-inconnu ? Particulièrement avec un étranger avec qui je partageais tant de – quel est le mot qu'utilisent les hippies ? – karma ? Mais comme Vernon scrutait tous les conducteurs avec son rictus intimidant, j'ai décidé qu'il était plus sage de m'arrêter que de risquer d'être découpé à la hache par un péquenaud vexé. Je voyais déjà les gros titres : « UN VAGABOND TUE UN PROF

1. En parlant de travail, voici une autre manière d'avoir l'air occupé. Asseyez-vous à votre bureau, une feuille de papier devant vous. De préférence, une feuille couverte d'une colonne de chiffres. Fixez le papier en plissant légèrement les yeux pour donner l'impression que vous essayez de résoudre un problème important. En réalité, vous pouvez rester dans cette position des heures durant et laisser votre esprit vagabonder. Rappelez-vous : le secret réside dans le plissement des yeux. C'est ce qui donne l'impression d'authenticité. P. S. Certaines personnes n'aiment pas plisser les yeux parce qu'elles ont peur que ça leur donne des pattes d'oie. À chacun de voir. *(Note de l'Auteur.)*

D'UNIVERSITÉ, “Il n'a pas voulu me prendre dans sa caisse”, déclare le jeune délinquant. »

J'ai donc fait hurler mes pneus pour m'arrêter et Vernon s'est approché d'un pas nonchalant, comme s'il essayait de décider si une Mustang était suffisante ou s'il devait patienter pour une Monte Carlo. Je me suis penché pour ouvrir la portière et il est monté langoureusement, me jetant un coup d'œil extrêmement las avant de marquer un temps d'arrêt. « Hé, hé, hé, a-t-il lancé. Mais c'est Popeye le marin ! »

Merde. Il *ne m'avait donc pas* reconnu.

« Tu vas dans quelle direction ? » ai-je dit, avec l'impression que c'est une façon appropriée d'entamer la conversation quand on prend un auto-stoppeur.

« L'hôpital », a-t-il répondu en s'affalant dans son siège.

La culpabilité est une si puissante émotion. Et si universelle.

Nous nous sommes donc mis en route. Sa première remarque : « Et d'abord, comment tu t'appelles ? » Je dois dire que là était toute l'étendue de sa curiosité à mon égard. Il ne semblait pas éprouver le moindre désir de savoir quelle était ma place dans le tableau. Seigneur, ne se demandait-il pas qui j'étais, quelle était cette présence étrange et raffinée toujours tapie en retrait ? Non, sa seule préoccupation semblait être que nous nous arrêtions au Liquor Locker pour acheter des cigarettes et des Kleenex. Il pensait être en train d'attraper le rhume du petit Warren.

Vernon était un cas social, nul doute là-dessus, mais il y avait quelque chose dans ses gènes de péquenaud qui avait fait *tilt*, comme les X et les Y chez Elvis Presley. Sa bouche, par exemple, qu'on pourrait qualifier de « sensuelle » – c'est-à-dire à la fois boudeuse et cruelle –, ses yeux gris et intenses. (Sauf quand ils étaient *roses* et intenses, si vous voyez ce que je veux dire.) Son meilleur atout, c'étaient ses cheveux noirs, parfaits. Il y passait constamment la main, mais ils retombaient toujours à leur place. Même la minable coupe de cheveux à deux dollars cinquante du Peter Pan Barber Shop n'arrivait pas à les abîmer. (« Nous ne sommes pas une école de coiffure », devaient-ils afficher, tant leur personnel était inepte.) Vernon n'avait pourtant pas ce qu'on pourrait appeler une garde-robe très fournie. Il portait toujours un T-shirt blanc et un Levi's. Mais je dois dire qu'il s'agissait d'un T-shirt blanc *propre*. Il en avait sans doute plusieurs tiroirs pleins à ras bord. Ses pieds étaient chaussés de baskets bleues à rayures blanches.

Les femmes le trouvaient d'une beauté ravageuse. De quoi se pâmer, comme disait Hélène. La caissière du Liquor Locker a vécu sur un petit nuage pendant tout le temps que nous avons passé dans le magasin. Quand il a dit « Merci, m'dame », j'ai cru que ses genoux allaient la lâcher.

Puis nous sommes remontés dans la voiture. Si *mon* histoire n'intéressait pas Vernon, cela ne l'a pas empêché de me raconter la sienne. J'ai été étonné de découvrir quelle pipelette il était une fois éloigné de toutes les femmes en compagnie desquelles je l'avais jusque-là côtoyé.

Vernon appartenait à l'une de ces grandes familles des Appalaches dans lesquelles couvent toujours ces maladies des classes populaires qui conduisent à des tumeurs. Je ne sais pas à quoi c'est dû, peut-être ces gens-là ont-ils tous été élevés à proximité d'une décharge de produits chimiques. Quelle armée de souffreteux ! On dirait qu'ils possèdent tous une sorte de mystérieuse assurance invalidité. L'année dernière, le père de Vernon avait dû vendre le restau qu'il tenait à un pâté de maisons du Capitole de l'État du Kentucky, à Frankfort, parce qu'il avait une respiration sifflante. Il avait ainsi eu tout le loisir de rester à la maison pour garder son petit-fils, le neveu de Vernon, qui était né avec les pieds palmés.

Pouah ! ai-je pensé, hors de ma voiture !

Fort intelligemment, Vernon a quitté Frankfort pour venir à Hollywood dès qu'il a obtenu son baccalauréat. Car, voyez-vous, depuis qu'il avait gagné un concours d'éloquence en première, il rêvait ardemment de devenir acteur.

Une semaine après son arrivée à Los Angeles, il avait décroché son tout premier emploi : il interprétait une puce dans un spectacle pour enfants qui faisait chaque matin la tournée des écoles publiques. Le spectacle s'intitulait *Pouvoir aux puces !* et semblait fermement orienté à gauche. Barrie y avait joué aussi. Le rôle d'un chien. J'imagine que c'est ce qu'on appelle être enfermé dans un rôle.

Au bout de six mois, l'inspection académique avait demandé à ces cocos refoulés de proposer un nouveau spectacle, principalement parce que tous les écoliers du comté de Los Angeles avaient vu la pièce une dizaine de fois et qu'ils commençaient à en avoir assez d'écrire des rédactions sur ce que *Pouvoir aux puces !* signifiait pour eux. À sa grande surprise, Vernon n'avait *pas* été réengagé pour le nouveau spectacle. Je pouvais comprendre cette décision. Le seul type de personnage qui correspondait à Vernon était celui de Jeune Délinquant. Mais Vernon était persuadé qu'il s'agissait d'un coup de poignard fomenté en coulisses par Barrie. Il venait de commencer à « fréquenter » Jonica et, même si Barrie les avait présentés avec tout l'empressement d'une mère maquerelle de ville portuaire, une fois que Vernon avait vu la villa et que les choses avaient commencé à devenir « sérieuses » elle avait fait volte-face.

Son ego de mâle chiffonné, Vernon avait fixé les règles : Jonica devrait rompre son amitié avec Barrie. Désespérément amoureuse, Jonica avait accepté. Pendant plusieurs mois, tout s'était bien passé. Puis Barrie, grâce à une série de machinations incroyablement compliquées, était parvenue à « tomber » sur Jonica alors qu'elle (Jonica) sortait les poubelles du village de caravanes. (En échange de cette corvée, Vernon et Jonica bénéficiaient d'une réduction.) Cela avait été le début de la fin. Pour la même raison, Vernon avait commencé à surnommer Barrie « l'Éboueuse ».

À l'hôpital, la chambre de Jonica, peinte en bleu clair avec des rideaux jaunes, avait été pensée pour être joyeuse. Il y avait une télévision et un tas d'autres choses que Barrie avait transbahutées dans un sac à provisions – une radio à laquelle il manquait la plupart des boutons, quelques articles de toilette, un troll en plastique arborant une pancarte qui disait « Ch't'adore ». Elle avait aussi apporté plusieurs vases, mais pour l'instant Jonica n'avait reçu que deux bouquets de prompt rétablissement : l'un en promo (cinq dollars quatre-vingt-quinze) offert par les gardes-côtes, et des chrysanthèmes de Claude Kentner, qui commençaient déjà à faner. Au moment où nous sommes entrés, Barrie finissait de donner un mini-poo à Jonica. Il s'agit d'une sorte de shampoing sec adapté aux patients alités.

Jonica semblait à peine consciente. Elle a dirigé une paire d'yeux aux paupières tombantes vers la porte. Un croassement est sorti de sa gorge.

« Elliot », a-t-elle dit d'une voix très étrange, rocailleuse et haut perchée à la fois. Nom de Dieu, ai-je pensé. Tu parles qu'elle a été droguée. La pauvre fille. Sa langue était anesthésiée.

« On m'a dit que tu étais parti pour New York, a-t-elle réussi à prononcer.

– Quoi ? ai-je dit en m'approchant d'elle. Et je t'aurais abandonnée ? » J'ai considéré la possibilité de me saisir de sa main et de la serrer dans la mienne, mais décidé qu'il ne fallait pas jouer avec le feu : avec ma chance, elle serait probablement reliée à l'un des nerfs endommagés.

« Et Vernon, a-t-elle repris en remarquant sa présence. Quelle surprise !

– Salut, Jonica », a-t-il lancé.

L'espace d'un moment, je me suis balancé d'avant en arrière sur mes deux pieds en lui souriant.

« T'as l'air en pleine forme », ai-je lâché. Elle avait encore du mini-poo dans les cheveux.

« Grave, a enchaîné Vernon. T'as l'air en pleine forme.

– Je me sens affreusement mal ! »

Je sentais les yeux de Barrie peser sur nous. Depuis que nous étions entrés, toute son attention était rivée sur le fait que Vernon et moi étions arrivés ensemble. Son cerveau tournait à plein régime. Est-ce qu'il s'agissait d'un complot ? D'une coïncidence ? Qu'est-ce que ça voulait dire ? Comment devait-elle réagir ?

Pendant ce qui m'a semblé durer des heures, Vernon et moi avons répondu aux questions péniblement marmonnées de Jonica sur le petit Warren et Mme Kinney, en lui faisant croire qu'ils s'étaient non seulement totalement adaptés à l'absence de Jonica, mais qu'ils se donnaient l'un à l'autre tant de force et de soutien que le *Reader's Digest* s'intéressait aux droits pour l'adaptation d'une série. Ce sujet enfin épuisé, j'ai discrètement jeté un coup d'œil à ma montre. Nous étions là depuis trois minutes.

En levant les yeux, j'ai vu Jonica qui me fixait avec un regard que j'ai interprété comme « Si seulement nous pouvions être seuls ». J'ai choisi ce moment pour déclencher une quinte de toux.

Barrie a proposé que nous fassions une partie de baccalauréat. C'était son jeu préféré, dans lequel il fallait trouver des noms de célébrités correspondant à des suites d'initiales piochées au hasard. On était censés utiliser un papier et un crayon, mais Barrie avait trouvé un moyen d'y jouer en conservant les résultats dans nos têtes. Je n'étais pas trop mauvais à ce jeu-là (j'ai trouvé « Xavier Cugat » pour « X. C. »), mais Jonica ne savait plus à quelle suite d'initiales nous en étions et Vernon était un si piètre quatrième joueur qu'il a finalement refusé de continuer plus longtemps. « Il faut que je trouve les chiottes », a-t-il lancé avant de sortir de la pièce.

Vernon parti, les vibrations dans la pièce ont soudain radicalement changé. Barrie, mâchoire serrée, m'a lancé un regard noir.

« Est-ce qu'il a cherché à emprunter de l'argent ?

– Non, ai-je répondu.

– Il va le faire, a-t-elle assuré d'un air sombre.

– Eh bien, il s'adresse à la mauvaise personne », me suis-je esclaffé.

Elle a ignoré ma plaisanterie. « Un petit conseil », a-t-elle repris. J'ai attendu. « Ne monte pas en voiture avec lui. Enfin, si tu tiens à ton permis de conduire.

– Comment ça ?

– Il trimballe toujours de la drogue sur lui.

– Oh !

– Et je ne m'arrêterais pas dans un 7-Eleven.

– Pas dans un 7-Eleven ?

– Il s'est fait arrêter dans un 7-Eleven.

– À Riverside, a marmonné Jonica.

– Pour quel motif ?

– Vol à main armée.

– Ce n'était pas un vol à main armée, a corrigé Jonica.

– Eh bien, c'était un vol.

– Que s'est-il passé ?

– Condamnation avec sursis, a soufflé Jonica.

– On aurait dû le faire passer sur la chaise, a déclaré Barrie. La vache, les casseroles que trimbale ce gamin ! »

Que pouvais-je répondre ? J'ai regardé mes genoux et commencé à triturer le pli de mon pantalon.

« Je pourrais bien sûr tout pardonner, a poursuivi Barrie – enfin, *presque* tout –, mais pas ce qu'il a fait à Jonica. »

J'ai senti un frisson me parcourir le dos. « Qu'a-t-il fait à Jonica ? »

Barrie m'a regardé comme si je manquais totalement de perspicacité. « Eh bien, d'abord il l'a laissée seule. »

Il l'a laissée seule ! Comme c'était décevant, insignifiant.

« Il l'a laissée seule ?

– Des jours durant. Il l'a laissée seule des jours durant.

– Il est parti à Manmouth sans me le dire.

– C'est ça, a dit Barrie, se rappelant soudain l'épisode. Il est allé à Manmouth sans la prévenir.

– Pendant trois jours.

– Que pouvait-elle faire ? Je lui ai dit de s'affirmer.

– Mais ça n'a pas marché, a dit Jonica en s'adressant au plafond.

– Comment aurait-il pu en être autrement ?

– Parle-lui de Lisa Kemp !

– Lisa Kemp ! » a répété Barrie, et les deux femmes ont frémi.

Un moment s'est écoulé. « Qui est Lisa Kemp ? » ai-je demandé d'un ton enthousiaste.

À ce moment-là, Vernon est revenu dans la pièce d'un pas nonchalant. Où il était passé sautait aux yeux – cette bonne vieille conjonctivite était de retour, si vous voyez ce que je veux dire. Il s'est assis et a attrapé le troll. Tout le monde avait les yeux rivés sur lui, même en douce.

« Seigneur, Seigneur, Seigneur », a-t-il lâché sans raison apparente.

Lorsque nous sommes repartis vers treize heures, Vernon m'a demandé si je pouvais le conduire jusqu'à sa caravane à

Torrance. Il voulait récupérer une partie de son « bordel » puisqu'il allait rester à Casino Drive un certain temps.

J'ai accepté.

Vernon n'avait pas de voiture. Elle avait été réduite à l'état d'épave à Long Beach par deux types qui lui étaient rentrés dedans un matin à l'aube. Eux cherchaient des emplois de charpentiers alors que Vernon revenait de son travail de nuit dans une boîte de développement photo. Il n'y bossait que depuis une semaine et se réjouissait d'être contraint de démissionner, parce qu'il détestait ce job. Mais ces deux types faisaient de sa vie un enfer. Techniquement, Vernon était fautif... Cette histoire n'en finissait plus. Il suffit de dire que les mecs étaient des gens méprisables et que, quand Vernon avait commencé à s'échauffer au cours d'un rendez-vous chez l'assureur, l'un d'eux avait prétendu avoir des convulsions. Les poursuites s'élevaient à deux cent cinquante mille dollars.

Bref, il n'avait pas de voiture.

Ce qui était dommage, car il faisait partie de ces gens qui ne se sentaient pleinement à l'aise qu'en voiture. Je n'aurais su dire à quoi c'était dû, la brise sur son visage, la radio, ou autre chose. Pendant que nous roulions, tout son corps semblait vibrer. À bien y penser, il vibrait *vraiment* : il bougeait toujours imperceptiblement au rythme de la musique. Il connaissait toutes les chansons par cœur (et toutes les publicités). Et cette façon d'ouvrir le cendrier : une autorité nonchalante serait la meilleure façon de la décrire.

Nous avons traversé un quartier agréable de maisons individuelles, puis un quartier moins agréable de maisons mitoyennes (où quelques voitures étaient garées *sur la pelouse*), et un quartier de petits immeubles d'habitation qui ressemblaient à de malheureux motels placés perpendiculairement à la rue, et enfin une zone industrielle à l'extrémité de laquelle se trouvait le Village de caravanes Brecker.

Nous avons franchi une arche en bois vert et blanc salement abîmée (par des véhicules surdimensionnés, j'imagine) et avons emprunté un chemin de terre plein d'ornières, sur lequel des enfants étrangers sur des tricycles se poursuivaient en se donnant des coups avec des battes de base-ball en plastique. Une femme revêche et lippue vêtue d'un short et d'un dos nu observait la mêlée en buvant une bière à la bouteille (je vous rappelle qu'il était treize heures trente). Vernon a d'ailleurs fait un signe de la main à cette femme. Elle a souri, révélant l'absence de plusieurs dents, et levé sa Bud en guise de salut.

J'ai eu une curieuse réaction. D'un côté, j'étais sans voix. Il s'agissait d'authentique mauvais goût. Voilà un endroit où l'on s'assurait de verrouiller sa voiture. Mais en même temps, je dois admettre avoir ressenti un certain frisson pervers. Car voyez-vous, lorsque j'étais enfant, je pensais qu'il n'y avait rien de plus glamour que d'être pauvre et de vivre dans une caravane. *Ces* enfants n'avaient pas besoin d'aller à un cours de danse. Une véritable libération, d'après moi. Leurs parents étaient même probablement *divorcés*. Quand j'avais dix ans, je ne pouvais penser à rien de plus excitant qu'à des parents qui divorcent. Je n'ai toutefois jamais connu ce plaisir, la perspective que mes parents divorcent étant aussi probable que la réunification de la Corée.

Et la caravane de Vernon! Là, au bout de cette route défoncée, installée sous un eucalyptus et adossée à une clôture grillagée: c'était la perfection, de l'authentique poésie. Il s'agissait de l'un de ces engins en aluminium de la fin des années 1940. On aurait dit un grille-pain géant.

Et l'intérieur! Un seul coup d'œil et j'ai été accro. On était bien au-delà de mes rêves d'enfant les plus fous. *Tout* était encastré.

Il n'y avait littéralement aucun meuble indépendant. Uniquement des armoires, tiroirs et corbeilles qui coulissent, et des tables qui se plient et se déplient. Le canapé du salon, par exemple, cachait des tiroirs en dessous et, derrière, les fenêtres en forme de hublots étaient surplombées d'étagères. Vernon m'a expliqué que ce type de canapé s'appelait un lit gaucho. Il était tapissé d'une sorte de peluche verte comme on n'en voit plus aujourd'hui. Mais il présentait cependant un inconvénient. Quand on s'installait dessus, on avait l'impression de s'asseoir sur un sac-poubelle rempli de boîtes de conserve.

Ensuite, Vernon m'a montré la cuisine. Elle était composée d'un minuscule évier en acier inoxydable (rempli de vaisselle) et de comptoirs en Formica vert (couverts de canettes de bière vides). Ici, les éléments intégrés étaient encore de plus petite taille, comme ce long tiroir étroit réservé aux couteaux, et un meuble spécial muni de casiers pour empêcher vos verres de s'entrechoquer tandis que vous rouliez à travers la campagne. Mais c'est la salle de bains, située juste derrière la cuisine, qui constituait la véritable merveille de design en espace réduit. « On peut chier, se doucher et se raser en même temps », m'a indiqué Vernon. Il m'a montré le fonctionnement de la douche, un truc en rapport avec la pression hydraulique que je n'ai pas bien compris.

Vernon s'est rappelé qu'il avait quelques coups de fil à passer, alors nous sommes retournés dans le salon. Je me suis assis sur le lit gaucho, et j'ai feuilleté le *Guide de l'amateur de chaîne stéréo* en laissant traîner mes oreilles sans vergogne.

L'appel numéro un a été adressé à un certain Scott. Au bout de quelques minutes, il est devenu évident que Scott hébergeait Sparky, le fameux chien acquis lors du troc de la télé couleur. Vernon était en retard dans ses paiements hebdomadaires. Il a fait des promesses désespérées. J'ai eu l'impression que Sparky mettait à rude épreuve l'amitié entre Vernon et Scott.

Le deuxième appel était destiné à quelqu'un avec qui Vernon était si intime qu'il s'est contenté d'un « Bonjour, c'est moi » (la fameuse Lisa Kemp ?!?). Il a annulé le rencard qu'ils avaient dans un endroit appelé (à moins que mes oreilles ne me jouent des tours) le Blah-Blah. Cette décision n'a pas suscité l'enthousiasme. L'autre personne a longuement parlementé. Vernon a indiqué qu'il serait « difficilement joignable pendant quelques jours ». Dans l'ensemble, son ton était arrogant et quelque peu distant. À la place de Lisa Kemp, j'aurais été furieuse.

Le troisième appel a été passé au bureau d'un certain M. Rossi. M. Rossi n'était pas là et la personne qui a décroché a été incapable de dissiper un malentendu lié à des bandes démo.

Vernon a raccroché le téléphone avec emportement. Il a continué à fulminer pendant un moment.

« Mauvaise nouvelle ? ai-je demandé gaiement.

– Suce ma bite », a-t-il lancé au combiné de téléphone.

Nous avons sorti des bières du petit réfrigérateur et Vernon a commencé à farfouiller pour retrouver ce qu'il cherchait, ce qui l'a mis de meilleure humeur, car il semblait avoir l'instinct d'un rat de bibliothèque. Il a descendu une boîte de gin Gordon d'une étagère et en a sorti les amplificateurs qu'elle contenait. Puis il a mis dans la boîte des sous-vêtements, des chaussettes propres, un Thermos, des bandages Ace, beaucoup, beaucoup de cassettes, une tasse à café que Jonica lui avait offerte (une de ces tasses avec des ours qui font du patin à glace), un kit pour les morsures de serpent et quelques livres. C'est drôle, me suis-je dit, je ne l'imaginais pas en lecteur. J'ai donc regardé les titres. L'un d'eux était *Seul dans la pampa*. Les autres livres traitaient principalement de la manière de construire son propre bateau ou, une fois celui-ci achevé, de faire le tour du monde à son bord.

Un des ouvrages, un peu différent, portait sur le fameux crash aérien dans les Andes à la suite duquel une équipe de football s'était nourrie avec les cadavres. Vernon était absolument fasciné. « Il ne me manque que deux chapitres », m'a-t-il dit, ce qui m'a conduit à me demander s'il était à deux chapitres de la fin ou si quelqu'un avait arraché deux chapitres du livre. Quoi qu'il en soit, il le considérait comme le meilleur livre qu'il ait jamais lu.

« Tu mangerais un cadavre pour survivre ? m'a-t-il demandé.

– En moins de deux, ai-je répondu.

– Moi aussi. Sauf si c'est vraiment écœurant.

– Eh bien, Vernon, ai-je repris, si c'est vraiment écœurant, moi non plus.

– Non, a-t-il acquiescé. Il faut savoir tracer des limites. Est-ce que tu mangerais un membre de ta famille ? »

J'ai réfléchi à la chose. « Je pourrais manger mon frère, mais je ne pourrais pas supporter de voir quelqu'un manger ma sœur. Pour ma tante ou mon oncle, je n'aurais aucun scrupule.

– Tes parents ?

– Argh, s'il te plaît !

– C'est également mon avis. »

Il s'est avéré qu'un film avait été réalisé sur l'accident d'avion, et que Scott l'avait vu. Vernon l'avait manqué. Le jour où il était allé au cinéma, il n'était plus projeté et avait été remplacé par un film avec Sonny Chiba. Aujourd'hui encore, il maudissait sa malchance. Il m'a demandé de le prévenir si j'apprenais que le film passait quelque part. Nous pourrions y aller ensemble parce que Scott avait été très impressionné et l'avait chaudement recommandé. Même si la neige avait l'air bidon.

Il commençait à faire chaud dans la caravane, et Vernon transpirait après avoir fait ses bagages. Il a donc décidé de prendre une douche. Il s'est calé dans la minuscule salle de bains (dont il fallait garder la porte fermée sous peine d'inonder le couloir) et je me suis assis sur le lit gaucho en attendant d'entendre l'eau couler. J'ai alors décidé de faire un peu d'exploration.

Je me suis dirigé vers la chambre à coucher, où je n'étais pas encore entré. Elle se limitait principalement à un lit double, entre deux espaces d'une trentaine de centimètres de chaque côté. Inutile de préciser que le lit était défait. Les draps décorés de motifs Toutânkhamon étaient tellement crasseux qu'il m'a fallu un certain temps pour reconnaître qu'il s'agissait bien de motifs Toutânkhamon. De chaque côté du lit se trouvait une table de nuit encastrée. L'une d'elles était jonchée d'emballages de biscuits Pepperidge Farm poussiéreux. Probablement le côté de Jonica. L'autre était recouverte de toutes sortes d'instruments pour fumer de la marijuana, d'un réveil, de crème hydratante à la vaseline et d'un carnet de notes noir que j'ai pris pour l'examiner.

C'était le journal de Vernon. Il ne semblait pas répondre à une organisation particulière, et contenait seulement des griffonnages en désordre. Une page listait des anniversaires familiaux. Une autre contenait des faits insolites (« Il n'y a qu'un seul État qui commence par la lettre A et qui ne se termine pas par la lettre A. Cet État est l'Arkansas ») et des citations. Sur une autre, sous le titre « Paroles », se trouvaient des textes de chansons sur lesquelles il travaillait. Pour être tout à fait honnête, j'ai été assez impressionné. En fait, c'était une révélation. Je ne savais pas qu'il avait une appréhension aussi sensible des choses. Un exemple :

Et parfois, quand on se touche
L'honnêteté est trop forte
Je veux te tenir jusqu'à ma mort
Jusqu'à ce que nous nous effondrions en pleurs

Je veux te serrer dans mes bras
Jusqu'à ce que s'estompe ma douleur

Je ne parle pas seulement de sensibilité, mais aussi de savoir-faire. Je mesure la difficulté à utiliser le verbe « estomper » dans une chanson d'amour. Il ne me semble pas l'avoir rencontré jusque-là[1].

Autre extrait intéressant :

> Les gens sont tellement grossiers. Hier, Scott et moi nous sommes décarcassés pour rejoindre Culver City, histoire que je puisse encaisser un chèque que j'avais reçu de mes parents. La banque fermait ses portes à quinze heures et je suis arrivé devant à l'instant où l'agent de sécurité les verrouillait. Il était à peine une minute après quinze heures et il y avait encore tout un tas de gens à l'intérieur occupés à faire toutes leurs transactions et toutes leurs petites affaires. Jusqu'à hier, l'agent de sécurité et le directeur de la banque ont toujours été sympas et gentils avec moi. J'ai toqué à la porte en espérant que l'agent serait compréhensif. Il est venu à la porte et je lui ai expliqué mon problème, que j'avais fait tout ce chemin depuis Torrance, que j'avais à peine de quoi payer le chemin retour, et je lui ai demandé d'avoir la gentillesse de me laisser encaisser mon chèque parce que j'avais vraiment besoin de l'argent pour régler ma facture de téléphone le lendemain. Au lieu d'être gentil, il a carrément fait le malin. C'était pourtant seulement entre lui et moi, n'est-ce pas ? Eh bien, non ! Au lieu de me répondre calmement, il a hurlé pour que toute la banque l'entende : « Je ne peux pas vous laisser entrer, j'ai déjà refoulé huit personnes (ce qui est faux, j'en suis sûr, comment aurait-il pu refouler huit personnes alors qu'il

1. Il a depuis été porté à mon attention, par mon avocat notamment, que ces paroles ne sont pas de Vernon mais de Dan Hill et Barry Mann, et qu'elles proviennent d'une chanson populaire intitulée « Parfois, quand on se touche ». Le rouge me monte un tantinet aux joues. *(Note de l'Auteur.)*

n'était qu'une minute après quinze heures ?). Vous auriez dû être à l'heure », a-t-il ajouté sur un ton de sainte-nitouche. Il essayait de prouver un truc au monde entier. Vous tous, regardez-moi bien, je suis un bon flic qui fait bien son travail et qui ne lâche rien.

J'ai donc demandé à voir le directeur pour lui expliquer mon histoire, mais tout ce que j'ai obtenu, c'est un déluge de sarcasmes. Ses mots exacts ont été, ça me fait bien marrer, vous n'aviez qu'à être là à l'heure !

Un peu de compréhension ? Non !

Est-ce que c'est inhumain ? Oui !

En guise de marque-page, il y avait dans ce journal une photo de Vernon, Jonica et du petit Warren, tout endimanchés devant un restaurant appelé l'Auberge Tick Tock. Vernon portait un de ces costumes six pièces que l'on trouve chez JCPenney – deux pantalons au choix et le gilet réversible. Quelle était donc l'occasion ? me suis-je demandé.

Entendant l'eau s'arrêter de couler, j'ai fourré la photo dans le journal et laissé tomber le tout sur la table de chevet comme s'il avait soudain pris feu entre mes doigts. Devais-je me dépêcher de retourner dans le salon ? Et si je me faisais prendre en train de courir ? Ce serait encore plus embarrassant que d'être surpris dans la chambre. La vache, il les préfère courtes, ses douches.

La seconde d'après, Vernon est entré dans la pièce en s'essuyant les cheveux avec une serviette. Si ma présence a été pour lui un choc, ça n'a pas sauté aux yeux. Il a reniflé, s'est essuyé le nez avec la serviette et s'est posté devant un miroir.

J'ai décidé que c'était le moment ou jamais de mettre mon plan à exécution.

« Vernon, ai-je dit, je suis antiquaire. » Puis je lui ai demandé de m'aider à me procurer la malle en échange d'une aide ($) pour le remboursement de la caravane.

Il a écouté tout ça, puis s'est assis sur le bord du lit et a commencé à se sécher les orteils. Il semblait vraiment très intéressé.

Une fois la malle obtenue, l'opération m'a semblé si… si *simple physiquement* que je me suis senti comme un véritable empoté armé de deux mains gauches, moi qui avais couru comme un poulet sans tête durant les deux derniers mois. Tout ce temps perdu. Toute cette énergie dépensée.

Non pas que cela ait été *si* facile. Il y a eu quelques faux départs. Oh, que oui, il y a eu des faux départs.

Car, voyez-vous, l'état mental de la vieille dame, qui n'avait jamais été l'une de ses cartes maîtresses, avait brusquement baissé depuis l'accident de Jonica. À y repenser, il était évident qu'elle avait subi une sorte d'attaque cérébrale mineure. Prenez son visage, par exemple, qui faisait peine à voir : la bouche constamment grande ouverte tandis qu'elle arborait une expression perpétuellement stupéfaite, on aurait cru qu'elle venait de se prendre un coup de pelle à neige dans le plexus solaire. Mais le plus étrange, c'est qu'elle marchait de nouveau. Vernon et moi nous sommes dit qu'en fait elle n'avait jamais été infirme, seulement paresseuse. Et à présent que l'esprit de cette vieille impostrice battait la campagne, elle oubliait de jouer son rôle correctement.

Pardon, est-ce que j'ai dit « marcher de nouveau » ? Est-ce la petite phrase simple et non contradictoire que je viens de griffonner ? « Marcher de nouveau » ? Bizarrement, l'expression ne semble tout bonnement pas adéquate, elle est *loin* de décrire l'ampleur et l'étendue de ses randonnées et promenades de paralytique. Cette femme était incapable de rester tranquillement assise plus de cinq secondes d'affilée. Il suffisait que vous tourniez la tête et la voilà partie aux toilettes (dont elle ne se rappelait pas l'emplacement, même si elle y allait souvent et, croyez-moi, elle y allait souvent) ou pour une course vitale, par exemple nourrir les poulets (« Ça alors, je ne savais pas qu'on avait des poulets, avait lancé Vernon. – Bien sûr qu'on en a, avait-elle rétorqué. – En ce cas, où on les a mis ? » Elle l'a regardé comme s'il était timbré. « Dans le poulailler, pardi ! »). Mais ne croyez pas que le simple fait qu'elle « marchait de nouveau », signifiait qu'elle était douée pour cet exercice. La regarder monter les escaliers était un apprentissage de la terreur. Y parviendrait-elle ? Seriez-vous capable de vous précipiter à temps pour la rattraper ? Pourtant, et allez savoir comment, elle ne tombait jamais.

Nous avons donc d'abord pensé que la sénilité faciliterait les choses. Quel coup de chance ! En fin de compte, tout ce que Vernon avait à faire, c'était l'occuper et la garder au rez-de-chaussée.

Sur la route du retour en voiture, nous avons élaboré un plan. Il était simple comme bonjour. Vernon a dit qu'il m'appellerait quand tout serait prêt, j'ai donc fait réchauffer des cookies surgelés et regardé les infos. Ce qui comptait, c'était que je reste occupé.

L'appel téléphonique est arrivé. Je me suis dépêché d'aller toquer à la porte de la cuisine.

Tout le petit monde était rassemblé autour de la table de la cuisine, face à la télévision. Pour changer, Mme Kinney somnolait paisiblement. Le petit Warren rampait sur le sol en faisant de son mieux pour se frayer un passage jusque dans le placard situé sous l'évier pour boire de l'eau de Javel. Guadalupe était absorbée par l'émission. C'était la chaîne mexicaine, sur laquelle une femme plantureuse nommée Olga Machin truc faisait son numéro.

Conformément à notre plan, Vernon et moi avons regardé la télévision un moment en échangeant des banalités destinées à donner à Guadalupe l'impression que je passais juste pour faire un brin de causette. Mais ce n'était pas nécessaire. Guadalupe était tellement fascinée par Olga que ses yeux ne quittaient jamais l'écran. Chaque fois qu'Olga surgissait dans une nouvelle tenue, elle s'éventait avec excitation.

« Eh bien, a dit Vernon après un certain temps, pourquoi ne monterions-nous pas à l'étage pour que je te montre cette chose dont je t'ai parlé ?

– Oh, oui, ai-je répondu. Faisons ça. Ce serait chouette. »

La chambre de la vieille dame se trouvait au bout du couloir, à droite. Vernon m'a fait entrer et a allumé le plafonnier.

Vous n'allez pas me croire – elle était exactement comme je l'avais imaginée. Exactement. Tu parles d'un présage.

Elle n'était pas très grande, trois mètres cinquante sur quatre mètres cinquante au maximum, certainement pas la taille de la chambre principale (c'est Jonica qui l'occupait). Un lit double dans un châlit émaillé à l'ancienne était appuyé contre un mur. Il était recouvert d'un couvre-lit en chenille dont la teinte s'était estompée au fil des ans jusqu'à atteindre le rose pâle. À côté se trouvait une table de nuit en érable surmontée d'une lampe, d'une lampe de poche et d'une pile de tracts religieux.

Tout cela, je l'ai assimilé plus tard, car la première chose vers laquelle mes yeux se sont portés a été la malle. Elle était face au lit, à l'endroit où se trouve normalement la télévision. Mon cœur s'est mis à battre la chamade – la voilà enfin. J'ai dû enfoncer les mains dans mes poches tellement elles tremblaient.

« Essaye de faire vite parce qu'elle pourrait se réveiller d'un instant à l'autre », a lâché Vernon avec un calme olympien. Puis il est parti et je me suis retrouvé seul.

Je me suis approché de la malle. C'était une de ces énormes malles de bateau à vapeur, noire avec des garnitures en laiton. Les initiales R. A. K. étaient inscrites en lettres rouges délavées sous la serrure. Sur les côtés étaient collés des restes d'étiquettes de bateaux à vapeur et de chemins de fer. Deux objets étaient posés sur le couvercle : un gant de toilette et une paire de lunettes.

Bon sang, me suis-je dit, est-ce qu'elle la nettoie tous les jours avec ce gant de toilette ?

J'ai essayé le loquet, mais il était verrouillé. Évidemment, je me suis rappelé l'endroit où était rangée la clé – dans le tiroir de la table de nuit, comme l'avait dit Jonica.

Mais elle n'y était pas. S'y trouvait une bible, un inhalateur, une réserve de pièces de monnaie et des photos de Jonica en uniforme de jeannette. Mais pas de clé.

Je suis redescendu et j'ai passé la tête par la porte de la cuisine. Ils étaient toujours rassemblés devant la télé. Vernon tenait le petit Warren et lui faisait taper des mains en rythme avec la musique. Olga avait enfilé sa tenue la plus légère – principalement des plumes – et jouait du Liszt au violon. Quel étrange pays que le Mexique, ai-je pensé.

Le menton de la vieille dame reposait toujours contre sa poitrine.

« Pssst », ai-je lancé tout bas, pour ne pas la réveiller. Naturellement, comme par hasard, elle s'est réveillée avec un tel sursaut qu'on aurait cru qu'une bombe venait d'exploser dans la pièce voisine.

« Qui est-ce ? a-t-elle dit en plissant des yeux vers moi.

– C'est Elliot, a répondu Vernon en posant Warren. Tu te souviens d'Elliot ? »

La vieille dame m'a jeté un regard qui m'a troublé.

« Vernon, ai-je sifflé à travers mon sourire figé. Sors dans le couloir. »

« Je ne trouve pas la clé, lui ai-je expliqué quand nous avons été seuls. Elle n'est pas là où Jonica l'a indiqué. »

Vernon a fait une grimace et commencé à dire quelque chose, mais il s'est vite ravisé quand nous avons vu la vieille dame venir vers nous, soutenue au niveau du coude par Guadalupe.

« Où vas-tu, grand-mère ? lui a-t-il lancé d'une voix forte et amicale.

– Au lit, a-t-elle dit.

– Mais tu ne veux pas regarder la fin d'Olga ?

– Nan.

– Ramène-la dans la cuisine », j'ai dit à voix basse. Vernon s'est précipité, l'a attrapée par l'autre coude et l'a arrachée à Guadalupe. Il lui a lentement fait opérer un virage pour l'éloigner de l'escalier. « Regardons la fin d'Olga », s'est-il exclamé. Je les ai suivis et l'ai observé tandis qu'il l'asseyait dans le fauteuil. Olga, en tenue de french-cancan, souhaitait bonne nuit aux téléspectateurs.

« Je veux aller me coucher, a répété la vieille dame.

– Tu pourras y aller dans une minute », lui a répondu Vernon.

Il a demandé à Guadalupe de la surveiller. Nous sommes remontés en vitesse et Vernon a jeté un coup d'œil à la serrure. « Ce qu'il nous faut, a-t-il déclaré, c'est un tournevis Phillips. »

Il est redescendu en courant. Un tournevis, me suis-je dit. Était-ce bien sage ? Ne risquait-il pas d'abîmer la serrure ? J'ai revérifié le tiroir. Pas l'ombre d'une clé, il n'y avait pas d'échappatoire. Mais hmmmm… cette bible a l'air un peu bosselée. Je l'ai soulevée. Une clé en est tombée.

J'ai dévalé l'escalier pour prévenir Vernon, mais lorsque je suis entré dans la cuisine, j'ai été confronté à un spectacle si insolite que tous les autres sujets de conversation ont été relégués au second plan. La vieille dame – comment dire ? – essayait de se hisser sur la table de la cuisine.

« Vernon ! ai-je crié. Qu'est-ce qu'elle fait ?

– Je ne sais pas, mais je crois qu'elle a l'intention de s'étendre et de faire une sieste. »

Ça a suffi. C'était la goutte d'eau. « Vernon, ai-je dit. Oublie, on fera ça plus tard. »

Il ne voyait pas le problème. « Elle va s'en sortir. Elle ne tombera pas. On va la surveiller.

– Non !

– Pourquoi ?

– Parce que ce n'est pas bien. »

Vernon a haussé les épaules. « OK, c'est toi le patron. »

Il a dit à Guadalupe de la mettre au lit et nous sommes retournés chez moi. Nous avons mangé tous les cookies et j'ai appris à Vernon les rudiments du bridge.

17

Le lendemain matin, j'ai su que quelque chose ne tournait pas rond dès que nous sommes entrés dans la chambre de Jonica à l'hôpital – principalement parce que Jonica n'y était pas. Il ne restait d'elle que sa planche et ses tubes. Mon Dieu, me suis-je dit, que s'est-il passé ? Elle est morte de complications et nous n'étions même pas là.

Mais Barrie et Alice Amber, elles, étaient là, et si elles avaient assisté à ses derniers instants, elles semblaient remarquablement calmes. « Eh bien, ne s'agirait-il pas des jumeaux Doublemint[1] ? » a dit Barrie, puis elle et sa mère se sont remises à discuter d'un sujet vraiment bouleversant, les « Ethel Mermans[2] » et la façon de s'en débarrasser. Un « Ethel Merman », au cas où vous l'ignoreriez, c'est l'expression que l'on utilise dans le show-biz pour désigner cette peau flasque

---

1. À partir des années 1950, les chewing-gums Wrigley emploient de véritables jumeaux pour incarner la marque dans la presse magazine et à la télévision.
2. Actrice et chanteuse (1908-1984) connue comme « la Première Dame incontestée de la comédie musicale », et pour son tempérament audacieux et insolent.

qui pendouille de la partie inférieure de vos bras lorsque vous les étirez en interprétant une note aiguë. Ceux d'Alice Amber étaient tristement remarquables.

« Je vis avec la peur mortelle qu'on cesse de les appeler des Ethel Mermans pour commencer à les nommer des Alice Ambers, a-t-elle confié.

– Non, c'est plutôt ce truc sur tes cuisses qu'on va commencer à appeler des Alice Ambers, a enchaîné Barrie.

– Je me passe de plaisanteries de ce genre, jeune fille », a répondu Alice Amber.

Je suis intervenu. « Où est Jonica ?

– En radio, a dit Barrie. Examens de routine. Tu sais, il y a eu cet article dans *California Magazine* sur ce médecin d'Artesia, ou je ne sais plus d'où, qui a été arrêté pour avoir pratiqué cette opération où l'on retire la graisse…

– Quel numéro de *California Magazine* ? » a demandé Alice Amber.

Il était clair qu'on nous snobait. Et je n'avais pas de temps à perdre avec ces conneries. « Viens, Vernon », ai-je lancé, et nous sommes sortis de la pièce à grandes enjambées.

Parce que nous avions un gros problème juste sous notre nez. Nous avions commencé à en parler la veille au soir et, depuis, il ne cessait d'enfler.

On était aujourd'hui mercredi. *La vieille dame allait-elle assister à son cours de poésie ?*

Pour : ça la sortirait de la villa et je pourrais accéder à la malle sans risquer un arrêt cardiaque.

Contre : tant de choses pouvaient mal tourner. Howard Kesselbaum pourrait remarquer sa détérioration physique (à moins, bien sûr, qu'il ne soit soudain devenu sourd, muet et aveugle – auquel cas il ne remarquerait rien). Il viendrait alors probablement à la villa avec une équipe de travailleurs sociaux, nous ferait arrêter, Vernon et moi, expulserait Guadalupe, placerait Warren dans une famille d'accueil… Non, c'était vraiment trop risqué.

« Quand le minibus arrivera, nous dirons qu'elle est malade, ai-je suggéré.

– Mais comment vas-tu accéder à la malle, alors ? »

Comment, en effet ? Il fallait qu'on fasse sortir la vieille dame de la villa.

« Je sais ! ai-je crié. On va – tu vas – l'emmener voir Jonica ! »

Vernon m'a regardé comme si j'avais perdu la raison : « Jonica va *flipper*. »

J'ai compris ce qu'il voulait dire. « Alors emmène-la ailleurs. Emmène-la n'importe où. Emmène-la faire du shopping. »

Après en avoir discuté un moment, nous avons décidé que Vernon l'emmènerait faire une promenade en voiture à travers Griffith Park, Los Feliz et Glendale. Rien qu'une balade, pour qu'elle voie les arbres, etc. Nous étions tellement absorbés par la planification des détails – par exemple par quel signal me prévenir de son retour – que nous n'avons d'abord pas remarqué le break garé dans l'allée. Allez savoir pourquoi, j'ai cru qu'il s'agissait de la livraison des nouveaux annuaires téléphoniques. Une note accompagnant ma dernière facture de téléphone annonçait une date proche, je m'y attendais donc à moitié. Puis j'ai remarqué la présence de deux femmes entre deux âges qui se tenaient à côté et nous regardaient arriver. Non seulement elles ne ressemblaient pas à des livreuses d'annuaires, mais j'ai immédiatement senti – ne me demandez pas comment – que, d'une manière ou d'une autre, elles vivaient sur le dos des personnes âgées. Elles avaient cet air-là.

J'ai tout de suite reconstitué le tableau. « Vous faites partie d'Adelaide Home ? ai-je demandé par la vitre de la voiture, tandis que mon cerveau réorganisait furieusement nos plans.

« D'où ? a dit la plus grande des deux, sosie d'Eleanor Roosevelt.

– La maison de retraite Adelaide, à Santa Barbara.

– Mais non, pourquoi ? Nous sommes du centre pour personnes âgées de Las Palmas. »

Ça m'a complètement désarçonné. « Mais… vous êtes très en avance. D'ailleurs Mme Kinney ne peut pas y aller aujourd'hui. Elle est malade.

– Elle est malade ? a demandé l'autre femme. Pourtant, on vient juste de lui dire bonjour et elle a l'air *en forme*. Elle marche, et tout. Ça fait *des mois* qu'elle n'a pas eu l'air d'aller aussi bien. Vous êtes le mari de la petite-fille ?

– Non, c'est *lui* le mari de la petite-fille. » J'ai désigné Vernon, qui avait quitté la voiture et se glissait dans la maison. « Je suis le locataire de l'abri de piscine.

– Le professeur ! se sont-elles exclamées en chœur. Nous espérons que vous assisterez à la lecture de poésie. »

Mes yeux se sont dirigés vers l'arrière du break. J'y ai vu un percolateur, une pile de chaises pliantes et d'autres accessoires de réunion.

« Quelle lecture de poésie ? »

Eleanor Roosevelt a expliqué que comme il s'agissait du dernier cours elles avaient prévu une petite fête, un récital pour ainsi dire, au cours duquel toutes les personnes âgées liraient des passages de leurs œuvres. « Nous devions l'organiser dans la salle polyvalente du centre, mais Mme Kinney nous a gentiment offert de faire ça chez elle.

– Quand l'a-t-elle proposé ?

– Oh, il y a deux semaines environ.

– Eh bien, elle est tombée malade il y a quelques *jours*… »

Au même moment, la vieille dame est sortie de la maison en sautillant, si guillerette que j'ai craint qu'elle exécute des figures d'acrobatie. Était-ce mon imagination, ou avait-elle revêtu une tenue spéciale pour l'occasion – un pantalon turquoise Capri qui pendouillait de façon grotesque sur sa silhouette émaciée et un chemisier sans manches orange qui laissait voir une paire d'Ethel Mermans extrêmement flétrie. Les femmes ont poussé des cris perçants et se sont précipitées vers elle, l'interrogeant sur sa santé, sous-entendant que je répandais de vilaines rumeurs. Elle a répondu d'une voix de stentor qu'elle allait « merveilleusement bien ». J'ai décidé que c'était le bon moment pour me retirer dans l'abri de piscine.

J'ai appelé la villa et raconté à Vernon ce qui se passait. Nous avons reporté le projet d'emmener la vieille dame en promenade *après* la lecture de poèmes. Puis j'ai jeté par la fenêtre un coup d'œil aux préparatifs.

Eleanor Roosevelt et son amie faisaient décharger les chaises par Guadalupe, tandis qu'elles parcouraient la maison à la recherche de prises électriques. La vieille dame gambadait, gênant tout le monde. Ils avaient commencé par l'asseoir fermement à l'écart sur une chaise pliante en la suppliant de ne pas bouger. Elle avait promis d'obéir, mais dès qu'elles avaient eu le dos tourné elle s'était levée et s'était remise à trottiner.

Au bout d'un moment, on a frappé à ma porte. C'était Eleanor Roosevelt.

« Je ne veux pas vous déranger… a-t-elle commencé en s'excusant.

– Oui ?

– Mais je m'inquiète pour Mme Kinney.

– Oh ? ai-je répondu d'un air détaché.

– Elle vient de m'offrir dix dollars pour la conduire à Washington.

– Je vous ai dit qu'elle n'allait pas bien. »

La femme s'est retournée vers la vieille dame, qui s'était mise à démonter le percolateur. « Béa ! a-t-elle crié. Arrête-la ! »

Son visage était devenu un masque d'indécision. « Peut-être devrions-nous retourner au centre. » Elle a fait un pas, puis s'est arrêtée. « Mais tout le monde sait que le rendez-vous est ici. Nous avons distribué des cartes.

– Puis-je faire une suggestion ? »

Elle m'a regardé en espérant, contre toute attente, que je prendrais la décision à sa place. Et c'est exactement ce que j'ai fait. « Allez-y, faites ça ici », ai-je lâché, parce qu'une vision venait de m'apparaître dans un éclair de lumière aveuglant : tout un groupe de visiteurs impartiaux constatant de visu que la vieille dame était irresponsable, susceptible de divaguer et de délirer, qu'elle souffrait d'un complexe de persécution… « D'ailleurs, est-ce que vous avez besoin d'aide ?

– Si nous avons besoin d'aide ? s'est-elle exclamée. Vous vous y connaissez en micros ?

– En micros ? Mais vous attendez combien de personnes à cette lecture ? »

Elle a fait quelques calculs dans sa tête. « Cinquante ou soixante, sans compter le personnel. Mais vous connaissez les personnes âgées. Elles sont tout simplement incapables de prévoir quelque chose. »

Nous avons donc passé la demi-heure suivante à nous activer comme des castors, balayer la terrasse et brancher des rallonges. Un autre break est arrivé, chargé d'un supplément de chaises. Nous les avons disposées en demi-cercle face à la table de la cuisine, que Vernon et moi avions péniblement sortie et que Béa et Eleanor Roosevelt ont drapée d'une nappe en papier sur laquelle était écrit « C'est la fête ! », avec des images de trompettes et de bouchons de champagne en train de sauter.

Eleanor Roosevelt a jeté un coup d'œil nerveux vers la nappe. « Vous pensez que c'est trop ? » a-t-elle demandé.

Je pensais que c'était la chose la plus laide qu'il m'ait été donné de voir. « Pourquoi avez-vous besoin d'une nappe ? » ai-je demandé.

Elle a hésité une seconde. « Parce que certaines dames porteront des jupes.

– Et alors ? » ai-je demandé, idiot comme je suis.

Elle s'est éclairci la gorge. « Elles seront assises face au public. »

Bien sûr ! Une nappe s'imposait. « Je pense que cette nappe est très bien », ai-je répondu. C'est alors qu'une bourrasque de vent a soulevé le devant de la nappe. Si des femmes en jupe s'étaient alors trouvées assises là, nous n'aurions pas coupé au moment le plus dégoûtant de tous les temps. « Scotch ! » ai-je lancé avant de courir en chercher. Par précaution, nous avons également maintenu la nappe en posant dessus des géraniums en pot.

Aux alentours de treize heures trente, nous en avions à peu près terminé quand les personnes âgées les plus mobiles ont commencé à arriver dans leurs propres voitures. Elles les ont garées en vrac dans toute l'allée jusqu'à ce que je charge Vernon de contrôler la circulation, tâche qu'il a adorée. Quinze minutes plus tard, un bus scolaire jaune a amené un contingent braillard de vieillards flageolants qui voulaient tous savoir où se trouvaient les toilettes les plus proches. Juste après, le minibus des invalides a surgi, conduit ce jour-là par un petit homme aux cheveux clairsemés, vêtu d'un pantalon mal ajusté de couleur moutarde. Eleanor Roosevelt m'a entraîné à sa rencontre. C'était Howard Kesselbaum.

Il incarnait tout ce que l'on déteste chez un poète. Des yeux globuleux, un problème de coordination, une arrogance affirmée, des bras et des jambes maigres comme des cure-dents et des dents marron, sans doute dues à toutes ces Camel fumées en attendant que la muse se manifeste. « La presse est déjà là ? » répétait-il. « Quelle presse ? » ai-je répondu. Il m'a parlé d'un prospectus dont j'avais vu une pile à la porte du supermarché sous un panneau « Servez-vous ». « Est-ce que Canal 11 sera là ? Qui a installé ces chaises ? Où est-ce que vous pensez que les caméras de télévision s'installeront ? Qui a posé ces fleurs sur la table ? Virez-les, virez-les. »

Vernon et moi nous sommes dit, pourquoi s'infliger ça ? Nous nous sommes donc dirigés vers la cuisine de la villa pour faire main basse sur les tacos que Howard Kesselbaum avait apportés. Des tacos ! C'est dire comme il connaissait bien les personnes âgées. Avez-vous déjà vu une personne d'un certain âge essayer de manger un taco ? Elle aurait plus de facilité à faire atterrir un DC-10. Et ce mec travaillait dans une maison de retraite ?

Vers quatorze heures dix, après de nombreux essais micro et plusieurs faux départs au cours desquels les durs d'oreille ont été priés avec tact de se taire, le programme a pu débuter. Howard Kesselbaum, mains dans les poches, penché si près du micro qu'il semblait vouloir commencer à l'avaler, a fait un discours sur lui-même, le succès de son programme, et la raison pour laquelle son financement ne devait pas être supprimé même si la ville était tellement ruinée qu'elle licenciait des policiers. Je ne sais pas quelle était sa théorie, peut-être que les vieux auraient ainsi de quoi écrire des poèmes sur une expérience d'agression. Quoi qu'il en soit, cela a suscité des applaudissements enthousiastes. Il a ensuite laissé la parole à un Chinois employé par le cabinet du maire, qui lui a remis une plaque. Puis il a remercié Mme Kinney pour sa permission d'utiliser sa belle villa. La foule a regardé alentour, murmurant son approbation mais s'interrogeant probablement : « *Ça*, c'est une belle villa ? » Quant à la pauvre Mme Kinney, assise au premier rang, *elle* avait l'air de s'être fait couper les vivres.

« Et maintenant », a déclaré Howard Kesselbaum avec une emphase théâtrale, comme si Frank Sinatra attendait dans les coulisses, « la *véritable* raison de notre présence ici cet après-midi : honorer l'esprit indomptable de ce que les Navajos appellent *kiowani* – la Sagesse du Grand Âge ».

C'est Miriam Feit, le bébé du groupe, qui s'est levée la première. Il s'agissait d'une mégère d'une soixantaine d'années aux mèches d'un rouge flamboyant. Elle dégageait une aura de colère, comme si sa voiture venait d'être enlevée par la fourrière. J'ai compris pourquoi elle était l'ennemie jurée de la vieille dame. Elle s'est approchée de la table à grands pas et a toisé la foule. « Je n'écris pas de jolis poèmes », a-t-elle prévenu en regardant par-dessus ses lunettes.

« Tant mieux pour toi », a murmuré Vernon.

Elle s'est agrippée au bord de la table et a commencé à lire.

La peste sur cette ère !
Cette ÈRE avortée.
Et pourquoi ça ?
Une vieille histoire
De peur.
Parce que nous sommes plus forts
Alors ils disent que nous ne devrions pas faire la guerre.
Parce que nous sommes plus intelligents
Alors ils disent que nous ne devrions pas partager leurs emplois.
Parce qu'en chacun de nous il y a
Une flamme que leur sperme ne pourra jamais assouvir.
Je vois des graffitis sur le mur des pissotières.
Ce n'est pas de la poésie ; c'est un viol de mon âme.

« Elle a raison, a lâché Vernon. Ce n'est pas de la poésie. » Nous nous étions retirés dans la cuisine avec un pack de six et nous écoutions par la fenêtre ouverte.

Vernon était d'humeur boute-en-train, et je dois dire qu'il ne m'a pas fallu dix secondes pour tomber à son niveau. Il y avait chez lui quelque chose qui ressuscitait l'élève de CM2 en moi. Je trouvais tout ce qu'il faisait hilarant. Par exemple ses commentaires obscènes sur les femmes âgées. Une vieille bique particulièrement décrépite dodelinait près de la fenêtre. Il l'a interpellée. « C'est combien, bébé ? » Puis il a pris des morceaux de laitue, les a enduits de sauce taco et se les est fourrés dans les narines. Il m'a regardé sans broncher et m'a lancé : « Franchement, docteur, je suis un peu inquiet. » J'imagine qu'il fallait être là pour comprendre, mais j'ai ri jusqu'à finir par terre.

Je crois que nous nous sommes tous les deux rendu compte que l'occasion ne méritait pas que nous nous amusions autant. En tout cas, moi, je m'en suis rendu compte. J'avais mal au ventre à force de rire et je me suis soudain senti extrêmement mal à l'aise sans savoir pourquoi. Je suppose que Vernon aussi, parce qu'il a fini par le dire tout haut. « Je crois que tu sais ce que tu devrais être en train de faire en ce moment », a-t-il dit, presque désolé, comme si ça l'embêtait d'aborder un sujet délicat. Bien entendu, il avait raison. La vieille dame était assise dehors, entourée d'un groupe de poètes âgés. D'après ce que l'on pouvait entendre, elle était partie pour stationner là un long moment. Vernon pouvait surveiller le bas de l'escalier. C'était l'occasion rêvée et je luttais avec acharnement contre la tentation. Tu parles d'un comportement autodestructeur !

« Je ne sais pas, ai-je répondu. Peut-être qu'on devrait s'en tenir au plan B.

– Le plan B ?

– La promenade.

– Oh ! Eh bien, c'est toi le patron », a-t-il conclu sans conviction.

Comme disent les hippies, nous étions en descente. Après une séquence déprimante d'absolu silence, le petit Warren est entré en rampant dans la pièce. Il s'est dirigé vers Vernon en hurlant de rire, et Vernon l'a chatouillé, lui a soufflé de l'air dans les oreilles. Mais plus Warren multipliait les spasmes d'extase, plus Vernon paraissait triste. Il s'est finalement arrêté.

« Qu'elle aille se faire foutre », a-t-il dit.

Je l'ai regardé. « Barrie ?

– Barrie, a-t-il grogné. L'Éboueuse. » Il s'est baissé pour poser Warren par terre et s'est lentement dirigé vers la poubelle située à l'extrémité du comptoir. Là, il a appuyé sur la pédale et le couvercle s'est soulevé. « Barrie ? T'es là ? » Puis il s'est adossé à la cuisinière. « Je parlais de ma femme.

– Jonica ?

– Tout juste, Sherlock. » Il a violemment éternué. À cause de la sauce taco, je pense. « Pourquoi est-ce qu'elle me fait ce coup-là ? Divorcer – laisse-moi rire, mec. » Il a gonflé ses biceps. « Regarde-moi ça. Rien que du muscle. Elle pense qu'elle va trouver mieux ? Cette jeune truie ? »

Je suis resté très silencieux.

« On parle de kilos, là, mec », a-t-il poursuivi, avant de s'interrompre. « Je connais trop bien Jonica. Il se passe autre chose.

– Comme quoi ? » Je peinais à articuler.

Il s'est rapproché. « Tu sais ce que je pense ?

– Quoi ?

– Que l'Éboueuse a un Éboueur en vue pour Piggy la cochonne. Un petit péteux d'Éboueur, tu vois ce que je veux dire ? »

J'ai hoché la tête. « C'est bien possible. » Et pendant ce temps-là, j'agonisais intérieurement.

« Mais tu sais quoi ? a-t-il repris en ouvrant une autre bière. Il n'y aura pas de divorcio. Pas de divorcio du tout. Tu piges ?

– Vernon, personne ne veut divorcer. Tu ne veux pas de divorce et, en toute honnêteté, je ne pense pas que Jonica veuille divorcer. Alors ne pensons pas au divorce. D'accord ? »

Vernon a roté. « D'accord.

– Pas de divorce, OK ?

– Pas de divorce.

– Bien. » Il fallait que je sorte de là. Je commençais à devenir nerveux. « Mais t'as raison. Je perds du temps. Je vais monter examiner cette malle. D'accord ?

– D'accord. Examine cette putain de malle.

– Et toi, tu montes la garde ici, d'accord ?

– D'accord.

– OK. J'y vais. Je monte examiner la malle. »

Je me suis levé.

La chambre de la vieille dame était fraîche, sombre et silencieuse. Au loin, en arrière-plan, je pouvais entendre le ronronnement d'un vieil homme lisant son poème sur l'Holocauste ; à cette distance, à travers tous ces murs, il aurait aussi bien pu se trouver à un million de kilomètres.

Mon regard s'est posé sur la malle, mais je ne me sentais pas vraiment débordant de joie. Juste un peu ivre et barbouillé. Nous y voilà. Le moment sur lequel j'avais fantasmé depuis l'annonce de la bourse Reed. Et tout ce que je voulais, c'était en finir.

J'ai toujours été pessimiste. Je m'attends toujours au pire. De cette façon, les moindres petites miettes que l'on peut vous jeter sont pur bonus. Je me suis donc dit : Elliot, cette malle est probablement pleine de bric-à-brac. Un bric-à-brac qui n'a rien à voir avec Harding. Mon gars (je parle comme Vernon), tu as affaire à une vieille folle. T'as probablement perdu deux mois de ta vie. Alors, arrête les frais. Ouvre cette malle, digère ta déception, puis sors te saouler (ou devrais-je dire : te saouler davantage) avec Vernon, récolte tout ce qu'il y a à savoir sur Lisa Kemp, puis retourne dans l'Est. C'est pas la fin du monde. Et tant pis si la malle est remplie de chèques annulés, de vieux vêtements ou de poteries ébréchées. Ce genre de trucs arrive tout le temps.

J'ai ouvert le tiroir de la table de chevet, j'ai pris la clé. Je me suis approché de la malle et je l'ai introduite dans la serrure. Elle a tourné facilement. J'ai levé le loquet et soulevé le couvercle.

« Putain », ai-je dit à voix haute.

La malle était pleine à craquer de matos. De bon matos. Je suis resté un moment accroupi, en contemplation. Mes émotions ont pris un virage à cent quatre-vingts degrés. Bon sang de bonsoir. J'étais devant des agendas en cuir noir, de vieux albums de photos, des piles de cartes postales attachées avec des rubans, une boîte à bijoux, des lettres fourrées dans tous les coins.

Et ce n'était que la couche supérieure. Je ne savais par où commencer.

J'ai commencé par le commencement. Un instinct larvé de conservateur s'est emparé de moi et j'ai pris soin de retirer un objet après l'autre pour l'examiner. Une fois identifié, je le posais au sol à côté de la malle, en respectant un ordre précis, afin de savoir comment le remettre en place.

Doux Jésus, ce que j'ai trouvé ! En dix secondes, j'ai su qu'il y avait là une découverte historique majeure. En vingt secondes, j'ai su qu'il s'agissait non seulement d'une découverte majeure, mais aussi unique : l'archive complète de la relation entre un président et sa maîtresse. Des choses incroyables, époustouflantes, me passaient entre les mains : une photo de Harding nourrissant Blanche Marie à la cuillère (tout le monde avait jusque-là supposé que Harding n'avait même jamais *rencontré* sa fille), une lettre de Florence Harding à Rebekah l'avertissant de ne pas approcher son mari, « sinon je crains pour votre sécurité », les timbres que Harding collectionnait pendant son enfance, les bulletins scolaires de Blanche Marie, les boutons de manchette de Harding, son passeport périmé, des lettres qu'il avait reçues de célébrités et que Rebekah avait dû chiper – ainsi que des trucs étranges comme un blaireau, un pyjama et même des sous-vêtements, tous brodés « W G H ».

Mais où étaient les lettres, celles écrites par Harding ? Il y en avait de tout le monde et de n'importe qui (y compris de la mère de Rebekah, qui la réprimandait pour s'être passé un coup de peigne à l'église), mais j'étais presque arrivé au fond de la malle et tout ce que j'avais en main, c'étaient quelques cartes postales évasives. J'ai commencé à m'affoler. Il *devait* y avoir des lettres.

Puis, sous les pyjamas et les sous-vêtements, je les ai trouvées. Elles étaient éparpillées au fond de la malle, sur une épaisseur d'environ cinq centimètres. Certaines étaient rédigées sur du papier à en-tête du Sénat américain, d'autres sur le papier à lettres de la Maison Blanche. Elles étaient écrites à la main, au stylo-plume ou au crayon, et très faciles à lire. Elles n'en finissaient pas. Certaines dépassaient les quarante pages.

J'en ai lu une, puis une autre, puis une troisième.

Pas étonnant qu'elle les garde sous clé.

Elles étaient dégoûtantes.

Et elles valaient bien un million de dollars.

La première que j'ai examinée parlait exclusivement d'un certain Howard Hardwick, et disait combien « Becky » lui manquait. Suivaient des données statistiques extrêmement complexes et développées à propos de sa taille, de son poids, etc., qui n'avaient absolument aucun sens jusqu'à ce que je comprenne que « Howard Hardwick » n'était pas du tout une personne mais le surnom donné par Harding à une partie notoire de son anatomie. Dans la deuxième lettre, il

« célèbre » le corps de Rebekah trente pages durant, quinze au-dessus de la ceinture et quinze en dessous. Mais dans la troisième lettre, Howard Hardwick est de retour, et fait cette fois d'intéressantes comparaisons entre lui-même et un certain âne, apparemment assez célèbre à l'époque où ils vivaient tous les deux à Marion…

J'ai entendu la porte s'ouvrir en grinçant. J'ai levé les yeux. C'était la vieille dame.

Elle était seule. Elle se cramponnait à la poignée de la porte, voûtée, me regardant fixement.

Je me suis levé d'un bond. J'ai ouvert la bouche, mais ma gorge était paralysée.

« Toi… a-t-elle commencé dans un grognement venu du plus profond de sa gorge. Espèce de… pourriture ! » Cette façon qu'elle a eue de le prononcer, c'était comme si elle m'affublait du nom le plus obscène au monde. Le son était le plus terrifiant que j'aie jamais entendu. Elle a lâché la poignée de la porte et s'est avancée, les yeux exorbités de haine. Sa main déformée par l'arthrose s'est élancée vers moi et emparée de la lettre que je tenais. Elle a essayé de me l'arracher. Sa force était extraordinaire.

En une seconde, je me suis rendu compte de la position ridicule dans laquelle je me trouvais – occupé à lutter avec une femme de quatre-vingt-quatre ans. J'ai lâché prise. Même si mes intentions étaient les meilleures, je me suis aperçu trop tard que je faisais là une terrible erreur. Prise au dépourvu par mon geste, déséquilibrée, elle a fait un pas en arrière en moulinant des bras. J'ai voulu la rattraper, mais c'était trop tard. Ses pieds se sont envolés et l'arrière de son crâne a heurté le tiroir ouvert de la table de nuit. La lampe est tombée. La vieille dame a atterri sur le sol, à côté du lit.

J'étais parfaitement calme. « Il y a eu un accident », ne cessais-je de me répéter. Pour une raison que j'ignore, je l'ai contournée et j'ai refermé le tiroir. Puis j'ai commencé à remettre les affaires dans la malle – je les y jetais en vrac. J'étais tellement conscient qu'elle était allongée là, par terre. Je ne savais pas si elle était morte, inconsciente ou quoi d'autre. Je ne parvenais pas à juger, je n'avais encore jamais vu une personne morte. Ses yeux étaient presque fermés, mais pas tout à fait, et sa bouche restait ouverte.

Je me suis dit qu'il fallait appeler un médecin. Peut-être y en avait-il un en bas.

C'est alors que j'ai entendu une voix appeler « Madame Kinney ! » Elle semblait provenir du bout du couloir et ressemblait à celle de Howard Kesselbaum. J'ai jeté un regard autour de moi. Tout était retourné dans la malle, sauf la lettre qu'elle tenait encore. Je me suis penché et j'ai essayé de la lui enlever, mais elle la tenait fermement agrippée dans sa main. Il aurait fallu que je lui arrache les doigts pour la récupérer.

« Madame Kinney ? » a répété la voix. C'était bien Howard Kesselbaum, et il se rapprochait.

Ce qui s'est passé ensuite n'a rationnellement aucun sens et je suis incapable d'expliquer pourquoi je l'ai fait. Très calmement, j'ai franchi la porte qui communiquait avec la chambre de Jonica. Je suis sorti sur le balcon par la porte-fenêtre et j'ai descendu l'escalier en bois, celui-là même par-dessus lequel j'étais tombé avec les ordures. J'ai marché jusqu'au garage et suis monté dans ma voiture.

J'ai redescendu l'allée très prudemment, car le public de la lecture commençait à se disperser et il y avait des personnes âgées dans tous les coins. Je me suis dirigé vers Beachwood et j'ai pris l'autoroute de Hollywood à Gower. Ce n'est qu'à Normandie que j'ai eu ma première crise de panique. Mais ça valait le détour. Des vagues de nausée se sont emparées de moi. J'ai cru que j'allais devoir m'arrêter sur le bas-côté. Puis, brusquement, je me suis retrouvé dans le centre-ville.

J'ai vu un panneau qui indiquait l'autoroute de Santa Ana et j'ai traversé trois voies pour m'y engager. Je pensais qu'elle m'emmènerait à San Diego, pour vous dire où j'en étais. Mais bien sûr ce n'était pas le cas, l'autoroute filait vers l'est, et c'est ainsi que je me suis retrouvé roulant dans cette direction.

Quand j'avais six ans, ma tante Kitty et mon oncle Arn, en vacances à Palm Springs, m'ont envoyé une carte postale. Comme c'était la toute première carte postale que je recevais de ma vie, elle a constitué un événement de premier ordre. Je l'ai montrée à tout le monde, au point, je le crains, de devenir un peu assommant. J'en ai parlé devant la classe, puis pendant le cours de catéchisme (censé parler d'objets religieux, comme les livres de coloriage sur la vie de Jésus, mais notre professeur était indulgent et m'a quand même laissé montrer ma carte). Je crois qu'en fait, j'ai même dormi avec elle pendant environ six mois.

Ma mère m'a acheté un album pour cartes postales, en pensant que j'allais vouloir enrichir ma collection. Collection, tu parles ! Je n'avais pas de temps pour ce genre d'absurdités. C'était *cette* carte postale qui m'obsédait.

Attendez un peu de savoir ce qu'il y avait dessus. Elle représentait une vaste maison basse dans le désert, au milieu des cactus, adossée à des montagnes parsemées de rochers. On ne voyait pas grand-chose de la maison, bien que je me sois usé les yeux à l'examiner ; du point de vue où la photo avait été prise, elle ressemblait à la tombe d'un dictateur latino-américain pas très fortuné. Mais ce que nous regardions, la légende en bas de l'image nous l'indiquait en caractères cursifs du début des années cinquante. Il s'agissait – êtes-vous prêts ? – de « La villa d'Alice Amber à Palm Springs ». Pour donner de l'authenticité à cette affirmation, une vignette ronde en noir et blanc, dans le coin supérieur gauche, montrait Alice Amber elle-même, faisant l'une de ses fameuses grimaces, avec les yeux qui louchent et les joues gonflées.

Le temps a passé. Une fois l'intérêt initial dissipé, j'ai conservé la carte postale dans une boîte d'Almond Roca ; puis nous avons déménagé pour une maison plus grande, dans un quartier un peu plus agréable, et elle s'est égarée. À ce moment-là, son importance avait considérablement diminué et, pour être tout à fait honnête, je n'avais pas pensé à cette carte postale depuis vingt ans.

Jusqu'à ce soir-là, alors que je dépassais Palm Springs sur l'autoroute aux alentours de dix-huit heures. Je me rendais à Orlando, en Floride, pour commencer une nouvelle vie. Je me souviens d'avoir feuilleté un de ces magazines que l'on trouve dans les avions et appris qu'Orlando était une ville en plein boom grâce à Disney World. J'essaierais de trouver un boulot de veilleur de nuit dans un motel. Pourquoi veilleur de nuit ? me suis-je demandé tandis que je faisais le plein dans une ville nommée Banning. C'est simple, ai-je compris avec un frisson. Chaque fois que quelqu'un est arrêté pour un crime bizarre à l'issue d'une chasse à l'homme, on lit toujours dans le journal : « Trucmuche travaillait comme veilleur de nuit dans un motel du cru ». Soit ça, soit comme aide-soignant dans un hôpital.

J'avais exactement vingt-sept dollars en poche et une Mastercard. Dieu merci, mes vêtements étaient frais de ce matin-là.

Ce n'est qu'en rencontrant des panneaux indiquant l'Arizona que j'ai commencé à me poser des questions. Je n'avais pas pensé un seul instant que seraient installés des barrages routiers. Mais évidemment, si on devait en installer quelque part, ce serait à la frontière de l'État.

J'ai donc quitté l'autoroute, traversé un pont et repris la route en sens inverse. Ce serait finalement Palm Springs. D'une certaine manière, j'étais content d'aller dans une ville que je connaissais si intimement. Une seule ligne du message de tante Kitty restait encore gravée dans mon esprit, mais elle était mémorable et assez séduisante : « Cet endroit est tellement propre que l'on pourrait manger à même le trottoir. »

Palm Springs n'est pas seulement propre, elle est aussi populaire. Le Motel Six était complet, tout comme son voisin, le Sage Brush Courts, et *son* voisin, le bien-trop-opulent-pour-moi Sheraton Oasis (même si les distributeurs automatiques alignés autour de la piscine lui retiraient des points). Allez savoir pourquoi, le monsieur derrière le comptoir (lui, ce n'était pas un veilleur de nuit ringard, il était paré de chaînes en or et flirtait avec la standardiste blond platine) a eu pitié de moi et m'a donné ce qu'il a appelé les « dernières nouvelles ». Apparemment, une convention d'anciens agents du FBI se tenait en ville (je me suis agrippé au comptoir pour ne pas défaillir) et les chances que je trouve une chambre étaient « très réduites ». Si je voulais « sérieusement » trouver à me loger ce soir, je ferais mieux de reprendre l'autoroute jusqu'à Desert Hot Springs, une localité moins chic. Desert Hot Springs, ça me disait quelque chose. On en parle toujours à la météo parce qu'on y atteint des records de chaleur.

J'ai repris l'autoroute.

Desert Hot Springs était si petit que je l'ai traversé, prenant les trois ou quatre blocs de supermarchés et de stations-service pour des banlieues. J'ai donc fait demi-tour et je suis revenu sur mes pas. Une enseigne au néon rouge qui annonçait CENTRE DE BIEN-ÊTRE DU DR POMERANCE m'a étrangement attiré. Ce qui a surtout éveillé mon intérêt, c'est qu'elle indiquait aussi CHAMBRES À LOUER. Quelque chose me disait que l'endroit était abordable. Et puis je ne le voyais pas accueillir régulièrement des conventions du FBI. J'ai donc suivi une flèche en néon vers une route de sable et de gravier jusqu'à une autre enseigne au néon qui indiquait BUREAU. Après avoir tambouriné à la porte pendant cinq minutes environ, j'ai réussi à susciter l'intérêt d'une femme trapue à l'accent étranger. Elle m'a dit qu'elle était la masseuse, que oui, ils avaient une chambre libre et que, mieux encore, ils acceptaient les cartes de crédit.

Le Centre de bien-être du Dr Pomerance a été mon domicile pendant les cinq jours suivants. Ce furent sans aucun doute les cinq pires journées de toute ma vie. J'ai perdu cinq kilos. Je ne me souviens pas de grand-chose, ce qui est probablement aussi bien, juste d'événements fortuits entrecoupés de longues périodes d'inconscience. Je sais que j'ai dû faire *quelque chose*, mais je n'ai aucune idée de quoi. Pour la petite histoire : les deux premiers jours, je n'ai pas fermé l'œil. Les deux derniers jours, je n'ai fait que dormir.

Voici de quoi je me souviens : j'ai passé beaucoup de temps et d'énergie à mettre des pièces de monnaie dans le téléphone public situé dans la galerie entre le salon communautaire et la salle à manger (où l'on ne servait que des trucs végétariens comme la papaye – j'ai eu la diarrhée pendant tout mon séjour). J'appelais la caravane à intervalles réguliers, mais Vernon n'était jamais là. J'appelais également la villa à neuf heures du matin, puis à dix-huit heures et à vingt-trois heures, pensant que c'étaient les moments où Vernon avait le plus de chances d'être sur place, si tant est qu'il soit à la villa. Les deux premiers jours personne n'a répondu, ce qui m'a laissé extrêmement perplexe, puis Guadalupe a commencé à répondre, puis *Barrie*! J'ai bien évidemment toujours raccroché dès qu'elles avaient dit bonjour.

Après les appels de neuf heures du matin, je me rendais à Palm Springs et achetais le *LA Times*. Les trottoirs propres mis à part, ce n'était pas du tout mon genre de ville. Tout le monde jouait au golf et habitait des immeubles en copropriété.

Lesquels ressemblaient à des prisons suédoises. Je regagnais Pomerance et, dans l'intimité de ma chambre (une cabine en béton – lorsque j'y suis entré pour la première fois, je me suis dit, eh bien, qu'est-ce que fait cette serpillière sur le sol, la femme de ménage a dû l'oublier, puis j'ai compris qu'il s'agissait du *tapis*), je passais deux fois en revue chaque centimètre des colonnes du journal. À seize heures, je répétais ce processus avec le *Herald Examiner*. Dieu, que j'en avais ma claque de ces feuilles de chou !

Examiner les journaux deux fois par jour en cherchant à savoir si l'on est recherché pour meurtre, alors que l'on est terré dans un trou à rats situé dans le désert, forcé de manger de la papaye parce qu'elle est fournie avec la chambre, peut être une assez lugubre expérience, et le Centre de bien-être du Dr Pomerance était l'endroit idéal pour aller correctement au bout de votre dépression. Un ensemble de petits bâtiments en parpaings éparpillés sur plusieurs hectares de sable parsemés de plantes mortes et poussiéreuses – selon une rumeur recueillie autour de la piscine, à l'origine l'endroit avait été construit pendant la Seconde Guerre mondiale pour interner les Japs. Des trottoirs en béton surélevés à une vingtaine de centimètres du sol reliaient les bâtiments les uns aux autres, mais ils empruntaient des chemins si tortueux qu'ils étaient pratiquement ignorés par les clients, ce qui signifie que les lézards les utilisaient pour prendre le soleil et faire des pompes. Pourquoi les lézards font-ils des pompes ?

J'ai posé cette question à la masseuse dans le but de me faire bien voir et peut-être de lui soutirer une couverture – car bien qu'il fasse quarante-trois degrés pendant la journée et que j'aie développé la bourbouille[1], les nuits étaient si froides que j'ai dû retirer le rideau de douche pour en draper le lit. Elle m'a

1. Irritation provoquée par une rétention de la sueur dans l'épiderme.

examiné et a répondu : « Parce que ça développe les muscles. Ah, ah ah ! » et elle s'est écroulée de rire.

C'est à ce moment-là que j'ai pris conscience que cette femme, que le Dr Pomerance avait non seulement chargée des couvertures mais aussi des serviettes supplémentaires *et* de veiller à ce que personne ne prenne un second verre de jus d'orange au petit déjeuner continental en libre service, était sérieusement déconnectée de la réalité. Sa perception de l'endroit était qu'il s'agissait d'un repaire d'hôtesses de l'air venues perdre du poids. *Ma* perception de l'endroit (peut-être, je l'admets, nuancée par mes propres difficultés) était que la petite douzaine de clients hors saison étaient tous recherchés (ou indésirables) ailleurs.

J'ai passé beaucoup de temps à réfléchir aux moyens de m'en sortir. Comme le suicide. Ou une petite discussion avec le procureur. Ou poursuivre la route jusqu'à Orlando. Ou Corpus Christi, une autre ville qui a toujours frappé mon imagination. Mais je les ai tous rejetés. *Comment aurais-je pu faire quoi que ce soit alors que je ne savais même pas ce qui se passait ?*

Un soir, je me suis senti tellement mal que j'ai eu recours aux drogues. Le couple d'à côté, un électricien de la Twentieth Century Fox avec des boucles d'oreilles et une bedaine de buveur de bière, et sa petite amie orientale, m'ont invité à fumer du « haschich dynamite ». Après deux taffes, leur conversation décontractée a pris tous les aspects d'un interrogatoire de police. Les questions « Où habites-tu ? » et « Depuis combien de temps es-tu ici ? » m'ont tellement paniqué que je me suis excusé pour retourner m'allonger dans ma chambre. Mais au lieu de s'améliorer, les choses ont empiré. En effet, pour la première fois, semble-t-il, l'horreur totale et complète de ma situation m'est apparue clairement. Regardez les faits qui me sont reprochés : j'avais loué l'abri de piscine sous un faux prétexte (ce qui prouvait la préméditation), j'avais engagé un complice ayant mauvaise réputation (conspiration), ce que j'étais en train de faire lorsque la vieille dame était entrée pouvait facilement être interprété comme un cambriolage, et – eh bien, ils avaient un plutôt bon dossier pour un meurtre au premier degré. J'ai soudain visualisé le procès. Eve à la barre des témoins, faisant de son mieux pour me défendre, mais tellement cuisinée par Vincent Bugliosi[1] qu'elle finit par éclater en sanglots. Puis le *vrai* témoin de l'accusation, Jonica, témoignant allongée sur une civière, tirant des larmes au jury à prédominance noire et chicano…

Je dois cependant vous parler d'un bon moment de rigolade, sans aucun doute le clou de mon enfermement. Le lendemain de cette prise de drogue, un peu tremblant mais extrêmement soulagé de me réveiller dans un état d'esprit moins paranoïaque, j'ai décidé de m'aventurer jusqu'à la piscine thérapeutique du Dr Pomerance, tant vantée. En raison de son nom, j'ai d'abord pensé qu'il s'agissait d'une sorte de « jacuzzi » où l'on était forcé de « papoter » au sujet de nos problèmes émotionnels avec d'autres clients. Mais il s'est avéré que la thérapie était entièrement musculaire, et j'ai donc décidé d'essayer.

Cette piscine thérapeutique ressemblait à un tout petit bassin d'un peu plus de deux mètres carrés, équipé d'un interrupteur qui mettait en marche un tourbillon semblable à celui d'un jacuzzi. La température de l'eau était d'environ deux mille degrés et toutes sortes d'avertissements étaient affichés quant à la durée pendant laquelle on pouvait y rester sans risquer une lésion cardiaque (je les ai lus *très* attentivement). Deux filles étaient déjà dans le bassin, l'une et l'autre âgées d'une vingtaine d'années, et semblaient travailler sans

1. Procureur devenu célèbre pour avoir instruit le procès de Charles Manson.

trop d'enthousiasme à une dissertation. De temps en temps étaient évoqués des modèles négatifs, mais l'essentiel de la conversation consistait en une critique des fréquentations d'une certaine Didi Barbieri, agrémentée d'informations sur la relation de Didi avec sa mère et complétée d'une histoire, qui sentait le réchauffé, de la fameuse fois où Didi avait exécuté un limbo au cours d'une fête à La Jolla alors qu'elle portait une jupe sans culotte.

J'avais apporté quelques-uns des cahiers du journal du dimanche pour me tenir compagnie. Et même si j'avais, bien entendu, épluché les pages en détail, j'avais plus ou moins ignoré la section « Maison », car je ne m'attendais pas à y voir rapportées morts mystérieuses et/ou notices nécrologiques. Vous pouvez donc imaginer ma surprise lorsque je suis tombé sur un article très long, très développé et enrichi de nombreuses photos, portant sur la fête des GreenGals. Je me suis montré assez vaniteux, je dois l'admettre, pour agiter bruyamment les pages du journal de manière assez visible, pendant que je le lisais, espérant que l'une des rédactrices de cette dissertation jetterait un coup d'œil par-dessus mon épaule et s'exclamerait : « La vache, quelle fête glamour ! » – ce qui m'aurait bien évidemment permis de lui lancer un bâillement ennuyé en lâchant : « Eh bien, j'y étais et il n'y avait pas de quoi en faire tout un fromage. »

Toute idée de bâillement ennuyé a rapidement été douchée lorsqu'un nom a attiré mon attention comme un aimant. Et pendant que je lisais ce qui suit, le temps s'est arrêté :

> Eve Biersdorf était à juste titre fière de la peinture à l'huile pleine de sensibilité de son époux Pete, intitulée *Labeur hivernal*. Le producteur anticonformiste, qui a gagné des millions avec *Ne tirez pas, je suis polonais* et plus encore avec *Horace, Morris et moi*, n'avait pu être présent en personne. « Il est à Munich », rapporte Eve, occupé à mettre en route son prochain projet, un

biopic consacré à Leni Riefenstahl, pionnière du cinéma et (au dire de certains) maîtresse de Hitler.

Des nouvelles du casting? « Nous discutons avec Vanessa Redgrave. Elle est très intéressée. »

Eve n'est pas peintre elle-même, mais elle n'en reste pas moins l'une des filles les plus occupées de la ville. Elle collabore actuellement à une biographie de Warren Harding et projette également d'écrire un livre sur son sujet favori, Hollywood. « Je sais où tous les cadavres sont enterrés. »

Un potin à se mettre sous la dent? lui avons-nous demandé, et nous avons obtenu un vrai scoop : la célèbre Donna de ces publicités radiophoniques que vous adorez détester n'est autre que Carrie Shostack, actrice et fille de la légendaire Alice Amber, aujourd'hui cantonnée dans une maison de repos près de Montecito. Espérons que la vie ait un autre chapitre en réserve pour cette brave dame.

Nikki Dantine était de toute beauté dans un ensemble Madame Grès qu'elle jurait avoir depuis dix ans…

J'ai lu et relu l'article jusqu'à l'avoir mémorisé. C'était tellement brillant. Il y avait tant de détails subtils et accablants. Comme cette utilisation du mot « cantonnée » ou celui de « Carrie » – je voyais d'ici Barrie arracher la moitié de ses cheveux rien que pour ça. Mais mon passage préféré, bien sûr, c'est la maison de repos. Si merveilleusement inexact. Avoir lâché ça, quelle astuce de la part de l'esprit déformé par les psychotropes de cette bonne vieille Eve.

Chapeau, Madame Biersdorf. Vous avez illuminé ma journée.

Mais vous n'avez pas résolu mon problème. Arrivé au cinquième jour, j'ai pensé avoir trouvé une solution. J'allais prendre un avion pour Pittsburgh et m'en remettre à la mansuétude de mes parents. J'ai passé beaucoup de temps à réfléchir à la chose. Chaque enfant a droit à une grosse connerie. Il y a eu le divorce de ma sœur. En fait, son divorce n'était pas un problème, c'était plutôt le mariage. Puis il y a eu l'accident de moto de mon frère, au cours duquel il a perdu un orteil.

Ce serait la mienne. Arrivé là, j'étais tellement groggy que je commençais même à trouver ça drôle. Je voyais d'ici mes parents égrener les grandes crises de leur vie commune : le divorce de Susie, l'accident de Billy, l'inculpation pour meurtre d'Elliot.

Mais avant de passer un coup de fil à la compagnie aérienne, j'ai appelé une dernière fois la caravane.

Vernon a répondu.

Ça m'a tellement surpris que j'ai oublié ce que j'avais à lui dire.

« Vernon ?

– Hé, c'est mon pote ! » On aurait dit que je le prenais au saut du lit. Bon, jusqu'ici j'avais eu l'intention de l'assassiner. Mais soudain, en entendant sa voix, tout était pardonné. Au ton qu'il employait, j'ai *su* que tout allait bien se passer.

« Tu as manqué le meilleur, a-t-il continué. Où es-tu ? À New York ?

– Non, je suis à Palm Springs.

– Palm Springs ? Où, à Palm Springs ?

– Peu importe, raconte-moi ce qui s'est passé. »

Il a marqué une pause puis soupiré. « La vieille dame est morte.

– Je sais. Je… l'ai vue.

– C'est bien ce que je pensais, a-t-il répondu avant de se mettre à rire. Ne t'inquiète pas, le médecin pense qu'elle a glissé sur le tapis. Ils ne savent pas que tu l'as cognée.

– *Vernon…*

– Bon, alors, qu'est-ce qu'il s'est passé ?

– *Qu'est-ce qu'il s'est passé?* À toi de me dire ce qu'il s'est passé, espèce de branleur ! »

Il s'est remis à rire. « Désolé pour ça. J'ai dû aller pisser. »

Il y a eu une pause. J'ai fixé la piscine thérapeutique. Un hippie assis sur le bord, les pieds dans l'eau, mangeait des Doritos qu'il piochait à même le sachet.

« C'était un accident, Vernon.

– Je n'ai jamais pensé le contraire. Juré. »

Une autre pause. Puis une question qu'il fallait que je formule, de façon claire et concise.

« Est-ce que je vais avoir des problèmes ?

– Tu ne vas avoir aucun problème.

– T'es sûr ?

– Sûr et certain.

– Est-ce que quelqu'un *pourrait penser* que j'aie quelque chose à voir avec ça ? »

Une pause. « Non, je ne crois pas.

– Comment ça, tu ne crois pas ? Tu n'en es pas sûr ?

– Je suis sûr, je suis sûr. Juré, craché. Sur une pile de bibles. D'accord ?

– Tu le penses vraiment ? C'est très important, Vernon. »

Il est devenu sérieux. « Je le pense vraiment, Elliot. Je ne faisais que te taquiner.

– Tu promets ?

– Je te le promets. »

J'ai senti mes genoux flageoler de soulagement. Quels étaient les derniers détails à régler ?

« Et l'enterrement ? ai-je demandé.

– Howard Bidule a pris les choses en main. Ils l'ont organisé à l'église méthodiste sur Highland. Warren a pu monter dans la limousine. T'aurais dû le voir. Il était tellement content. Je crois qu'on a là une future rock star.

– Et Jonica ?

– Elle va bien. Elle est toujours à l'hôpital. Elle a pleuré. Elle a beaucoup plus pleuré parce que tu n'étais pas là. C'est quoi cette folle passion qu'elle a pour toi, mec ? »

J'ai essayé de l'ignorer. « Alors, comment vas-tu ?

– Moi ? Je vais bien. Je rattrape mon sommeil.

– Tu veux qu'on dîne ensemble ?

– Bien sûr.

– Je veux dire ce soir.

– Ce soir ? Pourquoi pas ? Je pense que je peux te trouver un créneau dans mon emploi du temps surchargé.

– Oh et, Vernon ?

– Oui ?

– Qu'est-il arrivé aux papiers ?

– Les papiers ? Tu veux parler de toute cette paperasse dans la malle ?

– Oui.

– Oh, ça n'a pas bougé. »

Je suis rentré à Los Angeles, filant droit vers le soleil couchant, battant tous les records de vitesse existants, et tentant de me faire à l'idée que je serais bientôt riche et célèbre.

Je suis entré dans l'allée à dix-neuf heures cinq et me suis garé à l'arrière. La villa n'avait pas changé, mais les vibrations étaient radicalement différentes – on se serait cru dans un lycée pendant les vacances d'été. Le mystère et la terreur avaient disparu. Ce n'était plus qu'une villa posée là, dépeuplée. Je n'arrivais pas à croire que je m'étais, avant, senti menacé par cet endroit.

De la musique mariachi tonitruante s'échappait des fenêtres ouvertes de la cuisine, car plus personne ne se souciait désormais de ce que faisait Guadalupe ; et, en effet, elle a ouvert la porte en short, puis m'a montré fièrement son billet d'avion pour rentrer chez elle, sur un vol, indiquait l'enveloppe, « offrant gratuitement des vins français », rien de moins. Si mon arrivée l'a surprise, elle ne l'a pas montré ; j'ai senti qu'elle ne se souciait plus depuis longtemps de ce que faisaient ces cinglés d'Américains (si tant est qu'elle s'en soit jamais souciée). Après avoir montré un intérêt poli pour la propreté de la cuisine qu'elle laissait aux nouveaux propriétaires, je me suis précipité à l'étage, le cœur battant de plus en plus vite. Il fallait que je me rende compte par moi-même.

Le lit de la vieille dame avait été défait, la lampe et la table de chevet avaient disparu, mais la malle était exactement là où je l'avais laissée cinq jours plus tôt. *La clé, où est la clé ?* ai-je pensé pendant un affreux moment, mais la malle était déverrouillée et quand j'ai levé le couvercle, j'ai pu me rendre compte que personne n'avait touché au contenu. Tout était exactement en vrac comme je l'avais laissé ; la seule chose qui manquait était la lettre que Mme Kinney m'avait arrachée et qui sait où elle avait fini.

Aucune importance. Il en restait beaucoup plus qu'il n'en fallait. En pensée, j'ai joué avec les phrases que la presse utiliserait pour décrire ma découverte. Des mots comme « importante ». Non, plutôt « choquante ». Elle était assurément choquante, mais ce n'était pas encore assez convaincant – pourquoi pas « époustouflante » ? Oui, « époustouflante ». Indubitablement « époustouflante ». Mais le *New York Times* utiliserait-il un mot comme « époustouflante » dans un titre ? Curieusement, je ne le visualisais pas. « Surprenante », peut-être. Probablement le niveau d'excitation le plus élevé que le *Times* peut atteindre. Il faudrait bien sûr qu'il place l'article en première page, sur la moitié inférieure du journal, avec une accroche sur trois colonnes et une photo. Utiliseraient-ils ma photo ou celle de Harding ? Sans doute celle de Harding. À moins que je n'aie une très bonne photo à leur proposer. Attendez ! Pourquoi pas une photo de moi assis *sous* une photo de Harding ? Comme son portrait officiel à la Maison Blanche ! Ou je pourrais *tenir* une photo de Harding. Non, ça ne conviendrait pas, c'est ce qu'ils font avec les mères des prisonniers de guerre. Une chose était certaine : j'allais investir dans une coupe de cheveux *très coûteuse* avant que cette photo ne soit prise. Et je n'irais pas dans n'importe quelle chaîne de salons de coiffure pour homme. Le journal des anciens élèves de Harvard était un autre problème. Je leur donnerais une interview, mais d'abord, je les obligerais vraiment à *supplier*...

Des bruits de pas dans le couloir sont venus troubler cette rêverie. Je me suis levé d'un bond et j'ai scruté la pièce à la recherche d'une tâche inoffensive à accomplir, mais il n'y avait rien, absolument rien, si bien que lorsque Vernon est entré, Warren sur la hanche, il m'a trouvé en train de m'agiter de manière indécise derrière la malle.

« Ah, ah ! a-t-il dit. La main dans le sac ! »

Bizarrement, une semaine d'affaires familiales et funéraires lui avait mis de la couleur aux joues. En fait, je ne l'avais jamais vu aussi beau. Il portait un short – c'est tout, juste un short – et il semblait plus costaud que dans mon souvenir. Mais il n'avait pas l'air particulièrement heureux de me retrouver. Indifférent, c'est ainsi que je résumerais son humeur.

Il a regardé la malle d'un mauvais œil. « Et d'abord, qu'est-ce qu'il y a là-dedans ? »

Comment décrire ? Par où commencer ? Il faudrait bien qu'il le sache tôt ou tard.

« Et qu'est-ce qui te fait croire que Jonica te laissera tout ça ? »

Plus tard, ai-je décidé. J'expliquerais plus tard. Mais j'ai répondu : « Jonica m'a déjà dit que je pouvais l'avoir.

– Tu as un accord avec elle ?

– En quelque sorte. »

Il a posé Warren et sorti un paquet de cigarettes de sa poche arrière.

« Ça a de la valeur ?

– On peut dire ça. »

Il a allumé une cigarette. « Bordel, a-t-il dit en soufflant la fumée. Tout le monde encaisse dans cette putain d'histoire, sauf moi. » Il a tiré une autre bouffée. « Alors je suppose que tu ne vas pas me payer. Je ne t'en veux pas. Si c'était moi, je ne le ferais pas.

– Vernon, c'est ça qui t'inquiète ? Bien sûr que je vais te payer. En fait, je vais te donner un bonus. »

Pauvre Vernon. Pauvre, pauvre Vernon. Mon succès soudain m'a procuré un accès de confiance en moi : si je pouvais résoudre mes propres problèmes, je pouvais certainement résoudre les siens aussi. Ce dont il avait besoin, c'était d'une discussion d'homme à homme. La première étape consistait à oublier le restaurant chic que j'avais prévu, qui ne ferait que le mettre mal à l'aise. Et puis il aurait l'air un peu ridicule attablé torse nu chez Ma Maison. Non, nous dînerions à l'abri de piscine. Je croyais me rappeler que j'avais quelques steaks dans le congélateur, plus l'alcool que Pam avait acheté en duty free – j'étais paré.

L'abri de piscine semblait avoir accueilli une fête de fraternité. Pour vous donner une idée, s'il y avait eu un lustre, on se serait attendu à y voir pendouiller des sous-vêtements. Vernon m'a avoué s'être approprié les lieux pendant mon absence. « Je ne pensais pas que tu reviendrais un jour, a-t-il expliqué.

– Pas de problème, ai-je dit en me penchant pour ramasser des canettes de bière.

– Tu veux que je fasse le plumard ?

– S'il te plaît », ai-je répondu. Puis j'ai regardé le lit. « Tu pourrais mettre des draps propres ? »

Vernon, qui n'est pas cuistot dans l'âme, avait fait moins de dégâts dans la cuisine. En un rien de temps, j'avais préparé un pichet de margarita et improvisé quelques hors-d'œuvre. Nous avons ensuite rattrapé le temps perdu devant un combat de catch sur Canal 9 en attendant que les steaks décongèlent.

Que va devenir Vernon ? me demandais-je en observant un certain Relampago Leon mettre en pièces Hussein le Boucher à coups de poing. Il n'arrêtait pas de faire des erreurs et des mauvais choix. Il était talentueux, il était sans nul doute présentable une fois qu'on l'avait un peu décrassé, et je commençais à le soupçonner d'être réellement ambitieux. Une combinaison imbattable. Pourquoi diable vivait-il dans une caravane à Torrance ?

Je suis allé vérifier les steaks.

Nous avons mangé par terre. J'admets que la viande était un peu dure. Non que ça ait dérangé Vernon – la picole et le catch l'avaient mis de bien meilleure humeur. Sur lui, n'importe quel événement sportif télévisé faisait des merveilles. Il n'arrêtait pas de crier à l'écran : « Bien joué ! » Quant à moi – eh bien, je ne me souviens pas de m'être senti aussi euphorique. Mon esprit dansait littéralement à l'intérieur de mon crâne.

La discussion était facile et spontanée. Nos vies – croyez-le ou non, puisqu'elles étaient si différentes – débordaient de coïncidences étranges. Nous étions tous deux des fils aînés, avec un frère et une sœur chacun, nous étions tous les deux nés le vingt-trois du mois (lui en juillet, moi en février), et nous avions tous les deux eu un penchant pour le théâtre, bien que j'aie depuis longtemps abandonné mes rêves dans ce domaine. Vernon était encore jeune – un « gamin des bois », lui répétais-je sur un ton de réprimande – et son objectif était grisant et idéaliste comme seuls les jeunes savent en avoir : jouer Shakespeare dans une réserve naturelle. En attendant, précisait-il, il pourrait se contenter d'être une superstar de rock sous le nom de Brad Stevens. Il détestait son nom. Il disait qu'il ressemblait à celui d'un plombier.

« Et d'abord, Fetchko, c'est de quelle nationalité ? » ai-je demandé.

Vernon n'en était pas sûr, mais supposait que c'était irlandais.

En matière de séduction, Vernon avait beaucoup à apprendre. Je me suis surpris à lui donner des conseils. Nous avons discuté de sa garde-robe et convenu d'une date pour aller faire du shopping. J'ai suggéré qu'une paire de mocassins serait un achat judicieux car ils allaient bien avec les jeans et pourraient le détourner de ces affreuses baskets qui apportaient si peu de distinction (j'avais vu sa seule autre paire de chaussures ; elles étaient noires et avaient des *talons hauts*, comme le veut cette mode atroce qui, Dieu merci, est passée, sauf chez les serveurs grecs nouvellement arrivés et quelques autres spécimens du même acabit). Vernon a accepté mes conseils avec avidité ; il pensait probablement que j'étais en quelque sorte un mec « cool », mais lorsque nous avons abordé son accent j'ai senti que j'étais allé trop loin. Son accent, c'était comme le poids de Jonica – on n'en parle pas. Il le gênait trop. Je lui ai donc demandé de me chanter une de ses chansons. Il a attrapé sa guitare et entonné une ballade intitulée « Brenda, I Love You ». Elle m'a semblé pleine de promesses et je le lui ai dit.

Tout ça n'avait rien à voir avec la déconne et la camaraderie virile que nous avions toujours partagées jusque-là. Quelque chose de plus sérieux et de plus profond était en jeu. Nous avons commencé à échanger des confidences. Je lui ai parlé de ma rupture avec Pam ; c'était la première fois que je l'évoquais avec quelqu'un, et même si j'étais plutôt confus et sentimental à propos de ce qu'il s'était passé, nous sommes tous deux convenus que c'était probablement pour le mieux.

Les margaritas étaient terminées. Nous avons partagé un joint. Il commençait à se faire vraiment tard et l'abri de piscine était très calme.

« Vernon, ai-je lancé brusquement, que va-t-il t'arriver ? »

Il a réfléchi un long moment. Il semblait savoir de quoi je parlais. « Je ne sais pas, a-t-il dit. Je ne sais vraiment pas. Je crains parfois le pire. »

Je lui ai passé le joint. « Et où en êtes-vous, toi et Jonica ? »

Il a également considéré la question avant de répondre. « Tu te souviens de ce que j'ai dit à propos de ne pas divorcer ?

– Oui.

– Eh bien, oublie.

– Oh ?

– Après ce que j'ai traversé cette semaine, mec. L'Éboueuse. La mère de l'Éboueuse. Qu'elles aillent se faire foutre. Qu'elles aillent toutes se faire foutre. »

J'ai tiré la dernière bouffée du joint. « Je pense que tu prends la bonne décision.

– Je *sais* que je prends la bonne décision. C'est des tordues. »

J'ai approuvé. « Il y a quelque chose de malsain dans toute cette histoire. »

Vernon a fermé les yeux et appuyé sa tête contre le mur.

« Où est la came ?

– Je viens d'écraser le joint. »

Il s'est marré. « Plus de came à Palms. » Il a commencé à aller et venir dans la pièce. Il s'est approché d'un carton, l'un de ceux que je n'avais pas encore déballés, et a commencé à fouiller dedans. « T'as de bonnes cassettes ?

– J'ai pas de cassettes. J'ai des disques.

– Tu devrais t'acheter des cassettes. C'est l'avenir. »

Il s'est approché de la fenêtre. « Pourquoi moi, mon Dieu ? » a-t-il lâché en regardant dans la nuit. « C'est tellement compliqué, putain.

– Seulement si tu compliques les choses.

– Va te faire foutre, tu ne comprends pas.

– Allez, Vernon, ne sois pas comme ça. »

Il a soupiré : « Pas de doute, c'est une sacrée belle vue que t'as là », a-t-il dit au bout d'un moment de contemplation au-dehors. Difficile de dire s'il était sérieux ou ironique.

« Oui, formidable », ai-je répondu en balayant la question. Soyons francs : toutes ces lumières qui clignotent me rendaient nerveux. Parlons plutôt de la vue que j'ai à New York : l'arrière d'un immeuble, tous ces locataires fascinants qui vont et viennent à toute heure – *ça*, c'est une vue.

Vernon a fini par se retourner. « Des suggestions, docteur ? »

Ce qui s'est passé ensuite est très étrange. Pour la première fois peut-être de mon existence, j'ai fait une proposition purement magnanime, sans crier gare. Dieu sait ce qui m'y a poussé : la culpabilité, la pitié, et j'en passe. Peut-être était-ce simplement que j'aimais bien Vernon.

« Viens à New York, ai-je lancé.

– Déconne pas.

– Je déconne pas. »

Vernon s'est retourné et m'a regardé. « C'est ça…

– Vernon, je suis totalement sérieux. Pourquoi pas ?

– Mais pourquoi ?

– Parce que t'adorerais ça. Parce que c'est New York. La ville qui ne dort jamais. » J'ai fredonné : « Tu vas vouloir en être, New York, New York. » Je ne me rappelais plus la suite. « Vernon. C'est *New York*. Los Angeles est un bled paumé comparé à New York. Il y a tout. Il y a *la vie*. On y voit des choses qu'on ne voit *jamais* ici. On voit la réalité. On voit des couples qui se battent dans la rue, qui se tapent dessus… »

Vernon a fait une grimace. « Tu veux que je déménage là-bas pour voir des couples se taper dessus ?

– Pas seulement. Vernon, je te parle de la capitale du monde. »

Vernon n'en faisait qu'à sa tête, mais je voyais bien qu'il était intéressé. Il y avait cette lueur dans ses yeux.

« Où est-ce que j'habiterais ?

– Tu pourrais habiter avec moi. J'ai de la place. J'ai une chambre supplémentaire, qui pourrait être entièrement à toi. On y mettrait la télé, je ne la regarde jamais. J'ai une chaîne stéréo, une cuisine entièrement équipée, il y a des machines à laver au sous-sol, tout le confort moderne. »

Vernon s'est mis à faire les cent pas. « Mais qu'est-ce que je *ferais* ?

– Exactement ce que tu fais ici. Seulement, tu le ferais correctement. Parce que je te chapeauterais, parce que je m'occuperais de toi. Tu écrirais tes chansons, tu trouverais des rôles. Je *connais* des gens, Vernon. Je connais le directeur artistique de Grey Advertising, je connais des gens dans le milieu artistique, putain, je connais *Beverly Sills*. »

Il a essayé de se rappeler qui était Beverly Sills.

« Je vais faire un marché avec toi. Tu peux habiter chez moi pendant trois mois, je t'offre le gîte et le couvert, *et* je te donne un peu d'argent de poche si tu en as besoin. »

Il a froncé les sourcils. Je l'ai titillé :

« *Ça*, c'est une offre que tu ne peux pas refuser. »

Il s'est gratté la joue. « Je vais devoir faire le ménage ? »

J'ai haussé les sourcils et balayé du regard le désordre qui régnait dans l'abri de piscine. « J'imagine que tu plaisantes.

– Et après les trois mois ?

– Qui sait ? J'ai l'intention de devenir riche et célèbre. Et toi ? »

J'ai lavé la vaisselle. Vernon l'a essuyée. Comment était New York ? voulait-il savoir. Il avait un million de questions à poser. Et le taux de criminalité ? Et les métros ? Est-ce que j'habitais près de Macy's ? Il avait un ami au lycée qui était allé une fois à New York et était revenu avec toutes sortes d'histoires sur Macy's. « Il disait que le rayon hommes proposait des kilomètres de chemises. À perte de vue. Et mon immeuble ? Comment était-il ? Est-ce qu'il y avait une piscine ?

La vaisselle faite, il était plus de deux heures du matin, mais Vernon et moi étions si tendus que nous avons encore fumé un joint. Je lui ai montré quelques pas de danse Morris, les plus faciles, et il les a appris en un rien de temps. Je me suis dit qu'il pourrait rejoindre notre groupe. « J'ai envie de danser, danser, danser », a lancé Vernon qui a regagné la villa et sorti Warren de son berceau. De retour, il a cherché la station de jazz de Compton. Il a étreint Warren, qui dormait profondément, contre sa poitrine, et tous deux ont dansé à travers l'abri de piscine dans l'obscurité. « On fait ça tout le temps », a-t-il annoncé tandis que je m'allongeais sur le lit, flottant dans l'espace, en les contemplant dans la lumière verte de la chaîne stéréo jusqu'à finir par m'assoupir. J'imagine que Vernon s'est lui aussi assoupi, parce que, lorsque Barrie est entrée le lendemain matin, elle nous a trouvés tous les trois – moi, Vernon et le petit Warren – profondément endormis en travers du lit.

Elle cherchait un feutre indélébile, ai-je appris plus tard.

Je me suis réveillé et j'ai vu ses yeux fixés sur le lit. Pas sur un endroit en particulier, juste sur le lit. Comme si elle ne savait pas exactement sur quoi se concentrer.

Dieu sait qu'il y avait l'embarras du choix. D'abord moi, appuyé sur mes coudes l'espace d'une seconde, puis l'instant d'après soudainement plus éveillé que je ne l'avais jamais été de toute ma vie. Ensuite Vernon, en short, un genou remonté contre la poitrine, encore occupé à ronfler et blotti contre un oreiller. Et le petit Warren, couché sur le dos, bouche ouverte, entre nous.

La radio était toujours allumée. Très doucement.

« Barrie », ai-je dit.

Elle m'a jeté un regard noir. « Eh bien, regardez qui est de retour. »

De la main, j'ai donné une tape sur l'épaule de Vernon. « Réveille-toi, Vernon. Barrie est là. »

Il a ouvert les yeux. « Hein ? » a-t-il marmonné en regardant autour de lui et en reniflant.

Le regard de Barrie a commencé à faire le tour du lit. « Tout ça a l'air bien confortable », a-t-elle dit. Puis elle a tourné la tête et crié par-dessus son épaule : « Hé, les mecs, regardez ce que j'ai trouvé ! »

L'idée d'accueillir de la compagnie m'a poussé à agir. J'ai sauté du lit, tiré sur mon pantalon, remis ma chemise en place et me suis lissé les cheveux. J'ai cherché ma montre du regard. Elle n'était nulle part en vue, mais c'était le cadet de mes soucis. Sortez d'ici, ne cessais-je de me répéter. Sortez d'ici.

« Doux Jésus », a lâché Vernon en se redressant avec un bâillement. Le petit Warren avait l'air mort.

Passant en chancelant devant Barrie, qui tenait la porte ouverte avec un sourire en coin, j'ai vu avec horreur qui étaient les « mecs », les deux personnes que j'avais le moins envie de revoir de toute ma vie : en premier, Alice Amber, pliée en deux pour ranger un petit ensemble d'appareils ménagers, et en second, *Jonica* !

Elle était assise sur le muret de pierre, très raide, pâle et mal à l'aise. Elle portait une salopette rose que je ne pense jamais avoir vue auparavant, et quelque chose qui semblait a priori être un col amovible particulièrement laid. Au deuxième coup d'œil, on l'identifiait : une minerve.

Mais le truc, c'est qu'elle n'était plus grosse ! Elle avait dû perdre une quinzaine de kilos. On aurait dit quelqu'un d'autre. On pouvait distinguer *des os*. Elle était passée de « grosse » à « voluptueuse ». J'exagère peut-être un peu pour l'effet, cependant croyez-moi, elle était superbe.

Mais ce n'est pas comme si j'avais le temps de me régaler les mirettes.

« Toi ! s'est écriée Alice Amber. J'ai un compte à régler avec toi ! » Elle s'est dirigée vers moi en tempêtant. « Comment cet article a-t-il pu être publié ? Quels autres mensonges as-tu racontés à Eve Biersdorf ? Est-ce que tu te rends compte de ce que tu m'as fait subir ?

– Elle est en train d'étudier la situation avec son avocat, a dit Barrie.

– Et tu as failli *la* faire virer, a repris Alice Amber en agitant une main bardée de breloques en direction de sa fille.

– Ils ont failli annuler mon contrat avec Donna », a coupé Barrie.

Pendant plusieurs minutes, j'ai été forcé d'endurer cette torture. Je ne me suis pas du tout défendu, me contentant de les laisser se défouler. Et c'est ce qu'elles ont fait : j'ai entendu avec force détails comment j'avais détruit des réputations, comment des contrats avaient été annulés, comment des poursuites judiciaires s'élevant à plusieurs millions de dollars étaient actuellement lancées par les avocats les plus talentueux de Beverly Hills.

« Et Bruce Pinsky me dit que ce procès, je peux le gagner, a déclaré triomphalement Alice Amber. On a porté atteinte à ma capacité de gagner ma vie.

– À ton *droit* de gagner ta vie », a corrigé Barrie.

En un sens, l'hystérie qui avait accueilli mon apparition me réjouissait, car son intensité éclipsait totalement l'embarras qu'aurait pu causer, éventuellement, le fait d'être découvert en pareille situation. À présent, Vernon, debout, allait et venait avec le petit Warren, qui s'était mis à hurler à pleins poumons. À la vue de son enfant en détresse, Jonica s'est levée maladroitement et a entrepris de traverser la terrasse vers lui, se déplaçant avec autant de raideur que si elle était transportée sur une charrette à bras.

« Ne le prends pas dans tes bras ! » a crié Barrie.

L'espace d'une fraction de seconde, j'ai cru qu'elle parlait de moi.

« Rappelle-toi ce qu'a dit le docteur : rien de plus lourd qu'une éponge.

– Je sais, je sais », a répondu Jonica en tapotant les cheveux du bébé, qui se cramponnait toujours au cou de Vernon, terrifié par tous ces cris et hurlements.

« Salut, Jonica, a dit Vernon.

– Salut.

– Salut, Jonica, ai-je dit.

– Salut.

– Tu as l'air en pleine forme, ai-je ajouté.

– Va va va voom, a lancé Vernon.

– Tu sais ce que tu as devant toi ? a demandé Alice Amber. Tu as devant toi un miracle de la médecine ! »

Jonica a rougi.

« Et cette fois, elle va tenir le coup, a continué Alice Amber. N'est-ce pas ? N'est-ce pas que tu vas tenir le coup, cette fois ? »

Jonica a bien été forcée d'admettre que cette fois, elle allait effectivement tenir le coup.

Un étrange bruit de raclement a heureusement mis fin à cet atroce moment, et nous nous sommes tous retournés avec un peu trop d'empressement pour voir Guadalupe qui passait la porte d'entrée en traînant un canapé vers l'extérieur. C'est à ce moment-là que je me suis demandé pourquoi la terrasse, la pelouse, le haut de l'allée – chaque espace disponible – était jonché de vêtements, de meubles et de bric-à-brac.

« On organise un vide-grenier, a annoncé Alice Amber sur un ton un tantinet pompeux.

– Une *vente privée* », a corrigé Barrie. Et, comme pour lui donner raison, un couple d'âge moyen, en short, a surgi en haut de l'allée, les yeux écarquillés devant le choix qui s'offrait à eux.

« Pas de premier arrivé, premier servi ! a hurlé Barrie en se précipitant pour les chasser hors de la propriété.

– Ces lève-tôt ! » s'est lamentée Alice Amber en observant nerveusement Barrie. Elle était occupée à se disputer avec la femme, qui portait un chapeau de paille oriental et insistait sur le fait qu'ils avaient fait tout le chemin depuis Bellflower.

« Juste un coup d'œil », suppliait-elle, en vain.

Il n'y a rien comme une volée d'oiseaux matinaux à vos portes pour faire monter la pression. Tous les comptes à régler ont temporairement été mis de côté pendant que Barrie et sa mère se mettaient à l'œuvre, fixant le prix d'articles difficiles à évaluer, criant des instructions à Guadalupe, installant la cafetière de Howard Kesselbaum derrière un panneau exigeant vingt-cinq cents pour une tasse.

Observer toute cette scène m'a rendu dingue. Sachant que ce n'était qu'une question de secondes avant qu'on ne m'attribue une tâche à accomplir. Assuré d'être dans une situation qui allait demander beaucoup de négociation émotionnelle, j'ai proposé à Jonica d'aller petit-déjeuner.

« Où ? » a-t-elle demandé d'un ton qui ne laissait rien deviner.

Je me suis creusé la tête pour trouver son restaurant préféré.

« Chez Tiny Naylor. »

Nous sommes montés dans ma voiture, ce qui n'était pas facile pour elle, et au moment où j'ai mis le contact Vernon est apparu à ma vitre, les yeux fous, comme ces types qui essaient d'échapper aux zombies dans *La Nuit des morts-vivants.*

« T'avise pas de me laisser seul ici ! » a-t-il lancé en se jetant sur la poignée de la portière. Qu'aurais-je pu faire ? Appuyer sur le loquet ? Il a bien fallu que je le laisse monter.

Tiny Naylor resplendissait dans la lumière du matin, comme si l'établissement venait d'être lavé au jet d'eau. L'asphalte du parking étant encore humide, je suppose que c'était le cas. Nous sommes entrés en file indienne et nous sommes installés à une table pour quatre. Mais comme Jonica avait le soleil dans les yeux, nous nous sommes déplacés dans un box semi-circulaire. Je me suis assis au milieu.

« Où est tout le monde ? » a demandé Vernon.

Les seuls autres clients étaient trois touristes français. Ils examinaient une carte routière et grimaçaient chaque fois qu'ils avalaient une gorgée de café.

« Argh, des Français ! » me suis-je exclamé.

Une serveuse en minijupe nous a apporté les menus. Nous les avons étudiés avec une attention exagérée.

Vernon s'est tourné vers moi. « T'invites ?

– Oui, c'est pour moi.

– Je peux prendre des huevos rancheros ?

– Vernon, tu peux prendre tout ce que tu veux.

– OK, je prendrai des huevos rancheros », a-t-il indiqué à la serveuse.

J'ai commandé un café et des œufs Bénédicte, même si, en ayant déjà mangé ici, je savais qu'ils n'étaient pas très bons – ils contenaient de la sauce hollandaise en poudre[1].

---

1. Si les négociations contractuelles en cours aboutissent, je serai bientôt l'auteur (en plus de ce volume, bien sûr) du *Livre de cuisine des présidents* (titre provisoire), qui rassemble les recettes préférées de nos présidents d'hier

« Juste un café, a dit Jonica.

– Tu es sûre que c'est tout ce que tu veux ? »

Elle m'a regardé. Je crois que c'était la première fois de la matinée qu'elle me regardait dans les yeux. « Oui, je suis sûre », a-t-elle répondu.

Un long silence a suivi le départ de la serveuse. Vernon a fini par lancer : « Faut que j'aille aux toilettes.

– Vernon, tu passes ta vie aux toilettes », ai-je dit, et j'ai immédiatement regretté ces mots. Il s'est glissé hors du box. Je l'ai regardé disparaître vers le fond du restaurant.

Au bout d'un moment, j'ai jeté un coup d'œil à Jonica. Elle contemplait la circulation sur Sunset. J'ai joué avec mon porte-clés. Puis je me suis aperçu que c'était celui de la fête des GreenGals, alors je l'ai fourré dans ma poche. J'avais très envie de me brosser les dents.

Jonica a soudain pris la parole : « Pourquoi n'es-tu pas venu me voir ? »

Je l'ai observée, essayant d'évaluer son humeur.

« Je suis désolé, ai-je répondu.

---

et d'aujourd'hui. Voici par exemple la sauce hollandaise de John Kennedy faite au mixeur et qui, en plus d'être plus simple à préparer, est légèrement plus riche, puisque les œufs ne « cuisent » pas.

SAUCE HOLLANDAISE AU MIXEUR

1 plaquette de beurre
3 jaunes d'œuf
2 c. à s. de citron
1/2 c. à c. de sel
1 pincée de poivre de Cayenne

Faire fondre le beurre. Mettre les autres ingrédients dans le mixeur réglé sur « maximum » et verser le beurre pendant que le moteur tourne. Une fois que tout le beurre a été versé, éteindre. La sauce est prête. *(Note de l'Auteur.)*

– T'as purement et simplement disparu. Comme ça. T'imagines ce que j'ai ressenti ? Tu m'imagines allongée là-bas avec toi qui avais disparu ? Tu peux l'imaginer ?

– Je peux l'imaginer. Et je m'excuse.

– Tu t'excuses, a-t-elle marmonné.

– Oui, je m'excuse », ai-je répété en prenant l'offensive – j'aurais dû comprendre dès le début que c'était la seule manière de traiter avec Jonica. « Tu ne sais donc pas que, si j'*avais pu* être là, *j'aurais été* là ? Tu ne te rends donc pas compte que la raison pour laquelle je n'étais pas là n'avait rien à voir avec toi ? Regarde-moi, bon sang ! Je *n'étais pas* là pour raisons *professionnelles*. Absolument rien à voir avec toi. Je ne *t'évitais* pas. Je n'essayais pas de *te blesser*. À présent, je suis désolé et je m'excuse. OK ? »

Elle est restée silencieuse pendant une dizaine de secondes. Puis elle s'est tournée vers moi un peu timidement. « Pour raisons professionnelles ?

– Oui, pour raisons professionnelles. Il se trouve que je mène une vie extrêmement compliquée, Jonica. Plus compliquée que tu ne peux l'imaginer.

– Oh, a-t-elle dit. Je savais qu'il y avait quelque chose. Je savais que tu ne t'étais pas juste enfui. » Elle s'est mise à parler plus vite. « Au début, j'ai pensé que c'était parce que tu n'aimais pas les hôpitaux. Je peux comprendre ça. Même Barrie a dit que ça commençait à la rendre folle. Venir ainsi tous les jours contempler un corps inerte. » Elle a ri. « Je savais qu'il y avait *quelque chose*. »

J'ai souri. La serveuse a apporté notre café. « Je savais qu'il y avait quelque chose », a répété Jonica. Puis elle s'est penchée vers moi. « Elliot…

– Quoi ? »

Elle semblait incapable de trouver ses mots. Et voilà, me suis-je dit. Et puis finalement, après de nombreux soupirs, elle m'a pris la main : « Tu es toujours mon petit chéri, n'est-ce pas ? »

J'ai détourné mon regard vers la serveuse. Elle pressait des oranges.

« N'est-ce pas ? »

Je me suis éclairci la gorge. « Jonica…

– Quoi ? » Elle s'est figée, immobile.

Je suis en train de tout foutre en l'air, ai-je pensé. Je suis en train de tout foutre en l'air. Mon esprit était vide. Je ne trouvais rien à dire.

« Elliot ? »

Les Français examinaient les sachets de sucrettes, tentant de comprendre ce que ça pouvait bien être. J'imagine qu'ils n'ont pas ça en France, me suis-je dit. Pas étonnant qu'ils aient perdu la guerre. Pas étonnant que…

J'ai vu Vernon revenir des toilettes. J'ai retiré ma main de celle de Jonica. Elle a suivi mon regard. Vernon. Il faisait un truc des plus étrange. Il agitait les mains en l'air.

« Y a pas de serviettes dans les toilettes, a-t-il dit en s'asseyant.

En rentrant à la villa après ce petit déjeuner malavisé, nous avons vu le premier panneau. Il était suspendu à un palmier près de La Brea et ce seul fait m'a inquiété. Aucune personne saine d'esprit n'annoncerait aussi loin à l'ouest de la ville un vide-grenier à Hollywood.

Ce premier panneau a été suivi d'un deuxième, puis d'un troisième, puis d'une progression régulière. Ils étaient sans nul doute l'œuvre de Barrie. Dans des couleurs fluo, ils proclamaient VENTE PRIVÉE DU SIÈCLE !!!! Elle avait choisi pour thème graphique ces panneaux bordant l'autoroute, ceux qui comptent les kilomètres qui vous séparent d'une ferme d'alligators ou toute autre extravagance également dégoûtante. Lorsque nous avons abordé les collines, les panneaux ont commencé à devenir encore plus mignons, annonçant des ON Y EST PRESQUE, LES AMIS !!! et je suis raisonnablement certain qu'il y en avait un, accroché à un pâté de maisons après la villa, qui s'exclamait OUPS ! VOUS L'AVEZ MANQUÉE !

Cependant, ces panneaux ne suscitaient guère d'amusement dans mon automobile. Jonica était recroquevillée aussi près de moi que les circonstances le permettaient, et me lançait des regards pathétiques que je faisais semblant de ne pas voir. Vernon, à l'arrière, n'avait absolument aucune conscience de toute cette agitation émotionnelle. Il bavassait sur la fois où il avait attrapé un coup de soleil sur la plante de ses pieds après les avoir appuyés contre une balustrade en regardant un coucher de soleil à Panama City, en Floride.

Lorsque nous nous sommes arrêtés devant la villa, une chose sautait aux yeux : la campagne publicitaire de Barrie avait été un succès à tout casser. Casino Drive était encombré de voitures garées au hasard, d'où débarquaient ce que Vernon a très justement appelé « tout un tas de gens » : des hordes anxieuses de chasseurs de bonnes affaires, qui se piétinaient les uns les autres dans leurs efforts pour arriver en premier en haut de l'allée. Comme il était impossible de manœuvrer la Mustang dans cette mer humaine, nous avons été obligés de stationner un peu plus loin et de marcher – de marcher d'ailleurs très lentement, car Jonica devait s'arrêter tous les trois mètres pour s'appuyer contre la carrosserie d'une voiture afin de reprendre son souffle. Vernon, maudit soit-il, gambadait devant.

Quelques personnes – des lève-tôt, sans aucun doute – contraient déjà la marée en redescendant l'allée avec leurs achats. La dame au chapeau de paille oriental est passée, serrant un hibachi sur lequel reposaient une paire de maracas et une étagère à épices. Eh bien, il y a des gens qui achètent vraiment n'importe quoi, me suis-je dit. Puis mon sang n'a fait qu'un tour. Devant moi, emportés par deux jeunes hommes aux voix haut perchées vêtus de pantalons moulants, se trouvaient mes fauteuils en bambou.

Bon sang de bonsoir. *Qu'est-ce que cette crétine de Barrie a bien pu proposer encore à la vente*?

« Allez, Jonica », ai-je dit en lui saisissant le coude pour la presser. Elle s'est bravement exécutée, en essayant de dissimuler la grimace qui traversait son visage chaque fois qu'elle posait son pied gauche.

Soyons clair : en mon temps, j'ai participé à quantité de vide-greniers, mais mon expérience ne m'avait aucunement préparé à la vision qui m'attendait en haut de l'allée. Sur la pelouse, la terrasse, l'espace réservé à la piscine, *partout*, s'étalait ce qui semblait être l'intégralité du contenu de la villa *et* de l'abri de piscine. Une foule frénétique, manifestement décidée à en avoir pour son argent, fouillait cette étendue jonchée de camelote. Des cris stridents résonnaient dans l'air. Une file d'attente s'était déjà formée devant la table de jeu pliante où Barrie tenait une caisse. Inutile de préciser qu'elle était aux anges.

« Jonica, ai-je sifflé avec l'envie de lui donner un coup de pied dans la cheville. S'ils ont vendu quelque chose qui m'appartient… »

C'est alors que j'ai vu la malle. Je l'ai regardée bêtement pendant un moment. Qu'est-ce qu'elle foutait ici… ? *Mon Dieu. Ils sont en train de vendre la malle !*

Je me suis débarrassé du coude de Jonica d'un coup sec qui l'a fait crier et je me suis précipité à travers la foule vers l'extrémité de la piscine, juste derrière la grenouille. Il n'y avait pas seulement la malle, il y avait tout le *contenu* de la malle, rassemblé en petites piles plus ou moins thématiques : une pile de livres et des journaux intimes de la vieille dame, une pile de cartes postales, une pile de vêtements…

J'ai désespérément cherché une pile de lettres. Il n'y en avait pas.

J'ai élargi la recherche en fouillant dans les amoncellements de bric-à-brac voisins. Rien.

J'ai tourné vers Jonica des yeux de meurtrier. Elle avait boitillé jusqu'à la table de jeu où Barrie l'avait déjà mise à contribution pour ensacher les achats. Elle emballait des verres à pied dans du papier journal sans oser me regarder.

Je me suis assis sur la malle. Il devait bien y avoir *quelque chose* à faire. N'importe quoi. Une annonce dans le journal : « La personne qui a acheté… » Mes pensées papillonnaient dans toutes les directions. J'avais les larmes aux yeux.

Pourquoi moi ? Pourquoi cette incroyable malchance ? Comment se faisait-il que la *seule* chose qui manquait dans la malle était celle que je désirais le plus ? Tout le reste était encore là. Pourquoi ? Pourquoi ? Étais-je une si horrible personne ?

C'est alors que j'ai eu l'idée de regarder *dans* la malle, au fond de laquelle, bien sûr, les lettres étaient éparpillées, exactement comme je les avais laissées.

Le soulagement m'a envahi en vagues vertigineuses. J'ai étreint la grenouille, puis je me suis assis par terre, car je sentais que je chancelais un peu. Mais ce n'était que le début : le soulagement s'est transformé en félicité à mesure que la beauté de la situation dans laquelle je me trouvais devenait étonnamment claire. Ces lettres, je pouvais les *acheter* ! J'en serais alors le propriétaire légitime. Jonica pouvait aller se faire foutre ! Je n'avais plus besoin d'elle. Cette idiote venait de creuser sa propre tombe.

J'ai attendu que mon cœur redescende de ses sommets d'euphorie et je me suis dirigé vers la table pliante. Barrie et Jonica m'ont regardé approcher sans rien dire.

« Combien pour cette malle ? ai-je demandé d'une voix égale à Barrie.

– Oh, *prends* la malle ! a supplié Jonica. Prends-la !

– Non, je veux *l'acheter*, lui ai-je rétorqué.

– Je ne pensais pas que tu reviendrais. » Elle s'est mise à pleurer.

« Combien pour la malle ? ai-je répété à Barrie.

– Oh, donne-la-lui », a sangloté Jonica.

Un homme qui avait l'air d'un Syrien s'est précipité, tout excité, traînant la télévision de la vieille dame. « Combien, combien ? ne cessait-il de demander.

– Cent dollars », lui a répondu Barrie.

Il s'est écrié « Aïe, aïe », et il a précautionneusement déposé le téléviseur sur le sol.

Nous l'avons regardé battre en retraite. Je me suis tourné vers Barrie.

« Alors, combien pour la malle ? »

Elle m'a adressé un sourire malicieux. « Désolé, José.

– Je te demande pardon ?

– Tu arrives trop tard.

– Trop tard pour quoi ?

– La malle est vendue. »

J'ai agrippé la table. « À qui ?

– À lui », a dit Barrie en montrant un type courbé dans l'examen d'un panier à linge.

Bon, me suis-je dit, je n'ai qu'à aller l'acheter à cet homme. Je lui offrirai le double de ce qu'il a payé. Je lui expliquerai qu'elle a été vendue par erreur. Qu'elle appartenait à ma grand-mère et qu'elle a une très grande valeur sentimentale. Je… le type m'a regardé quand je me suis avancé. C'était Howard Kesselbaum.

« Putain de merde, a-t-il dit, ce qui n'était guère poétique. Où étiez-vous passé ?

– J'ai dû quitter la ville, ai-je bredouillé.

– Alice a deux mots à vous dire. »

« Alice ! » Voilà qu'il l'appelle Alice ! Que s'était-il passé d'autre pendant mon absence ?

« Tout est réglé, ai-je menti, cherchant un moyen d'en venir à l'essentiel. Écoute, j'ai entendu que tu avais acheté cette malle.

– Quoi ?

– Cette vieille malle, ai-je dit en la montrant du doigt. Pleine de bric-à-brac.

– Oh, il y a quelque chose dedans ? Je n'ai même pas regardé.

– Rien que de la camelote, ai-je répondu, en plein désespoir.

– Hé, peut-être que ça vaut quelque chose. » Ses yeux se sont illuminés et il s'est dirigé vers la malle. Je l'ai suivi, à peine capable de conserver mes moyens.

Il a soulevé le couvercle et jeté un coup d'œil à l'intérieur. « Merde », a-t-il lâché. Il a ramassé une lettre, fait une grimace, et l'a rejetée avec dégoût. Puis il s'est essuyé les doigts sur sa chemise. « Je ne sais même pas pourquoi j'ai acheté ce foutu truc. Comment vais-je réussir à le mettre dans la voiture ?

– Mince alors, ai-je lancé. Je t'en débarrasse – si c'est vraiment ce que tu veux. »

Il semblait ne pas avoir entendu mon offre.

« Les politiques économiques de Reagan, a-t-il grommelé avec un regard circulaire en secouant la tête. Regardez-les. C'est scandaleux. » À côté de nous, une jeune mère menaçait de « gifler » son enfant si celui-ci ne reposait pas un koala en peluche que j'avais un jour vu orner le lit de Jonica.

« Comme je le disais, je serais heureux de vous en débarrasser.

– Hein ?

– Combien l'avez-vous payée, cette malle ? »

Il a réfléchi. « Vingt dollars. »

La chose me paraissait hautement improbable, mais j'ai dit : « Je vous en donne vingt-cinq. »

Il a baissé les yeux sur la malle et incliné la tête. « Eh bien…

– Trente. »

Il a commencé à émettre des bruits de tss-tss. « Qu'est-ce que Melville a dit à propos d'une malle ? Ou était-ce… Wallace Stevens ?… Quelque chose comme…

– Quarante dollars.

– Vendu. »

Il a un peu rechigné à accepter un chèque, mais j'ai senti que c'était uniquement pour la forme. Après tout, Dieu sait combien il gagnait sur l'affaire. En outre, le chèque me fournirait un reçu en cas de poursuites judiciaires futures. Et, pour plus de sécurité, j'ai écrit « Malle et son contenu » (*très* clairement) à l'endroit où était indiqué « Mémo ».

Dès que, d'un pas tranquille et sifflotant, Howard Kesselbaum est parti en rangeant le chèque dans son portefeuille, je me suis mis au travail pour récupérer le reste de la marchandise. Heureusement pour moi, les sous-vêtements de Harding n'avaient pas suscité l'enthousiasme des acheteurs ; en fait, *tous* les souvenirs semblaient intacts (à l'exception de l'ensemble en émail pour table de toilette – le premier cadeau de Harding à Rebekah – que, j'ai des raisons de le croire, Barrie a chipé).

Nous avons négocié à la table de jeu. J'ai convaincu Barrie de redescendre le prix des souvenirs restants à dix-sept dollars. Je suis ensuite allé trouver Vernon, qui lorgnait la télévision abandonnée, pour qu'il m'aide à transporter la malle dans la villa. Il était impossible de la transporter jusqu'à l'abri de piscine – un flot continu d'acheteurs y entrait et en ressortait d'un pas traînant, envoyés là par Barrie pour essayer des vêtements et tester de petits appareils électriques.

Aucun signe de Jonica.

À l'intérieur, rideaux baissés et sols nus balayés par Guadalupe, la villa semblait heureusement fraîche et calme.

Tellement calme, en fait, qu'elle ne me rappelait rien d'autre qu'une tombe spacieuse et ensoleillée. J'ai jeté un coup d'œil dans le salon. Il était à peu près méconnaissable. L'ensemble des meubles avait disparu, à l'exception d'un fauteuil abandonné près de la cheminée, qui nous tournait le dos.

Bientôt je serai de retour chez moi, ne cessais-je de me répéter.

Puis les notes de musique, fredonnées par quelqu'un, de « That's Entertainment ! » ont troublé l'air. Vernon et moi nous sommes regardés, sourcils froncés. L'instant d'après, Alice Amber est apparue dans l'embrasure de la porte qui menait à la cuisine, un Walkman Sony sur les oreilles et un verre de whisky à la main. Elle était pieds nus.

« Gardez la porte d'entrée fermée, a-t-elle dit sèchement en se dandinant devant nous. J'en ai ras le bol de signer ces putains d'autographes. » Là-dessus, elle a continué son chemin vers le salon, où elle s'est installée dans le fauteuil, a réajusté ses écouteurs, bu une gorgée et augmenté le volume. Un de ses doigts s'est mis à bouger comme un petit métronome au rythme de la musique qu'elle seule pouvait entendre. « L'intrigue peut être torride, tout bonnement pleine de sexe… » a-t-elle chantonné sur un ton qui indiquait que ce verre n'était pas le premier de la journée.

« Peut-être devrions-nous monter la malle à l'étage », ai-je proposé.

À présent que mon triomphe était plus ou moins total, j'étais de nouveau un peu plus conscient de ce qui m'entourait. Avec de la chance, je serais de retour à New York le lendemain. Je transporterais les lettres moi-même, bien sûr – d'ailleurs, je ne les quitterais plus des yeux jusqu'à ce qu'elles soient bien en sécurité, enfermées dans le coffre-fort d'une banque. J'étais à peu près certain qu'il existait des chambres fortes à température contrôlée pour ce genre d'objets de valeur. Quant à la malle et au reste du butin, je pourrais les expédier chez moi par Federal Express ou tout autre moyen fiable.

« Vernon, tu t'y connais en Federal Express ? »

Installé sur le lit de la vieille dame, il était plongé dans un numéro de *National Geographic*.

« Federal quoi ? »

J'ai soupiré. « Laisse tomber. »

Il est retourné à son magazine. Ses lèvres bougeaient très légèrement. L'article portait sur les superpétroliers. Je le sais parce qu'il m'a lu quelques-unes des légendes à haute voix.

Voilà ce qui m'empêchait de me sentir complètement euphorique – Vernon. Qu'est-ce que j'allais bien pouvoir faire de Vernon ? Pensait-il vraiment qu'il allait venir à New York avec moi ? Qu'allais-je donc faire avec lui une fois en ville ? L'emmener à des cocktails ? Aux vernissages du Met ?

« Vernon ?

– Quoi ? » a-t-il dit, un peu sèchement. J'ai compris qu'il était tombé sur une photographie particulièrement intéressante.

« Laisse tomber », ai-je répondu.

Il a passé la main sur le devant de son short et a commencé à se gratter. Je me suis dit que ça allait très bien passer au Russian Tea Room. Bien sûr, nous pourrions toujours traîner sur la 42e Rue et jouer à des jeux vidéo en attendant que le film sur le crash aérien dans les Andes revienne à l'affiche.

Non, Vernon devait disparaître de l'équation. Lui annoncer la nouvelle ne serait pas facile. Il faudrait que je trouve la bonne manière de procéder. Que je lui concède quelque chose. Il pourrait peut-être venir me rendre visite. En février. Ou je pourrais demander à Eve de lui trouver un travail. Ou je pourrais lui offrir un cadeau…

Comme la télé de la vieille dame !

« Vernon ?

– Qu'est-ce qu'il y a ?

– Reste ici et surveille la malle une minute, tu veux ?

– OK.

– Promets-moi que tu ne la laisseras pas seule ?

– Je te le promets.

– Tu n'as pas besoin d'aller aux toilettes, ou autre chose ? »

Il a ostensiblement ignoré cette dernière question.

La télévision était toujours là, Dieu merci, victime de la politique tarifaire erratique de Barrie. Elle m'a regardé rédiger le chèque d'un air suffisant.

« T'achètes un cadeau pour ton petit copain ? »

Je l'ai regardée dans les yeux. « Qu'est-ce que ça veut dire ? »

Elle a attrapé le chèque. « Tu ne veux pas savoir où est Jonica ? »

J'ai soulevé la télé. « Non. »

Elle était plus lourde qu'elle n'en avait l'air et j'ai eu un peu de mal à la faire passer par la porte d'entrée. Alors que je la traînais à travers le vestibule, j'ai levé les yeux pour voir Vernon descendre les escaliers.

« Vernon ! » ai-je commencé à hurler, mais l'expression de son visage m'a interrompu. Il était indubitablement paniqué.

« C'est Jonica, a-t-il dit, un peu haletant. Elle pète les plombs.

– Comment ça ?

– Je ne sais pas. Je n'ai rien fait, juste dit que tu m'emmenais à New York …

– *Vernon !* »

J'ai failli jeter la télé par terre avant de grimper les escaliers quatre à quatre. Quand je suis arrivé à l'étage, j'ai remarqué une drôle d'odeur, quelque chose de familier que je n'arrivais pas à identifier. Puis j'ai compris.

C'était le polyuréthane de Jonica.

Je me suis précipité dans le couloir jusqu'à la chambre. Jonica se tenait face à la malle ouverte, un bidon jaune à la main. Les derniers longs filets gluants de polyuréthane dégoulinaient dedans.

Je me suis dit qu'il n'était peut-être pas encore arrivé jusqu'aux lettres. Qu'il y avait peut-être quelque chose à faire.

« Jonica, ai-je dit aussi calmement que possible. Qu'est-ce que tu fais ? »

Ses traits étaient convulsés. « Sale tapette !

– Jonica…

– Barrie m'a mise en garde contre toi, espèce de malade ! Mais je ne l'ai pas crue. Eh bien, maintenant je sais ! »

Elle a jeté le bidon et saisi un paquet d'allumettes posé sur un tabouret à côté d'elle.

« Jonica », ai-je lancé d'un ton apaisant, car je me rendais compte que mon seul et unique espoir au monde était de la distraire, de détourner son attention, de la calmer. « Oh, *ça*. Nous en reparlerons plus tard. La question est plutôt : pourquoi fais-tu ça ?

– Pourquoi je fais ça ? a-t-elle vociféré. Je le fais parce qu'il se trouve que je crois en Dieu ! »

Et là-dessus, elle a craqué l'allumette. Alors que je me jetais sur elle, elle l'a laissée tomber dans le coffre. Il s'est ensuivi une petite explosion qui m'a arraché les sourcils et laissé des espèces de cicatrices sans intérêt sur les deux mains.

Quelle matinée ! Le temps que les pompiers arrivent, la majeure partie du deuxième étage était en flammes et une personne inconnue perdue dans la foule en a profité pour s'adonner au pillage, ce qui a rendu Barrie folle furieuse et même causé quelques violentes escarmouches. Guadalupe, avec une détermination farouche que je ne lui connaissais pas, a intimé à un pompier l'ordre d'aller lui chercher son billet d'avion. Il n'a pas réussi à mettre la main dessus, mais ce qu'il a trouvé c'est Alice Amber, ivre morte, installée dans le salon avec ses écouteurs sur les oreilles, qui se demandait d'où venait toute cette fumée.

Son apparition, ou plutôt sa sortie, a valu le détour. Et puis merde, de toute façon, je n'avais rien d'autre à regarder.

Jeudi, Eve m'a conduit à l'aéroport. Le smog était de retour et Los Angeles, comme à son habitude, englué dans des embouteillages de dingue. Quant à Eve, elle était toujours aussi bavarde, peut-être encore plus parce que j'étais tellement silencieux. Ne pouvais-je pas rester deux jours supplémentaires ? Pete serait alors revenu de Munich, contrats en main, et il adorerait me rencontrer.

Non, je ne pouvais pas.

Oh, et m'en avait-elle parlé ? Les GreenGals avaient appelé et lui avaient demandé de se joindre à elles.

Je lui ai présenté mes félicitations.

« Je suis désolée pour cette abominable erreur de citation, a-t-elle dit en jetant un coup d'œil dans le rétroviseur alors qu'elle essayait de changer de voie. Cette Jody Jacobs. Elle se trompe toujours. Elle est coutumière de la chose. »

Je lui ai dit que c'était sans importance. « Tu n'as qu'à me laisser devant la zone réservée aux comptoirs de la TWA », ai-je ajouté. Mais elle a insisté pour garer la voiture dans le parking et m'accompagner.

Je me suis enregistré.

« Eh bien, a dit Eve quand nous sommes arrivés à la Sécurité. J'imagine que ça y est.

– Oui, ça y est. »

Elle m'a serré dans ses bras. « Quelle putain de satanée chance tu as eue !

– Ouais.

– Donne des nouvelles, Elliot. Je le désire sincèrement. Le bonjour à tes parents. »

Je l'ai embrassée sur la joue et j'ai passé le détecteur de métaux.

Évidemment, l'avion a stationné pendant une heure et demie avant de décoller. Si longtemps qu'ils ont même distribué des boissons gratuites.

« Devinez qui est en première classe, a dit la femme assise à côté de moi après s'être enfilé un Bloody Mary.

– Qui ?

– Florence Henderson[1].

– Oh !

– D'après l'hôtesse, elle se produit dans un club du Massachusetts.

– Je vois.

– Elle est vraiment petite.

– C'est ce que j'ai entendu dire. »

La femme a suçoté un glaçon. « Vous étiez ici pour des vacances ? »

J'ai considéré la chose. « Pour les affaires et pour le plaisir. »

Ses yeux se sont illuminés. « Vous êtes allé au marché paysan ?

– J'ai raté le marché paysan.

– Marineland ?

– Ça aussi.

– Eh bien, ne passez pas à côté la prochaine fois que vous viendrez. C'est mieux que Disneyland. » Pause. « Vous êtes allé à Disneyland ?

---

1. Actrice américaine, connue en particulier pour son rôle d'archétype de la mère de famille de la classe moyenne américaine dans la série *The Brady Bunch*, diffusée entre 1969 et 1974.

– C'est très embarrassant, mais je ne suis pas allé à Disneyland. »

Elle a ri. « Je sais : Palm Springs.

– Vous avez raison, je suis allé à Palm Springs.

– J'ai raté Palm Springs. On m'a dit que c'était très chi chi.

– Très. »

L'avion a décollé. Nous avons immédiatement survolé l'océan, puis nous avons fait demi-tour et pris la direction de l'est, plus ou moins exactement au-dessus d'Olympic Boulevard. J'ai regardé par le hublot et localisé le panneau Hollywood. Juste en dessous, il y avait une petite tache noire à l'endroit où se trouvait la villa. Je l'ai contemplée longuement jusqu'à ce qu'elle disparaisse sous l'aile et que je ne puisse plus la voir.

Mise en pages : Anne Offredo, Valravillon

Cet ouvrage a été achevé d'imprimer
en mars 2025 dans les ateliers de
Normandie Roto Impressions s.a.s.
61250 Lonrai

N° d'imprimeur : 2500182
Dépôt légal : avril 2025
ISBN : 978-2-38482-229-4
Imprimé en France